新 潮 文 庫

アトランティスを発見せよ

上 巻

クライブ・カッスラー
中 山 善 之 訳

新 潮 社 版

6764

謝辞

特殊部隊に関して、寛大にして貴重な助言をしてくださった、ジョー・アンドレジュウスキー（退役）少佐に深く感謝する。ナノテクノロジーの最先端をいく、K・エリック・ドレクスラーとクリスチーン・ピーターソンの指導と、パンドラ鉱山の迷路を案内してくれたジョン・スティーブンスにも心より感謝する。また、ハワード・A・ビークナー大佐、ドナルド・シア、グラハム・ハンコック、チャールズ・ハプグッド、さらにはプラトンにも感謝する。彼らの著作と言葉は私にとって掛け替えのないものであった。それに素晴らしいスカイカーを貸してくれたポール・モラーにもお礼をのべる。

アトランティスを発見せよ　上巻

主要登場人物

ダーク・ピット…………………NUMA特殊任務責任者
アル・ジョルディーノ………ピットの同僚
ルディ・ガン…………………　〃
ハイアラム・イェーガー……NUMAのコンピューター専門家
ジェームズ・サンデッカー…提督。NUMA長官
パールマター…………………史料蒐集家
ドロシー・オコンネル………言語学者
トーマス・アンブローズ……人類学者
ルイス・マークス……………採鉱業者
ライザ…………………………ルイスの妻
ダニエル・ギレスピー………ポーラーストーム号船長
エバン・カニンガム…………原子力潜水艦ツーソン艦長
フランシス・ラグスデール…FBI長官
ローレン・スミス……………合衆国下院議員
カール・ヴォルフ……………複合企業最高経営責任者

衝撃

紀元前七一二〇年
現在のカナダ　ハドソン湾に相当する地点

闖入者《ちんにゅうしゃ》は遥《はる》か彼方《かなた》から襲ってきた。一個の星雲状の天体が、太陽系の外惑星が四六億年前に形成されたおりに、宇宙そのものと同じくらい古い膨大な氷、岩石、塵《ちり》さらにはガスから誕生した。散乱している粒子が凍りついて直径一・六キロほどの塊になると間もなく、それは宇宙空間の軌道に乗って音もなく走り抜けて遠い太陽の周囲を回り、もっとも近い星々への半ばまで引きかえして来る、起点から終点まで何千年も続く旅へ出た。

その彗星《すいせい》の芯《しん》、すなわち核は、凍りついた水、一酸化炭素、メタンガス、鉱物の鋸歯《きょし》状の断片との凝塊からできている。神の手によって宇宙空間へ投げ出された薄汚い雪だるま、という表現がいちばん的を射ているかもしれない。ところが、太陽の脇《わき》を周回して、太陽系の外縁の彼方で帰途についたさいに、太陽輻射《ふくしゃ》によって彗星の核が反応を引き起こしたために、変質が生じた。醜いアヒルの子は、みるまに美しく姿を変えた。

太陽熱と紫外線を吸収しはじめると、彗星は長いコンマ状になり、じょじょに途方もなく長く明るい青い尾に成長して、中核から一億四〇〇〇万キロ以上の彼方まで曲線状の尾を伸ばした。白い全長二〇〇万キロたらずの短めの塵の尾も現れ、大きい尾の側面に魚のひれのように丸く突き出ている。

太陽の脇を通りすぎるたびに、彗星はその氷をさらに失い、中心核はやせ細っていった。やがて、二億年後には、彗星はそのすべての氷を失い、分解して塵の雲と化し、一連の小さな隕石《いんせき》となる。しかし、この彗星は太陽系外の軌道を周回しなかったし、太陽の周囲を二度と通過しなかった。それは黒い宇宙空間の遥か彼方で、緩やかに冷たい死をむかえることを許されなかった。わずか数分のうちに、その命を吹き消される定めにあった。しかも、最後の周回で、この彗星は木星の一五〇万キロ以内を通過したために、その強力な引力の影響を受けて軌道から逸《そ》れ、太陽から三番目の惑星で、そこの住人たちが地球と呼んでいる天体に衝突する進路に乗ってしまった。

地球の大気圏に時速二一万キロ、角度四五度で突入すると、引力に引き寄せられて速度は増す一方で、彗星は光り輝く冷光を伴う衝撃波（バウショック）を発すると同時に、幅一六キロ、重量四〇億トンの凝塊は、猛烈な速度がもたらす摩擦によって断片に分解しはじめた。七秒後に、変形した彗星は目もくらむ火の玉と化して、地表に殺到して強大な影響を及ぼした。衝突による運動エネルギーの爆発的な解放の直接的な結果として、ハワイ島の二倍ある巨大な穴が掘り起こされ、彗星は蒸発してしまい、おびただしい量の水と土壌がそれに取って代わって生じた。

地球全体が、震度一二の地震にゆさぶられた。何億トンもの水、堆積物《たいせきぶつ》、さらには雑多な残骸《ざんがい》が、衝突地点上の大気中に生じた孔《あな》から成層圏へ噴き上げられ、同時に、粉砕された赤熱《しゃくねつ》の岩石が壮烈に飛散したが、軌道に乗る高度に達せぬままに、火を噴く隕石となって地球へ逆戻りして降り注いだ。火事嵐《かじあらし》のために、世界中の森が消失した。数千年も活動を停止していた火山がとつぜん噴火、数百万平方キロ余の溶岩の海を送りだし、大地を三〇〇メートル以上の厚さで覆《おお》った。膨大な量の煙と破砕物が大気中に投げあげられ、のちには恐ろしい風によって大地のあらゆる片隅まで吹き寄せられ、風は一年近く太陽を遮り、気温は氷点下となり、地球の大地は闇《やみ》に包まれた。世界各地は信じられないほど突然に、気候の変化に見舞われた。広大な氷原や北よりの氷河の温度は摂氏三〇度過ぎから四〇度近くまであがったために、急激な溶解が始まった。熱帯や温帯に住みなれていた動物たちは、一夜にして絶滅した。マンモスのような多くの種が、夏のぬくもりの中で食《は》んだ胃の中の草や花をまだ消化しきれないうちに、氷と化してしまった。木々は葉や果実もろとも、たちまち凍りついた。何日もつづけざまに衝撃の反動で上空高く投げあげられた魚たちが、黒ずんだ天界から降ってきた。

高さが八キロから一六キロにも達する波があらゆる大陸に叩《たた》きつけられ、海岸線を恐ろしいほどの破壊力で乗り越えて突入した。海水は低い沿岸平野を舐《な》めつくし、その通り道にあるあらゆる物を破壊しながら、内陸へ数百キロも押し流した。海底の無数の断片や堆積物が、低地陸塊をことごとく埋め尽くした。巨大な高波は山脈《やまなみ》の麓《ふもと》に激突して初めて反転し、ゆるやかな後退に転じたが、その時にはすでに川の流れは変わってしまい、盆地はかつてはまったく存在しなかった海水に埋め尽くされ、大きな湖は砂漠と化していた。

連鎖反応は無限に続くように思われた。

奥深い鳴動は絶えざる雷鳴さながらの轟音《ごうおん》に変じ、山脈は軽い風を受けている椰子《やし》の木のようにゆれ始め、その側面を雪崩《なだれ》が走りくだった。砂漠も草原も、再度立ちあがり内陸部に打ち掛かった海洋の襲撃に揺さぶられた。彗星衝突の衝撃は、地球の薄い地殻に突如として強大な変動をもたらした。地殻の厚さは八〇キロ程度で、赤熱の溶融流動体である内核を覆っているマントルは曲げられたり歪《ゆが》められ、外科的に切り取られてから内側の果実の核を中心に移動できるようにきちんと配置しなおされたグレープフルーツの皮さながらに、地殻はいくつにも切断され位置を変えた。その後に、見えざる手に支配されてでもいるかのように、地殻全体が一つとなって移動した。

いずれの大陸も小突き回されて、新しい位置へ押しやられた。丘陵は突き上げられて、山岳となった。太平洋上の島はことごとく消滅したが、ほかの島々がはじめて登場した。従来、チリの西にあった南極は三二〇〇キロ以上も南へずれ、たどり着いた先で増大一途の氷床《ひょうしょう》にたちまち埋め尽くされてしまった。かつてオーストラリアの西のインド洋に漂っていた広大な浮氷群は、いまや温帯に姿を現わし急速に溶けはじめていた。カナダ北部全域に広がっていたもとの北極にも同じことが生じた。新しい北極はたちどころに分厚い氷塊を、かつて開けていた海洋の真中につくりはじめた。

破壊は容赦なかった。自然界の激変と大破壊は、止《とど》まるところを知らぬようだった。地球の薄い地殻の変動は、混乱につぐ混乱を招いた。突然生じた浮氷原の溶解に、不意に熱帯圏近くまで移動した大陸を覆っていた氷河の溶融が重なったために、海面は一二〇メートルも上昇し、彗星の衝突がもたらした高潮にすでに蹂躙《じゅうりん》されていた陸地は埋没した。たった一日のうちに、ヨーロッパ大陸と平地続きだったイギリスはいまや島と化していたし、ある砂漠はにわかに水没してペルシャ湾と呼ばれるようになった。ナイル川は広い肥沃《ひよく》な渓谷平野に流れこみ、西の大海へ向かっていたものだが、いまでは突如生じた地中海で行き止まりになっていた。

最後の大氷河時代は、地質学上の一瞬《またた》きのうちに収束した。

大洋と共に世界を巡る海流も劇的な変化をきたしたし、両極が移動したために、地球の自転バランスが極度に乱れた。地軸がさしあたり二度ずれた結果、南と北の極は新しい地点へ移動したので、地球の表層におよぶ引力に変化が生じた。液体であるので、海洋は地球がさらに三回自転する前に適応した。しかし陸塊は、さほど迅速には反応できなかった。地震が何ヶ月も続いた。

残忍な風を伴う酷薄な嵐は、地上に立っているあらゆる物を一八年間にわたって引き裂き破壊しつくした後に、両極の揺らぎが止まりそれぞれの新しい自転軸に収まったことによって、はじめて終息した。やがて海水面が安定し、特異な気象条件が温暖化をつづけるうちに、新しい海岸線が形成された。変化は永続化した。夜と昼の時間連鎖は、一年の日数が二日減るにつれて変化した。地球の磁場も影響を受け、一六〇キロ以上北西へ移動した。

数百種、たぶん数千種類の動物や魚が瞬時に絶滅した。南北アメリカで、ヒトコブラクダ、氷河期の馬、それにオオナマケモノがすっかり消失した。同時に、剣歯虎《けんしこ》、開長翼が八メートル近い巨大な鳥たち、その他、体重が五〇キロ以上のさまざまな動物たちも、主に噴煙と火山ガスによる窒息死に見舞われつつあった。

地上の草木も、大惨事を免れなかった。ホロコーストで灰にならなかった植物も、日光不足のために、海中の藻《そう》類ともども死滅した。最終的には、地球上の全生命の八五パーセント以上が、度重なる洪水、火災、雪崩、大気中の有害物質、さらには終局的な飢餓によって命を失った。

高度の進歩を遂げた数多くの人間社会と、進歩一途の黄金時代の戸口にさしかかっていた無数の台頭中の文化が、恐怖のわずか一昼夜のうちに抹殺されてしまった。地上の数百万の男女子どもが、無残な死をとげた。途上にあるさまざまな文明の痕跡《こんせき》はきれいに払拭《ふっしょく》され、ごくわずかな痛ましい生存者たちに残されたのは、過去のおぼろげな記憶だけだった。単純素朴なクロマニヨン人から国王、建築家、石工、芸術家、それに戦士にいたる、一万年におよび途切れなく人類がとげた至高の進歩を収めて、棺の蓋《ふた》は閉ざされた。彼らの事跡と朽ち果てる定めの亡骸《なきがら》は新しい海の下に深く埋められ、古代の高度な文明の物証的な実例や断片はほとんど残らなかった。わずか数時間前まで存在したいくつもの国家や都市が、跡形もなく一掃されてしまった。あまりにも大規模な激変のために、従来の卓越した文明の証拠はほとんど何一つ残らなかった。

ショッキングなほど数少ない生き残りのほぼ全員は山脈の高い地域の住人で、洞穴に隠れて大変動の猛威を免れることができた。川や海岸線にほどちかい平野にかたまって住居を構える傾向の強い、より進歩した青銅器時代の人たちとは異なり、山岳地帯の住人たちは石器時代の遊牧民だった。いわば彼らの時代の精髄である、レオナルド・ダ・ビンチ、ピカソ、それにアインシュタインとでも言うべき人物たちは無に帰してしまい、不意にこの世界は未開の移動狩猟民に引き継がれた。ギリシア・ローマ時代の栄光が路傍にうち捨てられて、無知と想像力欠如の数世紀が謳歌《おうか》されたのに似ている。新石器暗黒時代が、かつて世界に存在した高度に開花したいくつかの文明の墓地を屍衣《しい》で包んだ。その暗黒時代は二〇〇〇年続くことになる。ゆっくり、しごくゆっくり、やがて人類は暗黒時代から離脱して、メソポタミアとエジプトに、都市と文明を再度建設し創造しはじめた。

失われた文明を生き残った哀れを誘うほどわずかな、才能に恵まれた建築家と独創的な思想家たちが、高地にたどりついた。自分たちの文明が失われ二度と勃興《ぼっこう》することのないことを認識すると、彼らは数世紀にわたる謎《なぞ》めいた巨石構築物や直立した大きな石で構成されるドルメンの設立に専念、それらはヨーロッパ、アジア、太平洋の島々一帯、さらには中南米で見かけられる。彼らの輝かしい遺産の記憶がおぼろげになり、たんなる神話と化したはるか後に、おぞましい破壊と生命の損失を記念する記念碑はいぜんとして、何世代も先に襲いかかってくる次の大変動にたいする警告の役割を果たしていた。しかし一〇〇〇年のうちに、彼らの子孫たちはしだいに昔の方式を忘れ、移動部族民たちに同化してしまったので、進歩した人種の暮らしは途絶えた。

自然界の大変動から数百年間、人は山岳地帯を下りて低地や海岸沿いに住むのを恐れた。技術的に優れた海の民は、遠い過去の漠然とした記憶に過ぎなかった。造船と航海術は失われてしまったので、後の世代によって改めて生み出されねばならなかったし、習熟していた彼らの祖先はあっさり神とあがめられた。

この死滅と大惨事はすべて、アイオワ州のせいぜい小さな農業の町ていどの規模の、薄汚い氷の塊によって引き起こされた。問題の彗星はとほうもない破壊力を、容赦なく思うさま振るった。地球がこれほど強大な惨禍《さんか》に見舞われたのは、六五〇〇万年前に彗星が衝突して恐竜たちが絶滅した天変地異以来はじめてだった。

衝突後、数千年間にわたって、彗星を天災と結びつける迷信がひろまり、悲劇の到来の前兆とみなされた。戦争や流行病から死や破壊にいたるあらゆるものの原因として、彗星は咎《とが》められた。彗星が虹《にじ》や夕日を受けて金色に彩《いろど》られた雲の壮大な美しさと同様に、自然の驚異だとみなされるようになったのは、ごく最近のことである。

聖書に出てくるノアの洪水やその他さまざまな災害にまつわる伝説はすべて、この一つの悲劇に起因している。中央アメリカの古代文明、オルメカ、マヤ、それにアステカは古代のある天災地変にまつわる数多くの伝統を持っている。アメリカ合衆国の全域に点在するインディアン部族は、それぞれの土地を飲みこんだ洪水の話を子孫に伝えている。中国人、ポリネシア人、それにアフリカ人もことごとく、祖先を激減させた自然の大変動について語っている。

しかし、その後数世紀の間に芽生え広まり、最大の謎と関心を引き起こした伝説となると、失われた大陸アトランティスとその文明に関するそれに止めを刺す。

幽霊船

一八五八年九月三〇日
南極　ステファンソン湾

ロクサーナ・メンダーには、歩くのをやめたら私は死んでしまう、と分かっていた。疲労の極限に近かったが、意志の力だけで身体《からだ》を動かしていた。気温は零度よりかなり低かったが、肌に突き刺さってくるのは、嚙《か》みつく極寒の強風の凍える歯列がもたらす風冷えのほうだった。ひそやかに忍び寄る死ぬほどの眠気は、生きようとする彼女の意志をじわじわと吸い取っていった。探るように一歩ずつ交互に踏み出して前進し、突如現れた氷原の裂け目にバランスを崩してはよろめいた。彼女の息遣いは、酸素の装備無しでヒマラヤの一峰を目指している登山家なみに荒くなり、気ぜわしげにあえいでいる。

彼女の視界は、分厚いウールのスカーフを巻き毛皮裏のパーカをかぶった顔面に、逆巻きながら氷状の粒子が吹き寄せられるので、ほとんど利《き》かなかった。重ねたスカーフの間からときおりちらっと視線を走らせるだけなのに、彼女の目は細かな粒子の猛襲を受けて傷《いた》み充血した。見上げると嵐《あらし》の上空には、まばゆいまでに青い空が広がり、太陽が煌《きらめ》いてるので、ロクサーナは苛立《いらだ》たしさを覚えた。晴天のもとで、目潰《めつぶ》しをくわせる着氷性の悪天候など、南極ではめずらしくない。

意外なことに、南極圏では雪はめったに降らない。信じられないほど寒いために大気中に水蒸気が留まれないので、降雪量はきわめて少ない。南極大陸の年間の降雪量は、一三センチ足らずである。すでに地表にある雪の一部は、まぎれもなく数千年を経過している。酷薄な太陽は白い氷原を斜めに射《さ》すので、太陽熱は宇宙空間へ逆送されてしまい、とてつもない低温の大きな原因になっている。

ロクサーナは運がよかった。寒気は衣類の中に食い込んでこなかった。彼女はヨーロッパ風の防寒服ではなく、夫が以前に何度か捕鯨のために出漁した北極でエスキモーと取引をしたさいに得た衣服を着込んでいた。内側にはチュニック、膝《ひざ》までの短いパンツ、それに柔らかい毛が裏打ちされたソックスに似たブーツを着用していた。セパレートの上着は、極度の寒気を防いでいた。パーカはゆったりしているので体温が保持できたし、しかも汗をかかずにすんだ。それは狼《おおかみ》の毛皮で作られていたが、パンツはカリブーの毛皮で出来ていた。ブーツは長く、毛の内張りになっていて、ソックスの上にはいている。

彼女にとって最大の物理的な危険は、起伏の激しい地表のために踝《くるぶし》なり脚を折ることで、かりに生き延びたとしても、凍傷の恐れがあった。身体は保護されていたが、心配なのは顔だった。頬にしろ鼻にしろ、ほんの少しでもひりつくと、彼女は皮膚を強くこすって血行を取り戻した。夫の支配下にある乗組員のうち、六名が凍傷に掛かったのを彼女はすでに見ていたし、うち二人は手の指を失い、一人は左右の耳を失っていた。

喜ばしいことに、凍《い》てつく強風はやわらぎはじめ、激しさが衰えたので、方向を見失ってさ迷い歩いたこの一時間にくらべて足取りは楽になった。耳元で吠《ほ》えたてる風音も弱まり、足に踏みつけられる氷の結晶の軋《きし》みが聞き取れた。

彼女は付け根から頂まで高さ五メートルほどの隆起に出くわした。海中の絶え間なく変動する氷が浮氷原に押し寄せられ持ち上げられて、氷丘は作られる。たいてい表面は平坦《へいたん》でないのだが、この氷丘の側面は風雪に削《そ》がれて滑らかになっていた。四つん這《ば》いになり爪《つめ》を立てて彼女は這いあがり、九〇センチごとに六、七〇センチずり落ちた。

その奮闘のために、ロクサーナは残りわずかな体力を使い果たしてしまった。どんな手口を使い、いかなる辛《つら》さに耐えたのか覚えていないが、彼女は疲れきって死人に近い状態で氷丘の頂にわが身を引きずり上げた。動悸《どうき》は激しく、一息ごとに大きくあえいだ。どれくらいそこに横たわっていたのか見当はつかなかったが、氷まじりの風から目を休められるのでありがたかった。しばらくして、動悸がゆるやかになり、息遣いがおちついてくると、ロクサーナは自ら苦境を招いた愚かさを恨んだ。時間は手掛かりにならなかった。腕時計がないので、夫の捕鯨船パロヴェルデ号から散歩に出て何時間ぐらいたっているか、まったく見当がつかなかった。

六ヶ月ほど前に、捕鯨船は流氷に閉じこめられてしまったので、退屈に耐えるために彼女は毎日散歩に出るようになったが、常に船とその乗組員がよく見え、彼らも彼女を監視できる範囲内に留まっていた。その朝、彼女が船を出るとき、空は水晶のように晴れわたっていたが、間もなく薄暗くなり、やがて着氷性嵐が吹き寄せるとともに、青空はかき消された。数分以内に船影は消えてしまい、ふと気づいたときには、すでにロクサーナは方向を見失って浮氷の上をさまよっていた。

伝統的に、大半の捕鯨船は女性を乗せて海へ出ない。しかし、多くの人妻は夫が留守をする三年も四年もの間、家でじっと待つのを拒んだ。ロクサーナ・メンダーは数千時間をひとり侘《わび》しく過ごす気などなかった。彼女は小柄で、身長は一五〇センチ、体重は四五キロあるかなしかだったが、気丈な女性だった。明るい茶色い目をした、微笑を絶やさぬ彼女はなかなかの美人で、辛いとか退屈だとめったに泣き言をいわなかったし、船に酔うのはまれだった。狭苦しい自分の船室で、彼女はすでに男の子を産んだ経験があり、サミュエルと彼女は名づけた。それに、まだ夫に知らせていなかったが、約二ヶ月になる次の子供がお腹《なか》にいた。彼女は船内の乗組員たちに受け入れられていたし、数人には読み書きを教えてそれぞれの妻や家族へ手紙を書き送らせ、怪我人《けがにん》や病人が出たときには看護婦の役を務めた。

パロヴェルデ号は捕鯨船団に所属する一隻《せき》で、アメリカ西海岸のサンフランシスコから出航した。頑丈な船で、極地での捕鯨シーズンの操業用にとくに作られていた。全長四〇メートル、船幅九メートル、喫水五メートル、積載量はほぼ三三〇トン。こうした構造なので、大量の鯨油を保管し、三年にもおよぶ航海に必要な大勢の船員や乗組員を収容することができた。竜骨、肋材《ろくざい》、それに梁《はり》用の松材は、シェラネバダ山脈から切り出された。いったんそれらの材木が所定の場所に配置されると、厚さ八センチに近い板が並べられ、一般にオーク材から作られる木釘《きくぎ》で固定された。

三本マストのバークに帆装されたパロヴェルデ号が描く線は、清潔にして大胆、かつ粋《いき》だった。船室の家具は過不足なく、羽目板にはワシントン州産の米松《べいまつ》が使ってあった。船長室は妻が長い航海に同行するといって譲らないために、とくに設備が整えられていた。船首像には見事に彫られた、南西部に固有のマメ科の低木パロヴェルデが用いられていた。船名は船尾に横一列に刻まれ、金箔《きんぱく》で仕上げられていた。同時に、翼を広げたカリフォルニアコンドルの彫像も船尾を飾っていた。

北に航路を取って、ベーリング海経由で北極の捕鯨漁場として定評のある水域には向かわずに、ロクサーナの夫であるブラッドフォード・メンダーはパロヴェルデ号の針路を反対の南極に取った。南極はニューイングランドの逞《たくま》しい鯨取りたちに見過ごされているし、めったに訪れないので、捕鯨処女地を見つける絶好の機会が待っている、と彼は信じていた。

南極圏近くに到着して間もなく、南極大陸の沿岸との間の開けた水域を、しばしば一面の氷山を縫って航行中に、乗組員たちは鯨を六頭捕獲した。やがて、南極の秋に当たる三月の最後の週に、氷が信じられぬ速さで海に張り出し、やがて厚さが一メートル二〇センチ近くなった。それでもパロヴェルデ号は凍りついていない水域へ脱出できたろうが、とつぜん風向きが変わって吠えたてる強風となり、船は岸のほうへ押し戻された。逃げ道はまったく開いていないし、船より大きな氷の塊が突き進んでくるので、パロヴェルデ号の乗組員はなす術《すべ》もなく立ちつくしたまま、寒冷な罠《わな》がぴしゃりと閉じるのを見守るしかなかった。

氷はたちまちのうちに猛烈な力で周囲に押しよせ、捕鯨船はまるで巨大な拳《こぶし》に摑まれてしまったように容赦なく陸地のほうへ押したてられた。陸地のそばの開水域は、早々に一面の氷に埋めつくされていった。メンダーと乗組員たちは必死で作業をして、岸から三キロほどの深さ六尋《ひろ》（およそ一一メートル）の地点に、やっとパロヴェルデ号の錨《いかり》を固定することができた。しかし数時間のうちに、船は厚さをますいっぽうの氷に閉じこめられて身動きできなくなったし、間もなく水域はことごとく白い屍《し》衣《い》に取って代わられた。南極の冬が近づきつつあり、日が短くなりはじめた。脱出の望みはまったくなく、気温の上がる穏やかな天候がめぐってくるまでには優に七ヶ月あった。むろんそれは、帆布は春にまた揚げるために、乾かされ巻きあげられて収納された。

天佑《てんゆう》によって温かい気象に恵まれ、船が自由に浮かべるようになったらの話だ。さしあたり、長い幽閉が予期されるので、食糧は何ヶ月にもおよぶ長い冬にそなえて、すべて慎重に保管され配給制にした。船内の備蓄食糧を春になって氷が溶けはじめるまで保たせられるかどうかは、誰にも分からなかった。しかし、氷原に糸をたらす穴釣りの成果は期待以上で、南極産のさまざまな立派な魚はたちまち甲板の食糧室で凍りついた。そのうえ、岸辺には愛嬌《あいきょう》のあるペンギンたちがいた。何百万羽もいそうだった。ただ残念ながら、船のコックがどう下ごしらえをしても、ペンギンの肉はなんともまずかった。

パロヴェルデ号の乗組員が直面している最大の脅威は、恐ろしい寒さと浮氷の突然の変動だった。凍える危険は、氷に閉じこめられる前に銛《もり》でしとめた鯨の油を焚《た》くことで、大幅に和らげることができた。船倉にはまだ一〇〇樽《たる》以上あったので、すこぶる苛《か》烈《れつ》な南極の冬の間ずっと、ストーブを焚きつづけるだけの量は十分あった。

これまでのところ、浮氷はあまり変動を見せなかった。しかし、氷が歪《ゆが》み ぶれ始めるのは時間の問題に過ぎないことを、メンダーは心得ていた。そうなると、パロヴェルデ号の船腹はいとも簡単に押し砕かれるし、頑丈な肋材は巨大な移動する氷山に、まるで紙のようにぺしゃんこにされてしまう。妻と幼子が、夏になって別の船が目撃されるまで、陸地で生きぬく方式に彼はあまり関心はなかった。それに、そんなことが起こる確率は、せいぜいよくて一〇〇〇対一だ。

そのうえ、死にいたる病の恐怖があった。乗組員のうち、七名が壊血病の兆候を示していた。唯一《ゆいいつ》明るい面をあげるなら、ダニやネズミはひどい寒さにずっと以前に参ってしまっていた。南極の長い夜、孤独と凍てつく風は、陰鬱《いんうつ》な無気力をもたらした。メンダーは部下を雑務に駆りたて果てしなく仕事に追いやり、彼らの心身を活発に保たせることによって、気持ちのいらだつ退屈と戦った。

彼は船長室で机に向かって座り、自分たちの生存の確率を何度となく計算しなおした。しかし、どう選択肢と可能性をひねくり回してみたところで、最終的な結論はいつも変わらなかった。巡りくる春に、船がなんの損傷もなく無事浮上する見込みは、まったくのゼロだった。

凍てつく風嵐は、襲ってきたときと同様にわかに止《や》み、陽射しがもどった。眼をすぼめて眩《まばゆ》いばかりに煌めく浮氷原を眺めると、自分の影が映し出されていた。辺りは果てしなく茫漠《ぼうばく》とはしていたが、ロクサーナは自分の影をまた目にして、なんとも嬉《うれ》しかった。しかも、地平線をみわたすと、たっぷり二・五キロほど離れてはいるが、パロヴェルデ号が視認されたので心は浮き立った。黒い船影はほぼ氷に隠されていたが、大きなアメリカの旗が静まりつつあるゆるやかな風にはためいていた。私の身を案じて、夫がメーンマストの索具の高い場所に掲げてくれたのだ、と彼女は気づいた。こんな遠くまでさまよい出ていたとは、とても信じかねた。彼女は朦朧《もうろう》とした頭で、道に迷って円を描いてはいるが、かなり船のそばに留まっているものと思っていたのだった。浮氷原は完全な孤絶状態ではなかった。小さないくつかの斑点《はんてん》が、氷上を移動してくるのが見えた。私を探している夫と乗組員だ、と彼女は思いあたった。立ち上がって手を振ろうとしたとたんに、不意にもっと思いがけないものが彼女の目を捉《とら》えた――別の船の何本かのマストが、氷丘同士が氷結して海岸に乗り上げた大きな二つの浮氷塊の間から浮かび上がっていたのだ。

三本マストやバウスプリット（船首のマスト状円材）、それに索具も見たところしっかりしている感じで、帆は巻きあげてあった。風が軽やかなそよぎに収まったので、顔や目にまきつけてあったスカーフをほどくと、船腹の大半が氷に埋もれているのが確認できた。ロクサーナの父親はお茶の交易で中国へ行くクリッパー船の船長だったので、若い娘時代に彼女はボストンに出入りするあらゆる帆装の船をたくさん見てきたが、氷に覆《おお》われているその船に似たのは、祖父の家に掛かっていた絵でしか目にしたことはなかった。

不気味なその船は古い、それもすこぶるつきの古い代物《しろもの》で、大きな扇形船尾の窓を張り巡らせた展望台は水面のうえに突き出ている。長い細身の船で、喫水は深い。全長は楽に四二、三メートルはあるし、船幅は少なくとも一一メートル近くある、とロクサーナは見当をつけた。例の絵で見た船に似ていた。重量は八〇〇トンで、イギリスの東インド会社に所属する、一八世紀後半の船に違いなかった。

ロクサーナは船から目を転じると、スカーフを振って夫や乗組員の注意を引きつけようとした。一行のうちの一人がその目の片隅で氷上の動きを捕らえ、仲間に知らせた。彼らはメンダー船長を先頭に立て、彼女を目指してさっそく雪原を走りだした。二〇分もすると、パロヴェルデ号の乗組員たちはロクサーナを発見した喜びを叫びたてながら、彼女の許《もと》にたどり着いた。

日ごろ物静かで寡黙《かもく》なメンダーが、柄にもなく感情を露《あらわ》にロクサーナを胸にかき抱き、頬の涙を凍るにまかせて長々といとおしげにキスをした。「ああ、助かった！」彼はつぶやいた。「死んだのかと思ったよ。無事だったとは、まったく奇跡だ」

二八歳で捕鯨船の船長になったブラッドフォード・メンダーの船が南極の氷に閉ざされたのは、一〇回目の漁に出た三六歳のときだった。彼はタフで対処能力に優れたニューイングランド人で、身長一八〇センチの万事大造りの男で体重はほぼ一〇〇キロあった。目は射ぬくような青い色をしており、髪は黒い。髭《ひげ》は耳から顎《あご》まで伝っている。厳格だが公正なので、高級船員や乗組員たちとの間に問題が生じたためしはなく、彼らに手際《てぎわ》よく公平に対処していた。メンダーは鯨取りとしても航海者としても優れているうえに目端の利《き》く実業家で、船長であると同時にオーナーでもあった。

「エスキモーの服を着ていけとあなたに押しつけられなかったら、わたしは何時間も前にきっと死んでいたわ」

彼は妻を身体《からだ》から放すと、二人を取り巻いて船長夫人が無事見つかったので歓声を上げている、乗組員六名のほうに向き直った。「妻を早急につれもどり、温かいスープを飲ませてやろう」

「いいえ、まだよ」彼女は夫の腕を鷲《わし》づかみにし、指差した。「別の船を見つけたの」

全員が向きを変え、彼女の伸ばした腕の先を目で追った。

「イギリスの船です。ボストンの祖父の家で見た絵から、あの船の船影に覚えがあるの。遺棄船のようだわ」

メンダーは幽霊船を見つめた。氷の墓地に埋められて、幻さながらに白い。「君の言う通りだ。あの船影は、一七七〇年代のごく古い商船のものだ」

「調べてみましょう、船長」パロヴェルデ号の一等航海士、ネイサン・ビゲローが提案した。「依然として食糧を保管しており、われわれが春まで生きぬく役に立ってくれるかもしれませんよ」

「八〇年は経《た》っているはずだ」メンダーは重い口調で応じた。

「だけど、寒気で保存されているわ」ロクサーナが喚起した。

彼はやさしく妻を見つめた。「君はひどい目にあったんだよ、おまえ。部下の一人に、君をパロヴェルデ号まで送り届けさせよう」

「断りますわ、あなた」ロクサーナは疲れも消え去り、きっぱり伝えた。「あそこの実情を、しっかり見届けたいの」船長に異を唱える暇《いとま》を与えずに、彼女は氷丘の斜面を下りて浮氷原に立つと、放棄された船に向かって歩き出した。

メンダーは乗組員たちを見つめ肩をすくめた。「好奇心の強い女と議論を戦わすなんて、こっちから願い下げだ」

「幽霊船」ビゲローがつぶやいた。「なんとも残念だ、あの船が永遠に氷に閉ざされているとは。さもなければ、母港へ曳航《えいこう》していって海難救助料を申請できるのだが」

「古すぎて、たいして価値はない」とメンダーは応じた。

「どうしてあなたたち男性は寒気の中に突っ立って、ぺちゃくちゃお喋《しゃべ》りをしているの？」ロクサーナは振りかえり、じれったそうに男性陣をせき立てた。「急ぎましょうよ、また嵐《あらし》が襲ってくる前に」

氷原の上をせいいっぱい早く歩いていくうちに、一行は捨て去られた船にたどり着いた。氷塊が船腹沿いに重なっているので、彼らは簡単に上部の舷側《げんそく》に達し、舷縁《ふなべり》を乗り越えた。ロクサーナ、彼女の夫、それに乗組員たちが足を印したのは、後部甲板だった。そこは薄い氷の層に覆われていた。

メンダーは荒涼としたあたりを見つめ、当惑したように首を振った。「この船腹はよくもまあ、氷に押しつぶされなかったものだ」

「イギリスの東インド会社の船上に自分が立つなんて、思っても見なかった」乗組員の一人が、その目に納得の色を浮かべてつぶやいた。「確かに、この船が建造されたのは、私の曾爺《ひいじい》さんの誕生後のことだ」

「かなり大きな船だ」メンダーがゆったりとした口調で言った。「九〇〇トン見当だろう。全長四五メートル、船幅一二メートル」

テムズ川沿いの造船所で建造され艤装《ぎそう》を受けた、一八世紀後半のイギリス商船団の働き者であった東インド会社の貿易船は、さまざまな船の特徴を取り入れてあった。本来、貨物船として建造されたのだが、当時はまだ海賊の時代であり、イングランドの敵国の戦艦に襲撃されるので、一八ポンド・カノン砲を二八門装備していた。物資や商品の輸送用に作られると同時に、乗客を搬送するための船室の用意もしてあった。後部甲板上の機材はことごとく、幻の乗組員を待ち望んででもいるように待機していた。カノン砲は音もなく砲門にうずくまり、救命ボートはいまも予備の円材の最高部に繋《つな》がれているし、どのハッチもきちんと閉まっていた。

その古い船には不気味で恐ろしげな異様な雰囲気が漂っていたし、この世ではなくあの世のものを思わせる奇妙な酷薄さがあった。甲板に立った乗組員たちは、わけもない恐怖にとりつかれた。霜を置いたように白茶けた、傷《いた》ましい動物が彼らを待ち構えていたのだ。船乗りたちは迷信深い連中なので、まるで少女のように無邪気に夢中になっているロクサーナ以外はみんな、強い不気味な予感に見舞われていた。

「変だぞ」とビゲローは言った。「まるで氷に閉じ込められる前に、乗組員は船を見捨てたようだ」

「それはどうかな」メンダーがむっつりと応じた。「救命ボートはまだ繋がれている」

「下のデッキでどんな状況に出くわすかは、神のみぞ知る」

「では、見に行きましょうよ」ロクサーナが興奮していった。

「やめておけ、君は。ここに残るのが、君にはいちばんよさそうだ」

彼女は得意げな顔で夫を見つめると、ゆっくり首を振った。「幽霊たちが歩き回っているのに、わたし一人で待つのなんてごめんだわ」

「かりに幽霊がいたとしても」ビゲローが応じた。「もうガチガチに凍ってしまっているはずだ」

メンダーは部下たちに指示を与えた。「われわれは二班に分かれて調査をする。ビゲロー君は三人引率して乗組員の居住区と船倉を見て歩く。残るわれわれは後部へ行って、客室と高級船員の居住区を調べる」

ビゲローはうなずいた。「はい、船長」

雪と氷が船尾の客室に通じるドアの周りに小山を作りあげていたので、メンダーとロクサーナ、それに彼の部下たちは船尾楼甲板へ上り、凍りついてしまった昇降階段を覆っている後部ハッチカバーを力作業で持ちあげた。それを脇《わき》によけると、彼らは内側にある階段を慎重に下りていった。ロクサーナはメンダーのすぐ後ろにつきしたがって、夫の分厚いコートのベルトをしっかり摑《つか》んでいた。日ごろ肌の白い彼女の顔が、興奮と不安がない交ぜになって赤く染まっていた。

わたしはいままさに凍《い》てつく悪夢に踏みこもうとしているのだ、などと彼女は思っていなかった。

船長室の戸口にあるぼろ布の上に、大きな一頭のジャーマンシェパードが丸まっていた。ロクサーナの目には、その犬は眠っているように映った。しかし、メンダーがブーツのつま先で小突くと軽くゴツンと音が返ってきて、犬がすっかり凍りついてしまっているのが明らかになった。

「文字通り、岩のように固い」とメンダーは知らせた。

「可哀相《かわいそう》に」ロクサーナは悲しげにつぶやいた。

メンダーは通路の奥まった外れにある、閉ざされたドアに向かってうなずいた。「船長の部屋だ。あそこで目撃することを想像すると震えがくる」

「なにも無いかも知れませんよ」乗組員の一人が緊張した口調で言った。「みんな船から逃げ出して、沿岸伝いに北へ落ちのびたのではないだろうか」

ロクサーナは首を振った。「こんな見事な犬を船上に置き去りにして死なせるなんて、まともな人ならできないことだわ」

彼らは力ずくでドアを開けて船長室に入って行き、沈鬱な光景を目の当たりにした。一七〇〇年代の服装をした一人の女性が黒目を開けて椅子《いす》に座ったまま、ベビーベッドで横たわっている幼子に深い悲しみの眼差《まなざ》しを注いでいた。実子と思われる小さな娘を失った痛切な悲嘆にくれながら、彼女は凍え死んだのだ。その膝《ひざ》には聖書が載っていて、詩篇のページが開かれていた。

傷ましい情景に、ロクサーナやパロヴェルデ号の乗組員は呆然《ぼうぜん》となった。未知の探検を急ぐ彼女の意気込みは不意に消し飛び、悲痛な思いが取って代わった。彼女は同行者たちと一緒にその場に言葉もなく立ちつくした。彼らの押し殺した息遣いに、霊屋《たまや》と化した船室に霧が掛かった。

メンダーが向きを変えて隣接している船室に入っていくと、船長が収まっていた。彼の読み通り、その男は亡《な》くなった女性の夫だった。男は机に向かったまま、椅子に沈みこんでいた。赤い髪は氷に包まれ、顔は真っ白だった。片方の手はいまも羽根ペンを握っていた。彼が向かっている机には、一枚の用紙が載っていた。メンダーは霜を払いのけて、文章を読んだ。

一七七九年八月二六日

われわれが針路から大幅にそれた南へあの嵐に押しやられ、この呪《のろ》われた場所に閉じ込められてから五ヶ月たった。食料は尽きた。誰一人としてこの一〇日間、なにも食べていない。乗組員と乗客の大半は死んだ。わが幼き娘は昨日死んだし、哀れなわが妻はわずか一時間前に身罷《みまか》った。どなたであれ、われわれの死体を発見した方は、どうかわれわれのたどった運命《さだめ》を、リバプールのスカイラー・クロフト交易会社の経営陣にお伝えいただきたい。総《すべ》ては終わらんとしている。私は間もなく最愛の妻と娘の許へ向かう。

レイ・ハント
商船マドラス号船長

マドラス号の革張りの航海日誌が、ハント船長の机の片側に載っていた。メンダーは日誌の裏表紙を木製の机のトップに凍結している氷から慎重にはがすと、分厚いコートの中に仕舞い込んだ。それがすむと、船室から出てドアを閉めた。

「何が見つかって?」ロクサーナは訊《き》いた。

「船長の死体」

「なんて、おぞましいんでしょう」

「もっと悲惨な事態を目撃することになるだろうな」

その言葉は今後の成り行きを予見していた。彼らは手分けして、船室を片端から調べていった。もっと設備の行き届いた乗客用の部屋は後甲板後部の船尾楼下の船尾にあって、ゆったりとしたさまざまな規模の客室には展望用の窓が組みこまれている。乗客はスペースを予約する。船室の調度品を整えるのは彼らの責任で、ソファー、ベッド、それに椅子などを用意し、悪天候が予想されるのでぜんぶ固定されている。金持ちの乗客はおうおうにして、整理ダンス、本だな、それにピアノやハープといった楽器を持ちこんだ。その船尾楼船室で探索者たちは、いろいろな姿で逝《い》った死者を三〇名近く見つけた。真直《まっす》ぐ座ったまま亡くなった人たちもいれば、ベッドに横たわっている死者もいた。床に大の字に倒れている者もあった。みんなのどかに眠りに落ちたような表情をしている。

そうした人たちが目を開いているので、ロクサーナは落ち着かなかった。彼らの虹彩《こうさい》の色が、純白な顔に囲まれているせいで、際立っているように思えた。パロヴェルデ号の乗組員の一人が手をのばして一人の女性の髪に触れたとたんに、彼女の身がすくんだ。凍りついた髪の毛は奇妙なカサカサという音を立て、乗組員の手の中で折れた。

一層下の甲板にある広い船室は、一段と優雅な船尾楼特別室だが、被災地の死体置き場の様相を呈していた。メンダーは大勢の死体を目撃した。大半は男で、しかもその多くは制服姿の将校たちだった。前方の三等船客室も凍死体だらけで、船の補給品や手荷物の上に吊《つ》るされたハンモックに彼らは横たわっていた。混迷の萌《きざ》しはまったくない。何一つ乱れていない。品物や物資は総て、整然と保管されている。ハント船長の末期《まつご》の叙述を別とするなら、時は止まり、みな生けるがごとく穏やかに死んだ。

マドラス号の全員は穏やかに死んでいったように思われた。ロクサーナとメンダーが見たのは、醜悪でもなければ怖気《おぞけ》を振るう災厄ではなく、まぎれもなく不可抗力の災難だった。この人たちは死後七九年、移り行く世界に忘れ去られてきたのだ。彼らの消失を不審に思い悲しんだ人々すら、この世を去って久しい。

「分からないわ」とロクサーナは言った。「どうして全員死んだのかしら？」

「餓死しなかった者は、凍死した」彼女の夫が答えた。

「だけど私たちと同じように、氷の下の魚を釣ったりペンギンを撃つことができたはずだし、船の一部を燃やして暖だって取れたでしょうに」

「船長は遺言のなかで、船が針路から大きく外れた南へ押し流されたと記している。私が思うに、彼らはわれわれよりずっと海岸から離れた浮氷原に捕まったので、船長は最終的には自由に漂流できると信じ、操船術の鉄則にしたがって、大火を引き起こす危険を恐れ船上での焚《た》き火を禁じたが、手遅れになってしまった」

「それで、一人また一人と、死んでいった」

「やがて、春になり氷が解けると、遺棄船は潮流によって南太平洋へ引き出されずに、逆風のせいで海岸へ押しやられ、その場所に前世紀から留まっている」

「おっしゃる通りだと思います、船長」そう言いつつ、一等航海士のビゲローが船首部から近づいてきた。「死者の着衣から判断して、哀れにも彼らは凍てつく海域へ航行することになるとは思っていなかったようです。ほとんどの者が、熱帯むきと思える服装をしています。彼らはきっとインドからイギリスへ向かっていたのだ」

「傷ましい悲劇だわ」ロクサーナはため息まじりに言った。「なにものも、この不幸な人たちを救えなかった」

「神のみさ」メンダーはつぶやいた。「神のみだ」ビゲローのほうを向いた。「どんな船荷だ、運んでいたのは？」

「金や銀は見つかりませんでしたが、お茶、中国産の陶磁器がびっしり詰まった木箱、絹の梱《こり》、それにさまざまな籐《とう》製品、スパイス、樟脳《しょうのう》といった一般貨物です。それに、あぁ、そうだ、小さな倉庫を一つ見つけました。頑丈な鎖で封鎖してあって、船長室の真下にあります」

「調べてみたのか？」メンダーは訊いた。

ビゲローは首を振った。「いいえ、船長。あなたが同席のうえで、行なうべきことと思いましたので。部下を残して鎖を切る作業をさせております」

「その部屋には、宝が保管されているのじゃないかしら」とロクサーナが言った。血の気が彼女の頰に戻ってきた。

「すぐに分かるさ」メンダーはビゲローにうなずいた。「ビゲロー君、案内を頼もうか?」


一等航海士はみんなの先に立って梯子《はしご》を下り、船尾後部の船倉へ入っていった。その倉庫は、砲門が凍りついて閉まっている一八ポンド・カノン砲の反対側にあった。パロヴェルデ号の乗組員二人が、ドアに通した鎖を固定しているがっしりした南京錠《ナンキンじょう》を攻めたてていた。営繕係の作業場で見つかった大きなハンマーと鏨《たがね》を使って、錠の金属棒を猛然と打ち据えているうちに、やがてスパッと断ち切れた。そこでドアの頑丈な掛金をひねっているうちに不意に外れたので、ドアは内側に開けられた。

内側は舷縁の小さな窓によって、薄暗く照らし出されていた。木箱が左右の隔壁いっぱいに積み上げられていたが、中身は手当たりしだいに詰めこまれたような感じをあたえた。メンダーはある大きな木箱に近づくと、蓋《ふた》の一方の端を簡単に持ちあげた。

「これらの木箱は、交易業者の手によって港で丹念に詰められ、船積みされた物ではない」と彼は静かに言った。「いつか航海の途中で、乗組員たちによって不細工な木箱が作られ、船長の命令で錠を掛けて保管されたようにわたしには思われる」

「そこに突っ立っているのはよしてよ、あなた」ロクサーナは好奇心に引きずられて命じた。「開けてみて」

　乗組員たちは倉庫の外に立っていたが、メンダーとビゲローは木箱をこじ開けはじめた。みんな厳しい寒さを忘れているようだった。金や宝石など大量の宝が出てくるのを予期して、彼らは息を呑《の》んでいた。しかし、メンダーがある収納箱から中身の一つを持ちあげた途端に、彼らの望みはたちどころに叩《たた》きつぶされた。

「銅製の壺《つぼ》だ」と言いながら、彼はそれをロクサーナに渡した。彼女はそれを倉庫室の光の明るいほうへかざした。「彫刻が見事だわ。ギリシアかローマね、古代に対する眼力が多少なりと私にあるとすれば」

　ビゲローはさらにいくつか人工遺物を取りだし、開け放たれたドア越しに手渡した。その大半は珍しい姿をした動物の小さな銅製の彫像で、ブラックオパールの目が入っていた。「美しい」ロクサーナは彫像に刻まれエッチングされたデザインに見惚《みと》れながらささやいた。「これまでに本で見たものとは、まるで違うわ」

「たしかに変わっている」メンダーは同意した。

「いくらか価値はあるのだろうか？」ビゲローが訊いた。

「古い物の収集家や博物館にはたぶん」とメンダーは答えた。「しかしわれわれは誰にしろ、こうした品物を売り払って金持ちになることはまずないだろうな……」彼は話の途中で押し黙り、おぼろげな光のなかで黒く煌《きらめ》く原寸大の頭骨を持ちあげた。「おい、これを見てくれないか？」

「不気味だ」ビゲローはつぶやいた。

「まるで悪魔自身が彫ったようだ」乗組員の一人が怯《おび》えたように言った。

いっこうに畏《おそ》れることなく、ロクサーナはそれをかざすと、虚《うつ》ろな眼窩《がんか》の奥を覗《のぞ》きこんだ。「質感が黒いガラスに似ている。それに、歯の間から外に出ようとしている竜が見える」

「私が思うに、それは黒曜石だ」メンダーが感じを口にした。「ただし、どうやって彫ったものか想像すらつかない――」メンダーの声は険しい裂けるような音に遮られた。

船尾周辺の氷が、押しあげる力に逆らって音を立てたのだ。

乗組員の一人が、甲高いざらつく声で叫びたてながら、上部甲板から階段を駆け下りてきた。「船長、至急引き上げなければなりません！　浮氷原に大きな裂け目が広がりつつあり、水溜《みずたま》りが出来ています！　急がないと、ここに閉じ込められかねません！」

メンダーは質問に無駄な時間を割かなかった。「船にもどれ！」と彼は命じた。「急げ！」

ロクサーナは頭骨をスカーフで包み、片方の腕で抱えこんだ。

「土産を持ちかえる余裕はないぞ」メンダーは妻に厳しい口調で言った。しかし彼女は夫の言葉を無視して、頭骨を離さなかった。

ロクサーナを先頭に押し立てて、男たちはあわただしく階段を上がってメインデッキに出ると、浮氷原に下りた。一面に張り詰めていた氷原がいまや歪《ゆが》んで裂け、いくつもの水溜りに分かれているのを目《ま》の当たりにして、彼らは愕然《がくぜん》となった。海水が氷の間から湧きあがって氷盤の上に広がり、ひび割れは蛇行する細流や川と化しつつあった。彼らは誰一人として、浮氷原がこんなに早く溶けるとはまったく思っていなかった。

なかには高さ一二、三メートルもある押し上げられた氷塊を迂回《うかい》し、広がって渡れなくなる前に裂け目を何度も飛び越すなど、乗組員とロクサーナはまるで地獄の女妖精《バンシー》全員に追われているように走った。氷同士がこすれ合うなんとも表現のしようのない無気味な音が、彼らの心に恐怖心を植えつけた。歩行は困難を極めた。一歩踏み出すたびに彼らの足は、浮氷原の平坦《へいたん》部に吹き寄せられた雪の覆《おお》いに一五センチも埋もれた。

また風は募ったが、信じられないほど温かく感じられた。船が氷に押しこめられてから出合った、これまでいちばん温かい空気だった。二・五キロ近く走ると、みんな疲れていまにも倒れそうになった。パロヴェルデ号上の船乗り仲間の急げと懇願する叫び声に駆りたてられて、みんなはいっそう力を尽くした。やがて不意に、船にたどり着こうとする彼らの苦闘は、空《むな》しく終わったかに思われた。パロヴェルデ号の安全圏に入る手前の最後の裂け目が、彼らをほぼ撃退した。それは飛び越えるには広すぎる六メートルに広がってしまっていたし、三〇秒ごとに三〇センチの割りで広がりつつあった。

彼らの苦境を見ぬいたパロヴェルデ号の二等航海士エイサ・ナイトは、船上の部下たちに舷側《げんそく》から両頭船《ウェルボート》を下ろせと命じた。乗組員たちは氷上を過《よ》ぎってボートを裂け目まで運んでいった。溝はいまや九メートル近くなっていた。重いボートを押したり引いたりして乗組員たちは懸命に、船長夫妻と仲間を手遅れになる前に救い出そうとした。非常な努力の末に、溝の向こう端にたどり着いた。そのころには、メンダー、ロクサーナ、そのほかの者たちは、氷から湧きあがってくる水に膝《ひざ》まで漬かっていた。

ボートは素早く凍《い》てつく水中へ押し出された。乗組員たちは氷原の急速に広がる一方の川を漕《こ》いで渡りきり、死まで数分の対岸から解放されて心からほっとした。ロクサーナが最初に岸に下ろされ、ほかの乗組員やメンダーが続いた。

「すっかり世話になったな、ナイト君」メンダーは二等航海士の手を握りしめながら言った。「君の機敏な決断がわれわれの命を救ったのだ。とくに妻に代わって、お礼を言わせて貰《もら》う」

「それに子供」ロクサーナが、二人の乗組員に毛布で包まれながらつけ加えた。

メンダーは妻を見つめた。「われわれの子供は、船上で無事だ」

「サミュエルのことを言っているのではないの」彼女は歯をカチカチ鳴らしながら伝えた。

メンダーは彼女をみすえた。「子供がまたできたというのか、おまえ？」

「約二ヶ月だと思うの」

メンダーは仰天した。「おまえは妊娠していると知りながら、嵐《あらし》の氷原へ出ていったのか？」

「出かけたときは、嵐は来ていなかったもの」

「呆《あき》れたものだ」彼はため息をもらした。「どうしてくれようか？」

「もしも奥さんが不用なら、船長」ビゲローが陽気に言った。「私めが喜んでお引き受けしますよ」

骨の髄まで冷えこんでいたが、メンダーは声をあげて笑いながら、彼女の息が詰まってしまうほど妻を抱きしめた。「その気にさせないでくれ、ビゲロー君、そいつは無しだ」

三〇分後に、ロクサーナはパロヴェルデ号上にもどりついて乾いた衣服に着替え、鯨の脂肪層を溶かすのに使われるレンガと鋳鉄製の大きなストーブの周りで身体《からだ》を温めた。彼女の夫や乗組員たちは、一息入れなかった。帆布はしまってあった収納庫から急遽《きゅうきょ》持ち出されて、索具に取りつけられた。間もなく帆は広げられ、錨《いかり》は海底から引き揚げられ、メンダーの操船のもと、パロヴェルデ号は巨大な氷山の間に広がる融水路を縫いながら、開けた海をふたたび目指した。

六ヶ月にわたり寒気と飢餓に近い状態に耐えた後に、船長はじめ乗組員は浮氷原から解放されて母国へ向かったが、それは二一万リットルの抹香鯨《まっこう》油を樽《たる》に詰め込んでからのことだった。

ロクサーナが凍てついたマドラス号から持ちかえったあの黒曜石製の奇妙な頭骨は、サンフランシスコにある夫婦の住まいの暖炉に載せられた。メンダーがリバプールのスカイラー・クロフト交易会社の現在のオーナーたちにきちんと連絡をしたところ、新しい社名になっていたが彼は航海日誌を送り、ベリングスハウゼン海沿岸の遺棄船を発見した場所を知らせてやった。

過去の呪《のろ》われた亡骸《なきがら》は、隔絶された極寒の地に取り残された。一八六二年に、マドラス号の船荷を回収するために、二隻《せき》からなる探検隊がリバプールから出航したが、どちらの船も二度と目撃された例はなく、南極周辺の大浮氷原で行方不明になったものとみなされている。

それからさらに一四四年たってはじめてマドラス号は再発見され、その甲板に男たちが足を印すことになる。

第一部　地獄の一丁目

1

二〇〇一年三月二二日
コロラド州パンドラ

海抜二七〇〇メートルの高さから見ると、早朝の空の消えなんとする星々が、劇場の庇《ひさし》さながらに煌《きらめ》いていた。しかし、ルイス・マークスがその木造の平屋から外へ出たときに、月は朧《おぼろ》だった。これまで見たことのない不気味なオレンジ色の輪が掛かっていた。彼は珍しい現象を少しばかり眺めてから、庭を横切って一九七三年型の四駆のピックアップトラック、シェヴィー・シャイアンのほうへ歩いていった。

彼は作業衣を着こむと、妻と二人の娘を起こさないように、こっそり家を抜け出た。妻のライザは気持ちよく起きだして朝食の支度をし、お昼のサンドイッチも作ってくれるのだが、朝の四時は早すぎる、そんな時間に暗闇《くらやみ》をうろつくのは、お頭《つむ》の調子がよくない人ぐらいだ、と彼は譲らなかったのだ。

マークス一家は質素な暮らしをしていた。彼は自分の手で、一八八二年に建てられた家を改造した。子供たちは近くのテリュライドにある学校に通っているが、人気沸騰《ふっとう》のスキーリゾートでは手の出ない品物を、彼ら夫婦は毎月でかける一二五キロほど北寄りの、一回り人口の多い牧場町モントローズへの買い物旅行の際に仕入れてくる。

彼はいつも通りゆっくりコーヒーを味わいながら、いまやゴーストタウンと化した周囲をじっくり見つめる。ぼんやりとかすむ月明かりのもと、いまも建っているわずかばかりの建物は、墓地の墓石さながらだ。

一八七四年に、金を含有した岩石が発見されると、鉱夫たちがどっとサンミゲル渓谷へ押し寄せて町を作り、パンドラと名づけた。美しい人の娘と、彼女の持っていた謎《なぞ》めいた悪霊《あくりょう》がいっぱい詰まった箱にまつわるギリシア神話にちなんでのことだった。ボストンのある銀行が鉱業権を買い取り、操業の資金を出し、鉱山町としてもっと名の知られていたテリュライドのわずか三キロあまり北に、大きな鉱石処理工場を建てた。

関係者はパラダイス鉱山と命名した。いくらもしないうちにパンドラは、町民二〇〇を数え独自の郵便局を持つ、小さな企業町になった。社宅はきれいにペンキで塗り上げられ、刈り込まれた芝生は白い柵《さく》に囲まれていた。パンドラの町は出入り口が一箇所しかない、切り立った深い渓谷にあったが、孤立してはいなかった。テリュライドへの道はよく整備されていたし、リオグランデ南部鉄道の分岐線が町まで伸びていて、鉱山行きの乗客や補給品を搬送し、処理積みの鉱石を分水嶺《ぶんすいれい》越えにデンバーへ送りこんだ。

この鉱山は呪《のろ》われていると断言する人たちがいる。過去四〇年を上回る期間に、五〇〇〇万ドル相当の金を抽出するために大勢の従業員が犠牲になっていた。総数二八名の岩盤除去鉱夫が有毒ガスの発生する不気味な斜坑内で命を落としたし――一度の事故だけで一四名――思いがけない事故や落盤のために、一〇〇名近いものが生涯不具になっていた。

道筋を南へ下ってテリュライドに住みついた古株たちは生前に、幽霊と化した死せる鉱夫のうめき声が、コロラドの眠気を誘う青空へ四〇〇〇メートル近く立ちあがっている急峻《きゅうしゅん》にして不吉な灰色の絶壁を刳《く》りぬいた、全長一六キロに達する蜂《はち》の巣状の空《くう》疎《そ》な斜坑内で聞こえると言ったものだった。

一九三一年には、化学薬品の助けを借りても利益をもたらすだけの金が鉱石から採れなくなった。鉱脈を掘り尽くし、パラダイス鉱山は閉鎖された。六五年以上、鉱山はたんなる記憶に成り果て、周囲の眺望に刻みつけられた傷跡はゆっくりと回復に向かった。一九九六年にいたるまで、その幽霊にとりつかれた立鉱や坑道が、ブーツの足音やつるはしの響きを聞くことは二度となかった。

マークスは視線を山脈の峰々に向けた。先週、四日続きの嵐《あらし》が襲い、すでに吹き溜《だ》まっていた斜面に、さらに一メートル二〇センチあまりの雪を置いていった。春を伴ってくる暖かくなるいっぽうの気温のせいで、雪は一様に柔らかいマッシュポテト状になっている。この高地ではきわめて危険な状態で、スキーヤーたちは既定の滑走コースから外れないように警告を受けている。マークスの知るかぎりでは、大きな雪崩《なだれ》がパンドラの町を襲ったことはない。家族は安全なので安心していたが、冬の間、彼は自分自身の危険は毎回無視して凍りついた急な道を車でのぼり、山脈の地中深くでただ一人作業をした。暖かい日々の到来と共に、雪崩はいつでも起きかねなかった。

マークスが雪崩を目撃したのは、長い山岳地帯暮らしで一度だけだった。岩や木立を押し流す雪崩の壮大極まりない美しさと力強さ、それに雷鳴さながらの轟《とどろ》きを伴う巨大な雪煙を立てながら谷を落下する雪を、彼は一度として忘れたことはなかった。

ようやく彼はヘルメットをかぶると、シェヴィー・ピックアップのハンドルの向かいに滑りこみ、エンジンを掛けると暖めるために、しばらくアイドリングさせておいた。やがて彼は狭い舗装されていない道を慎重にのぼって、かつてコロラド州で金をいちばん産出していた鉱山へ向かった。タイヤは前回の嵐が残していった雪に、深い轍《わだち》を印した。山際《やまぎわ》の断崖《だんがい》は一気に、麓《ふもと》まで二〇〇メートルほど落ちこんでいる。いったんハンドルを取られて横滑りをすると、救助隊ははるか下の岩場に叩《たた》きつぶされたピックアップからマークスの砕かれた死体を曳《ひ》きずり出すことになる。

地元の連中は、旧パラダイス鉱山の鉱業権を買い取った彼を、愚かなやつだとみなしていた。採取する価値のある金は、ずっと昔になくなっていた。しかも、テリュライドのある銀行家を除けば、マークスへの投資が彼を金持ちにするなんて、だれひとり夢にも思ってもいなかった。鉱山から上がった利益を抜け目なく地元の不動産に投資したところ、スキーリゾートのテリュライドがブームに乗ったので、二〇〇万ドル近く儲《もう》けた。

マークスは金に関心はなかった。一〇年にわたって彼は世界中を回って、宝石用原石を探してきた。モンタナ、ネバダ、それにコロラドでは、放棄された古い金山や銀山をうろつきまわって、カットして貴石に仕上げられる鉱石の結晶を探した。パラダイス鉱山のある坑道の中で、昔の鉱夫たちが価値のない石とみなしていた、ローズピンクの結晶の鉱脈を彼は発見した。その自然の状態の原石を、マークスは菱《りよう》マンガン鉱だと見ぬいた。それはさまざまな色合いのピンクや深紅の見事な結晶で、世界のさまざまな土地で見つかっている。

カットやファセットされた菱マンガン鉱には、めったにお目に掛かれない。大きな結晶はコレクターの間では引く手あまたで、彼らは切り刻まれた小さな粒には関心がない。パラダイス鉱山で採れカットされた一八カラットの無傷の透明な宝石は、きわめて高価だ。引退しても余生を優雅に暮らせることをマークスは承知していたが、しかし鉱脈が続くかぎり、花崗岩《かこうがん》の下から宝石を掘りつくすつもりだった。

擦り傷だらけでフェンダーのへこんだ古いおんぼろトラックを止めると、四つの錠のそれぞれに別個の鎖を縛りつけた、錆《さ》びだらけの大きな鉄の扉のまえに下り立った。男の掌《てのひら》ほどの大きさの鍵《かぎ》を差しこんで四つの錠を開けると、それぞれの鎖を解いた。こんどは両手で大きなドアを引いて開いた。斜行している坑道の少し先まで月明かりが射《さ》しこみ、闇の奥へ消えている二本のレールを映し出した。

彼は大きなポータブル発電機のエンジンを掛け、接続箱のレバーを引っ張った。坑道は不意に一〇〇メートルほども前方まで連なっている裸電球に照らされた。さらに奥へ行くにつれ、光はじょじょに弱まり、ついには遠い先で小さな瞬《また》きと化していた。一台の鉱石車が路盤のうえに蹲《うずくま》っていて、ウィンチと繋《つな》がっている一本のケーブルに結わえてあった。車体は長持ちするように作られており、バケットの側面の錆が酷使をわずかに伝えていた。

マークスはバケットに乗りこみ、リモコンのボタンを押した。ウィンチはうなりを発し、ケーブルはピンと張り、鉱石車はほかならぬ重力のみに引きずられて、レールの上を転がりだした。地下に潜るのは、気弱な者や閉所恐怖症の人には不向きだ。坑道は狭く、鉱石用のバケットが通りぬけるのがやっとだ。ドアの枠組みのようにボルトで固定した冠木《かむりぎ》と側柱が二メートル前後ごとに配置されて、天井を支え落盤を防いでいる。材木の多くはひどく腐っているが、そのほかの物は死んで久しい鉱夫たちがしつらえた日そのままのようにしっかりしていた。鉱石車は傾斜している坑道を猛然とくだりおり、深さ三六〇メートルで停止した。ここまで深くなると、坑道の天井から絶え間なく水が滴《したた》り落ちた。

バックパックと昼飯の弁当を手にとると鉱石車から下り、立坑まで歩いていった。その坑道は地下六六〇メートルにある、旧パラダイス鉱山の下層部まで降下していた。そこからは一本の中央連絡坑と数本の立入坑が、車のスポーク状に花崗岩のなかへ広がっている。古い記録や地下の地図によると、パンドラの地下や周辺にはほぼ一六〇キロに達する坑道がある。

マークスは口を開けている闇の中に、石ころを一つ蹴落《けお》とした。水のはねる音が、二秒もしないうちに聞こえた。鉱山が閉鎖されてから間もなく、山麓《さんろく》の地下ポンプ場は操業を停止したので、深部の坑道は水浸しになった。時が経《た》つにつれ水位は上昇し、マークスが菱マンガンの鉱脈を掘っている地下三六〇メートルの層まで、あと五メートル足らずに迫っていた。じょじょに上昇する水は、コロラド州とニューメキシコ州にまたがるサンフアン山脈の雨季の降雨量が例外的に多いと勢いづくので、水がほんの数週間後には古い立坑の上まで達して中央連絡坑に溢《あふ》れだし、宝石の採掘が終わりになることを彼に告げていた。

マークスは残されたわずかな時間に、できるだけ多く原石を掘り起こすつもりだった。日ごとに作業時間は長くなっていった。彼はただ一つ頼りのつるはしを懸命に振るって赤い結晶をとりだすと、手押し車で鉱石をバケットまで運び、鉱山の地表まで上るのだった。

彼は坑道の奥へ歩いていきながら、鉱山を放棄する際に鉱夫たちが捨てていった古びて錆びついた鉱石車やドリルを避けて通った。機具に対する市場は、同じ時期に近隣の鉱山がつぎつぎに閉鎖されたために成り立たなかった。どれもこれも、最後に使われた場所にあっさり投げ出され、放置されたままになっている。

七〇メートルほど坑道を進むと、やっと通りぬけられる岩盤の裂け目の前に出た。その六メートルほど先には、彼が採掘している菱マンガン鉱があった。裂け目の天井から吊《つ》り下がっている電球が切れてしまっていたので、バックパックに詰めてある中の一つと交換した。次につるはしを手にとると、宝石を抱えこんでいる岩盤に襲い掛かった。天然の状態では鈍い赤い色をしているので、結晶はマフィンに入っている乾《ほ》しサクランボに似ている。

頭上の裂けた岩盤は、突き出してオーバーハング状になっているので危険だ。落下した岩盤に押しつぶされないように安全に作業を続けるためには、発破で吹き飛ばすしかなかった。ポータブルの圧縮空気ポンプで、岩盤に穴を一つ開けた。こんどは少量の装薬を押しこみ、そのワイアーを手持ちの起爆装置に繋いだ。裂け目の角をすり抜けて中央連絡坑に入りこむと、プランジャーを押した。鈍いズンという音が坑道内に木霊《こだま》し、続いて転がり落ちる岩石の音が続き、逆巻きながら塵《ちり》の帳《とばり》が坑道に入りこんできた。

マークスは少し待って塵が収まると、天然の裂け目に慎重に入っていった。オーバーハングは跡形もなかった。砕け散ってしまい、狭い床の上で小山と化していた。手押し車を引いてくるとがらくたの整理にとりかかり、坑道の少し前方へ投げ捨てた。裂け目の後片づけがようやく終わると、上を見てオーバーハングの危険な部分が残っていないかどうか確かめた。

結晶鉱脈の上に架かっている天井に不意に現れた一つの穴を彼は怪訝《けげん》に思い、まじまじと見つめた。ヘルメットの頂にあるライトを上へ向けた。光線は穴を通りぬけて、その先にある部屋らしきものを照らした。にわかに好奇心にとりつかれて、彼は坑道を五〇メートル近く走り戻ると、放棄された鉱山機具の中から変わり果てた長さ二メートル足らずの錆びついた梯子《はしご》を探し出した。裂け目の中へ引き返すと、梯子を立てかけて横木をのぼり、穴の縁の石を数個引きぬき、身体《からだ》をすぼめれば通りぬけられるように開口部を広げた。そこで彼は胴の上半分を部屋の中へ押しあげ、首を左右に回して周囲の闇にヘルメットの光をぐるっと当てた。

マークスが見つめているのは岩盤を刳りぬいた部屋だった。完全な立方体で、縦横ほぼ四・五メートルで、床と天井の間隔も同じだった。不可思議なさまざまな印が、滑らかな一枚岩に彫りこまれていた。それは紛れもなく、一九世紀の鉱夫の仕業ではない。

そのうちに不意に、ヘルメットの電灯の光が石造の台座を捉《とら》えると、台上の物体が煌《きら》めいた。

マークスは不気味な黒い頭骨にショックを受け、身が凍えた。その虚《うつ》ろな眼窩《がんか》は、彼をまともに見据えていた。

2

パイロットはユナイテッド航空の双発式ビーチクラフトをバンクさせて、一対の綿毛のような雲を迂回《うかい》すると、サンミゲル川の北寄りにある崖《がけ》の上の短い滑走路に向かって降下を開始した。彼は何度となく狭いテリュライド空港で離発着を行なってきたが、いまだに機体を着陸させることに注意を奪われてしまい、上空から眺める雪をいただいたサンフアン山脈のわが目を信じかねるほどの素晴らしい光景に見入ることはできなかった。鮮やかな青空の許《もと》、雪に覆《おお》われた切り立つ峰と斜面が描く静謐《せいひつ》な美しさは、息を呑《の》むばかりだ。

航空機が渓谷に深く降下していくにつれ、山脈の斜面が左右から厳かに立ちあがってくる。斜面がひどく近くに見えるので、乗客たちは両翼が岩の路頭に生えているハコヤナギに触れかねないような気がする。やがて降着装置が下ろされ、一分もすると車輪が狭いアスファルトの滑走路に接地し、ズシンと音を立ててきしむ。

そのビーチクラフト機は乗客を一九名しか乗せていなかったので、荷下ろしはあっけなくすんだ。ドロシー・オコンネルは最後に地上に下りたった。このスキー・リゾートタウンへ飛来したことのある友人たちの忠告を聞き入れて、彼女は主翼のいずれかに視界を塞《ふさ》がれずに素晴らしい眺めを楽しめるように、後部の座席を予約したのだった。

海抜二七〇〇メートルだと、空気は薄いが信じられないほど澄んでいるし爽《さわ》やかだった。飛行機からターミナルビルへ歩いていきながら、ドロシーは深く息を吸い込んだ。ドアを通りぬけようとしていると、背が低くずんぐりとした、頭を剃《そ》りあげ濃い褐色の髭《ひげ》をたくわえた男が、彼女に近づいてきた。

「オコンネル博士？」

「どうぞドロシーと呼んでください」と彼女は答えた。「アンブローズ博士ですね」

「トムと呼んでもらいましょう」彼は温かみのある笑顔を浮かべて言った。「デンバーからのフライトは楽しめましたか？」

「素晴らしかったわ。山脈の上空ではいくらか揺れましたが、美しい景色に不安など消し飛んでしまいました」

「テリュライドは美しい土地です」博士はもの思わしげに言った。「ときどき、ここに住みたくなります」

「あなたのような経験豊富な方には、研究の対象になる考古学的な遺跡がここにはあまりないようですが」

「この高度ではありません」と彼は言った。「古代インディアンの遺跡があるのは、ずっと高度の低い場所です」

トーマス・アンブローズ博士は著名な人類学者の典型にはまらぬ点があるにしろ、その分野ではもっとも敬意を払われている一人だった。アリゾナ州立大学の名誉教授で、熟達した研究家であり、現地調査に関する報告書は詳細を極めている。現在五〇代後半の彼には――ドロシーは博士の年を一〇歳若く見ていた――南西部全域における原始人とその文化の歩みを三〇年に渡って追究してきた実績があった。

「電話にでたキッド博士は、とても謎《なぞ》めいていました。発見に関してはほとんどなにも、情報をくれなかったんですよ」

「わたしもお知らせするつもりはありません」とアンブローズは言った。「時がくるまで待って、じかに見るのがベストです」

「博士と今度の発見には、どういう係わりがおありなのでしょう?」

「よい折りに、よい場所にいたわけです。年配のガールフレンドとスキー・バケーションに来ていると、コロラド大学の同僚から電話があって、ある鉱夫が発見したと言われている例の人工遺物を一度見てくれないか、と求められたのです。ざっと現場を調べたところ、わたしの手には余ると気づいたのです」

「それがわたしにはとても信じられないのです、あなたの定評は大変なものですから」

「残念ながら、わたしの専門分野に刻文は含まれていませんので。それで、あなたの登場になったわけです。わたしが個人的に知っている古代碑文の解読専門家は、スタンフォード大学のジェリー・キッド博士だけです。彼は都合がつかなかったのですが、代わりにあなたを強く推してくれた」

アンブローズが振り向くと、手荷物引き替え所の外側の扉が開き、手荷物係も兼ねているターミナルの集札係の女性が、スーツケースを傾斜した金属製のトレーに投げこみはじめた。「あの大きなグリーンのが、わたしのだわ」とドロシーは言った。ありがたいことに近くにいた一人の男性が、参考文献がぎっしり詰まった重さ二二、三キロあるケースを運んでくれた。

アンブローズはぼやきながらもあれこれ言わずに、重いケースをターミナルの外に駐車していたジープ、チェロキーまで運んでいった。ドロシーは車に乗りこむのをちょっとためらい、渓谷を過《よ》ぎっているウイルソン山とサンシャイン・ピークの上り斜面に広がるマツやハコヤナギの厳かな森の眺めに見入った。立ちつくして周囲に広がる光景に見惚《みと》れていると、アンブローズはその束《つか》の間《ま》に彼女を観察した。ドロシーの髪は煌《きらめ》く赤毛で、ウエストまで垂れ下がっていた。目はセージの緑色。彫像家に刻みだされでもしたように、右足に体重を掛け左の膝《ひざ》を軽く内側へむけている。左右の肩と腕は、ふつうの女性より筋肉が発達している感じで、きっとスポーツジムで長い時間掛けて鍛えあげられたのだろう。身長は一七〇センチ、体重は六〇キロあまりと見当をつけた。愛くるしいとか飛びきりの美人ではないが可愛らしい女性で、ジーンズに男っぽい革のジャケットよりもう少し魅力的な身なりをしていたら、すこぶるそそるだろうと彼は想像をめぐらせた。

古代文字の解読にはドロシー・オコンネルが最適だ、とキッド博士は言った。博士は彼女の略歴をファックスで送ってくれたし、アンブローズは感心した。年は三五歳、スコットランドのセントアンドルーズ・カレッジで古代諸言語に関する研究によって博士号を取得し、ペンシルヴェニア大学で初期言語学を教えている。彼女は世界各地で発見し解読した、岩壁に刻まれた碑文に関する本を三冊書いて、高い評価を得ていた。事務弁護士と結婚をして別れ、一四歳になる一人娘を養っていた。確固たる伝播《でんぱ》論者で、さまざまな文化は次から次へと伝わっていくもので、独自に創造されはしないとする理論を奉じており、古《いにしえ》の船乗りたちはコロンブスより何百年も前にアメリカ海岸を訪れていたと強く信じていた。

「気《き》の利いた朝飯つきの宿を予約しておきましたよ」アンブローズは知らせた。「お望みなら、一時間ほど車から降りて、さっぱりしていただいても結構ですが」

「いいえ、それには及びません」ドロシーは微笑《ほほえ》みながら応じた。「さしつかえなければ、遺跡へ真直《まっす》ぐ行きたいのですが」

アンブローズはうなずくと、上着のポケットから携帯電話を取り出し、番号をダイヤルした。「ルイス・マークスに知らせます。鉱山の持ち主で、彼が問題の発見者であり、われわれが訪ねることは知っています」

彼らはテリュライドの中心街を無言のまま走り抜けた。ドロシーは南よりのマウンテン・ビレッジのスキー場を見上げ、町外れまで下っている急なモーグル・コースに挑んでいるスキーヤーたちを見つめた。彼らは前世紀の間ずっと保存されてきた、古い建物の群れにさしかかった。いまは修復されて、酒屋ばかりだったのに、さまざまな小売店が収まっていた。アンブローズが左手のあるビルを指差した。「あそこなんだ、ブッチ・キャシディがはじめて銀行強盗をやったところは」

「テリュライドは歴史の豊かな町なんでしょうね」

「そうなんです」アンブローズは答えた。「あのシェリダンホテルのまさに前で、ウイリアム・ジェニングス・ブライアンはかの有名な〝金の十字架〟演説を行なった（訳注 一八九六年のこの演説によって彼は一躍、民主党大統領候補に躍りでたが、共和党候補マッキンリーに敗れた）。それにサウスホーク渓谷のずっと北寄りには世界最初の発電所がある。鉱山のために交流電気を生成したのです。工場の設備はニコラ・テスラ（訳注 アメリカの電気工学者）によって設計された」

アンブローズがスキー客で賑《にぎ》わうテリュライドの中心街を走り抜け、切り立つ渓谷に入っていくと、舗装道路はパンドラ町で終わりになった。ドロシーは旧鉱山町を取り囲んでいる急峻《きゅうしゅん》な断崖《だんがい》を驚嘆して見つめ、ブライダルヴェール滝の美しさに引きこまれた。暖かい春の前奏曲である雪解け水がほとばしりだし、滝となって水を落としはじめていた。

彼らは脇道《わきみち》へそれて、廃屋になっている古い数軒のビルのほうへ向かった。明るい青緑色に塗られた一台のバンとジープが外に留まっていた。ウエットスーツ姿の一対の男たちが、ドロシーには潜水用具と思われる品物を下ろしていた。「ダイバーたちが山岳地コロラドの真中で、いったい何をしようっていうのかしら?」彼女は漠然と訊《き》いた。

「昨日立ち寄って、彼らと話をしたんですが」アンブローズが答えた。「国立海中海洋機関の連中です」

「海を離れてはるばるきたものね、そうじゃなくて?」

「わたしの聞いたところでは、彼らはかつてサンフアン山脈の西側面の排水に用いられていた、複雑な機構を持つ昔の水路を踏査しているそうです。地下には洞穴の迷路があって、旧鉱山の坑道と繋《つな》がっている」

八〇〇メートルほど北へ走ると、車は放棄された大きな鉱業所の脇に差しかかった。一台の大型トレーラートラックが、別の放棄された古い鉱山の入口の手前を流れているサンミゲル川の脇に駐車していた。その車の周りにはテントがいくつか張ってあって、数人の男たちがキャンプのあたりをうろついているのが見える。大型トレーラーの左右の側面には、地球地下科学社、本社アリゾナ州フェニックスとペンキで書きこまれていた。

「またも科学者たち」アンブローズは訊かれもしないのに話し出した。「地球物理学者の一行で、地中を走査する優れた装置で旧鉱山の立坑を探索して、昔の鉱夫たちが見落とした金脈を探知する気なんです」

「なにか見つかると思いますか？」ドロシーは訊いた。

アンブローズは肩をすくめた。「難しいでしょうね。この辺り一帯の山は、かなり深く掘ってあるから」

もう少し先まで行くと、アンブローズは絵のような一軒の家の前に車を寄せ、くたびれたピックアップトラック、シェヴィーの隣に停めた。マークスとライザは二人が訪ねて来るのを知らされていたので、表へ出てきて彼らを迎え、アンブローズは夫妻にドロシーを紹介した。

「あなたがたが羨《うらや》ましいわ」ドロシーは言った。「こんな素晴らしい景観の中で暮らしているんですもの」

「残念ながら」ライザが応じた。「一年も経《た》ったら、目にとまらなくなるものです」

「見慣れてしまうなんて、とても想像もつかないけど」

「何をさしあげましょう？　コーヒー？　ビール？」

「わたしは結構です」とドロシーは答えた。「よろしければ、あなたの発見を早く拝見させていただきたいのですが」

「心配には及びません」とマークスが応じた。「日が沈むまでまだ五時間あります。あの部屋を見てからだって、暗くなる前に楽に戻ってこられます」

「夕食を用意しておきます」ライザが知らせた。「ヘラジカのバーベキューなら喜んでもらえるのではないかと思ったのですが」

「美味《おい》しそうね」ドロシーはすでに空腹のうずきを感じながら言った。

マークスは古びたトラックにうなずいて見せた。「鉱山を車で登るには、あなたのジープを拝借するほうが楽だと思いますが、ドク」

一五分後に、彼らは鉱石車の中に座り、坑門から旧パラダイス鉱山内へ降りつつあった。ドロシーには新しい経験だった。これまで坑道に入ったことは一度もなかった。

「だんだん暖かくなってくるわね」彼女は感じを口にした。「深く潜るにつれて」

「単純な計算によれば」とマークスが説明した。「気温は三〇メートル地中へ降下するごとに、約一度上昇する。現在水浸しになっている坑道の深さでは、かつては摂氏三五度以上あったものです」

鉱石車は停止した。マークスは車を下りると、大きな木製の道具箱に手を突っこんだ。彼はドロシーとアンブローズにヘルメットを手渡した。

「落石の用心？」ドロシーは訊いた。

マークスは声を立てて笑った。「おもに、低い材木から頭を守るためです」

頭上の材木にとり付けられた頼りなげな黄色い灯りの揺らめきを追いながら、彼らはマークスを先頭に湿っぽい坑道を進んでいった。誰かが話しかけると、声が坑道周囲の岩盤に木霊《こだま》して、虚《うつ》ろな響きを放った。ドロシーは一度ならず、錆《さ》びついた古い炭坑車のレールを固定している枕木《まくらぎ》にけつまずいたが、倒れずに踏みとどまった。今朝早く、テリュライドへ飛びたつ前に身支度をするさいには気づいていなかったが、履きなれたハイキングシューズを選んだのは賢明な判断だった。一時間も経ったかと思えたころに、実際にはわずか一〇分しか過ぎていなかったのだが、彼らは問題の部屋に通じる裂目に達したので、マークスにしたがって狭い隙間《すきま》をすり抜けた。

彼は梯子《はしご》の下で立ちどまると、上のほうへ向かって身振りをして、岩盤の天井の穴からあふれ出ている明るい光を示した。「あなたが昨日たずねてこられてから、内側にいくつかライトを吊《つ》るしたんです、アンブローズ博士。周りの無垢《むく》の岩盤が反射鏡の働きをしているので、碑文の研究には支障はないはずです」そう言うと、彼は脇によって梯子を上るドロシーに手を貸した。

予備知識を与えられていなかったので、彼女は呆然《ぼうぜん》となった。ツタンカーメンの墳墓をはじめて目《ま》の当たりにした瞬間の、ハワード・カーターさながらだった。彼女の瞳《ひとみ》はとっさに黒い頭骨に食い入った。うやうやしくその台座に近づくと、いく筋もの光を受けて煌いている滑らかな表面を凝視した。

「精妙絶美」彼女がほれぼれとつぶやいていると、アンブローズが身体《からだ》をすぼめて隙間を通りぬけ隣に立った。

「傑作です」彼は同意した。「黒曜石から彫り起こされている」

「ブラジルで発見された、マヤ文化の水晶の頭骨を見たことがあります。このほうが、はるかに魂を揺さぶる。これに引き換え、むこうのは生硬です」

「水晶の頭骨は光のオーラを放射するし、不思議な音を放つといわれている」

「きっと嗜眠《しみん》状態だったのだわ、わたしが調べた時には」ドロシーは微笑みながら応じた。「鎮座したまま、にらみ返しただけよ」

「どれくらい歳月を要するものか、わたしには想像できない――現代の工具を欠いていたのだから、何世代も要した可能性がいちばん高いが――こんなに固くもろい鉱物からかくも美しい品物を磨きだすのだから。金槌《かなづち》で軽く一打ちするだけで、こなごなに砕け散りかねない」

「表面は平滑そのもので、無傷です」ドロシーは柔らかく言った。

アンブローズは片手をぐるっと振って室内を示した。「この部屋全体が一つの驚異だ。周囲の壁面や天井の碑文を岩盤に刻みこむのには、五人で分担しても楽に一生掛かったろうし、その前に、内側の表面を磨きあげる大仕事があった。この部屋を、この深層の無垢の花崗岩から掘り起こすだけで、数年は掛かるはずだ。わたしは寸法を計った。周囲の壁面、床、それに天井は完璧《かんぺき》な立方体を形成している。かりに内部の表面が直線ないしは垂直線からずれているとしても、それは一ミリ以下だろう。昔の古典的なミステリー小説と同様に、われわれは窓もドアもない部屋で行なわれた一つのドラマに直面している」

「床の開口部は？」ドロシーは確かめた。

「ルイス・マークスが、宝石を掘りだしていたさいに爆破したものです」とアンブローズが答えた。

「ではこの部屋は、出入り口がないのに、どうやって造られたのかしら？」

アンブローズは天井を指差した。「この部屋の周囲でわたしが探しえた唯一《ゆいいつ》の手掛かりは、天井にあるきわめて微細な割れ目です。この部屋を造った者は誰であれ、上から掘り下がってきて、ぴったりの寸法に仕上げた石の厚板を部屋の上にはめこんだ」

「どんな目的で？」

アンブローズは笑いを浮かべた。「それゆえに、あなたはここにおいでになる。答えを出すために」

ドロシーはメモ帳、小さなペンキ刷毛《ばけ》、それに拡大鏡を、ベルトに付けた袋から取り出した。片側の側壁に近づくと、数世紀分の埃《ほこり》を岩石から払いのけ、拡大鏡ごしに銘文をみすえた。字体をしばらく熱心に検討していたが、やがて顔をあげて天井に目を凝らした。今度は捉《とら》えどころのない表情でアンブローズを見つめた。「天井は恒星を収めた天体図のようです。記号のほうは……」彼女はくちごもり、捉えどころのない表情でアンブローズを見つめつづけた。「これはきっと、この坑道を掘った鉱夫たちがやってのけた、ある種のいたずらだわ」

「なにを根拠に、その結論に達したのです？」アンブローズは訊いた。

「この記号は、わたしがこれまでに研究した古代のどの書法とも、似たところがまったく無いからです」

「一部なりと解読が可能ですか？」

「この記号は象形文字のような絵文字ではないし、個々の言葉を現わす表語記号でもない、としかわたしには言えません。それにこの一連の記号は、語や音節を示唆《しさ》してもおりません。アルファベット（音素文字）のようです」

「すると銘文は、単一音の組み合わせなんですね？」アンブローズは探りを入れた。

ドロシーはうなずいて同意した。「ある種の記載されたコードか、独創的な記述法のいずれかですね」

アンブローズは相手をまじまじと見詰めた。「なぜこれ全体がいたずらだ、とあなたは思うのです？」

「この碑文は、有史時代を通じて人類が編み出してきた既知のどのパターンとも合致しないからです」ドロシーは物静かな、威厳に満ちた口調で知らせた。

「あなたは独創的だ、と確かにいったが」

ドロシーはアンブローズに拡大鏡をわたした。「ご自分でご覧になってみてください。この記号は素晴らしく簡潔です。幾何学的な表象と単一の線の組み合わせは、意思の記述伝達法としてすこぶる効果的です。ですから、このいずれの部分であれ、古代のある文明の産物だ、とわたしは信じられないのです」

「この記号は解読可能ですか？」

「写しを取って、大学のコンピューター研究所で研究してみないと分らないわね。古代の碑文の大半は、この一連のものほど明確でも鮮明でもない。ここにある記号は、型がはっきりしているようです。一番困るのは、手引きになってくれる同類の刻文が、世界のどこにも無いことなの。コンピューターが突破口を開いてくれるまで、わたしは未知の領域をうろつくことになる」

「上の調子はどうです？」マークスが裂目の下から叫んだ。

「さし当たりぜんぶ終わりました」ドロシーが答えた。「町に文房具屋があるかしら？」

「二軒」

「助かるわ。大量のトレーシングペーパーと、長く巻き取れる透明なテープをいくらか――」彼女は黙りこんだ。微《かす》かな鳴動が坑道のほうで生じ、小部屋の床が二人の足許《あしもと》でゆれた。

「地震なの？」ドロシーは下のマークスに声をかけた。

「違います」彼は穴越しに答えた。「たぶん、雪崩《なだれ》が斜面のどこかで起こったのでしょう。あなたとアンブローズは、このまま仕事をつづけてください。わたしは地表までいって見届けてきます」

新たな振動に、前回より強く部屋が揺さぶられた。

「わたしたちもあなたと一緒に行くほうがいいみたい」ドロシーは不安げに言った。

「坑道の支柱は古く、多くは腐っている」とマークスは警告した。「岩盤の過度なぶれによって支柱が倒れ、落盤が生じかねない。あなたたち二人は、ここで待つほうが安全です」

「遅くならないでよ」ドロシーは頼んだ。「なんだか閉所恐怖症に襲われそうな気がするの」

「一〇分後には戻ってきます」マークスは彼女に請合った。

マークスの足音が下の裂目から遠のいて薄れると、ドロシーはアンブローズのほうへ向き直った。「頭骨に対する評価を仰《おつしや》っておられませんが、博士。古代のものとお考えですか、それとも現代のものでしょうか？」

アンブローズは漠然とした眼差《まなざ》しで頭骨を見つめた。「これが人の手でカットされ磨かれたのか、それとも現代の器具で行なわれたのかは、研究所の協力がなくては決められない。ただし、一つだけはっきりしている。この部屋は鉱夫たちによって掘削され造られたものではない。これだけ大掛かりなプロジェクトなのだから、どこかに趣意書があってしかるべきだ。旧パラダイス鉱山の記録や坑道図には、この特定の場所にある地下室に通じる立坑はまったく示されていない、とマークスはわたしに請合っている。したがって、一八五〇年以前に掘削されたに違いない」

「あるいは、ずっと後に」

アンブローズは両肩をすくめた。「鉱山事業は、一九三一年に総《すべ》て閉鎖された。こんな大掛かりな作業を、その後に、人目を引かずに行なうのはとても無理です。わたしの名誉を賭《か》けるつもりはありませんが、この部屋と頭骨が一〇〇〇年以上は経っている、おそらくもっと古いと固く信じていることを、曖昧《あいまい》さぬきで申しあげておきます」

「たぶん初期インディアンたちの仕業でしょう」ドロシーは固執した。

アンブローズは首を振った。「あり得ません。初期アメリカ人たちは複雑な石の構造物をたくさん作りましたが、これほど精巧な作業は彼らの手には余る。そのうえ、碑文が問題だ。とうてい、書き言葉を持たぬ人種の仕事ではない」

「これは紛れもなく、高い知性を裏づける証左としか思えないわ」花崗岩に刻みこまれた記号を指先で軽くたどりながら、彼女は声を抑えて言った。

アンブローズと隣り合ったまま、ドロシーは珍しい記号を小さな手帳に写し取りだしたが、やがてそれは四二ページを数えた。つぎには、刻み込みの深さ、それに線と記号との間隔を計った。明らかに見て取れる用語法を検討していくにつれ、彼女の当惑は深まった。碑文には不可思議な論理が絡《から》まっていて、それは丹念な翻訳によってしか解明不可能だった。彼女がせわしなげに碑文や天井の星のシンボルをフラッシュ写真に撮っていると、マークスが床の穴を通りぬけて上ってきた。

「われわれはここにしばらく居ることになりそうです、みなさん」と彼は知らせた。「雪崩で鉱山の入口は塞《ふさ》がれてしまった」

「まあ、どうしよう」ドロシーはつぶやいた。

「苛立《いらだ》たないことです」マークスは固い笑いを浮かべて言った。「わたしの女房は、こうした事態を経験済みです。彼女はわれわれの苦境に気づき、助けを呼んでくれるはずです。町の救助隊は、われわれを掘り出すために重機を伴って、間もなく出発するはずです」

「どれくらいここに閉じ込められることになるのだろう？」とアンブローズが訊いた。

「立坑の開口部を塞いでいる雪の量がわからないので、なんとも言いかねます。わずか

二、三時間てこともありうる。まる一日、掛かるかもしれない。しかし、雪を取り除いてしまうまで、隊員たちは不眠不休で働く。それは間違いない」

ドロシーはふと安堵《あんど》した。「なるほど、では、あなたの照明が点灯しているかぎり、アンブローズ博士とわたしは碑文の記録に時間を割いていいのね」

その言葉が彼女の口をついて出るか出ないうちに、小部屋のずっと下のどこかで途方もない轟音《ごうおん》がした。こんどは、杭材を押しひしぎ嚙《か》み砕く物々しい音に引き続いて、落下する岩石の重苦しいうなりが駆けぬけ、坑道で木霊した。猛烈な突風が吠《ほ》えたてながら裂目を抜けて部屋の中に殺到し、彼らはみんな岩盤の床に頭から叩《たた》きつけられた。

次の瞬間、照明はふっつりと消えた。

3

山中の深部で生じた轟音《ごうおん》は、視界を遮る坑道の奥で不気味に木霊《こだま》しながら、しだいに先細り途切れて息苦しいほどの静寂に吸いこまれ、真っ暗闇《くらやみ》で目には映らぬが、衝撃に煽《あお》り立てられた塵《ちり》は逆巻きながら坑道を駆けぬけ、裂目に食い込み、開口部を経て見えざる手のように上の小部屋に伸びあがった。そのとたんに、塵に鼻や口を塞《ふさ》がれて咳《せ》きこむ声が続発し、細かい砂粒はたちまち歯や舌にこびりついた。

アンブローズが最初に、意味をなす言葉を吐き出した。「いったい何事だろう？」

「落盤」マークスがざらつく声で応じた。「坑道の天井が落ちたに違いない」

「ドロシー！」アンブローズは声をはりあげ、闇のなかで手探りをした。「怪我《けが》をしたのですか？」

「いいえ」彼女は咳きこみながらなんとか答えた。「息を叩《たた》き出されてしまったけど、だいじょうぶよ」

アンブローズは彼女の手を探り当て、起こしてやった。「さあ、わたしのハンカチを顔に当てるといい」

ドロシーはじっと立ったまま、きれいな空気にありつこうとしていた。「まるで地球が、足許《あしもと》で爆発したみたいな感じがしたわ」

「なぜ岩盤が、突然崩落したのだろう？」アンブローズは姿の見えぬマークスに訊《き》いた。

「わたしには分かりかねるが、あれはダイナマイトの爆破音のようだ」

「雪崩《なだれ》の余波が、坑道の崩壊を呼んだのではないだろうか？」とアンブローズは訊いた。

「神に誓って、あれはダイナマイトです」とマークスは応じた。「わたしには分かる。長年にわたってさんざん使ってきたので、あの音を聞き分けられるんです。わたしはずっと、地盤に与える衝撃を最小限にとどめるために、粒子速度の遅いダイナマイトを使っている。何者かが、この下の坑道の一つで、強力な装薬を爆発させたんです。大きいやつです、ショックから判断して」

「この鉱山は放棄されたものと思っていたが」

「そうです。女房とわたし以外には、この数年、誰一人ここに足を踏み入れていません」

「しかし、どうして――」

「どうしてではなく、なぜか？」マークスは四つん這《ば》いになってヘルメットを探しているうちに、人類学者の左右の脛《すね》に触れた。

「あなたは誰かが、鉱山を封鎖するために故意に火薬を爆発させたというんですか？」

ドロシーはうろたえて確かめた。

「もしもここから出られたら、きっと突き止めてやる」マークスはヘルメットを探し当て、埃《ほこり》まみれの頭にかぶると、小さな明かりのスイッチを入れた。「ほら、このほうがいい」

小さな光は室内に、印ばかりの明かりをもたらしたに過ぎなかった。静まりはじめた塵は、水辺の霧のように薄気味悪く、人をよせつけぬ雰囲気を漂わせていた。彼らは三人とも塵に覆《おお》われて彫像さながらで、顔や衣服は周りの花崗岩《かこうがん》とおなじ灰色をしていた。

「〝もしも〟というあなたの話し方が、気がかりなんだけど」

「それは、裂目のどちら側の坑道が崩れたかに懸かっている。坑道の奥へいくぶんには、障害はないはずです。しかし、ここと出入り口の立坑との間の天井が落ちたのなら問題だ。ちょっと見に行ってきます」

ドロシーが言葉を継ぎ足そうとしたときには、鉱夫はすでに穴をすり抜けてしまい、室内はいきなり漆黒の闇へ引き戻された。アンブローズとドロシーは、息苦しいほどの暗闇の中で立ち尽くしていた。恐怖とパニックがかすかに芽生え、二人の心に染《し》み入った。五分足らずで、マークスは戻ってきた。被《かぶ》っているヘルメットの光が眼に射《さ》しこむために彼の顔は見えなかったが、マークスが地獄を目《ま》の当たりにしてきたことを二人は感じ取った。

「遺憾ながら、悪い知らせばかりだ」彼はゆっくり話した。「落盤個所は立坑方向寄りの坑道のすぐ先だ。崩落は三〇メートル以上にわたっているようだ。何日も、おそらく何週間もかかるだろう、救出隊が瓦礫《がれき》をとりのぞき、坑木を立て終わるには」

アンブローズは鉱夫をまじまじと見つめ、わずかなりと希望の色はないか探った。まったく認められなかったので、彼は訊いた。「それにしても、われわれが餓死する前に到達してくれるだろうな？」

「餓死など問題じゃない」マークスは口調ににじむ絶望感を抑えきれぬままに答えた。「水が坑道に湧《わ》きあがりつつある。すでに深さ九〇センチになっている」

そう言われてドロシーは、マークスのズボンが膝《ひざ》までぐしょぬれなのに気づいた。

「では、この出口のない地獄に閉じこめられたの？」

「そんなこと言ってませんよ！」鉱夫はぶっきらぼうに撥《は》ねつけた。「この部屋に達する前に、水が立入坑内へそれる可能性が十分ある」

「しかし、絶対ではない」とアンブローズが口を挟んだ。

「二、三時間もすれば分かることです」とマークスはかわした。

ドロシーの顔は青白く、塵に覆われた唇の間からゆるやかに息を吐いていた。部屋の外で渦巻く水の音をはじめて聞きつけたとたんに、彼女は冷たい不安にとりつかれた。

はじめのうちはさほどでもなかったが、水量は急速に増えた。アンブローズと目が合った。彼の顔にも抑えかねる恐怖感が、あらわに印されていた。

「どんななのかしら」彼女は低くつぶやいた。「溺《おぼ》れ死ぬって」

数分が数年のように遅々と過ぎ、その後の二時間は二世紀にも相当するほどのろのろと進み、その間に水は着実に高さを増し、ついには穴を通って部屋の床に殺到し、彼らの足の周りに水溜《みずたま》りを作った。恐怖に慌《あわ》てふためいたドロシーは背中や肩を壁面に押しつけて、容赦なく襲いかかってくる水から逃れるために、ほんの数秒でも余分に時間を稼ごうと空《むな》しい努力をした。無言のうちに彼女は、水の流入が自分たちの肩の上へくる前に止まる奇蹟《きせき》を祈った。

暗闇に塗りこめられた地中数百メートルで死ぬ恐怖は、あまりにも酷《むご》い悪夢でなんとしても受け入れかねた。迷路のような水中洞窟《どうくつ》で迷ってしまった、ケーブダイバーたちの死体に関する記事を彼女は思い出した。発見された彼らの指先は、岩盤を引っ掻《か》いて通りぬけようとしたために、骨までむき出しになっていた。

男たちは黙りこくって立っている。隔絶された侘《わび》しさに気持ちは塞いだ。マークスには、正体不明の一味が自分たちの殺害を図ったことが信じられなかった。そんな行為に出るわけも謂《い》われもなかった。動機が存在しないのだ。彼は間もなく家族を打ちのめす悲しみを思い描き、心を痛めた。

　ドロシーは娘のことを考え、たった一人の子供が一人前の女性になるのをこの世にあって見届けることができないのだと悟るにつれ、ひどく惨《みじ》めな思いに襲われた。地球の深い内懐《うちぶところ》にある荒涼無残な部屋の中で死んでいき、死体は永遠に見つからないなんて理不尽に思えた。彼女は泣き叫びたかったが、涙はこぼれなかった。

　話のやり取りは、水がみんなの膝に達するとすっかり途切れた。水嵩《みずかさ》は増すばかりで、やがて腰に届いた。氷のように冷たく、無数の小さな釘《くぎ》のように彼らの肌を刺した。ドロシーは震えだし、歯は抑えようもなくカタカタと鳴った。アンブローズは低体温の危険な兆候に気づき、水を漕《こ》いで近づき彼女を両方の腕で抱きしめた。それは親切で思いやりのある行為だったし、彼女は感謝した。マークスのランプの黄色い灯りをうけて、忌《い》まわしげに逆巻きながら反射している冷たい不気味な黒い水面を、怖《おそ》しさゆえに引きこまれたように彼女は見すえていた。

　やがて不意にドロシーは、なにかを見たような気がしたし、現実になにかを感知した。

「灯りを消して」彼女はマークスにささやいた。

「なんだって？」

「灯りを消して。下のほうになにかあるようなの」

　恐怖のせいで彼女は幻覚を見たのだ、と男たちは確信したが、マークスはうなずき腕を上へ伸ばしてヘルメットの小さな灯りを消した。室内は地獄の暗さに一転した。

「なんだい、見かけたと思うのは？」アンブローズが低い声で訊いた。

「一筋の光」彼女はつぶやいた。

「わたしにはなにも見えなかったが」マークスは言った。

「見えたはずよ」ドロシーは高ぶった口調で応じた。「水中のほのかな光」

アンブローズとマークスは上昇しつづける水の底を見つめたが、陰鬱《いんうつ》な闇しか目に映らなかった。

「わたしは見ました。神に誓って、下の裂け目で光っている一筋の光をわたしは目撃したの」

アンブローズは彼女をひとしお強く抱きしめた。「われわれだけさ」彼は優しく言った。「ほかに誰もいはしない」

「あそこ！」彼女はあえぎながら言った。「見えないの？」

マークスは顔を水中に埋め、両目を開いた。するとその途端に、彼にも坑道をこちらへやってくる、ごくぼんやりとした光が見えた。募る期待に息を殺していると、光はまるで近づきつつあるかのように、明るさを増しはじめた。彼は水中から顔を上げると、恐怖感をにじませた声で叫んだ。「なにかが、この下にいる。亡霊だ。鉱山の坑道をさまよっていると言われている、あの亡霊以外にあり得ん。生身の人間が、水で埋まったトンネル内を移動できるわけがない」

彼らに残っていた気力が、全身から消えうせてしまった。彼らは開口部をすり抜けて上ってくるかに見える光を、射すくまれたように見とれていた。マークスはランプのスイッチをまた入れた。彼らは凍りついたように立ったまま、黒いフードを被った亡霊がゆっくり水面から現れるのを食い入るように見つめた。

やがて片方の手が黒い水中から伸びあがり、空気調整器のマウスピースを取りはずし、潜水用のフェイスマスクを額に押し上げた。オパールがかった一対の鮮やかな緑の目が、鉱夫のランプに照らし出されると、唇がほころんでにこやかな笑顔が広がり、粒の揃《そろ》った上下の白い歯が覗《のぞ》いた。

「どうも様子からして」親しげな声が話しかけた。「わたしは諺《ことわざ》にいうように、間一髪で間に合ったようだ」

4

恐怖感と肉体に加えられた凍《い》てつく水の責め苦に麻痺《まひ》した自分の頭が、不可解ないたずらをしているのだ、とドロシーは思わずにいられなかった。アンブローズとマークスはものも言えず、呆然《ぼうぜん》と見つめている。衝撃は徐々に、不意に仲間を得たことと、その見知らぬ男が地上と繋《つな》がりを持っていると気づくとともに生じた、圧倒的な安堵感《あんどかん》になりかわった。冷酷な不安は突如消えうせ、昂《たか》ぶる希望が取って代わることになる。

「いったい何処《どこ》からあなたはきたんです？」マークスは興奮して口走った。

「バカニアー鉱山です、隣の」と闖入者《ちんにゅうしゃ》は答え、潜水灯で部屋の周囲を照らし、やがて黒曜石の頭骨に光りを集中した。「ここはどういう場所です、御霊屋《みたまや》？」

「いいえ」ドロシーが答えた。「謎《なぞ》です」

「あんたに見覚えがある」とアンブローズが話しかけた。「われわれは今日早くに、言葉を交わした。あんたは国立海中海洋機関（NUMA）の方だ」

「アンブローズ博士、ですよね？　またお目にかかれて嬉《うれ》しいと言いたいところですが」闖入者は鉱夫に目を向けた。「あなたはルイス・マークスさんでしょう、この鉱山の持ち主の。あなたの奥さんに約束したんですよ、夕ご飯時までにあなたをお宅へ連れ戻すって」彼はドロシーを見つめ、いたずらっぽい笑いを浮かべた。「それに、こちらの美しいご婦人はオコンネル博士」

「わたしの名前を知っているの？」

「マークス夫人から、あなたのことを伺ったので」彼は簡単に応じた。

「いったいどうやって、あなたはここへたどり着いたの？」ドロシーはまだ呆然とした状態で訊《き》いた。

「こちらのシェリフから、あなたの鉱山の入口が雪崩《なだれ》で塞《ふさ》がれたと知らされたので、NUMAの技術者たちからなるわたしのチームは、バカニアー鉱山からパンドラ鉱山に通じる坑道の一つを通ってみなさんにたどり着けるかどうかやってみることにしたのです。まだ二、三〇〇メートルしか進んでいない時点で、爆発のために山が揺さぶられた。あたりの立坑から水が湧きあがり、両方の鉱山が水浸しになるのを見届けたので、みなさんにたどり着くには坑道を潜水して泳ぎぬけるしかないと判断した」

「ここへ、バカニアー鉱山から泳いできたのですか？」マークスは信じかねて訊いた。

「それだと八〇〇メートル近くあるはずだが」

「実のところ、その距離の大半は歩いてから水に入ったんですが」闖入者は説明した。

「残念ながら、押し寄せる水の勢いは予想以上だった。食糧と医薬品を収めた防水の包みを曳《ひ》いてきたのですが、わたしが奔流にさらわれて古い採鉱用具にぶつけられた際に、紐《ひも》が切れて失ってしまった」

「怪我《けが》をなさったの？」ドロシーは案じるように訊いた。

「黒や青いあざが。場所は控えておきますが」

「坑道の迷路を縫って、われわれの正確な場所へたどり着くなんて奇蹟《きせき》だ」とマークスは言った。

闖入者は小型のモニターをかざした。そのスクリーンは浮き世離れした緑色の輝きを放っていた。「水中コンピューターです。テリュライド渓谷のあらゆる立坑、立入坑、それに坑道がプログラムされています。ここの坑道は落盤で塞がれていたので、わたしは余儀なく一段下の坑道へ下り、ぐるっと迂回《うかい》し、反対方向から侵入した。坑道を泳いで通りぬけていると、あなたの鉱夫用ランプのぼんやりとした光の揺らめきがわたしの目に留まった」

「すると、地上の人は誰も知らないわけだ、われわれが落盤で閉じ込められたことを」マークスが言った。

「知っています」ダイバーは答えた。「わたしのNUMAのチームが、事故に気づくとすぐシェリフに電話をしたので」

アンブローズの顔は病的なほど青ざめた。彼はほかの者ほど、喜びをあらわにしなかった。「潜水班の別のメンバーが、あんたの後から来ているのですか？」彼はまのびのした口調で訊いた。

ダイバーは小さく首をかしげた。「わたしだけです。手持ちのエアタンクが、最後の二本になってしまったので。二人以上でみなさんにたどり着こうとするのは、あまりにも危険が大きいと判断したわけです」

「わざわざここまで来られたが、時間とお骨折りの無駄だったようだ。われわれを救出するためにあんたに出来ることなど、まず思い当たらない」

「あなたが一驚する結果になるかもしれませんよ」ダイバーは手短に応じた。

「スキューバタンク二本のエアでは、水に埋められた坑道の迷路を縫ってわれわれ四人を地上へ連れ戻すには不十分だ。それに、われわれはあと一時間もすれば、溺《おぼ》れるか低体温で死ぬだろうから、あんたが救助隊を呼んで戻ってくる暇などあり得ない」

「あなたはすこぶる冷静な方だ、博士。二人ならバカニアー鉱山へ戻れるだろうが、二人だけです」

「では、ご婦人を連れて行ってもらいましょう」

ダイバーは皮肉な笑いを浮かべた。「見上げた心がけですが、タイタニック号には救命ボートが搭載されていない」

「頼みます」マークスが訴えた。「水は依然として増えつつある。オコンネル博士を安全な場所へ連れていってください」

「それであなたの気が休まるのなら」闖入者の口調は無神経な感じを与えた。ドロシーの手を摑《つか》んだ。「スキューバを使ったことがありますか？」

彼女は首を振った。

彼は潜水灯を男たちに向けた。「あなたたち二人はどうします？」

「それが、大事なことだろうか？」アンブローズが重々しく応じた。

「こっちには」

「わたしはダイビングの正規の資格を持っている」

「それぐらいの見当はついていました。で、あなたは？」

マークスは肩をすくめた。「泳ぐのもやっと」

ダイバーがドロシーのほうへ向き直ると、彼女はカメラとノートをビニールで包んでいた。「横に並んで泳いでください。呼吸調整器のマウスピースをやり取りする、バディーブレスで息継ぎをします。わたしは一息吸ったら、マウスピースをあなたに渡します。あなたは一息吸ったら、わたしへ戻す。潜ってこの部屋を出たらすぐ、わたしのウエイトベルトをつかんで離さないように」

そう言い終わると、アンブローズとマークスのほうを向いた。「がっかりさせて悪いが、みなさん、死ぬ気でいたのだったら、そんなことは忘れるんですね。一五分後には、迎えに戻ります」

「どうか、もっと早目に」マークスは花崗岩《かこうがん》なみに青白い顔で見つめ返した。「二〇分後には、水がわれわれの頭を越えてしまう」

「その時は爪先《つまさき》立つがいい」

ドロシーの手をとると、NUMAの男は水面下に滑りこみ、くすんだ水中に姿を消した。

潜水灯の光で絶えず坑道の前方を照らしながら、ダイバーは小型コンピューター上で輝いている線の一本を追いつづけた。小さなモニターから顔を上げると、潜水灯を前方の坑道の奥へ向け、不気味な暗部へ向かって泳いだ。水は坑道の天井に達していたが、水の勢いは先ほどより弱まっていた。彼は足ひれで力強く水を搔《か》き、叩《たた》きながら、ドロシーをしたがえて水に埋もれた洞穴を突き進んだ。

さっと後ろを振り向くと、彼女は目を固く閉ざしており、ウェイトベルトに両手でしっかりしがみついていた。呼吸調整器のマウスピースを渡したり戻す時すら、目は決して開けられることはなかった。

古いが頼りになるマークIIのフルフェイスの代わりに、簡単なU・Sダイバーズのスキャンマスクと、標準的なU・Sダイバーズのアクエリアス・スキューバ呼吸調整器を選んだ決断は結果的に正しかった。トラベルライトのおかげで、全長がほぼ八〇〇メートルもあるうえに、部分的に落下した石や材木に塞がれているバカニアー鉱山から延びる地下の迷路を、割りに楽に泳ぎ抜けることが出来た。あふれ出た水がまだ達していない水平坑道もあったので、そういう場所では、彼は這《は》いずったり歩かねばならなかった。かさばるエアタンク、浮力調節器、さまざまな計器、ナイフ、それに鉛の重りを詰めたベルトを身につけて、重い足で採炭車の線路や枕木《まくらぎ》を跨《また》いで歩くのは楽ではなかった。水は氷のように冷たかったが、DUIノースマンドライスーツを着ているので、泳ぐしかない通路でも彼の身体《からだ》はあたたかかった。ノースマンを選んだのは、水から上がったとき身動きがずっと楽だからだった。

水が濁っているので、潜水灯の光は液体の虚空《こくう》に帯状に射《さ》しこむが、暗い水中のわずか三メートル先までしか届かない。通りすぎながら支柱の数を数えて、どの程度進んできたか見当をつけようとした。ついに坑道は急激に曲がり、立坑に繋がる水平坑道に吸収された。立坑に入っていった彼は、地中深部の未知の怪物に飲みこまれたような感じに襲われた。二分後に、彼らは水面に出たので、男は潜水灯で頭上の闇《やみ》の奥を照らした。パンドラ鉱山のつぎの地層に通じる水平坑道が、一二メートル上で手招いていた。そのときドロシーは顔に掛かった髪をなでつけると、目を大きくむいて男を見つめた。

き彼女は、相手が美しいオリーブグリーン色の目をしていることに気づいた。「やったわね」彼女はあえぎ咳《せ》きこんで、口から水を吐き散らしながら言った。「あなたはこの坑道のことを知っているのでしょう？」

方向指示コンピューターをかざしながら男は言った。「この小さな宝が道案内をしてくれる」彼は上へ伸びているひどく錆《さ》びついた梯子《はしご》の、泥まみれの横木に両手をかけた。

「つぎの水平坑道まで、一人で上る自信ある？」

「必要なら、宙へでも飛ぶわ」不気味な部屋から解放され、いま現に生きているし、わずかばかりとはいえ、高齢になるまで生き延びられるチャンスがあると思うにつけ、ドロシーは有頂天になって応じた。

「梯子を上るとき、左右の支柱を両手でつかんで身体を引き揚げ、横木の真中を踏まないように。古いので、半ばまで錆びついている恐れがある。だから、上るのは慎重に」

「ちゃんとやって見せます。へまなど、やってたまるものですか。はるばるここまで連れて来てもらったのに」

男は屋外用の小型ブタンライターを彼女に手渡した。「これを持っていって、坑木の乾いた部分を探し出し火を起こす。あなたは冷たい水に、あまりにも長い間漬かっていたから」

男が潜水マスクを下ろして顔に被《かぶ》り、改めて水中に潜る準備をしていると、腰に巻きついていた女の手に急に力が加わった。彼女は男のオパールがかった緑の目に、吸いこまれるのを感じた。「残っているあの人たちのために、あなたは戻っていくの？」

彼はうなずき、励ますように微笑《ほほえ》んで見せた。「ちゃんと彼らを連れてきます。心配無用。まだ時間はある」

「あなたはまだ名乗っていないけど」

「名前はダーク・ピット」と彼は答えた。そう言い終わるとマウスピースをくわえなおし、小さく手を振って、黒ずんだ水中に姿を消した。


押し寄せる水は、古代の部屋に残された男たちの肩まで達していた。閉所恐怖の症状は、水嵩《みずかさ》とともに増大する感があった。パニックが仕掛けるありとあらゆる攻勢は、アンブローズとマークスがそれぞれに、地球深部の冥府《めいふ》に置かれた己の定めを密《ひそ》やかに受け入れるとともに遠のいていった。マークスは最後の一息まで闘う道を選び、アンブローズは頑強な死を静かに抱きしめた。鉱夫は泳ぎくだり裂け目を通って坑道へ抜け、肺が保つかぎり先へ進む覚悟を決めた。

「彼は戻ってこないようだが？」マークスはつぶやいた。

「そうらしい。それに、これでは間に合わん。儚《はかな》い望みであれ、われわれに与えるのがいちばん好《い》い、と彼はおそらく思ったのだろう」

「妙なもので、この人は信頼できると心《しん》から感じたのだが」

「まだ脱出できそうだ」とアンブローズは知らせた。水の下から近づいてくる蛍のような光が目に留まったのだ。

「ありがたい！」マークスがあえぎながら言った。潜水ハロゲンライトの光が、狭い部屋の天井や周囲の側面で屈折して散乱した直後に、ピットの頭が水面を割って現れた。

「あんた、戻ってきたんだ？」

「多少なりとも疑っていたのですか？」ピットは軽く訊いた。

「ドロシーは何処です？」アンブローズが答えを迫った。ピットの視線が潜水マスク越しに、博士の目とかち合った。

「無事です」ピットは短く応じた。「この坑道の二五メートルほど先に水のついていない水平坑道がある」

「あそこなら知っている」マークスは認めたが、その言葉は辛うじて聞き取れる程度だった。「パンドラ鉱山のつぎの水平坑道に通じている」

鉱夫に低体温の顕著な症状である眠気と意識の混濁を認めたので、ピットはアンブローズではなく彼を選んだ。二人のうちでは、博士の状態のほうがよかった。ピットは急がねばならなかった。神経を麻痺《まひ》させる冷たさががっちり食らいついて、彼らの命を搾《しぼ》り取りつつあったからだ。「今度はあなただ、マークスさん」

「水に潜ったとき、わたしはパニックを起こして気絶しかねないが」マークスはうめくように言った。

ピットは鉱夫の肩をしっかり握った。「ワイキキの浜で浮かんでいるつもりで」

「幸運を祈る」とアンブローズは言った。

ピットは笑顔を浮かべ、人類学者の肩を優しく一つ叩いた。「余所《よそ》へ行かないように」

「ここで待っています」

ピットはマークスにうなずいた。「よし、やるとしよう」

脱出行はスムーズに運んだ。ピットは出来るだけ早く立坑にたどり着くために、全力を傾注した。早く水のついていない場所に連れていかないと、鉱夫が意識を失うのは目に見えていた。水を恐れているにしては、マークスはよく頑張った。一度深く息を吸いこむたびに、なんの乱れもなく呼吸調整器をきちんとピットへ戻した。

梯子の前に着くと、ピットは手を貸してマークスを最初の横木の数段上まで押しあげて、冷たい水から完全に出してやった。「自力でつぎの坑道までのぼっていけそうですか？」

「是が非でも」マークスは血管の中まで染《し》みいった寒さとの闘いのために、つっかえながら答えた。「いまさら諦《あきら》められますか」

ピットは彼を残して、アンブローズを連れ出すのに戻った。博士は凍《い》てつく水のために死人のような様相を示し始めていた。冷水のもたらす体温低下のせいで体温は三三度まで下がっていた。あと一度ほど下がると、意識を失なうはずだ。あと五分たったら、手遅れになってしまうだろう。水は部屋の天井まで、わずか数センチに迫っていた。言葉をかける時間の無駄は省いて、ピットはマウスピースを人類学者の口に押しこむと、彼を裂け目へ引きずり下ろして坑道へ連れ出した。

一五分後に彼らはみんな、ドロシーが近くの立入坑で探し出し、苦心してたきつけた木切れの火を囲んでいた。周囲をうろつきまわって、ピットはほどなく鉱山が放棄されて以来長年にわたって乾燥しつづけてきた、転がっている古い坑木を何本か見つけた。いくらもしないうちに坑道は燃えさかる炉と化し、水に埋もれた部屋から逃れた生存者たちの身体は暖められて弛《ゆる》みはじめた。マークスの表情に人間らしさが戻ってきた。ドロシーは元気を取り戻し、持ち前の明るさを発揮して、アンブローズの凍えた脚を懸命にさすってやった。

彼らが焚《た》き火の暖かさを堪能《たんのう》している間も、ピットはコンピューター相手に、鉱山を通りぬけて地上へ出る迂回路《うかいろ》を割り出すのに忙しかった。テリュライド渓谷は、事実上、旧坑道の蜂《はち》の巣だった。立坑、立入坑、鏈《ひ》押《おし》坑道、それに水平坑道の全長は、ほぼ五八〇キロに達する。渓谷がこれまで、水を吸ったスポンジのように、よく押しつぶされなかったものだ、とピットは感心した。

休息をとり、衣服を乾かす時間を全員に一時間近く与えたうえで、まだ危険な状態を脱しきってはいないことをピットは思い出させた。

「青空をまた見たければ、ある脱出計画に従わねばならない」

「なぜ急ぐ必要があるんです？」マークスは肩をすくめた。「後はこの坑道沿いに入山用の立坑に出て、救出隊が雪崩《なだれ》を掘りぬくのを待つだけなんですよ」

「悲観論は性に合わないが」ピットの口調は厳しかった。「救助隊は六メートルの雪に覆《おお》われた細い道を衝《つ》いて鉱山まで重機を運ぶのは不可能だと判断するだろうし、気温が上がっているために再度雪崩が発生する危険が増大しつつあるので、捜索から下りかねない。彼らが鉱山の入口にたどり着くまで、何日というより何週間掛かるか見当がつかん」

マークスは焚き火に目を注ぎながら、地上の様子を思い描いた。「何もかも、われわれに不利だ」彼は静かに言った。

「火に加えて飲み水も揃《そろ》っているわ、ひどく泥臭いけど」ドロシーが発言した。「確かに、食べ物がなくても、身体が保《も》つかぎり生きてはいられる」

アンブローズが弱々しく微笑んだ。「六〇日から七〇日です、ふつう餓死にいたる日数は」

「あるいは、まだ体力のあるうちなら、運よく抜け出せるかもしれない」ピットは誘った。

マークスは首を振った。「あなたが誰よりもよく知っているように、バカニアー鉱山からパンドラ鉱山へ通じる唯一《ゆいいつ》の坑道は水に埋もれている。あなたのきた道を、われわれが通りぬけるのは不可能です」

「明らかに無理だ、しかるべき潜水用具がなければ」アンブローズがつけ加えた。

「その通り」ピットは認めた。「しかし、このコンピューター方式のロードマップによれば、上の地層には少なくとも水の付いていない坑道や立坑が二四本あるので、それらを活用すれば地表にたどり着ける」

「それなら話はわかる」マークスが言った。「ただし、そうした坑道の大半は、この九〇年の間に崩落してしまっている」

「それにしても」アンブローズが発言した。「この先一ヶ月、繰言をくりかえして過ごすよりましだ」

「わたしは賛成」ドロシーは支持した。「古い鉱山の立坑は、今日だけでもうたくさん」

彼女の言葉に促されて、ピットは立坑に近づき下を覗《のぞ》きこんだ。焚き火の揺らめく炎が、坑道の床一メートル以内まで迫ってきた水面に反射していた。「えり好みは出来ない。二〇分後には、水が立坑からあふれ出る」

マークスはピットの隣に身を寄せて、濁った水を見つめた。「異常だ」と彼はつぶやいた。「長年何事もなかったのに、鉱山のこの地層まで水が上ってくるのを目撃しようとは思ってもいなかった。わたしの宝石採掘業は終りを迎えたようだ」

「この山脈の下を通っている水路の一つが地震の際にきっと決壊して、鉱山へ流れ込んだのだろう」

「地震などなかった」マークスはいまいましげに言った。「あれはダイナマイトの爆発だ」

「あなたは爆薬のせいで水が氾濫《はんらん》し、落盤が生じたというのですか?」ピットは訊《き》いた。

「絶対そうです」彼はピットを見つめていた目をにわかにすぼめた。「鉱山権を賭《か》けてもいいが、だれか別の人間がこの鉱山内にいる」

ピットは威迫する水を見すえた。「仮にそうだとすると」彼は考えこみながら言った。

「その何者かは、あなたたち三人に揃って死んでもらいたがっていることになる」

5

「あなたが先頭に立ってください」ピットはマークスに命じた。「われわれはあなたの鉱夫用ランプの後ろからついて行きます。その光が切れてしまったら、残りの道のりをわたしの潜水灯で進む」

「この先、立坑をへて上の水平坑道に登るのに、苦しめられることになるだろう」と鉱夫は言った。「これまで、われわれは運がよかった。梯子《はしご》のついている立坑などごくわずかなんです。大半の立坑は昇降装置を利用して、鉱夫や鉱石の移送に使われたので」

「その問題には、直面した時点で取り組むことにしよう」とピットは応じた。

午後五時に、彼らはピットの潜水コンパスの指示する方向をめざして、坑道を歩き出した。彼はなんとも場違いな感じを与えた。ドライスーツ、手袋、それにスチールのつま先のついたサーバス潜水ブーツ姿で、坑道の中をてくてく歩いているのだ。携帯したのはコンピューター、コンパス、水中潜水灯、それに右脚に縛りつけたナイフだけだった。ほかの用具は、消えかけている焚《た》き火の脇《わき》に置いてきた。

坑道は砂礫《されき》に埋まっていなかったので、はじめの一〇〇メートルほどはかなり楽だった。マークスが先頭に立ち、ドロシーとアンブローズがしたがい、ピットは殿《しんがり》をつとめた。鉱石車の路盤と坑道の側壁の間には余裕が十分あったので、枕木《まくらぎ》を踏んで歩いてひっくり返らずにすんだ。彼らは最初の、やがて二番目の立坑にさしかかった。どちらも虚《うつ》ろで、つぎの地層へ登る手段はまったくなかった。しばらくして小さな水平坑道に達すると、そこから坑道が三本、暗闇《くらやみ》の奥まで延びていた。

「鉱山の地取りに関するわたしの記憶が正しければ」とマークスが言った。「われわれは左へ曲がる坑道を進む」

ピットは頼りのコンピューターに当たって確かめた。「どんぴしゃり」

五〇メートルほど先で、彼らは落盤個所に出くわした。崩落した岩盤の量はさほどでなかったので、男たちは潜《くぐ》り抜ける穴を掘りはじめた。一時間ほど大汗をかいて奮闘した結果、全員がすり抜けられる大きさの口が開いた。その坑道は別の部屋に通じており、そこには立坑が備わっていて、いまだに元の場所にある古い昇降装置と繋《つな》がっていた。

ピットは潜水灯で垂直の通路を照らした。底無しの穴を逆さまに覗《のぞ》きこんでいるのに似ていた。頂上は光の届かぬはるか上にあった。保全用の梯子が片側の壁面にしがみついており、かつて昇降用ケージを上げ下ろししたケーブルがいまも元の場所に下がっていた。

「こいつは申し分ない」ピットは言った。

「梯子がしっかりしていてくれるといいが」アンブローズが両側の支柱を握って、いちど揺さぶりをくれながら言った。梯子はその付け根から暗闇の中へ消えている先まで、まるで弓のように震えた。「古いぬらつくケーブルにすがりつき腕力で登るなんて、わたしには遠い昔のことだ」

「わたしがまず行きます」と言いながら、ピットは潜水灯の柄の紐《ひも》を手首に巻きつけた。

「最初の一段に気をつけてね」ドロシーがかすかに微笑《ほほえ》みながら言った。

ピットは彼女の目の奥底に、本物の気遣いの色を見た。「僕がいちばん心配なのは、最後の一段だ」

彼は梯子をしっかり摑《つか》み、横木を数段登ったところで、ぐらつくのが気懸かりでためらった。腕の届くすぐ脇にぶら下がっている昇降用ケーブルを横目で見ながら、あえて登りつづけた。かりに梯子が崩れても、少なくとも手を伸ばしてケーブルのどれかに摑まれば、落下は避けられる。いちいち全体重を掛けてテストしたうえで、横木を一段ずつゆっくり登った。もっとずっと早く行動できたのだが、彼としては後から来る人たちのために安全を確認しなければならなかった。

はらはらしながら見とれている人たちの頭上一五メートルで、ピットは登るのを中止して光で立坑の上のほうを照らした。梯子は彼のわずか二メートルたらず先で途切れていて、坑道の床より三・五メートルあまり下に位置していた。さらに横木を二段あがると、ピットは片方の腕を伸ばして、ケーブルを一本握りしめた。より合わせた鋼索の太さは一・五センチあまりなので、すこぶる握りやすかった。梯子に掛けていた手を放すと、交互に手でたぐってケーブルを登り、坑道の床より一・二メートルほど上へ出た。今度は身体《からだ》を前後に振って、一度に六〇センチほどずつ幅を広げながら弧を描き、やがて岩盤の上に飛び降りた。

「どんな具合です？」マークスが叫んだ。

「梯子は坑道のすぐ下で折れてしまっているが、残る距離はわたしが引き揚げてやれる。オコンネル博士をよこしてくれ」

ドロシーが立坑にさしこむ光を頼りに、ピットの潜水灯に向かって登っていくと、彼が石をなにかに打ちつけている音が聞こえた。彼女が最後の横木に達するまでに、彼は古い材木を削って一対の握りを作り終え、縦穴の縁から下ろしてやった。

「この厚板を両手でしっかり摑み、しがみつく」

逆らわず言われた通りにすると、彼女はたちまちゆるぎない地べたに引き揚げられた。

数分後には、マークスとアンブローズも坑道内で彼女と並んで立っていた。ピットが潜水灯の光で奥まで照らしたかぎりでは、落盤は認められなかった。そこで、バッテリーを温存するために、スイッチを切った。

「先に立ってください、マークス」

「この坑道は三年前に調べたことがある。わたしの記憶が正しければ、パンドラ鉱山へ入山する立坑に真直《まっす》ぐ通じるはずだ」

「その道からは、雪崩《なだれ》のために出られない」アンブローズが言った

「迂回《うかい》できる」ピットはコンピューターのモニターを検討しながら答えた。「かりに次の立入坑を選んで、一五〇メートルほど進むと、ノースターという名の鉱山から延びている坑道に出合う」

「立入坑って、正確にはどういうものなの?」ドロシーが訊《き》いた。

「採鉱中の坑道に直角に交差する、アクセス用の坑道。通気用と採掘現場間の連絡に利用される」とマークスが答えた。彼はいぶかしげにピットを見つめた。「そんな通路には、一度もお目に掛かったことがない。だから存在しないというわけではありませんよ、おそらく崩落してしまったのでしょう」

「では、坑道の左側の壁面によく注意してください」とピットは助言した。

マークスは黙ってうなずくと、鉱夫用のランプで道を照らしながら、闇の中へ入っていった。坑道は果てしなく延びているような感じを与えた。ある地点でマークスは立ちどまり、坑木の間を塞《ふさ》いでいる岩石をあなたの強力な光で照らしてくれ、とピットに求めた。

「われわれの探している個所はここらしい」ピットは転がっている岩石の頭上に掛かっている、花崗岩《かこうがん》の堅牢《けんろう》なアーチを指さしながら言った。

男たちはさっそく礫塊《れきかい》を取り除きにかかった。数分後に、彼らは穴を掘りぬいた。ピットが寄りかかり光で中を照らすと、やっと歩ける程度の通路が浮かびあがった。つぎに、コンパスに当たってみた。「例の正しい方向へ向かっている。すり抜けられる大きさに穴を広げて、前進しよう」

その坑道はほかのより狭く、鉱石車の路盤を支えている枕木を跨《また》いで歩かなければならないために、時間は掛かるしくたびれた。暗がりの中を鉱夫用のランプの灯りを唯一《ゆいいつ》の頼りに、歩きづめに一時間歩きつづけたために、彼らは残っていたわずかばかりの体力を使い果たしてしまった。みんな五歩に一度は、平坦《へいたん》でない枕木に決まってつまずきよろめいた。

掘りぬけ不可能な別の落盤のために、果てしなく思える迂回を余儀なくされて、ほぼ二時間費やしてしまった。ようやく彼らはバイパスをへて、一本の斜坑に出た。それは三つ上の地層まで斜めに延び、錆《さ》びついた蒸気昇降装置の残骸《ざんがい》がある大きな水平坑道に繋がっていた。彼らはやっとの思いでいちばん上にたどり着くと、重い足を引きずって、大型の蒸気シリンダーとたっぷりケーブルを巻きつけたままのリールの脇を通りすぎた。

ここ何時間かの無理が、マークスに現れはじめた。歳《とし》のわりには健康だが、この数時間に強《し》いられた肉体的な負担や精神的なストレスに、彼は耐えられる状態になかった。だがアンブローズは、公園を散歩でもしているような感じだった。教壇にたつ教授にしてはひどく冷静で、取り乱したところがなかった。気晴らしの種は、ピットのぼやきだけだった。身長がほぼ一八八センチあるため、背が二〇センチ近く低いドロシーが彼に貸したヘルメットが、頭上の坑木にしきりにぶつかるので苛立《いらだ》っているのだ。

背後を歩いているので、ピットはうす暗闇の中でうごめく物影の中に彼らの表情を捉《とら》えることは出来なかったが、誰もが一休みしようと切り出すのを潔《いさぎよ》しとせず、倒れるまで歩きつづける覚悟でいることは読めた。みんなの息遣いが一段と荒くなったことに彼は気づいた。まだ彼はくたびれていなかったが大きくあえぎ、いかにも必死なのだと思わせる自分に、ほかの連中が耳を傾けるように仕向けた。

「もうくたくただ。少しばかり休みませんか？」

「わたしは構いませんよ」マークスは誰かほかの者が休息を提案してくれたので、ほっとしながら答えた。

アンブローズは片側の壁に寄りかかった。「歩きつづけて、ここから出るべきだ」

「わたしは支持しませんよ」とドロシーが言った。「足が辛《つら》がって悲鳴をあげている。枕木を一〇〇〇本以上も跨いできたはずよ」

みんなが崩れ落ちるように坑道の床に座りこんでも、ピットがさりげなく立ったままなので、はじめて騙《だま》されたと気づいた。誰も文句を言わなかったし、みんな嬉《うれ》しげに寛《くつろ》ぎ痛む踵《かかと》や膝《ひざ》を撫《な》でさすった。

「後どれくらいか、見当はついているの?」ドロシーが訊いた。

ピットは一〇〇回目にもなるだろうか、コンピューターで調べてみた。「絶対的な自信はないが、かりにわれわれがあと二層登り、別の落盤に道を塞がれなければ、一時間後にはここから抜け出せるはずだ」

「どのあたりに出そうです?」マークスが訊いた。

「わたしの見当では、テリュライドの中心地の真下」

「それなら旧オライリー採鉱区だろう。そこには立坑が走っていて、さほど離れていない場所からマウンテン村スキー場行きのゴンドラが山中を登っている。しかし、まぎれもなく問題が一つある」

「またかね?」

「ニューシェリダン・ホテルとそのレストランが、いまや旧鉱山の入山口の真上に座りこんでいるんです」

ピットはにんまり微笑んだ。「あなたの言う通りなら、晩飯はわたしがおごる」

それから二分ほど、彼らはそれぞれの物思いに耽《ふけ》って、黙りこくっていた。わずかに彼らの息遣いと、坑道の天井から絶えず落ちる水滴の音がしているだけだった。無力感に代って希望が芽生えた。もうすぐ決着がつきそうだと見通しがたつと共に、彼らは疲れが洗い流されはじめるのを実感した。

ピットはつねづね女性の聴力のほうが男性より鋭いのではないかと、いろんなガールフレンドがアパートを訪れた時に、TVの音がうるさすぎると苦情を言うので思っていた。彼の疑いは、ドロシーの発言によって裏づけられた。「オートバイの音がしているようだけど」

「ハーレー・ダビッドソン、それともホンダかな？」マークスは家を出てからはじめて声を出して笑った。

「いいえ、真剣よ」ドロシーは言いきった。「誓って、オートバイの音に似ているわ」

やがてピットにも、物音が聞こえた。彼は振りかえり、先ほど抜けてきたトンネルに向かい合い、両方の耳に手を当てた。高性能のオフロード・モーターサイクルの、まぎれもない排気音を彼は聞きとった。真顔で彼はマークスを見つめた。「地元の人たちはスリルを求めて、モトクロス用のダートバイクで旧鉱山の坑道を走りまわるんですか？」

マークスは首を振った。「あり得ません。坑道の迷路で行方不明になってしまうし、その前に深さ三〇〇メートルの立坑に落ちこんでしまう。それればかりか、排気音のせいで腐っている桁《けた》が崩れ、落盤に押しつぶされてしまう危険がある。ノー・サー、わたしの知るかぎり、面白半分でオートバイを地下で走らせるほどの間抜けは一人もいやしない」

「彼らは何処《どこ》からきたのかしら？」ドロシーが誰に言うともなく訊いた。

「まだ出入りできる別の鉱山から。どんな経緯《いきさつ》でわれわれと同じ坑道にいるのか、こればかりは神のみぞ知る」

「妙な偶然の一致だ」ピットは坑道の奥を見つめた。ふと不安を覚えた。なぜだ？　はっきりしなかった。筋肉一つ動かすことなく彼は立ちつくし、大きくなるいっぽうのバタバタとうなる排気音に耳を傾けた。旧鉱山の迷路には異質の音だった。馴染《なじ》まない。じっと立っているうちに、坑道のずっと奥にライトの煌《きらめ》きがはじめて現れた。

坑道を走りぬけてくるオートバイが一台なのかもっと多いのか、ピットはまだ見分けられなかった。バイカーやバイクを脅威とみなして対処するのが、当を得ているように思われた。転ばぬ先の杖《つえ》。この諺《ことわざ》はいい古され陳腐な感じはするが、依然として一顧の価値はあるし、持ち前の用心深さのおかげで、ピットは一再ならず命拾いをしてきた。

彼は向きを変え、ゆっくりした足取りでアンブローズとマークスの脇を通りすぎた。近づいてくる音とライトに気を奪われていて、彼らはピットが坑道の片側の壁面沿いに身を隠し、近づいてくるバイカーたちのほうへ向かったことにまったく気づかなかった。ドロシーだけは彼に目を向けていた。彼は坑木の間の狭い穴に通じている坑門の闇の中へ、密《ひそ》やかに滑りこんだ。一瞬、眼前にいた彼が、つぎの瞬間には生霊さながらに姿を消してしまった。

バイカーは三人だった。彼らのマシンの前面にはハロゲンライトがびっしり一列に並んでおり、疲労困憊《こんぱい》の生存者たちは眩《まぶ》しいので目を手で覆《おお》い、エンジンの速度が落ち、アイドリング状態になると顔をそむけた。闖入者《ちんにゅうしゃ》のうち二人はバイクを下り、歩いて近づいてきた。彼らの姿は、背後から明るいライトを受けて、シルエットとなって浮かびあがった。黒い滑らかなヘルメットに、プロテクターの下にツーピースのジャージーを着こんだ彼らは、まるで異星人だった。ブーツは膝頭の半ばに達し、両手は黒いリブニットの手袋に収まっている。第三のバイカーはマシンに跨ったまま留まり、ほかの二人は近づくとヘルメットのシールドをあげた。

「あなた方に会えて、こんなに嬉しいことはないわ」ドロシーは興奮して話しかけた。

「早く来てくれたら、もっと助かったのだが」アンブローズがけだるそうに言った。

「こんな遠くまでやってきたとはたいしたものだ」と右手の男が太い嫌味な声で言った。

「てっきりアミーニースの部屋で、みんな溺《おぼ》れ死んだものと思っていたが」

「アミーニース？」ドロシーはいぶかしんで繰り返した。

「君たちは何処から来たんだね？」マークスは答えを迫った。

「そんなことは、どうだっていい」教室で苛立たしい質問を一蹴《いっしゅう》するように、例のバイカーは言った。

「われわれが落盤と湧《わ》き出た水のために、あの部屋に閉じ込められたのを君は知っているんだろうね？」

「ああ」バイカーは冷ややかに応じた。

「それなのに、君はなにもしなかったのか？」マークスは信じかねて訊いた。「われわれを救出しようとも、助けを呼ぼうともしなかった？」

「しないね」

むかつく物言いをするやつだ、こいつは。ピットはそう思った。以前にはわずかながら迷いがあったが、いまやなんの躊躇《ちゅうちょ》もなく、この連中は週末の冒険に耽っている地元の命知らずではないと確信した。こいつらは殺し屋であり、がっちり武装していた。何故《なぜ》とはなく、この鉱山からおれたちが生きて脱出するのを、こいつらは許してくれはしないと分かった。ピットは潜水ナイフを鞘《さや》から抜き取り、柄を握りしめた。武器はそれしか持っていなかったし、それでやってのけるしかなかった。数度ゆっくり深く息を吸うと、最後に指を屈伸させた。今しかチャンスはない。

「わたしたちはあの部屋の中で、何分もしないうちに溺死《できし》するところだったのよ」ピットはなにか企《たくら》んでいるのかしらと訝《いぶか》りながら、ドロシーは言った。ひょっとすると彼は臆病者《おくびょうもの》で、危険から身を隠しているだけなのではないか、と疑いはじめた。

「知っている。それが計画だったのだ」

「計画？　どんな計画？」

「あんたたちみんな、死ぬはずだったんだ」バイカーは平然と応じた。

その返事に、茫然《ぼうぜん》自失の沈黙が広がった。

「残念ながら、あんたたちの生き延びようとする意志は、落盤と出水に打ち勝った」バイカーは話をつづけた。「あんたたちがこんなに頑張るとは、予想外だった。しかし、そんなことは問題ではない。あんたたちは避けがたい事態を、引き延ばしたにすぎない」

「彼らがダイナマイトを爆発させたんだ」マークスはショックを受けてつぶやいた。

「あれは、あんたたちだな？」

答えは率直だった。「そう、われわれが爆薬をセットしたんだ」

ドロシーの様子は、近づいてくるトラックのヘッドライトを凝視する鹿《しか》に似てきた。バイカーたちがピットの存在に気づいていないことは分かっていたので、彼女はピットが存在しないように振舞った。マークスとアンブローズは、自分たちと同じように彼はショックに肝をつぶして、ひっそり突っ立っているだけだと思いこんでいた。

「どうしてわたしたちを殺したいの？」震える声で彼女は訊いた。「なぜ、まったく見知らぬあなたたちが、わたしたちを殺そうとするの？」

「あんたたちは、あの頭骨を見たし、あの碑文を見た」

マークスは不安と怒りに引き裂かれた男のような形相をしていた。「だから、なんだと言うんだ？」彼は吠《ほ》えたてた。

「あんたたちの発見が、この一帯の鉱山の外に漏れることは許されないのだ」

「われわれは何一つ悪いことはしていないぞ」アンブローズは妙に落ち着いて応じた。

「われわれは歴史的な現象を研究している科学者だ。われわれが対象にしているのは宝ではなく、古代の人工遺物だ。そのために殺されるなんて狂気の沙汰《さた》だ」

例のバイカーは肩をすくめた。「それは気の毒だが、あんたたちはおれらの理解をはるかに越える事柄に巻きこまれてしまったんだ」

「われわれがあの部屋に入ることを、どうやって知りえたのかね？」マークスが訊《き》いた。

「連絡を受けたのさ。それだけ知れば十分だろう」

「誰から？　われわれがあそこへ行くことを知っていたのは、五人たらずなんだ」

「時間の無駄だ」二番目のバイカーがうなるように言った。「仕事を片づけて、この連中をいちばん手近な立坑に放りこもうぜ」

「狂っている」アンブローズはつぶやいた。その声には感情がほとんどというより、まったく認められなかった。

ピットは坑門から静かに離れた。多少なりと生じる足音は、排気管の放つやわらかいはじける音にかき消された。そして、依然としてバイクに座りこんでいるバイカーの背後に忍び寄った。そのバイカーは、話のやり取りに気が散っていた。ピットは人殺しに無縁ではなかったが、相手の背中にナイフをつきたてるのは、たとえ相手がどんな悪党でも気が進まなかった。一気にナイフを逆に握ると、全身の力をこめて鈍い柄を、ヘルメットを被《かぶ》っているバイカーの首の付け根に叩《たた》きつけた。必殺の一撃に近かったが、止《とど》めを刺すには至らなかった。バイカーは柔らかいうめき一つ漏らさずに、シートに座ったままがっくりと身体《からだ》を沈め、後ろ倒しになってピットに寄りかかった。ピットは屈《かが》みこんで両手で相手を抱きとめ、すこしその状態をつづけてから、依然としてアイドリング中のバイクと一緒に鉱石車の路盤に静かに下ろした。

手早くバイカーのプロテクターを押しのけると、腋《わき》の下のショルダーホルスターから、装弾数一〇＋一発の四五口径、パラ‐オードナンスを抜き取った。右手に立っているバイカーの背中に狙《ねら》いをしぼり、撃鉄を起こした。P‐10を撃ったことはなかったが、感触からすると弾倉はフルで、頼りになる愛用の古いコルト45とほぼ全面的に共通する特徴を備えていることが分かった。その銃は、ワシントンからコロラドまで乗りつけたNUMAの車の中に、鍵《かぎ》をかけてしまってあった。

オートバイのヘッドライトに、殺し屋二人は明るく照らし出されていたが、彼らのほうは背後から密かに近づいてくる男には気づかなかった。しかし、ピットは忍び寄っていくうちに、路盤に倒れている三番目のバイクが放つ光の前を過《よ》ぎってしまい、アンブローズの目に留まった。

人類学者は眩《まぶ》しい光の中から現れたピットに気づくと、バイカーたちの背後を指差し、思わず口走った。「どうやって戻ってきたんだね？」

その言葉を耳にしたとたんに、ピットは慎重に狙いをつけ、人差し指で引き金に触れた。

「誰に話しかけているんだ？」最初に口を開いたバイカーが詰問《きつもん》した。

「このわたしだよ」ピットはさりげなく言った。

彼らはトップクラスの殺し屋だった。愕然《がくぜん》とした気配など、毛筋ほども見せなかった。無駄な掛け合いはなし。分かりきった質問もなし。躊躇も迷いのかけらもなし。彼らの第六感は一体となって働き、彼らの行動は俊敏を極めた。まるで一体と化したかに思える、訓練の行き届いた動きで、P-10オートマチックをホルスターからぐいと引きぬくと、わずか一秒以内にくるっと向きなおった。二人の顔は冷酷無残な表情に凍りついていた。

ピットは膝を少し曲げ、鼻の真直《まっす》ぐ前に伸ばした両手でピストルを握る、警察学校で教えアクション映画に登場するスタイルで、真正面からは殺し屋たちに立ち向かわなかった。彼は古典的な構えを選び、身体を横にひねり、片方の肩越しに相手を見つめ、片手でピストルを突き出す。この方が身をさらす度合いは少なく、狙いはより正確になる。熟年まで生きのびた西部の早撃ちの名手は、必ずしも抜くのが一番早い男ではなく、じっくり狙いを定めて引き金を引く、いちばん正確な使い手であることを彼は知っていた。

ピットの第一発は、右手のバイカーの首筋に命中した。ほんのわずか身体をよじってまた引き金を絞ると、弾丸は左手のバイカーの胸に食いこんだ。それとほぼ同時に、相手のピストルの狙いはピットのシルエットに向けられていた。彼ら二人が一瞬の間に一体となって反応したので、ピットは信じかねた。あと二秒与えられたら彼らは一発放ったろうから、坑道の花崗岩《かこうがん》の床にどさりと倒れこむのはピットだったに違いない。

はじける銃声が大砲の弾幕攻撃なみに耳をろうし、坑道の岩盤の側壁に響きわたった。一〇秒ほど、たぶん二〇秒ほどだろう——一時間ぐらいに思えたが——ドロシー、アンブローズ、それにマークスは信じかねて足元の死体を、目をむいて呆然《ぼうぜん》と見つめていた。やがて、おぼろげな希望がためらいがちに芽生え、自分たちはまだ生きているとはっきり意識すると共に、恐怖に打ちのめされた呪縛《じゅばく》から彼らは解き放たれた。

「一体全体、どうなっているのかしら？」ドロシーは低い虚《うつ》ろな声で言った。そしてピットを見上げた。「あなたが彼らを殺したのね？」それは質問ではなく断定だった。

「彼らでよかった、あんたではなく」とピットは言いながら、腕を彼女の肩に掛けた。

「われわれはひどい悪夢の経験をしたが、もうほぼ終わったようなものだ」

マークスは線路を跨《また》いで、死んだ殺し屋たちの上にかがみこんだ。「どういう連中なのだろう？」

「法の執行機関が解くべき謎《なぞ》だ」とアンブローズが答えた。彼は片手を突き出した。「あんたと握手をさせてくれ、ミスター……」彼は黙りこみ、ぼんやりと見つめた。「命の恩人の名前すら知らないなんて」

「ダーク・ピットっていうの」ドロシーが教えた。

「おおいに感謝している」とアンブローズは言った。彼は安堵《あんど》したというより興奮している感じだった。

「わたしも同様」とマークスはつけくわえ、ピットの背中を軽く叩いた。

「どの鉱山から入りこんで、ここに達したのだろう？」ピットはマークスに訊いた。

鉱夫はちょっと考えた。「パンドラ鉱山の可能性がいちばん高い」

「それだと彼らは、ダイナマイトを爆発させて雪崩《なだれ》を起こした時に、自分たちを故意に閉じこめたことになる」とアンブローズは発言した。

ピットは首を振った。「故意にではない。彼らは別のルートから地上へ戻れることを知っていた。あまりにも大量の装薬を使う、大きな過《あやま》ちを彼らは犯した。大地の振動、坑道の崩落、地下に裂け目ができ、水が湧《わ》きあがって坑道を満たすとは予期していなかった」

「辻褄《つじつま》が合う」マークスが同意した。「彼らは落盤の反対側にいたのだから、洪水の前方に延びる斜坑をバイクで上って入り口へ簡単にたどりつけたはずだ。ところが、雪で埋もれているのを知って、彼らは脱出するために接続している坑道を探し始めた——」

「そして、鉱山の中を迷って何時間も走り回ったあげくに、しまいにわれわれと出くわした」とアンブローズが締めくくった。

ピットはうなずいた。「パンドラ鉱山の入山用立坑を経てこの水平坑道まで登ったので、われわれが余儀なくされた垂直坑道をよじ登らないですんだ」

「まるであの連中は、われわれを探していたような感じがする」とマークスはつぶやいた。

ピットは自分の判断をほかの者たちに漏らさなかったが、出水を避けて上の地層へ逃れたバイカーたちは、われわれ四人の足跡に気づき後を追ってきたのだと確信していた。

「なにもかも狂っている」ドロシーは死んだバイカーたちを呆然と見つめながら言った。「どういう意味かしら、〝あんたたちはおれらの理解をはるかに越える事柄に巻きこまれてしまったんだ〟って彼は言ったけど」

ピットは肩をすくめた。「それを決めるのはほかの連中だ。むしろ問題なのは、彼らを送り出したのは何者か？　彼らは何者の手先なのか？　それ以外には、わたしは濡《ぬ》れそぼって寒がっている一介の海洋技術者にすぎないので、コロラド産の分厚いプライムリブのメディアムレアと一杯のテキーラが欲しい」

「海洋技術者にしては」アンブローズが笑いながら言った。「あんたは銃の扱いにかなり手馴れている」

「背後から人を撃つのに、名人技は無用だ」ピットは皮肉な口調で応じた。

「彼をどうしよう？」ピットに殴られて意識を失っているバイカーを指差しながら、マークスが訊いた。

「しばりあげるロープがないので、ブーツを取り上げよう。裸足《はだし》では、坑道のあまり遠い先まで行けないだろう」

「彼を置いていくつもりなのか？」

「気がきかんよ、ぐったりしている身体を担《かつ》いでうろつくなんて。ひょっとすると、われわれがシェリフに知らせ、彼が助手たちを下のここへ送りこむ時点まで、この殺し屋は意識を失っているかもしれない」そう言うと、ピットは一息入れて質問した。「誰かバイクに乗ったことはありますか？」

「わたしはハーレーに一〇年乗っている」とマークスが答えた。

「それにわたしは、父の古いホンダCBXスーパー・スポーツを持っていますけど」ドロシーが名乗り出た。

「乗ったことあるの？」

「学生時代ずっと乗っていたのよ。いまでも週末には、道で乗りまわしているわ」

ピットは新たな敬意を込めてドロシーを見つめた。「するとあなたは、革ズボンでがっちりサドルに収まっている年季の入った女性ライダーなんだ」

「そうなの」彼女は誇らしげに言った。

こんどはアンブローズのほうを向いた。「ところであなた、博士は？」

「生まれて一度も、オートバイにまたがった事はない。なぜ訊くんです？」

「なぜなら、完全な状態とおぼしいスズキRM125スーパークロス・バイクが三台、現にこうしてあるのだから、拝借して乗りこなし、鉱山から脱出して悪いということはあるまいと思うんですが」

マークスは歯を見せて大きく微笑《ほほえ》んだ。「わたしは賛成だ」

「わたしはここで、シェリフが現れるのを待つ」とアンブローズが言った。「あなたたちは行ってくれ。このうえ必要以上に、生きている殺し屋や死者二名と一緒に過ごしたくないんだ」

「あなた一人をこの殺し屋と一緒に残したくないんです、ドク。むしろわたしの後ろに乗って、ここを脱出するほうがいいと思うが」

アンブローズは強硬だった。「この種のバイクは、人を同乗させるようには作られていないようだ。バイクに乗るなんてご免こうむる。それに、路盤の上を走るのだから、ひどく不安定なはずだ」

「好きにするがいい」ピットは頑固な人類学者に根負けして言った。

ピットはかがみこんで、死体からP‐10オートマチックを奪った。彼は生まれついての殺し屋ではないが、後悔の色などほとんど見せなかった。つい先ほどまで、この男たちは一度も会ったことのない無辜《むこ》の三人を殺そうとしていたのだ――そんな行為は、どんな状況下であろうと絶対に許すつもりはなかった。

銃を一丁、彼はアンブローズに渡した。「われわれの友人から少なくとも六メートルは離れ、瞬《まばた》き一つにも注意するように」ピットは潜水灯も与えた。「バッテリーはシェリフが来るまで保《も》つはずです」

「はたして人様を撃てるかどうか、自信が持てない」とアンブローズは逆らった。その声には冷ややかな響きがあった。

「この男たちを人間とみなしてはならない。彼らは冷血の処刑屋たちで、女の喉《のど》を掻き切った後で、アイスクリームを平然と食う連中なんだ。忠告しておきますが、ドク、彼が少しでも怪しい素振りを見せたら、石で頭に一発食らわすように」

バイクは依然としてアイドリングの状態で、ピットたちは一分と経《た》たぬうちに、シフト、ブレーキ、それにスロットル操作の勘を得た。別れに一つ手を振ると、ピットがまず音高く走り去った。外側のレールと坑道の側壁の間は狭すぎて、マシンで走りぬけるとハンドルを粗い花崗岩に擦《す》りつけてしまう。ピットは路盤の中央に車輪の位置取りをして走りつづけ、ドロシーとマークスがすぐ後ろから追走した。サスペンションが固いので枕木《まくらぎ》に跳ね飛ばされるわ、歯はカタカタ鳴るわで、快適な走行ではなかった。ドロシーは内臓がコインランドリーの乾燥機に掻きまわされているように感じた。肝心なのは振動を最小に抑える適正なスピードを見つけることだ、とピットは気づいた。それは時速四五キロに落ち着いた。この速度は舗装された路上ではゆったりとした安全運転だとみなされるだろうが、狭い坑道内ではすこぶる危険だった。

岩盤の音響効果のために、排気音が彼らの耳のなかで木霊《こだま》した。ヘッドライトの光はひょいひょいと上下に踊り、枕木や頭上の坑木をストロボライトさながらに照らした。路盤にうずくまっていた、交差している坑道から一部突き出た一台の鉱石車を、ピットは辛くもかわした。傾斜のゆるやかな昇降用の坑道をバイクで登っていき、彼らは一つ上の層の鉱床にたどりついた。そこはピットの方向指示コンピューターでは、〝ザ・シチズン〟と明記されていた。坑道がまた分岐点に出たので停止して、ピットは小さいモニターに当たってみた。

「道に迷ったの？」ドロシーが排気管の騒音に負けぬ声で訊いた。

「左側の坑道を二〇〇メートルほど進むと、あなたがニューシェリダン・ホテルの下へ出ると言った坑道の行き止まりに達するはずだ」

「オライリー鉱山区への入口は、一〇〇年以上も前に閉鎖されてしまった」とマークスが知らせた。「あの道から外へは、絶対に出られない」

「見るぶんに、損はないだろう」ピットはバイクのギアを切り替え、クラッチをつないだ。一気に速度を上げたために、二分とたたぬうちにブレーキを強く踏みこむことを余儀なくされた。不意に、旧鉱山の入口をがっちり塞《ふさ》いでいるレンガ造りの壁に直面したのだ。急遽《きゅうきょ》停止すると、バイクを坑木に立てかけ、ヘッドライトの灯りでレンガ塀を仔《し》細《さい》に観察した。

「別の道を探すしかない」マークスはそばに寄せて止め、両足をついてバイクを直立状態に保ちながら言った。「ホテルの地下の土台に、出くわしてしまった」

ピットには聞こえていないようだった。まるで心は遥《はる》かかなたへ飛んででもいるように、彼はゆっくり腕を伸ばし、人工乾燥させた古い赤レンガに手をかざした。ドロシーがバイクを止めイグニッションを切ったので、ピットは振りかえった。

「こんどは何処《どこ》へ行くの？」と彼女は訊いた。その声は、疲労のほぼ限界に達したことを伝えていた。

ピットは向きを変えずに言った。「あそこさ」彼はレンガ塀のほうを漠然と指差しながら、無造作に答えた。「二人ともバイクを坑道の片側に移動してくれ」

ドロシーとマークスは、真意をつかみかねた。ピットがバイクに乗り、エンジンの回転を上げ、後輪で砂利をまきあげながら坑道の奥へ引き返しつつあるのに、彼らはまだ解せずにいた。いくらもしないうちに、加速しながら彼らに向かって路盤を疾走してくる音が聞こえ、バイクのヘッドライトの光が狂ったように坑木に明滅した。

ピットの時速は、五〇キロ近いとマークスは見当をつけた。ピットが塀から一〇メートルたらず手前で両足を突きだして鉱石車の左右のレールに踵《かかと》を押し当て、ハンドルを握っていた手を離して立ちあがったので、バイクが身体《からだ》の下を走りぬけた。弾みを補正するために身体を後ろ倒しにしたので、彼はまぎれもない直立の姿勢をほぼ六メートル保った末にボール状に身体を丸めて、サッカーボールさながらに坑道を転がって行った。バイクは直立状態を保っていたが、やがて傾きはじめたままレンガ塀に殺到し、抵抗する金属のきしみと一陣の塵《ちり》の煙を巻き起こしながら、腐食した古いレンガ塀をつきぬけ、穴のむこうへ姿を消した。

ドロシーはピットの身体に駆けよった。彼は惰性に引きずられ、やがて停止すると、そのまま地べたに横たわっていた。彼は自ら命を落としたとばかりドロシーは思いこんでいたが、顎《あご》の傷口から血を流しながらピットは彼女を見上げ、気が触れたようにうす笑いを浮かべた。「バイクで命知らずのスタントをやってのけた伝説のエベル・ニーベルに、いまのをやって見せてもらいたいものだ」と彼は話しかけた。

ドロシーは驚き呆《あき》れて、彼をじっと見下ろした。「全身の骨を折らなかったなんて、信じられないわ」

「一本も折れちゃいない」ピットは苦痛に駆られてつぶやきながら、ゆっくり立ちあがった。「しかし何本か、ねじれたようだ」

「あんな狂気の振るまいには、はじめてお目に掛かったよ」マークスがつぶやいた。

「だろうね、しかし思いのほか上手《うま》く行ったようだ」ピットは右肩を握りしめながら、レンガ塀の穴に向かってうなずいた。彼は立ったまま息を整え、打身の肋骨《ろっこつ》やはずれた肩の苦痛が収まるのを待った。その間にマークスは、バイクに突破されてゆるんだレンガを引きぬいて、出入口を広げる作業をはじめた。

鉱夫はひび割れした塀を眺めまわし、ランプで中側を照らした。しばらくすると、彼は振りかえって言った。「なんとも困ったことになったようだ」

「何故《なぜ》?」ドロシーが訊いた。「そこから出られないの?」

「出るには出られる」とマークスが応じた。「しかし、われわれの費用がかさむ」

「費用?」

ピットは痛そうに脚を引きずりながら穴に近づき、内側を覗《のぞ》いた。「おい、よせよ」

彼はうめいた。

「どうしたの?」ドロシーは苛立《いらだ》って答えを迫った。

「あのバイク」とピットは説明した。「ホテルのレストランのワインセラーに飛びこんでいる。ボトルが一〇〇本ぐらい割れて、ヴィンテージ・ワインが床に流れているに違いない」

6

保安官のジェームズ・イーガン・ジュニアがパンドラ鉱山で救出活動の指揮を取っていると、部下の通信指令係から電話が入って、ルイス・マークスがニューシェリダン・ホテルに不法侵入した科《とが》でテリュライドの保安官助手に拘禁されたと知らされた。イーガンは信じかねた。どうしてそんなことが、起こりうるのか？　マークスの妻は、夫とほかの二人は雪崩《なだれ》のために鉱山に閉じ込められた、といって譲らなかった。不本意ながらイーガンは救出活動命令を撤回し、車で山を下りてホテルへ向かった。

思いも掛けぬことに、ひしゃげた一台のオートバイが、叩《たた》き割られたワインボトルだらけの数ケースの真中に座りこんでいた。ホテルの会議室に入っていき、自白した共犯者たちと対面するにおよんで彼の驚きは一段と募った。男二人に女一人の三人組は、ぐしょぬれのうえに埃《ほこり》まみれでみすぼらしく、うち一人はずたずたに引き裂かれたウエットスーツを着ていた。三人とも手錠を掛けられ、二名の保安官助手に監視されており、いずれの保安官助手も厳しい表情をして立っていた。その一人がピットに向かってうなずいた。

「こいつは火器を携帯していた」

「君は彼の武器を保管してあるのか？」イーガンは事務的な口調で訊《き》いた。

助手はうなずき、四五口径のオートマチック、パラ-オードナンス三丁を持ちあげた。

イーガンは納得して、ルイス・マークスのほうに注意を転じた。「いったいどういう経緯で、鉱山を脱出してここに至ったのかね？」彼はすっかり当惑して答えを迫った。

「そんなことは、どうだっていい！」マークスははねつけた。「あんたと助手たちは、坑道を下って行ってくれ。死者二名と大学教授のアンブローズ博士に出会うはずだ、後に残してきた博士は、殺し屋一人を監視している」

まぎれもない疑心というより、むしろほぼ全面的な不信の思いにかられて、保安官のジム・イーガンは腰を下ろすとそり返って椅子《いす》の後脚二本に身体《からだ》を預け、シャツの胸ポケットから手帳を引っ張り出した。「あんたから伺おうじゃないか、いったいどういうことになっているのか」

やけくそになって、マークスは落盤事故、出水、天佑《てんゆう》にも等しいピットの出現、謎《なぞ》の部屋からの脱出、殺し屋三名との遭遇、さらにはやむなく行なったホテルのワインセラーへの突入について手短に説明した。

はじめのうち、マークスが緊張や疲労と争《あらが》っているせいで、細かい事情はさらさらとは口をついて出てこなかった。やがて、イーガンの露《あらわ》な疑心を感じとるにつれ、彼の話しぶりはせっかちになった。いらだちは募り、緊迫感がそれに取って代わり、マークスはトム・アンブローズを救出してくれとイーガンに訴えた。「頭に来るぜ、ジム、頑固もたいていにしろ。ケツをあげて、自分の目で見に行けよ」

イーガンはマークスをよく知っていたし、清廉《せいれん》潔白な男だと尊敬していたが、彼の話はあまりにも現実離れがしていて、証拠なしではにわかに信じられなかった。「黒曜石の頭骨、山中数百メートルに掘られた部屋の中の解読不能な碑文、オートバイで坑道を徘徊《はいかい》している殺し屋たち。仮にこの話が本当だとすると、殺人の容疑が掛かるのはあんたたち三人のほうになる」

「マークスさんがあなたに話したことは、嘘偽《うそいつわ》りのない真実です」ドロシーがゆっくりとした口調ではじめて発言した。「なぜ彼の言葉が信じられないのかしら？」

「ところで、あなたは？」

「ドロシー・オコンネル」彼女はけだるそうに答えた。「ペンシルヴェニア大学に籍を置くものです」

「それであなたは、どういう理由で鉱山内にいたのです？」

「わたしの専門は古代言語です。マークスさんから、自分の鉱山で見つけた珍しい碑文を解読しにテリュライドに来てくれと頼まれたのです」

イーガンはしばらく相手の女性を観察していた。きれいな服を着て化粧をしたら、美人だろうと見当はついた。しかし古代言語の博士とは、容易に信じる気持ちになれなかった。目の前に座っている、髪は濡《ぬ》れて束になり顔は泥だらけの彼女は、ホームレスのように見うけられた。

「動かぬ事実は」イーガンがゆっくり話した。「あんたたちがオートバイを一台破損したこと、それは盗難車の可能性なしとしないこと、そのうえホテルのワインセラーを破損したことに尽きる」

「そんなことは、放っておけ」マークスは泣きついた。「アンブローズ博士を助けてくれ」

「さまざまな関連事実に納得がいかないかぎり、部下を鉱山には送りこまん」

ジム・イーガンはサンミゲル郡の保安官を八年務めてきたし、テリュライドの街を取り締まっている助手たちと上手《うま》くやってきた。サンミゲル郡では、殺しはごく偶《たま》にしか起こらない。法の執行をともなう問題は、通常、自動車事故、こそ泥、酔っぱらいの喧《けん》嘩《か》、器物破損、それに麻薬関連の逮捕が主なところで、ほとんどの場合、夏の間にテリュライドへ立ち寄り、カントリーミュージックやジャズのフェスティバルに参加する若い流れ者が絡《から》んでいた。イーガンは、狭いが美しい景色に恵まれた管轄《かんかつ》区域の住民たちに、好感を持って受け入れられていた。気立てがいいし、仕事熱心だが、地元の飲み屋でビールを一杯やれば、よく声を立てて笑う。中肉中背だが、しばしば人を叱りとばし威嚇する表情を浮かべる。彼に逮捕された容疑者は、ひとにらみでたいてい縮こまってしまう。

「ちょっとお願いがあるのですが」ダイバー用の裂けたウエットスーツ姿の、痣《あざ》だらけでくたびれた男が切り出した。その男はさしずめ、揚水ポンプの回転翼に引きずりこまれたような形《なり》をしていた。

ちらっと見たところでは、相手は四五歳見当とイーガンの目に映ったが、褐色に灼けた肌やいかつい顔つきがかもしだす見掛けより、五歳は優に若そうだ。身長はおよそ一八八センチ、体重は八三キロ前後、とシェリフは見当をつけた。髪は黒く波打っていて、こめかみに白いものが何本か混じっている。眉毛《まゆげ》は黒ずんでいて太く、鮮やかな緑の目の上に長く張っている。真直《まっす》ぐで細い鼻はきりっと引き締まった唇に向かって延び、両端が上向き加減でかすかに微笑を描いている。イーガンの気に障《さわ》ったのは相手の投げやりな態度ではなく——明らかに感情が鈍磨している凶悪犯を彼はたくさん知っていた——関心なげでいながら楽しんでいるような雰囲気だった。テーブルの向かい側の男が、イーガンの主導権を握る手口にいっこうにひるんでいないことは明らかだった。

「ことによりけりだ」やがてイーガンは答えた。ボールペンを手帳の用紙に添えてある。

「あんたの名前は？」

「ダーク・ピット」

「それであんたは、どういう関わりかね、ピットさん？」

「わたしは国立海中海洋機関の特殊任務の責任者です。わたしはたんなる通りすがりで、金の探鉱も面白いのではと思ったわけです」

内心、イーガンは不利な立場に追いこまれて、むかついていた。「そんな与太話は抜きでやりましょう、ピットさん」

「ある電話番号を知らせたら、掛けてもらえますか？」ピットの口調は丁寧で、敵意は微塵《みじん》もなかった。

「弁護士と話をしたい？」

ピットは首を振った。「いや、その種のことではありません。電話をしてわたしの身分と所在を確認してくれれば、役に立つのではないかと思っただけです」

イーガンは少し考えてから、テーブル越しにボールペンと手帳を押し出した。「いいだろう、番号を教えてもらおうか」

ピットは保安官の手帳に番号を書きこみ、手渡して戻した。「長距離です。お望みなら、どうぞコレクトコールに」

「あんたがホテルに払えば、すむことだ」イーガンは固い笑いを浮かべて応じた。

「話す相手はジェームズ・サンデッカー提督」とピットは知らせた。「その番号は専用回線用です。彼にわたしの名前をつげて、状況を説明してください」

イーガンはそばの机に載っている電話に近づき、外線を申しこみ、番号をダイヤルした。ちょっと間があってから、イーガンは話しかけた。「サンデッカー提督、こちらはコロラド州サンミゲルの保安官、ジム・イーガンです。あなたの許《もと》で働いていると言い張るある男のために、こちらで面倒が起こっている。彼の名前はダーク・ピット」それからイーガンは手短に大まかな状況を説明し、おそらくピットは逮捕され、第二級の不法侵入、盗罪、それに器物損壊で告発されるだろうと知らせた。その時点を境に、話しの風向きは変わってしまい、保安官は呆然《ぼうぜん》とした表情を一〇分近くも浮かべつづけだった。まるで神様に答えてでもいるように、彼は「イエス・サー」を数度くりかえした。

やがて電話を切ると、保安官はピットを見つめた。「あんたのボスは短気だな」

ピットは声を立てて笑った。「たいていの人が、そんな印象を受ける」

「あんたの実績には、なんとも恐れ入ったよ」

「損害賠償はまかせろ、と買って出ましたか？」

イーガンはにやりと笑った。「あんたの給料から払わせろ、と強調していたね」

好奇心に駆られて、ピットは訊いてみた。「ほかに提督は、どんなことをほざいていました？」

「彼はほかのこともさりながら、こう話していた」イーガンはゆっくりと伝えた。「かりにミスター・ピットが、南北戦争で南軍が勝ったというなら、わたしは彼の言葉を信じる、と」

ピットとマークスは、イーガンと保安官助手の一人を従えて、ワインセラーの叩きつぶされた壁を通りぬけると、旧鉱山の坑道を軽い足取りで走り出した。彼らは間もなく、停止している古い鉱石車の横を通りすぎ、口を開けている坑道の奥へ進んだ。

暗い坑道の中で、距離を判断するのは無理だった。ピットの精一杯の見当では、アンブローズと拘束した殺し屋を残してきた地点は、ホテルからほぼ一二〇〇メートルだった。保安官助手から借りた懐中電灯をにぎりしめ、一〇〇メートルほどごとにスイッチを入れて前方の闇《やみ》の奥に目を凝らし、アンブローズに預けた潜水灯の手掛かりを探した。

ここがその場所だ、と見当をつけてあった地点を過ぎてしまったのでピットは立ち止まり、懐中電灯の光の届くかぎりせいぜい前方を照らした。やがて、スイッチを切った。漆黒の闇が広がっているだけだった。

「われわれはここにいたんだ」ピットはマークスに話しかけた。

「それはあり得ない」鉱夫は応じた。「アンブローズ博士は当然ながら、岩盤に木霊《こだま》するわれわれの声を聞き、われわれのライトを目撃してしかるべきだ。われわれに叫ぶなり合図をしそうなものだ」

「どうも変だ」ピットが懐中電灯の光を向けると、坑道の一方の側壁にある開口部が浮かびあがった。「この坑門は穴倉に繋《つな》がっていて、バイカーたちが近づいてきた時、わたしはその中に隠れた」

イーガンが彼の隣にたどり着いた。「どうして止まったんだね?」

「怪訝《けげん》に思うでしょうが」ピットは答えた。「彼らは消えてしまった」

保安官は自分の懐中電灯の光をピットの顔に当てて、相手の目の色になにかを探ろうとした。「確かなんだろうね、連中があんたの想像の産物でないことは?」

「神に誓う!」マークスがつぶやいた。「われわれは死体二つと、意識不明の殺し屋一名、それに護身用の銃を備えたアンブローズ博士を置いてきたんだ」

ピットは保安官を無視して、屈《かが》みこんだ。懐中電灯の光でごくゆっくりと、あたりやトンネルを一八〇度にわたって照らしながら、地面や鉱石車の路盤を隅々まで調べあげた。

マークスは言いかけた。「なにをあなたは——?」だがピットは片手をすいと挙げて、身振りで黙れと合図した。

ピットは思っていた。かりにアンブローズと殺し屋が姿を消したとするなら、彼らが存在したことを示すなにか細かい手掛かりが残っているはずだ。当初の狙《ねら》いは、自分が殺し屋たちに向かって撃ったP-10の空薬莢《やっきょう》を探すことだった。しかし、真鍮《しんちゅう》製薬莢の煌《きらめ》きらしきものは、まったく見当たらなかった。首筋がひりひりしだした。まぎれもなくこの場所だ、と彼は確信した。やがて、三五センチ足らず前方に、彼はすこぶる微細な黒いワイヤーを視認したというより感じ取った。ひどく細いので、ライトを当てられても影さえ落としていない。ワイヤー沿いに光を走らせて、路盤の上を越え側壁を登ると、頭上の坑木の一つに取りつけられた黒いカンバス地の包みに行きついた。

「伺いますが、シェリフ」妙に物静かな口調でピットは訊いた。「爆発物処理の訓練は受けましたか？」

「わたしは警官たちに、その一教科を教えている」イーガンは両眉を吊《つ》りあげて答えた。

「陸軍では爆破の専門家だった。なぜだね？」

「あの世へこなごなにして送りこむ罠《わな》を、われわれはばっちり仕掛けられた」彼は路盤から延びて坑木へ這《は》いあがっているワイヤーを指さした。「見当違いでなければ、あれは偽装爆弾だ」

イーガンは黒い縒り糸に数センチまで顔を寄せた。彼はその紐《ひも》を上方にあるカンバスの包みまでたどり、包みを仔細《しさい》に観察した。やがて彼はその目に新たな尊敬の念を浮かべて、ピットのほうを振りむいた。「確かにあんたのいう通りだ、ミスター・ピット。何者かが、あんたを好きになれないんだ」

「あなた自身をふくめてさ、シェリフ。連中はあなたとその部下が、われわれを伴ってアンブローズの許に戻ってくるのを知っていたに違いない」

「教授は何処《どこ》だろう？」マークスは怪訝な思いを声に出した。「どこへ、彼と殺し屋は行ったのだろう？」

「二つの可能性がある」とピットは応じた。「その一つは、殺し屋が意識を取り戻し、アンブローズ博士を制圧して殺してしまい、手近な立坑に死体を放りこんだ。しかるのちに、爆薬をセットして、外部に通じる別の坑道を経て脱出した」

「あんたは、おとぎばなし作家にうってつけだ」イーガンが合いの手を入れた。

「では、偽装爆弾の説明をしてください」

「あなたがセットした当人でないことを、確認する術《すべ》がわたしにあるだろうか？」

「わたしには動機がない」

「やめろよ、ジム」マークスが言葉を掛けた。「ミスター・ピットはこの五時間、わたしの視界の外に一度も出ていない。彼がまさしくわれわれの命を救ってくれたのだ。たとえ爆発を生き延びたとしても、われわれは落盤でやられるはずだ」

「あの包みに爆薬が入っているのを、われわれは確認したわけではない」イーガンはかたくなに言い張った。

「それなら、ワイヤーを踏んづけて、どういうことになるかやってみるさ」ピットは笑いを浮かべた。「このわたしには、あたりをうろついて、結果を見届けるつもりは毛頭ない。ここから抜け出す」彼は立ちあがると、鉱石車の路盤沿いにぶらぶら歩いてホテルへ向かった。

「ちょっと待った、ミスター・ピット。まだ、あんたの調べが終わったわけじゃないぞ」

ピットは立ち止まり、振り向いた。「なにをするつもりなんです、シェリフ？」

「坑木にワイヤーで繋がれている袋を点検し、かりに起爆装置なら解除する」

ピットはしごく真剣な顔をして、二、三歩引き返した。「わたしがあなたなら、そんなことしませんね。こいつは、テロリストのひよっこが裏庭で作った爆弾ではない。来月の給料を賭《か》けてもいいが、あれは専門家たちによってかっちり組みたてられた代物《しろもの》で、ごく軽く触れただけで爆発すること請け合いだ」

イーガンは彼を見つめた。「気の利《き》いた案があれば、聞かせてもらいたいものだ」

「路盤の二〇〇メートルほど前方に、鉱石車が座りこんでいる」とピットは答えた。「みんなであれを押して走り下らせ、ワイヤーを踏んづけさせて爆薬を起爆させる」

「坑道のトンネルが崩落し」マークスが発言した。「永久に塞《ふさ》がれてしまう」

ピットは肩をすくめた。「われわれは先々、人が近づけないようにするために坑道を破壊するわけではない。鉱山のこの部分を、一九三〇年代以後に通りぬけたのはわれわれが最初だが」

「もっともだ」マークスはようやく同意した。「今度ここを通りぬける地下冒険者たちのために、爆薬を放置しておくわけにいかない」

一五分後に、ピット、イーガン、マークス、それに保安官助手は、鉱石車を仕掛け線の五〇メートル以内まで押して行った。頑丈な鉄製の車輪は、はじめの一五メートルほどは軋《きし》みをあげて逆らったが、車軸の古いグリースがローラーベアリングに潤滑さを与えるにつれて、間もなくゆるやかになり、錆《さ》びついたレールの上を滑らかに回転し始めた。四人の男は汗を流しながら、軽い下り傾斜の頂点にやっとたどりついた。

「ここで終わりだ」ピットは知らせた。「強く一押ししたら、きっと二キロ近く転がり落ちて行くはずだ」

「あるいは、つぎの立坑へ突っこんでいく」マークスが応じた。

男たちがいっせいに押して走りつづけるうちに、鉱石車はスピードに乗り、彼らは振りきられた。四人はよろめきながら立ち止まり、息を整え動悸《どうき》の収まるのを待った。やがて手持ちの懐中電灯をかざして照らすと、鉱石車はレールの上を疾走し、坑道のゆるやかなカーブを回って姿を消した。

一分と経《た》たぬうちに、猛烈な爆鳴が坑道をつきぬけた。爆風に、男たちは危うく脚をさらわれそうになった。つぎの瞬間、塵《ちり》の雲が逆巻きながら彼らの周りを通りぬけ、坑道の天井から落下する大量の岩石の低いうめきが伝わってきた。

轟音がまだ男たちの耳の中で鳴り響き、木霊が旧鉱山の中で繰り返されている最中に、マークスがイーガンに叫んだ。「これで一切の疑念は消えたはずだ」

「自説の正しさの証明を急ぐあまり、あんたはなにかを見落とした」イーガンはそっけない挑発的な口調で声高に言った。

ピットは彼を見つめた。「なんです、それは？」

「アンブローズ博士。彼が落盤の向こう側で、依然として生存している可能性はある。たとえ死んだとしても、死体を回収する術はない」

「そんなの無駄な骨折りだ」ピットは短く応じた。

「あんたは一つの可能性しか、われわれに与えなかった」とイーガンは言った。「この件は、第二の可能性となにか関係ありかな？」

ピットは小さくうなずいた。「アンブローズ博士は」彼は根気よく応じた。「死んではいない」

「三番目の殺し屋は彼を殺していない、というのですね？」マークスが訊《き》いた。

「彼が自分のボスを殺す気遣いはまずない」

「ボス？」

ピットは微笑《ほほえ》み、おもむろに告げた。「トム・アンブローズ博士は、あの殺し屋の一味さ」

7

「夕食に遅れてごめんなさいね」ドロシーはマークス家の玄関のドアを通りぬけながら話しかけた。「だけど、どうしてもお風呂《ふろ》に入りたかったの。いくらなんでも、わたしったら漬かりすぎたみたい」

ライザ・マークスは嬉々《きき》としてドロシーを抱きしめた。「また会えて、あなたの想像も及ばぬほどわたしは幸せよ」後ろへ引き下がった彼女が、ドロシーの後から入ってくるピットに目を留めると、智天使《ちてんし》さながらに顔に赤味がさした。彼女はピットの左右の頰にキスした。「夫をまた無事に家へ連れ戻ってくれて、なんともお礼の言いようがないわ」

「なんとか切り抜けられました」ピットは持ち前の微笑を浮かべた。「ルイスを助けるには、自分を救うしかなかった」

「まあ、なんて謙虚なんでしょう」

ピットは心から当惑しているらしく、じっと絨毯《じゅうたん》を見つめているその姿にドロシーは驚いた。彼女は言い添えた。「お宅のご主人だけではないんですよ、ダークが命を助けたのは」

「ルイスはみなさんの試練について、ひどく口が固いんです。夕食をしながら、ぜひ詳しくお聞かせください」ライザは優雅なデザイナー・スラックス姿だった。「さあ、お二人の上着をお預かりしましょう」

「ヘラジカのバーベキューの匂《にお》いがしているようですが？」とピットは訊《き》いて、ばつの悪さから逃れた。

「ルイスが車庫で、スモーカー相手に奮闘中なんです」とライザは答えた。「外で食事をするのには寒すぎるので、テーブルは裏手のベランダにあるガラス囲いのサンルーム内に、すでにわたしがセットしてあります。ルイスがヒーターを持ちこんだので、暖かくて寛《くつろ》げます。台所を通りがかりに、ご自由にビールをお持ちください」

ピットは瓶詰めのパシフィコ・ビールを冷蔵庫から一本取り出すと、車庫のマークスに合流した。マークスはスモーカーに改造した、五〇ガロン入りのドラム缶の上にかがみこんでいた。「美味《うま》そうな匂いだ」ピットは話しかけた。「木炭のグリルは使わないんだ？」

「スモーカーのほうが、食肉、ひな鳥、あるいは魚にしても、ずっと風味よく焼ける」とルイスは答えた。「昨シーズンに、このヘラジカを仕留めた。モントローズで解体して冷蔵しておいたんです。少しお待ちを、ライザ特製のモルネイソースで味わってもらうので」

それから間もなく、マークスがガラス囲いのサンルームにすえ付けた松材のテーブルをみんなで囲んで、ライザ手製の味わい深いソースを塗ったヘラジカのステーキを賞味していた。マークスは前もってドロシーとダークに、悲惨な経験についてあまり詳しく話さないでくれと頼んであった。自分はともかく、妻をこれ以上動転させたくなかったのだ。夫が鉱山を無事脱出したと知らせがもたらされるまでに、彼女はすでにたっぷり辛《つら》い思いをしていた。彼らは試練を軽くあつかい、殺し屋たちにはいっさい触れず、アンブローズは友人たちに会っているために都合がつかず、夕食には来られない、と彼女に伝えた。

彼らはまるで公園の散歩からもどってきたように振舞っていたし、ライザは実情を心得たうえで、なにひとつ口に出さなかった。夕食がすむと、ライザはドロシーにテーブルの後片付をしてもらいながら、小さな娘たちにかいがいしく食事をあたえ、コーヒーを入れ、キャロットケーキを出した。

「ちょっと失礼」とピットは断った。彼は母屋《おもや》へ入っていき、ライザに二言三言話しかけると、テーブルを囲んでいるドロシーとマークスにふたたび加わった。

妻に立ち聞きされる恐れがないと確信したマークスは、ピットをまともに見据えて話しかけた。「わたしはアンブローズ博士に関するあなたの説を、どうにも受け入れられない。彼を後に残してわれわれが去って間もなく、殺されたのだとわたしは確信している」

「ルイスに賛成」ドロシーが意見を述べた。「トムが定評のある科学者以外の何者かだ、とする示唆《しさ》など論外だわ」

「今日以前に、アンブローズに会ったことはあるの？」ピットは訊いた。

彼女は首を振った。「ないけど、彼の評判は知ってます」

「しかし、会ったことは一度もない」

「ないわ」

「ではどうやって、トム・アンブローズだとわれわれが思っている男が詐称者《さしょうしゃ》でないことを、見極めるんだね？」

「いいだろう」とマークスが応じた。「かりに彼が偽者《にせもの》で、狂ったバイカーたちと組んでいるとしよう。あなたが現れなかったら、彼は間違いなく溺死《できし》したはずだが、この事実をあなたはどう説明する？」

「その通り」ドロシーが静かに口を挟んだ。「どう見ても、彼は犯罪的な企《たくら》みとまったく結びつかないわ、あの殺し屋たちが彼まで殺そうとしていたなら」

「彼の仲間である殺し屋たちは、へまをやったのだ」ピットの声には冷たい確信の響きがあった。「彼らは爆破の専門家かも知れないが、ルイ人のような岩盤除去のプロではないので、必要以上に強力な爆薬を起爆してしまった。たんなる落盤と坑道封鎖のほかに、地下水流を支えている岩床を崩落させ、鉱山の低い地層へ水を引き込んでしまった。計算違いのために、彼らの計画が狂ってしまった。例の立坑と頭骨の収まっている部屋は、彼らがバイクで落盤個所を迂回《うかい》してボスを救出する前に、水で埋まってしまった」

マークスは黄昏《たそがれ》どきの星明りを受けてシルエットを浮かびあがらせている、テリュライド周囲の峰々をじっと見上げた。「なぜ坑道の天井を崩落させたのだろう？　そんなことをしてなんの得があるのだろう？」

「完全殺人」ピットは答えた。「彼らは石であなたたち二人の脳を叩《たた》きつぶして、殺すつもりだった。つぎに、あなたたち二人の死体は落盤の砂礫《されき》に埋めてしまう。よしんばあなたたちの遺骸《いがい》が発見されたとしても、鉱山事故として処理されてしまう」

「どうしてわたしたちを殺すの？」ドロシーは信じかねて訊いた。「なんのために？」

「なぜなら、あなたたちは脅威となったから」

「ルイスとわたしが脅威ですって？」彼女は困惑の表情を浮かべた。「誰にとって？」

「財源豊かで、組織のしっかりした秘密結社にとって。黒い頭骨のある部屋の発見が、世間に知られるのを彼らは望んでいない」

「考古学上の大発見を押し隠そうなんて、どうしてするのかしら？」ドロシーはまるでわけがわからず訊いた。

ピットは両方の掌《てのひら》を上げて、降参の仕草をした。「そこで憶測は行き止まり。全財産を賭けてもいいが、これは単発の事件ではない。死体の列を追っていくと、同じ程度の別のいくつかの大発見に繋《つな》がるはずだ」

「ほかにこの種の謎《なぞ》がからんでいる考古学のプロジェクトとして思いつくのは、アリゾナ州立大学のジェフリー・タフェット博士が率いた遠征隊ただ一つだけど。彼と数人の学生が、チリのラスカー山北斜面の洞窟《どうくつ》を探検中に命を落とした」

「死因はなんです？」マークスが訊いた。

「凍死体で発見されたんだけど」とドロシーは答えた。「それがひどく奇妙なの、死体を見つけた救助隊の話によると。天候は申し分なく、嵐《あらし》は一度も吹かなかったし、気温は氷点をわずかに下回っていただけだった。ある調査では、タフェットや学生たちが低体温に陥る理由など、まったく浮かび上がってこなかった」

「その洞窟には、どんな考古学上の関心が寄せられていたのだろう？」ピットは追及した。

「確かなことは誰も知らないの。ニューヨークから来たひと組のアマチュアの登山家は、二人とも成功を収めている税務弁護士で、山頂から下山中に例の洞穴を発見して探検した。内部には古代の人工遺物がきちんと収められている、と述べてから間もなく彼らは命を落とした」

ピットは彼女を見つめた。「彼らも死んだ？」

「彼らの専用機が、故郷《くに》へ向けてサンチャゴ空港を離陸する際に墜落してしまったの」

「いよいよ謎めいてきた」

「その後、探検隊が何度も洞窟に入ったが、なにひとつ見つからなかった」ドロシーは話をつづけた。「弁護士たちが目撃した内容を誇大に伝えたか――」

「あるいは何者かが、人工遺物をきれいに持ち出した」ピットが締めくくった。

「その弁護士たちは、黒い頭骨を見つけたのだろうか？」マークスが感慨深げに言った。

ドロシーは肩をすくめた。「永遠に分らないでしょうね」

「あなたは手帳を、あの部屋から持ち出せたのですか？」マークスがドロシーに訊いた。

「書き取ったページは、鉱山を泳ぎぬけている間に水浸しになってしまったけど、ヘヤードライヤーで乾かしたらよく読めるようになりました。ですが、碑文の意味についてかりになにか質問があっても、それはお忘れください。あの象形文字は、これまでお目に掛かったことのない表記法から成っているんです」

「線刻されたあの象形文字は、古代と現代文化とのクロスオーバーのように思える――同類の表示法があるはずだ」ピットは考えこみながら言った。

「そうと決まったものでもないわ。同類の表記法のない、隔絶した古代の碑文はいくつもあります。黒い頭骨のある部屋の側壁に刻まれた標示はユニークなものだ、とわたしが言う以上認めてもらいたいわ」

「ひょっとして、偽物なのでは？」

「詳しく調べるまでは、なんとも決めかねます」

「ここはわたしを信じてください」マークスが力をこめて発言した。「あの部屋に、わたし以前に入ったものは、長年にわたって一人もいません。周囲の岩盤には、近年の発掘を示唆する目新しい印はまったく認められない」

ドロシーは目にたれ掛かった長い赤毛を払いのけた。「問題は誰が、なんのためにあれを作ったかだわ」

「それに、何時《いつ》」ピットが割って入った。「なんとなく、問題の部屋と殺し屋たちが結びついているようだ」

突然、一陣の疾風がうなりを上げて渓谷一帯を駆けのぼり、ベランダの窓をがたがたと鳴らした。ドロシーは身体《からだ》を震わせた。「夕方になって、冷えてきたわ。上着を取ってきます」

マークスは台所のほうを向いた。「ライザはコーヒーとケーキを持って、どこへ行ったのやら――」

彼の声は半ばで途切れた。ピットが不意にさっと立ちあがったのだ。一連の発作的な動きで、彼は鉱夫をログテーブルの下に押しこみ、ドロシーを摑《つか》んで床に投げ出すと、彼女を自分の身体で覆《おお》って護《まも》った。邸《やしき》周辺での、なんとなく場違いな小さな動きに、長年にわたって研ぎ澄まされてきた危機を察知する彼の鋭敏な感覚が、先刻から作動していたのだった。つぎの瞬間、外の物陰で銃声が二発した。あまりにも間髪を入れない銃声は、まるで一発のように響きわたった。

ドロシーに覆い被《かぶ》さっているので、肺の息を叩き出されてあえいでいる彼女の息遣いがピットには聞こえた。転げて彼女から離れて立ちあがった瞬間に、黄昏どきの物陰で聞きなれた自信に満ちた叫び声がした。

「やっつけたぞ！」

ピットは手を貸してドロシーを椅子《いす》に座らせると、引っぱってマークスを立たせた。

「いまのは銃声だ……あの声は？」呆然《ぼうぜん》とマークスがつぶやいた。

「心配は無用」ピットが請合った。「あの武装隊はこっちの味方だ」

「ライザ、うちの子供たちは」マークスは思わず口走ると、向きをかえ母屋の中へ駆けだそうとした。

「無事だ、バスタブのなかにいる」ピットは片方の腕を摑みながら知らせた。

「どうして――？」

「そこに隠れろとわたしに命じられたからさ」

ずんぐりとした雄牛のような男が一人、邸を取り巻いている山地の下生えの中から現れた。極地用の、フードつきの白いジャンプスーツを着ていた。人間を一人引きずりながら、雪面を近づいてくる。こちらは黒い忍者スタイルで、顔はスキーマスクで隠されている。大空にまだ明るさが残っていたので、白装束の男の黒い巻き毛、エトルリア人特有の黒目、それに口許《くちもと》をほころばせて白い歯を覗《のぞ》かせているのが見て取れた。その男は五キロ入りのジャガイモの袋を運ぶように、片方の足をにぎって、人を苦もなく引きずっていた。

「手を焼かされたか？」ピットは雪に覆われた庭へ踏みこんで行きながら、物静かな口調で訊いた。

「まるっきり」と闖入者《ちんにゅうしゃ》は答えた。「目の不自由な人を襲うようなものさ。こっそり忍び込もうと計ったまでは一丁前だが、待ち伏せをまったく予期していなかった」

「狙《ねら》った餌食《えじき》を甘く見るのは、プロの殺し屋にはあるまじき最悪の誤算さ」

ドロシーは真っ青な顔をしてピットを見つめた。「あなたがこれを計画したの？」彼女は機械的に言葉を発した。

「むろんそうです」ピットは残忍な感じを与えかねない口調で認めた。「この殺し屋たちは狂信的だ……」彼は黙りこむと足許に転がっている男に視線を落とした。「いや、むしろ、〝だった〟だな。例の謎の部屋に入った者を全員殺そうとする彼らの動機の背後になにが潜んでいるのか、わたしには見当すらつかない。このわたしは、いずこからともなく現れて、彼らの練り上げた計画に水を差した時点で、連中の殺しのリストのトップにのし上がってしまった。同時に彼らは、わたしが黒い頭骨を取りもどしに、あの部屋へ引き返しかねないと案じた。彼らはドロシーが碑文を解読することを恐れた。

われわれが坑道を脱出し、イーガン保安官に釈放されると、この男は陰に潜んでわれわれを見張り、好機が巡ってくるのを待った。すでに連中は、目撃者全員を消すことによって、あの部屋の発見を押し隠す大変な努力を長期にわたって重ねてきているのだから、彼らが任務を果たさぬままに放置し、われわれの一員が生きてテリュライドを出て行くのを黙認するはずのないことは、顔をつき合わせて検討するまでもない。それで餌《えさ》をまき、やつらを引き寄せた」

「あんたはわたしたちを囮《おとり》に仕立てたわけだ」マークスはつぶやいた。「殺されていたかもしれないんですよ」

「テーブルのわが方に切り札があるうちにその危険を冒すほうがましだ、無為無策で弱みに立たされるよりは」

「シェリフのイーガンが、この件に関与しているべきだと思うけど？」

「われわれがこうして話をしている間にも、彼はドロシーの朝食つき宿で、ほかの殺し屋たちを逮捕しているはずだ」

「殺し屋がわたしの部屋にいたの？」ドロシーはショックを受けて囁《ささや》くように言った。

「お風呂を使っていた間も？」

「それはない」ピットは根気よく応じた。「わたしと一緒にマークスの家に向かってからさ、彼が入りこんだのは」

「だけどその気になれば、彼はずかずかと入りこんできて、わたしを殺すことだって出来たのよ」

「とうていあり得ない」ピットは彼女の手を握りしめた。「危険はまずなかったとわたしが請合っているのだから、信じてもらいたいものだ。あの宿が少し込みすぎているのに、気づかなかった？　シェリフが手を打って、ちょっとまとまった数の地元住民にコンベンションの参加者を装おわせ、あの宿のホールや食堂をうろつかせた。いくら殺し屋だって、大勢の人前で付け狙っている餌食を殺すのは、具合が悪いはずだ。あなたとわたしが連れ立ってマークスの家へ夕食に出かけることが知れわたると、殺し屋たちは計画を二手に分けた。一人は夕食の間に全員を墓場へ送りこむほうを志願し、もう一人はあなたの部屋を引っ掻《か》きまわして手帳とカメラを探した」

「あの方は、わたしの知っている保安官事務所の誰とも似ていない」マークスは逞《たくま》しい闖入者を指さしながら言った。

ピットは向きなおり、暗殺者を片づけたばかりの見知らぬ男の肩に腕を掛けた。「わが最愛の親友を紹介させていただきます、アルバート・ジョルディーノ。アルはわたしの許で、NUMAの特殊任務次長を務めている」

　マークスとドロシーは、どう応じたらよいのか分りかねて、無言のまま突っ立っていた。彼らは顕微鏡越しに標本を覗いているバクテリア研究家なみに、真剣にアルを観察した。ジョルディーノは侵入者の足に掛けていた手をさらりと離すと、前へ進み出て、二人と握手を交わした。「お目に掛かれてなによりです。お役に立てて、喜んでいます」

「弾丸を食らったのか？」ピットが訊《き》いた。

「こいつの反射神経は、信じられないほどだ」とアル・ジョルディーノは応じた。

「ああ、それは分るとも」

「こいつはきっと霊媒だ。おれが引き金をしぼったまさにその瞬間に、おれの方向に一発放ちやがった」ジョルディーノはジャンプスーツのヒップ沿いに出来ている小さな裂け目を指さした。「奴の弾丸はおれの皮膚に痣《あざ》を作るのが精一杯さ。おれのは奴の右肺に命中」

「ついていたな」

「おっと、それはどうかな」ジョルディーノはもったいぶって言った。「おれは狙いを定めたが、奴は違う」

「まだ生きているのか？」

「そのはずだ。しかし、近いうちにマラソンに参加するのは無理だろう」

ピットはかがみこんで、殺し屋のスキーマスクを引っぱって脱がせた。

ドロシーは怯《おび》えてあえいだ——事情を考えれば分らないでもない、とピットは苦笑まじりに思った。彼女はいまもって、テリュライド空港を降りたってからこれまでにわが身に起こったあらゆることを認めかねていた。

「えっ、まさか！」彼女の声にはショックと悲しみがない交ぜになっていた。「アンブローズ博士だわ！」

「違うよ、せっかくだが」ピットは柔らかく話しかけた。「こいつはトーマス・アンブローズ博士ではない。前にも言ったように、本物のアンブローズはおそらく死んでいる。この屑《くず》野郎は、あなたとわたし、それにルイスを殺す役をたぶん担《にな》っていた。なぜなら、われわれをある程度見極められるのは、彼しかいないから」

ピットの言葉の持つ説得力に、彼女はひどく打ちのめされ呆然となった。跪《ひざまず》くと、殺し屋の見開かれた目を覗きこみ、答えを迫った。「なぜ、アンブローズ博士を殺さねばならなかったの？」

殺し屋の瞳《ひとみ》に感情の揺らぎはまったくなかった。彼の負傷を示す手掛かりは、口から滴《したた》り落ちる血だけで、それは肺が傷《いた》んでいる確かな証《あかし》だった。「殺したのではない、処刑したのだ」と殺し屋はささやいた。「彼は脅威なので、死んでもらうしかなかった、あんたらみんなが死ぬしかないように」

「お前はいい度胸をしているよ、自分の行動を正当化するんだから」ピットの声には、氷のような冷たさがこもっていた。

「なに一つ正当化などしちゃいない。新摂理に対する任務には、正当化など不用だ」

「新摂理って、誰が提唱しているどんな代物《しろもの》かね？」

「第四帝国さ。しかしあんたらがそれを目の当《ま》たりにすることはかなわぬ。その前に命を落とすに決まっているから」殺し屋の口調には憎しみも、傲慢《ごうまん》さもまったくなく、想像される事実を淡々と述べているに過ぎなかった。彼の話し方には、わずかながらヨーロッパ訛《なまり》があった。

「例の部屋、黒い頭骨、あれらにはどんな重要性があるんだね？」

「過去からのメッセージ」はじめて、かすかに笑顔が浮かんだ。「この世界最大の秘密。これ以上、教えるわけにはいかん」

「もっと協力的になるさ、殺人の科《とが》で辛《つら》いムショ暮らしをすれば」

わずかに首を振った。「裁きなど受けはしない」

「持ちなおすさ」

「違う、あんたは誤解している。このうえ、わたしに尋問する機会はあり得ないんだ。あんたがすぐ後を追ってくることが分っているんで、ミスター・ピット、わたしは満足して死ねる」

ピットに止める間を与えずに、殺し屋は片手を口へ持っていき、カプセルを歯でくわえた。「シアン化合物だ、ミスター・ピット。ヘルマン・ゲーリングが六〇年前に服用した時と同じように、よく効いてくれる」そう言うと、カプセルを嚙《か》み砕いた。

ピットは素早く、殺し屋の耳に口を当てた。トム・アンブローズ殺害犯があの世へ行ってしまう前に、最後の言葉を言わずにはいられなかったのだ。「お前さんには同情するぜ、哀れな下司《げす》野郎に。われわれはすでに、お前さんの言う餓鬼じみた第四帝国など知っている」真赤な嘘《うそ》だが、ピットは意地の悪い満足感を得た。

黒い目は一瞬見開かれたが、徐々に生気を失い、殺し屋が命を落すと共に視力の伴なわぬ目が凝視した。

「死んだの？」ドロシーはささやいた。

「エジプトのミイラなみに」ピットは冷ややかに告げた。

「厄介払いが出来て、やれやれだ」ジョルディーノはそっけなく肩をすくめた。「奴の臓器を、禿《は》げ鷹《たか》どもにくれてやれないとは情けない」

ピットはドロシーを見つめた。「あなたは知っていた」彼女は静かに話した。「ほかの人は誰も気づかなかったけど、あなたは彼の銃から弾丸を抜いたわ」

「彼のことだ、われわれを三人とも殺したろう」マークスはつぶやいた。「どうして彼が臭いと、気づいたのだろう？」

「経験に基づいた推理」とピットは答えた。「それだけのことさ。あまりにも計算ずくだし、あまりに冷静な感じがした。偽者《にせもの》のアンブローズ博士の行動には、命を危険にさらされている人間らしさがなかった」

台所の電話が鳴ったので、マークスが応じ、しばらく耳を傾けてから、二、三言しゃべると、電話を切った。「シェリフのイーガン」と彼は知らせた。「助手の二人が、ドロシーの朝食つき宿での撃ち合いで重傷を負った。身元不明の武装容疑者は致命傷を受け、口を利《き》けぬまま死んだ」

ピットは偽アンブローズ博士の死体を感慨深げに見つめた。「誰だった、死者は語らず、と言ったのは？」

「出て行ってもだいじょうぶかしら？」ライザ・マークスがおずおずと台所の出入口から覗きこみ、床に転がっている死体を見ながら、囁《ささや》きを辛うじて上回る声で聞いた。

ピットは近づき、彼女の手を取った。「完全に安全です」

マークスは労《いた》わるように、妻に腕を回した。「娘たちはどうしている？」

「騒ぎの間ずっと眠っていたわ」

「落盤によって、坑道は永久に閉ざされた」彼はライザにゆっくり話した。「わたしたちの鉱山時代は終わったようだ」

「そのために、わたしの眠りが浅くなる気遣いはないわよ」ライザは顔をほころばせながら言った。「あなたはなに不自由ない身分なのよ、ルイス・マークス。そろそろわたしたち、別のライフスタイルに馴染《なじ》んでよいときだわ」

「同時に、それは避けるわけにいかない」とピットは助言した。おりしも、保安官の車と救急車の軋るようなサイレンの音が近づいてきた。「この連中の正体と、目的がなんなのか分るまでは」彼は黙りこむと、殺し屋の死体をいまいましげに見つめた。「あなたや家族はテリュライドを離れて、姿を消すべきだ」

ライザは夢見るような眼差《まなざ》しで、夫を見つめた。「カボ・サン・ルーカス海岸（カリフォルニア半島の南端）の、前々から買いたかった椰子《やし》に囲まれたあの小さなホテル……」

彼はうなずいた。「これが潮時だろうな」

ドロシーが腕に触れたので、ピットは振りむき、視線を落して微笑《ほほえ》みかけた。「わたしはどこに身を隠したらいいのかしら？」彼女は柔らかく訊いた。「学究の世界に、あっさり見切りをつけるわけにいかないわ。猛勉強をして、大学での現在の位置を得たのよ」

「もしもこのまま教室と調査研究にもどるなら、虫けらも同然の扱いを受ける」とピットは言った。「まず、われわれがなにに直面しているのか突き止めるのが先決だ」

「だけど、わたしは古代言語の専門家だし、あなたは水中技術者よ。殺し屋たちの捜索など、わたしたちの柄じゃないわ」

「ごもっとも」ピットは同意した。「政府の捜査機関が、この先を引き継いでくれるさ。しかし、あなたの専門知識は、謎《なぞ》の解明にきわめて重要なはずだ」

「これで終わりとは、思っていないのね？」

彼はゆっくり首を振った。「複雑な陰謀ともマキャベリ的企《たくら》みとも、呼び方はともかく――単なる殺しよりずっと根深いなにかが進行中だ。なにも霊的な能力に恵まれていなくても、あの部屋の碑文と頭骨が、われわれの想像力を遥《はる》かに超える重大な影響力を持っていることは分る」

イーガン保安官が到着してジョルディーノに尋問をはじめたので、ピットは寒い夜気の中へ出ていき、黒い空の広大なカーペット、銀河系を見上げた。マークスの住いは三〇〇〇メートル近い高度にあるので、ここから見ると星々は拡大されて、一面に煌《きらめ》く水晶の海と化している。

大空の彼方《かなた》を見つめながら、彼は今宵を呪《のろ》い、自分の無力さを呪い、未知の殺し屋たちを呪い、荒れ狂う混乱にわれを失っている自分自身を呪った。どんな狂人たちが、どんな狂気の新摂理を唱えているのか？　いずれの答えも、夜の闇《やみ》の中に紛れ込んでしまっている。明白な実態を見極められないばかりに、避けがたい事態は遠い遥かな存在になってしまった。

彼にははっきり分っていた、いずれ誰かが報復することが、それもしっかりやってのけることが。

彼の気持ちが晴れてきた。怒りの彼方には冷静な自信が横たわっていたし、その彼方には強化された明晰《めいせき》さが広がっていた。ある考えがすでに頭の中で芽生え、進展し、展開しつづけ、やがて自分の成すべきことが鮮明に見て取れた。

朝になったら真っ先に鉱山へ引き返し、あの黒曜石の頭骨を運び出そう。

8

偽装爆弾の爆発が原因で坑道の天井が崩落したために、本来の脱出ルートを使えなかったので、ピット、ジョルディーノ、イーガン、マークス、それに保安官助手二名は、ピットが二四時間前にとったバカニアー鉱山からの道順をたどった。ピットの方位指示コンピューターに先導されて、彼らは水に塞《ふさ》がれた立坑に手間取らずにたどりついた。その立坑は降下し、いくつかの坑道を過《よ》ぎってパンドラ鉱山に通じていた。

ピットは立坑の端に立って、黒い不気味な水の奥を覗《のぞ》きながら、はたしてこれが正当な案かどうか決めかねていた。出水は昨日の二層上まで達していた。夜の間に、遥《はる》かな地下から掛かる圧力は徐々に弱まってはいたが、水はついにこの地層まで及んでいた。

保安官のイーガンは、彼をまともでないと思っていた。ドロシー・オコンネルも、ルイスとライザ・マークス同様、彼はまともでないと思っていた。ジョルディーノだけは狂気呼ばわりは控えていたが、それは君がトラブルに巻き込まれた際の交替要員として、おれが同行すると言い張ったからにほかならなかった。

潜水用具は前回使ったものと基本的には同じで、ピットは今回もドライスーツを着用するつもりだった。ウエットスーツは水の外では動きやすいし、坑道を巡る際は寒さから護《まも》ってくれるが、地下水の凍《い》てつく温度から身体《からだ》を護るのにはドライスーツのほうが適していた。しかし、立坑へもどる歩行には、暖かくて楽な衣服を着ていたが、地下に潜る段階になったらドライスーツに着替えるつもりだった。

ルイス・マークスは友人である近所の鉱夫三人を仲間に加えたうえで、探検隊に同行した。彼ら三名は潜水用具運搬の支援役で、垂直の立坑を容易に通過するための縄梯子《なわばしご》も含まれていた。イーガン保安官は、救出活動が必要になるのは避けがたいとみなしていたし、その監督には自分が欠かせないと固く信じていた。

ピットとジョルディーノは普段着を脱ぐと、体温保護のために上下繋《つな》ぎの下着に似た、ナイロンとポリエステルの潜水用着を身につけた。つぎに、フード、手袋、それに吸着底のブーツがそろっている、バイキング硫化ゴム・ドライスーツを着こんだ。服装が整い、装備や計器の点検がすむと、ピットはジョルディーノの顔をちらっと覗いた。小柄なイタリア人は、これから深さが三メートルたらずのプールにでも潜るように、平然と落ち着き払っていた。「おれはみんなを方位指示コンピューターで誘導するから、君は減圧表に神経を集中してくれ」

ジョルディーノは左腕につけた減圧コンピューターをかざして見せた。「海抜三〇〇〇メートルの地点で、深さ三三メートルの水中にほぼ三〇分潜っていると、減圧に恐ろしく長い時間がかかる。しかし、君をこの岩石の庭へ、昏睡《こんすい》状態、閉栓症、あるいは潜水病とは無縁の状態で連れ戻せると思うぜ」

「なんともありがたいことだ」

ピットは水中通信装置が組みこまれた、マークIIフルフェイスマスクを被《かぶ》った。「聞こえるか？」彼はジョルディーノに確かめた。

「君がおれの頭の中にいるみたいに」

彼らはエアタンクを一〇本、鉱山に持ちこんだ。潜水のために、彼らはそれぞれのバックパックに取りつけた一対のタンクと、間に留めた予備タンク一本の、全部で六本携帯した。残る四本は、ジョルディーノの減圧コンピューターがはじき出す事前に決められた深さへ、マークスとその友人たちが下ろすことになる。二人は潜水ナイフ以外、武器はなにも帯びていなかった。

「出かけるとするか」ピットが声を掛けた。

「お先にどうぞ」とジョルディーノは応じた。

ピットは潜水灯のスイッチを入れ、滑らかな水面を照らした。立坑の縁をけって、彼は空中を一・五メートルほど落下、液体の虚空《こくう》に殺到し湧き立つ泡を突きぬけた。二度目の炸裂《さくれつ》がたちどころに続き、ジョルディーノがうす暗闇《くらやみ》のなかから隣に現れた。ピットは手で下を指し示すと、身を翻《ひるがえ》して足ひれをけり、鉱山の深みを目指した。

彼らは潜水灯で黒い水を切り裂きながら、泳ぎ下りつづけた。映し出されるのは冷たく固い岩盤の側壁ばかりだった。深さが増すにつれてゆっくり進み、内耳圧と内耳にかかる増大一途の水圧との均衡を図った。かりに垂直の立坑を潜っていることを知らなければ、きっと横に延びる配水管の中を泳いでいるのだ、と彼らは断言しただろう。

やがて、立坑の底に水平坑道の床が現れ、鉱石車の軌道が浮かびあがって二人を出迎えたが、分厚い錆《さび》の層に覆《おお》われたレールは冷たく押し黙っていた。昨日の爆発後に殺到した大波が巻き起こした混濁は収まり、水は穏やかに澄み、視程は少なくとも一五メートルはあった。ピットは深度計で確かめると――指針が五六メートルを差したので――ジョルディーノが自分の少し上で身体を水平に伸ばすのを待った。

「あとどれくらいだろう？」ジョルディーノが訊《き》いた。

「八〇ないし九〇メートル」ピットは指差しながら答えた「坑道のあの角を曲がったすぐ向こうだ」

彼は足ひれを上下に打って、水平坑道に突入した。彼の潜水灯が、坑木の列を縫って揺れている。二人は角を回り、カーブしている鉱石車の路盤の上を進んだ。不意にピットが腕を突きだし、にわかに止まった。

「君の潜水灯を消せ！」彼はジョルディーノに命じた。

友人が命令に従ったので、坑道は一転息苦しいほどの暗闇に包まれたが、真っ暗ではなかった。ぼんやりとした明かりが、彼らの前方の水を透かして一筋差しこんできた。

「盗掘者がいるようだ」とジョルディーノは言った。

「どうしてあの連中は、おれが鼻をかむたびに現れるのだろう？」ピットはうめくように言った。

部屋の中にはダイバーが二名いて、二人とも側壁の碑文を一心不乱に写真に撮っていた。一対の水中投光照明灯がスタンドに載っていて、水に埋もれた部屋をハリウッドのスタジオのステージなみに眩《まばゆ》く照らしている。ピットは部屋の中のダイバーたちに、自分のフルフェイスマスクのガラスが反射して見咎《みとが》められないように陰に潜みながら、部屋の床にある穴ごしに中を見あげた。

彼は二人の手際《てぎわ》のよさに感心した。彼らは自給式の呼吸装置を使っており、エア調整器から吐き出される気泡は吸収排除されるので、彼らのカメラレンズ前面の水は攪拌《かくはん》を免れていた。自分自身の吐きだす気泡が漂いながら、部屋の床にある開口部をへて中へ入りこまないよう、ピットは特に気をつけた。

「あの連中は執念に凝り固まっている、それは認めるぜ」とピットはつぶやいた。「あの碑文になにが書いてあるのか知らんが、彼らはそのためなら殺しも死もいっこうに辞さない手合いだ」

「ありがたいね、彼らの通信装置と周波数が違うってのは。さもなければおれたちの話は立ち聞きされてしまうもの」

「先刻周波数を合わせてあって、おれたちを中へおびき寄せる腹かも知れないぞ」

ジョルディーノはマスクの奥で唇を歪《ゆが》めて、固い笑いを浮かべた。「では、奴《やつ》らをがっかりさせてやるか、さっさと逃げ出して？」

「おれたちは何時《いつ》から、安易な道を選ぶほどお利口さんになったのだね？」

「あるもんか、おれの記憶では」

ジョルディーノとピットの結びつきが、長年の友達づきあいを通じて弱まったことは一度もない――それは遠い小学校の一年生までさかのぼった。ピットの考え出す計画は、たとえどんなに常識はずれで珍妙であろうとも、ジョルディーノは毒を食らわば皿までもで、一言半句たりと反対したことはなかった。彼らは一再ならず互いに命を救っていたし、必要となれば相手の頭の中に入りこむことができた。要するに彼らは緊密なチームで、仕事をするのに言葉は不用だった。彼らの冒険は、NUMAでは伝説になっていた。

「おれたち二人が、彼らに反応の暇を与えずに、いっせいにあの部屋のなかへ殺到するのはまず無理だ」ピットは開口部の狭い差渡しを見ながらいった。

「中へ泳ぎこんで、奴らのそれぞれの腹にナイフを突きたてるのは出来ない相談ではないぞ」とジョルディーノは静かに応じた。

「かりに互いの立場を変えるなら」とピットはつぶやいたが、あまりに声が低いので、ジョルディーノは聞きとるのがやっとだった。「きっと連中は、おれたちにそうするだろう。しかし、実際的な見地から、彼らを生け捕りにしたい」

「言うは易《やす》く、行なうは難《かた》し」

ピットは開口部へ限界一杯まで近づくと、ダイバー二人を見つめた。彼らは仕事に没頭している。「うまくいきそうだ」

「中途半端《はんぱ》な物言いはよしてくれ」ジョルディーノは自由に動かせるように、両手の手袋を脱ぎながら言った。

「彼らは潜水ナイフを、脛《すね》の下のほうに取りつけている」

ジョルディーノはマスクの下で、いぶかしげに両方の眉毛《まゆげ》を吊《つ》りあげた。「おれたちもそうだぜ」

「ああ、しかしわれわれは、一組の名うての無鉄砲なろくでなしに、背後から襲われようとしているわけではない」

内側のダイバーたちは、碑文と星のシンボルを撮影し終わった。一人は撮影機材を大きなダッフルバッグに詰めこみ、もう一人は火薬を部屋の片隅に装塡《そうてん》していた。ことは、ピットとジョルディーノの思惑通りに運んだ。撮影機材担当のダイバーが開口部を抜けて洞穴へ下りてくると、ジョルディーノはすかさずエア調整用マウスピースを男の口からひったくり、空気の供給を絶った。と同時に、太い腕を相手の露出している首に巻きつけ、意識を失ってぐったりするまで絞め上げた。

「こっちは片づけたぞ」ジョルディーノは激しく息をしながらいった。

ピットはわざわざ答えなかった。足ひれを力強く蹴《け》ると、部屋の中へ勢いよく入りこみ、なんの予感もないままに時限装置を火薬に繋いでいるダイバーを目指した。彼はダイバーのバックパックに取りつけられたエアタンクを避けるために、側面から近づいて行った。ジョルディーノの手口を真似《まね》て、マウスピースをひったくると、相手の喉《のど》を万力のようにがっちり絞めつけた。しかし、余裕しゃくしゃくとは、ことは運ばなかった。相手の巨大さに気づいたのだ。ほんの瞬時のうちに、手にあまる相手だと悟った。プロレスラーなみの体格で、筋肉も彼らなみだった。無力さから鈍重な動きをするどころか、狭い部屋の中で激しい発作に見舞われた狂人さながらに手足をばたつかせた。ピットはまさしく、身のほど知らずにも手負いの熊《くま》の背中に飛び乗り、命がけでしがみついている狐《きつね》の心境だった。

肩越しに手をのばしてピットの頭を摑《つか》もうとする、獣そのものの力は恐るべきものだった。巨大な両手は、どうにかピットの頭を握りしめた。しばし、頭骨をばらばらに割られそうだ、とピットは思った。脳味噌《のうみそ》をつぶされずにすんだのは、太い手首が彼の顎《あご》の横に当てられたからだった。ピットはマウスピースを吐き出すと、押しひしぐ握力に絞めあげられながら辛うじて頭をひねり、顎のありったけの力で手首に嚙《か》みついた。血煙が水中に湧《わ》きあがった。頭に食らいついていた両手は、苦痛の叫びと不気味なゴボゴボという音とともに取り払われた。ピットは大きな雄牛のような男の首を、減少一途の体力をふりしぼって絞めつづけた。必死の思いで、彼は化物のフェイスマスクを剝《は》ぎ取った。

大男は発作的に、ぐいと壁面のほうへ身体を投げ出した。ピットのエアタンクが側壁の岩盤にぶつかって音を立て、体内の息を叩《たた》き出されたが、チョークホールドはいささかなりとも弛《ゆる》みはしなかった。喉にまきつけた腕の手首を空いている手で握って、圧力を一段と強めた。

斜め後ろに位置しているので、ピットに相手の男の表情は見えなかった。大男は水で濡《ぬ》れた毛を振り払う犬さながらに身体を左右にひねって、必死にエア調整器を探し当てて口に押し込もうとしたが、そのホースはピットの腕に巻きつけられていた。半狂乱で、男は屈《かが》みこみ、右足の脹脛《ふくらはぎ》につけてある鞘《さや》の潜水ナイフを摑み取ろうとした。ピットはその動きを予期していたので、対処法を備えていた。大男が身体を曲げると、ピットは相手の喉に掛けた腕を握っていた手を離して、片方の目に指を一本突きたてた。

その効果は予想通りであり、望み通りだった。ゴリラなみの男は立木のように身体を硬直させ、片手で目を押さえた。その過程で、彼は闇雲にピットの手を捕まえ、人差し指と中指をゆっくりと情け容赦なく後ろに押し曲げだした。傷《いた》みが稲妻のように、ピットの身体を走りぬけた。指の骨を折られる苦痛は、ほかの何事にも比べようがなかった。その耐えがたさは筆舌にはとてもつくせない。眼の奥で火花が散りはじめた。いまにも喉輪絞めをゆるめ、強烈な責め苦を与えている相手の手を絞めあげようとした瞬間に、ピットはごくわずかだが加えられる圧力の低下を感じ取った。依然として痛みは走ったが、ほんのわずかながら和らいだ。

ゆっくりと、遅すぎるほどゆっくり、さしこむ痛みが退きはじめた。大男が口を大きく開いて、水を吸いこみだしたのだ。彼の動きは協調を欠き、発作的になった。彼は意識喪失の初期段階に落ちこみ、溺《おぼ》れはじめた。不意に彼の顔が、恐怖とパニックに歪んだ。ピットは大男がぐったりしてから数秒待って、マウスピースをもとに戻し、のびている相手の喉と肺にエアを送りこんだ。

ジョルディーノが開口部から半分身体を出した。「えらく手間取っているじゃないか？」

「くじ運」ピットは息遣いの合間にあえぎながら答えた。「おれは何時もまずい走行路を選んでしまうんだ、土手に乗りあげ、この世でいちばんでかい男と一戦交えることになる碌《ろく》でもないラインを。君の相手はどうだった？」

「こっちは頭上ライトの電線で、奴さんを蚕よりきつく巻きあげてやったよ」ジョルディーノは部屋の床にころがっているぐったりとした人物の姿を見て、潜水マスクの奥で目をむいた。彼は敬意を募らせながらピットを見つめた。「ＮＦＬの監督たちは、こいつのことを知っているのだろうか？」

「もしも知っていたら、彼はドラフトのトップに選ばれるさ」ピットの動悸《どうき》が収まりはじめ、息遣いが落ち着いた。「奴らのナイフと、見つかった武器はぜんぶ押収しろ。それがすんだら、電線を探し出してくれ。奴が昏睡からさめて、この山を突き崩す前に、縛りあげようぜ。潜水マスクは外したままにして、彼らの視界をぼやけさせておこう」

ジョルディーノは巨大なダイバーを電気のコードでしばりあげると、開口部から下の裂け目へかなり手荒に突き落とした。つぎに彼は、両方のダイバーから潜水用ウェイトを一、二枚ずつ抜き取って彼らの身体《からだ》にいくらか浮力を与え、多少なりとも楽に二人を引きずって坑道を戻っていけるようにした。二人の潜水ナイフも取りあげた。体格の劣る男からは、かえしの付いた矢柄《やがら》を放つ小さな銃が見つかった。矢柄はコンパクトなシリンダーから、圧搾《あっさく》空気によって発射される。

ジョルディーノが捕らえた男たちにかかずらっているかたわらで、ピットはウェイトベルトからナイロンの大きな袋をとりはずし、一番上のメタルの留め金を開けた。彼は虚《うつ》ろな眼窩《がんか》から見つめ返しているような感じを与える、無気味な黒い頭骨に見入った。この頭骨が呪《のろ》いをかけるのだろうか、とつい彼は思ってしまった。どんな謎《なぞ》めいた秘密が、これに隠されているのだろう?

ピットの観念的側面は、持ち合わせている現実主義に押しきられた。夢想家だが、彼は神話や民話を信じなかった。見たり触ったり、あるいは経験できない物体や概念は、彼には存在しないも同然だった。すでに五〇メートルあまりの水面下にいなければ、彼は黒曜石の頭骨の目につばきを吐きかけかねない。しかしそれは、一連の謎を構成している一つの輪《リンク》なので、正しい検討の出来る人たちの手に委《ゆだ》ねるつもりだった。

「悪いな、君」ピットのつぶやきはあまりに小さく、ジョルディーノには聞き取れなかった。「しかし、世間に身を現していい時期だ」彼はしごく慎重に台座から頭骨を持ちあげると、キャリーバッグに滑りこませた。いまの深さなら頭骨はごく簡単に扱えたが、いったん水から上がると、たっぷり二〇キロ近くあるだろう、と彼は見当をつけた。最後にひとわたり、部屋、側壁の碑文、それに自分たちが取っ組みあっている際に床に放り出されたまま、いまも点灯している集中照明に目を向けた。こんどは、頭骨を岩盤にぶつけて粉々にしないように注意しながら、頭から先に岩穴をすりぬけた。ジョルディーノはすでに二名のダイバーを、坑道の中へ引きずり込んでいた。大男は意識を取りもどし、巨体の左右の踝《くるぶし》や腕をがっちり縛りつけている電線コードを外そうと、猛烈にもがいていた。

「手を貸そうか？」ピットは訊いた。

「君は頭骨とカメラのバッグを運べ。おれは屑《くず》野郎どもを引きずって行く」

「君が先に立って、おれが後から従うのが一番いい。それなら行く間ずっと、大男の戒めが弛《ゆる》みだした場合に備えて、連中を見張っていられる」

ジョルディーノは矢柄の収まった小さな銃を彼に手渡した。「奴の喉仏を撃ってやれ、指一本でもくねらせたら」

「減圧のための停止には、よくよく注意しなければならんぞ。四人分には、エアが足りないかもしれない」

ジョルディーノは両手で気のない素振りをして見せた。「生憎《あいにく》と、こっちは犠牲的精神に程遠いのだが」

帰途は手間取った。ジョルディーノは泳いで立坑へ戻ろうとはせずに、ダイバー二人の呼吸装置を引きずって鉱石車の路盤を歩いたところ、移動は予想外に早く行なわれた。しかし貴重なエアが、行程が延びたために失われていた。ピットは空気計を注視した。エアがひどく失われたことを、彼は知っていたのだ。計器はちょうど一三五キロを示していた。彼とジョルディーノは、闖入者《ちんにゆうしや》たちとの格闘は計算には入っていない、潜水前に割り出した必要量の二倍のエアをすでに使いきっていた。

彼は身体を丸め足ひれを蹴り、拘束されているダイバーたちの側面へ回って、彼らの空気計を点検した。二人とも三二〇キロ近く持っていた。彼らはあの部屋に至る鉱山内の近道を、きっと見つけたのだとピットは見当をつけた。まる一年も経《た》ったかと思えるころ、やっと一行は垂直の坑道にたどりつき、最初の減圧地点まで上昇した。イーガン保安官とルイス・マークスは、ナイロンの紐《ひも》に吊るした予備のタンク二本を、ジョルディーノが事前にはじき出した正確な深さに下ろしておいてくれた。

減圧用コンピューターに目を凝らしながら、ジョルディーノはピットが読みあげる各タンク内の空気圧に耳を傾けていた。安全なレベルを超えてはじめて、ピットはタンクをはずし脇《わき》へ押しやった。捕らわれの連中は、反抗的な態度に出なかった。抵抗は死に繋《つな》がる、と悟ったのだ。しかしピットは、一瞬たりと警戒をゆるめなかった。連中は時を刻んでいる時限爆弾で、脱出のチャンスが巡ってきた途端に爆発させようと待ち構えていることをピットは心得ていた。

時は糊《のり》に粘りつかれたように、遅々として進まなかった。彼らは自分たちのエアを使いきり、予備タンクに移った。捕虜たちのタンクが底をつくと、ピットとジョルディーノはマウスピースをやり取りして息継ぎをするバディーブレスを連中相手にはじめた。既定の休止がすむと、彼らはのろのろと泳ぎながらつぎの減圧地点へ向かって上っていった。

みんなで予備タンクの底を浚《さら》っているうちに、ジョルディーノがやっと〝浮上〟の合図をして言った。「パーティーは終わりだ。これで家路につける」

ピットはマークスが投げこんでくれた縄梯子《なわばしご》を上った。坑道の床の縁につくと、彼はイーガン保安官にエアタンクを手渡した。つぎに頭骨とカメラバッグを押しあげた。こんどはイーガンがピットの伸ばした両手をつかみ、彼を岩盤に引きあげてやった。ピットは転がって仰向けになるとフルフェイスマスクを脱ぎ、しばらくそこに横たわったまま、ほっとして鉱山の湿り気を帯びたひんやりとした空気を吸っていた。

「お帰り」とイーガンは声をかけた。「なにがあったんだね、ひどく時間が掛かったが？　二〇分前にもどる予定だったのに」

「あんたの拘置所向きの、別の二人に出くわしたんだ」

ジョルディーノが浮上した。梯子を上りきると四つん這《ば》いになり、体格の劣るほうの虜《とりこ》を坑道の中に引きずりこんだ。「もう一人のほうは、手伝ってくれ」彼はフェイスマスクを持ち上げながら言った。「奴の体重は、おれの二人分ある」

三分後にイーガンは、闖入者たちの頭上に立って尋問していた。ところが連中は、彼を脅かすようににらみつけるばかりで、一言も口を利《き》かなかった。ピットは跪《ひざまず》くと、体格の劣る男の顔全体を覆《おお》っている潜水フードを脱がせた。

「これは、これは、バイカーのお兄さん。首の具合はどうかね？」

拘束されている殺し屋は首を上げ、ピットの顔につばきを吐きかけたが、わずかに外れた。歯は狂犬さながらに剝《む》かれ、一度ならず死を見届けた目がピットをにらみつけた。

「えらく早く頭に血が上るようだな？」とピットは応じた。「第四帝国の熱狂的な支持者。そうなんだろう？　拘留中に、たっぷり夢を見るがいい」

保安官は腕を下げて、ピットの肩を摑んだ。「彼らは釈放せざるを得ない」

ピットはじっと見上げた。彼の緑の目がにわかに燃え立った。「勝手にするがいいさ」

「逮捕するわけにいかんよ、罪を犯していないかぎり」イーガンは心許《こころもと》なげに言った。

「わたしが告訴する」マークスが冷たい口調で話に割って入った。

「どんな罪状で？」

「不法侵入、鉱区横領、私有財産の破壊、そのうえ盗みも加えられる」

「彼らはなにを盗んだのかね？」イーガンは怪訝《けげん》に思って訊《き》いた。

「わたしの頭上照明装置」マークスはいまいましげに答え、ダイバーたちを縛っている電気コードを指さした。「彼らはわたしの鉱山から盗み出したんだ」

ピットはイーガンの肩に片手を載せた。「シェリフ、同時にこれには、殺人未遂事件もからんでいる。彼らを数日拘置するのが、いちばん賢明な処置だとわたしは思う。少なくとも、予備捜査によって、身元が確認され彼らの意図を裏づける証拠が掘り起こされるまで拘置すべきだ」

「しっかりしろよ、ジム」とマークスは声をかけた。「すくなくとも、尋問の期間中は、彼らを拘禁できる」

「この連中からは、さして聞き出せそうにない」

「まったくだ」ジョルディーノが小さなブラシで巻き毛を撫《な》でつけながら言った。「奴《やっ》らはお人よしのキャンパーには見えん」

「この件には、サンミゲル郡を越えたなにかが絡《から》んでいる」ピットはドライスーツを巻き取るようにして脱ぎ、普段着を着はじめた。「足許を固める分に損はない」

イーガンは考えこんでいるような表情を見せた。「よかろう、コロラド捜査局に報告書を送ろう——」

みんなが坑道の前方に顔を向けたので、保安官は途中で言葉を切った。一人の男が悪魔たちに追われてでもいるように、叫びたてながら彼らのほうへ走ってきた。数秒後に、イーガンの助手の一人がよろめきながら立ち止まり、腰の高さで身体を二つ折りにすると、ホテルのワインセラーから走りづめなためくたびれ果てて、とぎれとぎれに息をした。

「なにごとだ、チャーリー？」イーガンは返事を迫った。「しゃんと話せ！」

「例の死体が……」助手のチャーリーはあえぎながら言った。「安置所の例の死体たち！」

イーガンはチャーリーの左右の肩をつかみ、優しく真直《まっす》ぐ立たせた。「あの死体たちがどうしたんだ？」

「消えうせてしまったんです」

「なんの事を言っているんだ？」

「検屍官《けんしかん》が言っています、彼らが消えてしまったと。何者かが彼らを攫《さら》っていったんです」

ピットは無言のまま長い間イーガンを見つめていたが、やがて静かに話しかけた。

「かりにわたしがあんたなら、シェリフ、報告書の写しをＦＢＩと司法省へ送るね。この一件はわれわれの誰の想像よりはるかに根深い」

第二部　古代人の足跡

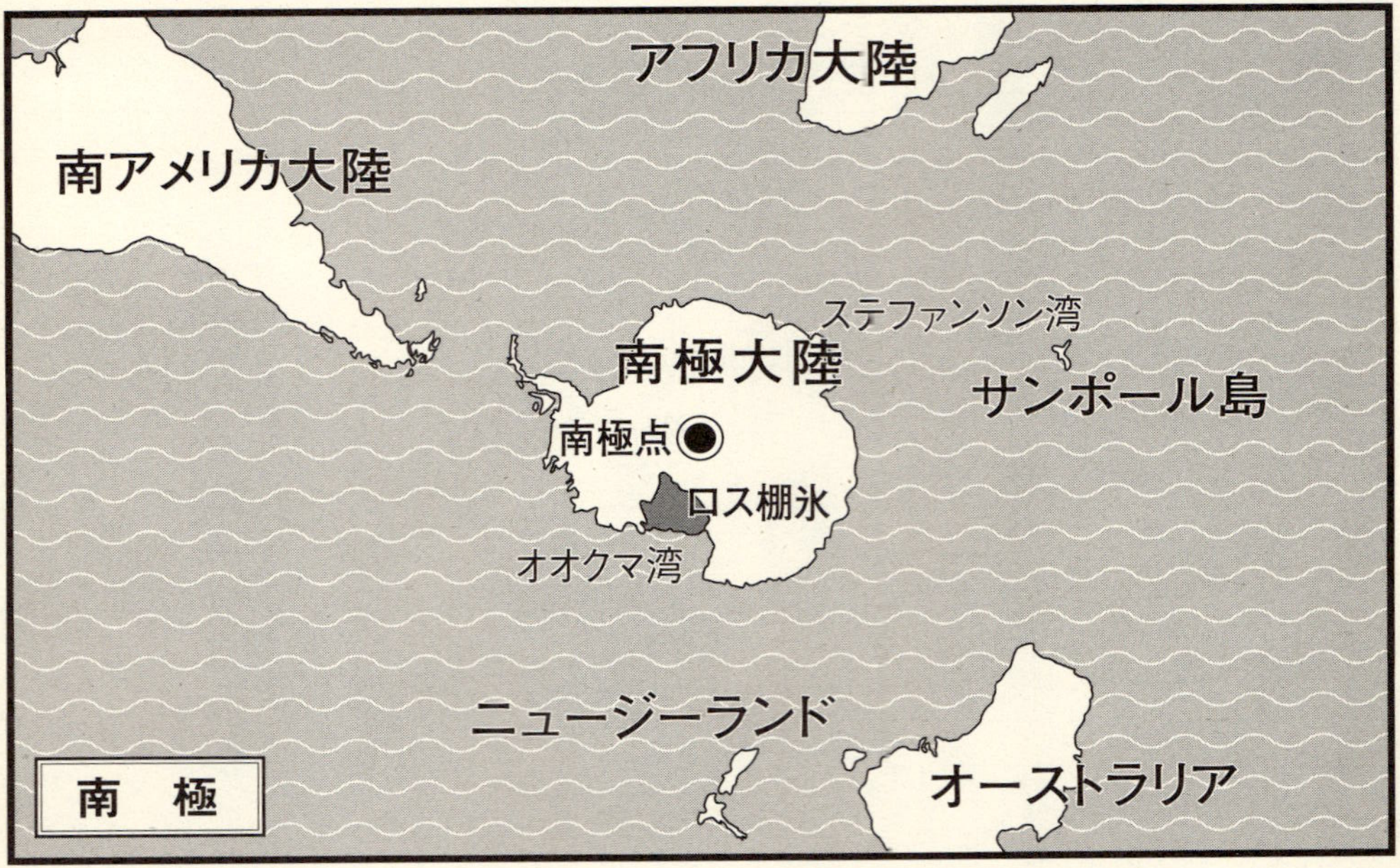
南　極
南アメリカ大陸
アフリカ大陸
ステファンソン湾
南極大陸
サンポール島
南極点
ロス棚氷
オオクマ湾
ニュージーランド
オーストラリア

地図製作　㈱パンアート

二〇〇一年三月二一日
南極　オオクマ湾

9

ダニエル・ギレスピー船長は、ポーラーストーム号のガラスに囲まれたブリッジに立って色つきレンズの双眼鏡越しに、八〇〇〇トンの調査用砕氷船の周りに広がりつつある氷を見つめた。ハコヤナギなみにほっそりとしていて、不安に駆られがちな彼は、浮氷原を検討しながら頭の中で、ポーラーストーム号のいちばん楽な航路を割り出していた。秋の氷が早めに、ロス海に張っていた。所によっては、すでに厚さが六〇センチに達し、氷脈の高さは九〇センチあった。

船が彼の足許《あしもと》で身を震わせた。大きな球状船首が氷に突っこみ、白い海氷にせりあがり乗りあげているのだ。やがて船の前半分の重量にひしがれて、浮氷はピアノ大の塊に砕かれ、そうしたひしめく塊は鋼鉄板に擦《こす》りつけられ、船腹のペイントに食らいついているうちに、ついには船尾の四メートル近くもある巨大なプロペラによって小さな塊に叩《たた》き割られ、置き去りを食い航跡の中にひょいひょいと浮いている。この過程は浮氷の厚さの増大が遅い、南極大陸から数キロ沖の海域へ船が入るまで繰り返される。

ポーラーストーム号は、砕氷船と調査船の両方の能力を備えている。海運界のおおかたの基準からすれば、この船は二〇年前の一九八一年に進水したのだから古い部類に属する。排水トン数は八〇〇〇で、全長四四メートル、幅八メートル。海洋学、気象学、生物学、さらには氷の研究施設が整っているし、平坦《へいたん》なら最大三メートルの厚さの氷を突破して航行できる。

エヴィ・タンは、南極へ向かう途中で寄港したウルグアイのモンテビデオ港でこのポーラーストーム号に加わった仲間で、椅子《いす》に座ってメモ帖《ちょう》に書きこみをしていた。科学と技術関係のライターで写真家でもある彼女は、全国的なある科学雑誌に掲載する記事のために乗船したのだった。小柄だが均整が取れていて、絹さながらの長い黒髪の彼女は、フィリピンで生まれ育った。彼女はギレスピー船長のほうへ視線を向け、前方の浮氷群を見渡している彼を注視してから、質問を投げかけた。

「科学者の一班を浮氷に上陸させて、海氷を研究させるつもりなのですか？」

ギレスピーは双眼鏡を下ろしてうなずいた。「それが決まりなんだ。南極ではときおり日に三度、雪氷学者たちは浮氷へ出かけて行って標木や記録を取り、後に船内の研究室でそれらを研究する。加えて彼らは、本船の移動中に、氷と海水の物理的性質を記録する」

「なにか特に追究しているものがあるのかしら？」

「ジョエル・ロジャーズ、彼ならこの遠征隊の主任科学者なので、わたしより詳しく説明できるのだが。このプロジェクトの主な目的は、南極大陸周辺の氷の縮小をもたらしている、目下の温暖化傾向に潜んでいる影響の評価にある」

「氷原が縮んでいるのは、科学的な事実なんですか？」とエヴィは訊《き》いた。

「南極の秋の間に、三月から五月にかけてだが、大陸周辺の海は凍りはじめ、氷に覆《おお》われる。浮氷群は陸塊から広がり出て、オーストラリアの二倍の規模に達する広大なカラーを形成する。ところが現在、海氷は後退してしまっているし、かつての分厚さも広さもない。冬の寒さも、一九五〇年代や一九六〇年代とは比較にならない。温暖化傾向のために、南極を取り巻く海の連鎖の肝心なリンクの一つが破損されてしまった」

「浮氷群の下側で暮らしている、単細胞の藻《そう》類に始まる連鎖」エヴィは知識のあるところを披瀝《ひれき》した。

「下調べをしたな」ギレスピーは微笑《ほほえ》んだ。「餌《えさ》にする藻類が存在しなければ、コエビに似たオキアミは生存できないし、そのオキアミがこんどは、この南のいくつかの海域に棲んでいるペンギンから鯨やホシズに至るあらゆる魚や動物の栄養源になっている」

「ホシズって、アザラシのことでしょう？」

「そうとも」

エヴィは壮大なロス棚氷とエドワード七世半島とを隔てているオオクマ湾を眺めやった。「あの南の山並みの名前だけど」と彼女は訊いた。「なんと言うの？」

「ロックフェラー山脈」とギレスピーは答えた。「こちらの端はフレイジャー山で、向こう端はニルスン山」

「どれも美しいわ」エヴィは明るい陽射《ひざ》しに輝く、雪に覆われた峰々に見入った。「双眼鏡を拝借できますかしら？」

「どうぞ」

エヴィは双眼鏡の焦点を、三キロあまり南寄りのオオクマ湾の奥まった地域にある、大きな高層タワーとそれを取り囲む巨大なビルから成る施設に合わせた。ビル群の背後には飛行場一箇所と、湾に通じるコンクリート製の桟橋が一つ認められた。一隻《せき》の大型貨物船が桟橋に係留されていて、背の高いオーバーヘッドクレーンによって荷下ろしが行なわれていた。「フレイジャー山麓《さんろく》のあれは研究所かしら？」

ギレスピーは、双眼鏡が向けられている方向に視線を走らせた。「いや、あれは採鉱所で、アルゼンチンに本拠を置く世界的な一大コングロマリットが所有し操業している。海から鉱物資源を採取しているんだ」

彼女は双眼鏡を下ろして、船長を見つめた。「経済的に引き合うとは、わたしは思っていなかったけど」

ギレスピーは首を振った。「ボブ・マリスから聞いたところでは――本船に乗りこんでいる地質学者だが――あの会社は海水から金やそのほか貴重な鉱物を抽出する新しい処理法を開発したそうだ」

「変ね、そんなこと初耳だわ」

「あそこの操業は、極秘裏に行なわれている。ここまでが限界で、これ以上近づくと警備艇の一艘《そう》が現れて、われわれを銃で追い払う。それはともかく、彼らはナノテクノロジーと呼ばれる新しい科学技術で、抽出しているという噂《うわさ》だ」

「なぜ南極のような僻遠《へきえん》の地なんだろう？　なぜ交通の便のいい沿岸なり港湾都市でないのかしら？」

「マリスの話だと、凍結しかけている水は海水の塩分濃度をあげ、より深い層へ塩分を押しこむ。抽出は塩分が排除されると、いっそう効率的になる――」船長は急に黙りこみ、船首前方の浮氷群を仔細《しさい》に観察した。「失礼、ミズ・タン。真正面から、氷山が接近している」

氷山は平坦な浮氷原から、白いシートに覆われた平原砂漠のように浮かびあがった。その急峻《きゅうしゅん》な側壁は、海面から三〇メートル以上も立ちあがっていた。眩《まばゆ》いばかりの無垢《むく》の太陽と澄みわたった青空のもと、白い煌《きらめ》く氷山は原初のままで、人や動物、あるいは着生植物によって汚されていないように思わせた。ポーラーストーム号は、西側から氷山に接近して行った。ギレスピーは操舵手《そうだしゅ》に、氷山の最先端を迂回《うかい》する針路に自動操縦装置をセットしろ、と命じた。操舵手は幅の広いコンソールの電子制御装置を巧みに操作して、砕氷船を左舷《さげん》方向へ七五度回頭させ、氷山の水中突起に備えて念のため音響測深で走査した。砕氷船の船体は氷塊の強烈な衝撃に耐えられる強度を備えていたが、ギレスピーは船腹の鋼鉄板にごく微細な損傷にしろ受けるには及ばないと判断したのだ。

彼は氷山から三〇〇メートルたらずの地点を通過した。それだけの間隔があれば安全だが距離的にはまだ近く、露天デッキにいた乗組員や科学者たちは、頭上にそびえたつ氷の断崖《だんがい》をしげしげと見上げた。それは稀《まれ》な、素晴らしい光景だった。すみやかに断崖は滑りさり、砕氷船は巨大な氷塊を回り込んで背後の開けた浮氷群へ入っていった。

不意に、別の船が視野に入りこんできた。氷山の陰に隠されていたのだ。うずくまっているが潜水艦だと識別して、ギレスピーは仰天した。潜水艦は浮氷群の間に開けた水路を通って、砕氷船の大きな船首を左舷から右舷方向へ、まともに横切るコースを航走していた。

ギレスピーの命令が船橋に響き渡る以前に、操舵手は行動を起こした。彼は状況を把握し、潜水艦の速度を読みとり、砕氷船の左舷の大きなディーゼルエンジンを全速後退に入れた。巧妙な操船で、この処置を取ればホワイトスター社の定期客船タイタニック号も救われたかもしれない。大型砕氷船の惰性を食い止めるために、むなしく両舷のエンジンを後退に入れるかわりに、彼は右舷のエンジンを半速前進に保った。片側のプロペラがポーラーストーム号を前進させ、もう一方のプロペラが後ろへ引くので、船体は単なる舵柄の指示によるよりはるかに急激に向きを変えはじめた。船橋の全員が唖然《あぜん》として立ちつくす間にも、大きな船首は潜水艦の船腹からゆっくり逸《そ》れて、艦尾の航跡の方向を指した。

警告を発したり交信をする暇など、双方の艦船にはなかった。ギレスピーは砕氷船の大きな警笛を鳴らし、衝突に備えて身構えろと船内通話装置で叫んだ。船橋は抑制された狂乱に埋めつくされていた。

「頼むぜ、ベイビー」操舵手は泣きついた。「回れ、回れ!」

エヴィはしばし魅入られたように見つめていたが、やがて責務とプロ意識が甦《よみがえ》った。すばやくケースからカメラを取りだすと、写真を撮りはじめた。ファインダー越しに、潜水艦の甲板に乗組員の姿は認められなかったし、司令塔の上にも士官は一人も立っていなかった。レンズの焦点距離を再調整するために間を取ったおりに、潜水艦が急速潜航を開始して浮氷群の下に艦首が滑りこむのを彼女は目撃した。

艦船二隻は接近した。ギレスピーは砕氷船の強化された巨大な船首が、潜水艦の耐圧船殻を押しつぶすのは必至だと思った。しかし、潜水艦が突如スピードを上げたことに加えて、操舵手の機敏な行動とポーラーストーム号の急激な回頭をやってのける操縦性能のよさが、ニアミスと悲劇との分岐点になった。

ギレスピーは船橋の右舷ウィングへ飛びだしていくと、最悪の事態を案じながら下をじっと見つめた。潜水艦は海面下に辛うじて潜ったばかりで、砕氷船の船首が潜水艦の艦尾の上を過ぎる際、舵柄やプロペラとの間にはありふれたダイニングテーブルの長さほどの隔たりすらなかった。二隻の艦船が衝突しなかったことを、ギレスピーは信じかねた。奇怪な潜水艦はさざ波一つすら満足に残さずに消えてしまい、もともと存在しなかったように、凍《い》てつく水はゆるやかに輪を描いた。

「いやあ、危機一髪だった！」操舵手はほっとして溜息《ためいき》まじりにつぶやいた。

「潜水艦よ」エヴィはカメラを下ろしながら茫然《ぼうぜん》と言った。「どこから来たのかしら？どこの海軍に所属しているのだろう？」

「標識は見当たらなかった」と操舵手は応じた。「まぎれもなく、これまでお目に掛かったどの潜水艦とも似ていない」

一等航海士のジェイク・ブシーが、船橋にあたふたと駆けこんできた。「なにごとです、船長？」

「潜水艦と危うく衝突さ」

「原子力潜水艦が、ここマルグリート湾に？　冗談なんでしょう」

「ギレスピー船長は、冗談など言っていませんよ」エヴィが応じた。「それを証明する記録写真を、わたしは撮りました」

「原子力潜水艦ではなかった」ギレスピーはゆっくり答えた。

「あれは外観からして古い型だ」操舵手は両手を見つめて知らせながら、はじめて手が震えているのに気づいた。

「船橋を頼む」ギレスピーはブシーに命じた。「右舷船首一・五キロあまり先のあの氷脈に向かう針路を維持すること。あそこに科学者たちを下ろす。わたしは船室にいる」

エヴィとブシーは共に、船長の顔に浮かんでいる遠い当惑の表情に目を留めた。彼らは船長が階段から、下のデッキの通路へ下りていくのを見守った。ギレスピーは自分の部屋のドアを開け、中へ入った。彼は生まれついての海男で、海の歴史の愛好者でもあった。隔壁内の周囲を取り巻いているいくつもの棚は、海に関する書籍で埋まっていた。さまざまなタイトルを追っていた彼の目が、古い艦船の識別事典に止まった。

彼は楽な革張りの椅子に身体《からだ》を沈め、ページを繰っていき、事典の中ほどの一枚の写真にたどりついた。そこに掲載されていたのは、どこからともなく不意に出現したのとまったく同じ潜水艦の写真だった。その写真には、岩肌の海岸線からさほど離れていない水上を巡航している、大型の潜水艦が一隻写っていた。

Ｕ-２０１５の知られている唯一《ゆいいつ》の写真。ＸＸＩ電動ボート二隻のうちの一隻で、第二次世界大戦時における航行中の姿。高速艦で、かなり長く潜水可能であり、燃料補給のために浮上することなく地球を半周近く巡航できる。

写真の説明文はさらに続いて、Ｕ-２０１５が最後に目撃されたのはデンマークの沖合いで、大西洋のいずこかで消息を絶ち、公式に行方不明とされていると述べていた。

ギレスピーは現に読んでいながら、自分の目を信じかねた。あり得ないように思えるが、あれは紛れもない事実だった。ポーラーストーム号が危うく湾の凍てつく海底に葬《ほうむ》りかねなかった奇妙な無標識の艦は、五六年前に終結した大戦時におけるナチのＵ-ボートだった。

10

国立海中海洋機関の長官サンデッカー提督が、最近任命されたFBIの長官フランシス・ラグスデールと長い打合わせの電話をした結果、ピット、ジョルディーノ、それにドロシー・オコンネルはワシントンへ飛んで、パンドラ鉱山で発生した一連の奇妙な事件について政府の捜査官たちに事情を説明することになった。FBIの捜査官たちは、フィラデルフィアのペンシルヴェニア大学の近くにあるドロシーの家へ派遣され、彼女の娘をワシントンのすぐ郊外の隠れ家へつれて行った。その家で、親子は間もなく落合うことになっていた。捜査官たちはテリュライドにも急行し、ルイスとライザ・マークス、それに娘たちをせきたてて、ハワイの秘密の地域へ移転させた。

保安官のイーガンが手配してくれた保安官助手たちの輪に護衛されて、残る三人――ピット、ジョルディーノ、それにドロシー・オコンネル――はNUMAのジェットに乗って首都へ向かった。青緑色のジェット機、セスナ・サイテーション・ウルトラVが雪をいただくサンフアン山脈の峰々の上空でバンクして北東に針路を取ると、ドロシーは革張りのシートで寛《くつろ》ぎ腕を伸ばして、ピットの手を両手で包んだ。

「わたしの娘だけど、本当に安全でしょうね？」

彼は微笑《ほほえ》み、優しくドロシーの手を握った。「何度も言うけど、娘さんはＦＢＩの優秀な連中に護《まも》られている。二、三時間後には、娘さんを抱きしめられるさ」

「わたしたち、この先ずっと狩られる動物みたいに暮らすなんて耐えられないわ」

「そんな事はありっこない」ピットは請合った。「いったん、第四帝国を夢見ている狂気の連中が探し出され逮捕されて、有罪判決を受ければ、われわれはみんなまた正常な生活を送ることが出来る」

ドロシーはジョルディーノを見やった。車輪が滑走路を離れる前から、彼は眠りこんでいた。「あの人は、暇さえあれば居眠りをするみたいね？」

「アルはいつどこでも眠れる。ネコみたいに」彼はドロシーの手を口許《くちもと》に引き寄せ、指に軽くキスをした。「あなたも少し眠ったほうがいい。ひどく疲れているはずだ」

それは二人が出会ってから、ピットがはじめて示した思いやりで、彼女は心地よい温《ぬく》もりが胸中を駆けぬけるのを感じた。「頭が冴《さ》えすぎて、疲れるどころではないわ」彼女はブリーフケースから手帳を取り出した。「このフライトを利用して、例の碑文の初歩的な分析をはじめるつもりなの」

「機体後部の部屋にはコンピューター設備があるよ、役に立つなら」

「わたしのノートをディスクへ移すスキャナーがあるかしら？」

「あると思うよ」

疲れの色が彼女の顔からさっと引いたように見受けられた。「それなら、とても助かるわ。残念なことに、わたしのフィルムは水に漬かってだめになってしまったの」

ピットはズボンのポケットに手を突っこみ、ビニールの包みを取りだすと、彼女の膝《ひざ》に載せた。「あの部屋に関する、完璧《かんぺき》な捜査写真」

包みをほどくとフィルムの容器が出てきたので、彼女はすっかり驚いた。「いったい何処《どこ》で手に入れたの？」

「第四帝国のご好意」ピットはさらりと答えた。「アルとわたしは、あの部屋の写真撮影を妨害した。われわれがたどりついた時には、店じまいをしていたので、彼らは碑文をぜんぶ記録したものとわたしは踏んでいる。その一連のロールを、NUMAのフォトラボで真っ先に現像してもらうつもりだ」

「まあ、ありがとう」ドロシーは不精髭《ぶしょうひげ》の濃い頬にキスしながら、興奮して言った。「わたしのノートには、碑文のところどころしか記されていないの」ドロシーは、まるで雑踏を歩いている見知らぬ人に過ぎぬように彼から離れて、機内のコンピューター室へ向かった。

ピットは痛む身体《からだ》を騙《だま》しながら椅子《いす》から立ちあがると、コンパクトな狭い調理室へ歩いていって冷蔵庫を開け、ソフトドリンクの缶を一つ取りだした。彼流の考えでは、悲しいことに、サンデッカー提督はNUMAの船舶や航空機にはアルコール類の搭載を禁じていた。

彼は立ちどまり、空席にしっかり縛りつけられた木箱をじっと見下ろした。例の黒曜石の頭骨は、あの部屋から持ち出された時から一瞬たりとも、彼の視野外におかれたことはなかった。木箱の材質越しに、こちらを見据えている虚《うつ》ろな眼窩《がんか》がまざまざと目頭に浮かんだ。彼は通路を挟んだ向かいの席に座ると、グローバルスター衛星電話のアンテナを伸ばし、登録済みの番号を打ちこんだ。彼の電話は周回している六〇の衛星の一つへ転送され、そこから別の衛星へさらに転送されて、今度は信号が地球へ送られ、公共の電話網へつながれる。

ピットは窓から飛び去る雲を眺めた。七、八回目の呼び出し音で、やっと出てくる相手なのだ。ようやく一〇回目で、太い声が受話器から流れ出た。「どうぞ」

「サン・ジュリアン」

「ダーク！」サン・ジュリアン・パールマターは声の主に気づいて、大声を張りあげた。

「君だと分っていたら、もっと早く出たのに」

「柄にもなく？　そいつは無理だ」

ピットはパールマターの姿を楽に思い描けた。体重一八〇キロの身体をいつも変わらぬペイズリー柄の絹のパジャマに包んで、本人が住いと称している馬車小屋に収められた海洋に関する夥《おびただ》しい数の本の真中に埋まっている。座談の名手で、グルマンにして鑑定家で、海洋史のかくれもない権威者である彼は、世界でもきわめて珍しい海洋関連の書籍や私信、書簡、さらにはこれまでに建造されたほぼすべての船の図面を持っており、人と海との係わりについては生ける百科辞典だった。

「何処にいるんだ、君は？」

「ロッキー山脈の上空、一万五〇〇〇メートル」

「ワシントンで電話するまで、待てなかったんだ？」

「ある調査を、最初の機会にすぐさま始めたいので」

「なにをしろと言うんだね？」

ピットは謎《なぞ》めいた部屋と側面の碑文について手短に説明した。パールマターは考えこみながら耳を傾け、ときおり質問を挟んだ。ピットが話し終わると、パールマターは訊《き》いた。「はっきり言って、君の狙《ねら》いはなんだね？」

「あんたは南北アメリカにおける、コロンブス前の接触に関する資料を集め、ファイルにして持っている」

「一部屋そっくり、資料で埋まっている。コロンブスよりずっと以前に、北、中央、それに南アメリカを訪れた船乗り全員にまつわるデータや学説で」

「ほかの大陸の内部深く入りこんで、地下室をつくった古代の船乗りたちの話をなにか憶《おぼ》えていないかな？　後からくる者たちにメッセージを残したいばかりに、地下室を作ったのだが？　その種の行為が、記録された歴史のなかで言及されているだろうか？」

「とっさには思い出せないな。南北アメリカの住民とヨーロッパやアフリカからきた船乗りたちが行なった、古代の交易に関する報告はいくらでもある。青銅を作るための銅と錫《すず》の本格的な採掘活動は、五〇〇〇年前まで遡《さかのぼ》ると考えられている」

「どこです？」

「ミネソタ、ミシガン、ウィスコンシン」

「本当かな？」

「わたしはそう信じている」パールマターは話を続けた。「ケンタッキーでは鉛、ペンシルヴェニアでは蛇紋石、ノースカロライナでは雲母が、古代に採掘されていた証拠がある。そうした鉱山は紀元前に、何世紀にもわたって操業を続けた。その後、そうした正体不明の鉱夫たちは、自分たちの存在を裏づける道具類や、当然ながら石の彫像や祭壇、それにドルメンをふくむ人工遺物を放り出したまま、ごく短期間のうちに姿を消してしまった。ドルメンというのは大きな石板が、二本ないしはそれ以上の本数の垂直な石に支えられている有史以前の構築物を指す」

「インディアンたちが作った可能性はないのだろうか？」

「アメリカインディアンはめったに石の彫像を作らなかったし、石のモニュメントは建築しなかったにほぼ等しい。鉱山技師たちは、古代の一連の掘削現場を研究して、七億トンの銅が掘り起こされ搬出されたと想定している。インディアンたちの成果とは、誰一人考えていない。というのも、考古学者たちによって発見された銅の量は、ビーズや安物にして数百キロに過ぎないからさ。初期のインディアンたちは、ごくわずかな金属しか加工しなかった」

「ところで、謎めいた碑文のある地下室に関する示唆《しさ》はまったくない？」

パールマターは間を置いた。「まったく思い当たらん。先史時代の鉱夫たちは、陶器類の手掛かりや碑文のしっかりした記録をほとんど残していない。ある種の表語文字ないしは象形文字だけで、しかもその大半は解読不能だ。彼らはたぶんエジプト人かフェニキア人ないしは古代スカンジナビア人ではないかと想像するしかなく、もっと早い時代の人種の可能性すらある。南西部にはケルト族の鉱山の遺構があるし、アリゾナでは今世紀に入った直後に、ツーソンの郊外でローマ人による人工遺物が発見されたとされている。そんな訳で、誰が断定的なことを言えるね？　大半の考古学者は、コロンブス前の接触を認知して、あえて批判の矢面に立つ気はない。彼らはあっさり伝播《でんぱ》説をしりぞけている」

「文化的な影響が、接触によってある人種から別の人種へ拡散する」

「その通り」

「だけど、なぜだろう？」ピットは訊いた。「証拠はたっぷりあるのに？」

「考古学者というのは石頭なんだ」とパールマターは答えた。「みんな疑い深い。証拠を突きつけなくては駄目なんだ。ところが、初期アメリカの文化には、玩具《おもちゃ》を除くと、車輪の利用の実例なり、轆轤《ろくろ》の開発例が見つからないので、彼らは伝播を信じようとしない」

「根拠ならいくらでもある。コルテス率いるスペイン人たちが到着するまで、南北アメリカには馬も牛もいなかった。このわたしだって、一輪車のアイデアが六〇〇年掛りで、中国からヨーロッパにたどりついたことを知っている」

「なんと言ったものかな？」パールマターは溜息《ためいき》まじりに応じた。「わたしはあまり知らないテーマについては論文を書かないことにしている、一介の海洋歴史家にすぎない」

「しかし、四〇〇〇年前には世界の片隅であったはずの僻遠《へきえん》の地に存在する、解読不能な碑文を彫りつけられた地中の部屋に関する記事がないか、あんたの蔵書にきっと当たってくれるだろうね」

「最善をつくすとも」

「ありがとう、先輩。そう言ってもらえれば、なによりだ」ピットは小さいころに膝に抱かれて海にまつわる話を聞かせてもらった、家族ぐるみの古くからの友人に全幅の信頼を置いていた。

「その部屋について、まだわたしに話していないことがあるんじゃないか？」パールマターは訊いた。

「ある人工遺物が出てきたことだけさ」

「このわたしに伏せておいたとは。どんな人工遺物だね？」

「現物大の頭骨で、真っ黒な黒曜石から彫りおこされている」

パールマターはその点について、しばらく考えこんだ。やがて彼は口を開いた。「その重要性を君は知っているのか？」

「はっきりした事はなにひとつ」ピットは答えた。「ただし、現代的な用具や切断装置のない古代人たちが、こんな大きな黒曜石の塊を切削し平滑にし、これほど見事な完成品に仕上げるのには、一〇世代も掛かったに違いない」

「まったくだ。黒曜石は一種の火山ガラスで、溶岩が急激に冷却されて出来る。何千年にもわたって人類は黒曜石から矢じり、ナイフ、それに槍《やり》を作ってきた。黒曜石は非常にもろい。そうした品物を、叩《たた》きつぶしたりひびを入れずに、一世紀半掛けて作ったとは素晴らしい成果だ」

ピットは座席に固定された木箱に視線を向けた。「あんたがここにいてあれを見られないのは、なんとも残念だ、サン・ジュリアン」

ピットは胡散《うさん》臭さを感じた。パールマターは知識をひけらかすさいに、相手を玩具にすることで有名だった。ピットはみすみす罠《わな》に踏み込むしかなかった。「この美しさは、自分の目で見ないことには分らん」

「言うのを忘れていたかな、君に」パールマターはいかにも他意なさげな口調で応じた。「もう一つある場所を、わたしは知っているんだが」

11

セスナ・ウルトラVは、アンドルーズ空軍基地の東滑走路に着陸すると、地上滑走をして空軍から政府所属のさまざまな機関にリースされている格納庫群へ向かった。NUMAの航空・輸送機用の一連のビルは、基地の北東に位置していた。護衛が二名乗ったNUMAの一台のバンがジョルディーノをヴァージニア州アレクサンドリアにあるマンションへ、ドロシーを娘の待つ隠れ家へ送るために待機していた。

ピットは黒曜石の頭骨が納まっている木箱をセスナから運び出し、地上に置いた。彼はドロシーやジョルディーノには同行せず、後に留まった。

「わたしたちと一緒に行かないの？」とドロシーは訊《き》いた。

「ああ、友達が拾ってくれるんだ」

彼女は射抜くようにピットを見つめた。「ガールフレンド？」

彼は声を立てて笑った。「信じてもらえるかな、わたしのゴッドファーザーを？」

「いいえ、そんな気になれそうにないわ」彼女はからかうように応じた。「今度はいつ会えるかしら?」

ピットは彼女の額に軽くキスした。「あなたが思っているより早く」

そう言い終わると彼はドアを閉めて、基地の正門のほうへ走り去るバンを見送った。

パイロットや副操縦士が引き揚げるかたわらで、彼はのんびり地べたに座りこむと、着陸装置の車輪の一つに背中をもたせかけた。ワシントンの春の空気は爽《さわ》やかに澄みわたり、気温はこの時期には珍しく一六度近くまで上がっていた。ほんの一〇分も待つと、緑と銀色のツートンのすこぶる優雅な乗用車が、航空機の脇《わき》に近づきひっそりと止まった。

そのロールスロイス・シルバードーンのシャシーは一九五五年に、製造工場のアセンブリーラインからフーパー社の車体製作者たちの手許《てもと》に移され、フロントフェンダーからリアフェンダーへ優美に流れるラインに加えて、フェンダースカートと滑らかな側面を備えたボディを取りつけられた。オーバーヘッド六気筒二六三立方インチのエンジンによって、威風堂々としたこの車はほぼ一四〇キロの最高速度を出せるが、タイヤの擦れる音しか発しない。

サン・ジュリアン・パールマター お抱えの運転手ヒューゴ・マルホランドは、運転席側から下り立つと片手を突き出した。「またお目に掛かれてなによりです、ピットさん」

ピットは微笑《ほほえ》み、運転手と握手をした。その挨拶《あいさつ》には、温かみがまったくこもっていなかったが、ピットは意に介さなかった。ヒューゴとは、もう二〇年以上もの知りあいだった。パールマターの運転手兼有能な助手である彼は、本当は心の温かい思いやりの人だが、バスター・キートンばりの無表情な顔をしているし、めったに笑ったり親しげな素振りを見せない。ダッフルバッグを受け取りロールスロイスのトランクに収めると退いたので、ピットはバッグのとなりに木箱を静かに置いた。すると、ヒューゴが後ろのドアを開け、脇へよけた。

ピットは身体《からだ》をかがめて車に乗りこみ、パールマターの豊かな体軀《たいく》に三分の二占領されている後部座席に腰を落ち着けた。「サン・ジュリアン、ヴァイオリンなみに、すこぶる調子がいいようだね」

「むしろコントラバスなみに」パールマターは両手でピットの頭を包み、左右の頰にキスした。巨漢は灰色の髪に、パナマ帽を載せていた。顔は赤く、鼻は末広がりで、目は空色をしている。「ずいぶん久しぶりだ。移民帰化局に勤めている、あの愛らしい小柄なアジア系の娘さんが、君の格納庫でわれわれに夕食の用意をしてくれた時以来だ」

「ジュリア・マリー・リー。あれは去年のいまごろだ」

「彼女はどうしている?」

「最新情報では、ジュリアは仕事で香港《ホンコン》にいるそうです」

「女性が長く留まった例がないな、違うか？」パールマターはつぶやいた。

「わたしはけっして、女が母親に会わせに家へつれて行くタイプの男ではないから」

「あほを言っちゃいかんよ。腰を落ち着けさえすれば、君は引く手あまただ」

ピットは話題を変えた。「食べ物の匂《にお》いだろうか？」

「いつだね、最後に食事をしたのは？」

「朝食代わりにコーヒー、昼飯にはソフトドリンク」

パールマターは床からピクニックバスケットを持ち上げ、大きな膝《ひざ》に載せた。つぎに、フロントシートの背中に組みこまれた収納場所から、木目入りのウォールナットのお盆を二つ引き出した。「フレデリックスバーグまでのドライブに備えて、軽い食事を用意したんだ」

「そこへわれわれは行くんだ？」ピットはバスケットに詰まっている食通のご馳走《ちそう》に、大いに期待を募らせながら訊いた。

パールマターはあっさりうなずきながら、黄ラベルのシャンパン、ヴーヴ・クリコ・ポンサルダン・ブリュットのボトルをかざした。「いいか？」

「わが好み」とピットは答えた。

マルホランドは振る手に送られて正門を通りぬけると、左に折れてキャピタル・ベルトウェイに乗り、ポトマック川を横切って東へ走りつづけ、スプリングフィールド市に入ると南へ向かった。後ろの客室では、パールマターが銀器や陶器をお盆に並べ、さまざまな料理を配りはじめていた。まずマッシュルームと小牛の胸腺《きょうせん》を詰めたクレープ、続いてパン粉をまぶした焼牡蠣《やきがき》、それに数種類のパテとチーズ、最後が洋ナシの赤ワイン漬け。

「こりゃすごいご馳走だ、サン・ジュリアン。わたしなど、こんなにたらふく食べることはめったにない」

「わたしはいつもだ」パールマターは巨大な腹を軽く叩《たた》きながら応じた。「しかもそれが、われわれ二人の違いさ」

贅沢《ぜいたく》な車中食は、小さなテルモスのエスプレッソで締めくくられた。「コニャックはないんだ？」ピットはおどけて訊いた。

「まだ時間が早すぎる、六〇代の男が強いスピリッツを嗜《たしな》むには。午後ずっと、眠りほうけてしまいかねない」

「あなたの言った、第二の黒曜石の頭骨はどこにあるんだろう？」

「フレデリックスバーグに」

「そうだろうと、見当はついていたが」

「持ち主は、大変立派なクリスチーン・メンダー－ハステッドという名の老婦人だ。彼女の曾祖母《そうそぼ》は、夫の捕鯨船が南極で冬の氷に閉じ込められたおりに、その頭骨を手に入れた。聞く者を引きつけて離さない実話。一家の言い伝えによると、ロクサーナ・メンダーはある日、浮氷群の上で道に迷った。彼女の夫で、捕鯨船パロヴェルデ号の船長であるブラッドフォード・メンダーとその乗組員たちは、彼女を救出した時点で遺棄された東インド会社の一隻《せき》の帆船を発見した。興味を持った一行は乗船して船内を調べ、乗組員や乗客の死体を見つけた。倉庫には真っ黒な黒曜石の頭骨やいろんな変わった品物が保管されていたが、それらは浮氷原が裂けはじめたので、やむなく置いてきた」

「黒い頭骨は救い出した？」

パールマターはうなずいた。「ああ、ロクサーナ自身が遺棄船から運び出した。それ以来ずっと、家宝となっている」

ピットはロールスロイスの窓越しに、ヴァージニア州郊外の波打つ緑を漫然と眺めた。「たとえ二つの頭骨がまったく同じものでも、標示がまったくないので、誰がどんな目的で作ったのかいっこうに分らない」

「問題の頭骨を見比べるために、メンダー＝ハステッド夫人との面談の約束を取りつけたわけではない」

「ではあなたの狙《ねら》いは？」

「もう一〇年も、わたしはメンダー船長の捕鯨時代にまつわる、同家が所蔵している書類を買い取ろうと努めてきた。それには、彼が乗っていた船の航海日誌も含まれている。

しかしそのコレクションの目玉は、残りわずかな歯でしがみついてでも手に入れたい代《しろ》物《もの》は、彼らが発見した氷に埋もれた遺棄船の航海日誌なんだ」

「メンダー家が持っているんですか？」ピットは関心を刺激されて訊いた。

「メンダー船長は、急いで浮氷群を渡るさいに、それを携行したものとわたしはにらんでいる」

「するとこの旅行には、秘めた動機があったのか」

パールマターはいわくありげな笑いを浮かべた。「メンダー夫人が君の頭骨を目の当《ま》たりにして心持ちが弛《ゆる》み、自分のと一緒に同家の古文書のコレクションも売ってはくれまいかと期待を掛けているんだ」

「鏡に写った自分を見て、恥ずかしいと思わんのかな？」

「思うさ」パールマターは悪党じみた笑い声を上げた。「だが、ほんのいっときのことよ」

「その遺棄船の航海日誌には、頭骨の由来に関する手掛かりがなにかあるのだろうか？」

パールマターは首を振った。「読んだことがまったくないから。メンダー＝ハステッドは鍵《かぎ》を掛けて保管している」

ピットはしばらく物思いに耽《ふけ》った。世界には、あといくつ黒曜石の頭骨があるのだろう、と考えずにはいられなかった。

制限速度で静かに走りつづけて、ロールスロイスは一時間半後にフレデリックスバーグに着いた。マルホランドは荘重な車を円形の車寄せに乗せて、ラッパハノック川の上流を占めている町の高台にある、絵に描《か》いたような植民地風の邸《やしき》へ向かった。眼下には、南北戦争時代に北軍の兵士が、一日に一万二五〇〇人倒れた戦場が広がっている。邸は一八四八年の建造で、過去の優美な名残となっている。

「さあ、着いたぞ」とパールマターは、マルホランドがドアを開けると言った。

ピットは車の後ろに回ってトランクの蓋《ふた》を開け、頭骨の納まっている木箱を取りだした。「きっと面白いことになるぞ」と彼は言った。二人連れだって踏み段を上がり、紐《ひも》を引いてベルを鳴らした。

クリスチーン・メンダー－ハステッドは、お祖母《ばあ》さんと言えば誰もが思い描くような人だった。歳《とし》の割りにとても身軽で、白髪に心優しい微笑み、それにあどけない顔立ちをしており、一〇キロほど太りぎみだが、彼女の動きは煌《きらめ》くハシバミ色の目と同じくらい機敏だった。彼女はパールマターとしっかり握手をし、彼から友人を紹介されるとうなずいた。

「どうぞ遠慮なくお入りください」彼女は感じよく言った。「お待ちしていたんですよ。

お茶を召し上がりません？」

　二人とも誘いに応じると、天井が高く、羽目板を張り巡らせた書斎へ案内され、身振りで楽な革張りの椅子に座るよう勧められた。近所の若い娘で、邸周りの手伝いをしている女性がお茶を出し終わると、クリスチーンはパールマターのほうに向き直った。

「ところで、サン・ジュリアン、電話でお話したように、わたしはまだ家宝を売る気になれずにいるんですよ」

「正直言って、あの望みをひとときも忘れたことはありません」とパールマターは応じた。「しかし、ダークを連れてきたのは別の理由からです」ピットのほうを向いた。「メンダー‐ハステッド夫人に、箱の中身をお見せしてはどうかね？」

「クリスチーン」と彼女は指定した。「新旧の姓を一緒では、言いにくいでしょう」

「ずっとヴァージニアにお住まいなんですか？」パンドラ鉱山で見つかった例の頭骨の入った木箱の掛金を外しながら、ピットは話しかけた。

「わたしは第六世代のカリフォルニアっ子で、その多くはいまでもサンフランシスコ周辺で元気に暮らしています。わたしはたまたま運よくヴァージニア出身のある男性と結婚しましたし、彼は三代の大統領のもとで特別顧問を務めました」

　ピットは黙りこんだ。炎が揺らめく暖炉のマントルピースに載っている、真っ黒な黒曜石の頭骨に目を奪われたのだ。やがてゆっくりと、まるで夢でも見ているように、彼は木箱を開けた。こんどは自分の頭骨を取りだし、歩いて行くと腕を伸ばして、マントルピースのそっくり同じ頭骨の隣に置いた。

「あら、まあ！」クリスチーンはあえいだ。「もう一つあるなんて、思ってもいなかったわ」

「わたしもご同様でして」ピットは黒い二つの黒曜石を仔細《しさい》に検討しながら応じた。「肉眼で見たかぎりでは、形も造作もそっくりだ。寸法まで、まったく同じようだ。まるで同じ型から作られたようだ」

「伺いますが、クリスチーン」パールマターが片手にティーカップを持ったまま訊いた。「頭骨にまつわるどんな恐ろしい話を、曾祖父から聞いておいでです？」

彼女は馬鹿《ばか》げた質問をするものだ、と言わんばかりに相手を見つめた。「あなたはわたし同様、あれが浮氷原で凍結したマドラス号という船で見つかったことは、ご承知ではありませんか。あの船はボンベイ発リバプール行きで、乗客は三七人、乗組員は四〇名、お茶、絹、香辛料、それに陶磁器などいろんな荷物を運んでいました。曾祖父母は倉庫の一つで、ほかの古代の人工遺物と一緒に、その頭骨を見つけたのです」

「わたしが言わんとしたのは、そうした人工遺物がマドラス号に積みこまれた経緯について、彼らがなにか手がかりを摑んだろうかということです」

「頭骨やほかの人工遺物が、ボンベイで船に積まれなかったことは、はっきりしています。ああした品物は、航海の途中で給水のためにある放棄された島に立ち寄ったさいに、乗組員や乗客によって発見された。詳しいことは、航海日誌に記されていました」

ピットは最悪の事態を恐れ、ためらいがちに繰り返した。「いまおっしゃいましたね、航海日誌に記されていたと？」

「メンダー船長は日誌を保管していませんでした。マドラス号船長の臨終に際する遺言は、日誌を船のオーナーたちに届けてくれというものでした。曾祖父は急使を立てて、リバプールへちゃんと送り届けました」

駆け出していって、袋小路の煉瓦塀《れんがべい》にぶち当たったような気分に、ピットは襲われた。

「マドラス号のオーナーたちが、遺棄船を見つけるために探検隊を派遣し、人工遺物の出所を突きとめたかどうか、ご存知ありませんか？」

「本来の船のオーナーたちは、後で分ったことなのですが、メンダー船長が航海日誌をまだ送り届ける前に、貿易会社を売りわたしていました」とクリスチーンは説明した。「新しい経営陣はマドラス号を発見するために、二隻の船からなる探検隊を派遣しましたが、全乗員もろとも二隻とも行方不明になってしまった」

「それでは、記録は総《すべ》て失われてしまったわけだ」ピットはがっかりしてぼやいた。

クリスチーンの瞳《ひとみ》が煌いた。「そんなことは一言も、申しあげておりませんけど」

ピットは相手の目の色になにかを読み取ろうと、年配の婦人を見つめた。「ですが

——」

「曾祖母はとても聡明《そうめい》な人でした」彼女が遮った。「マドラス号航海日誌の手書きの写しを曾祖母が作ってから、彼女の夫はイングランドへ原本を送ったんです」

ピットには、暗雲を突いて陽光が射《さ》しこんだ思いがした。「それを読ませていただけないでしょうか？」

クリスチーンは、すぐには答えなかった。時代物の船長用デスクのほうへ歩いて行くと、オークの羽目板に掛かっている一枚の絵を見あげた。そこには椅子《いす》に座っている、手と足を組んだ男が描かれていた。顔を広く髭《ひげ》に覆《おお》われていたが、ハンサムのようだった。大男で、胴や肩に椅子は埋め尽くされていた。彼の肩に片手を載せて背後に立っている女性は小柄で、張りつめた茶色の目でこちらを見据えている。二人とも、一九世紀の身なりをしている。

「ブラッドフォード船長と、その妻のロクサーナ・メンダーです」彼女は過ごした経験のない過去に思いをはせて、懐《なつ》かしんでいるような口調で言った。やがて向き直り、パールマターを見つめた。「サン・ジュリアン、その時が来たように思います。わたしは情にほだされて、あまりにも長い間、この人たちの書簡や手紙にしがみついてきました。彼らが生きた時代の歴史を読み取り活用できる人たちに知っていただけるほうが、書簡類にとっては望ましいことです。コレクションはあなたの提示額でお譲りいたします」

パールマターはまるでアスリートの体つきをしているみたいに、軽々と椅子から立ちあがった。「ありがとう、奥様。未来の歴史家たちが研究できるように、どれもみないくつかの古文書館で正しく保存管理いたします」

クリスチーンは引き返してくると、マントルピース脇《わき》のピットに並んで立った。「それに、あなたには、ピットさん、贈り物をさしあげます。わたしの黒曜石の頭骨を、あなたに委《ゆだ》ねます。これであなたは揃《そろ》いの一対を得たわけですが、どうなさるおつもりです？」

「古代史の博物館へ収める前に、研究所で時代と過去の文明との結びつきを特定できるか研究し、分析することになります」

彼女はしげしげと自分の頭骨を見つめ、長い溜息《ためいき》を漏らした。「姿が消えるのは辛《つら》いけど、正しく管理されるのだと思うと気持ちがずっと休まります。ご存知でしょうが、世間の人はみんなこれを見ると、悪運と悲劇的な時期の前触れだと受けとめました。ですが、ロクサーナが解けはじめた浮氷群を渡って、夫の船に持ちかえった瞬間から、それはメンダー一族に幸運と祝福ばかりもたらしてくれました」

ワシントンへの帰途に、ピットはロクサーナ・メンダーの優美な流れるような手で正確に書き取られた、マドラス号航海日誌の革装の写本を読みふけった。ロールスロイスの走行は滑らかだったが、車酔いを避けるために彼はときおり顔をあげて、はるか遠くを眺めやった。

「なにか面白いことが見つかったか？」とパールマターは訊《き》いた。折りからマルホランドの運転する車は、ポトマック川に掛かるジョージ・メイソン橋を渡っていた。

ピットは手帳から目をあげた。「あるとも。いまやわれわれは、マドラス号の乗組員たちが頭骨や、もっといろんな物を発見したおおよその場所をつかんだ」

12

ロールスロイスはピットが自宅と呼んでいる、ワシントン国際空港の人気のないはずれにある古い格納庫前に止まった。いかにもくたびれた様子の格納庫は一九三六年の建造で、長年放置されているような印象を与える。錆《さ》びついたなまこ鉄板の側壁を雑草が取り巻いているし、窓という窓にはしっかり厚板が打ちつけられている。

マルホランドが滑るように運転席から離れたとたんに、がっちり武装した野戦服姿の男が何処《どこ》からともなく二人現れ、自動ライフルを構えて立ちふさがった。一人は窓に寄りかかり、もう一人はあえて挑発するようにマルホランドに顔を突きつけた。「ダーク・ピットが乗りあわせていれば、面倒はないが」その男は後部座席を覗《のぞ》きこみながら、無愛想に言った。

「わたしだ、ピットは」

警備員はしばし彼の顔を観察した。「身分証を拝見」それは要請ではなく、命令だった。

ピットがNUMAの身分証をひらめかせると、警備員は銃を立て微笑《ほほえ》んだ。「お手数を掛けて申し訳ありませんが、われわれはあなたとその財産の保護に努めるように命じられている者です」

この男たちは、多少は名の知れた連邦のある警備機関に所属しているのだろう、とピットは見当をつけた。そこのエージェントたちは、生命の危機にさらされている政府職員の保護に当たるために、高度の訓練を受けている。「配慮と忠実な勤務には感謝する」

「同行の二人は？」

「親しい友達です」

警備員はピットに小型のリモートアラームを渡した。「お住まいにいる間、これを常時携帯なさるように。少しでも危険めいたものを感じたら、送信ボタンを押してください。われわれは二〇秒以内に反応します」

警備員は名乗らなかったし、ピットも訊《き》きはしなかった。

マルホランドがトランクを開けてくれたので、ピットはダッフルバッグを取り出した。その瞬間にピットは、二名の警備員がすでに姿を消したことに気づいた。彼は格納庫周辺の敷地を見まわし、主滑走路脇《わき》のひっそりとした野面《のづら》を見渡した。彼らなどまったく現れなかったような錯覚を憶《おぼ》えた。地中にでも隠れたのだろうとしか、ピットには見当のつけようがなかった。

「ヒューゴにはNUMAの本部へ立ち寄ってもらい、君に託された黒曜石の頭骨を下ろさせておく」とパールマターが言った。

ピットはマルホランドの肩に手を載せた。「ごく慎重に、あの二つを六階の研究室へ運んで行って、主任科学者に渡してくれ。名前はハリー・マシューズ」

マルホランドはかすかに笑いを浮かべた。彼にとっては、まさに破顔一笑だった。

「落とさないように、万全の注意をします」

「お休み、サン・ジュリアン。それに、ありがとう」

「どうってことないよ、君。機会がありしだい、夕食に立ち寄ってくれ」

時代物のロールスロイスが、空港の検問ゲートの一つに繋《つな》がる泥道をバンパーから土《つち》埃《ぼこり》を引きずりながら走っていくのをピットは見送った。顔を上げると、古いくたびれた電柱を見つめ、てっぺんに小さな警備用カメラが載っているのを確認した。それは警備員たちの動きを記録しているから、気になる彼らの隠れ場所をたぶん知らせてくれるはずだった。

小型のリモコンで格納庫の完備した警報システムを解除すると、第二次大戦後ずっと閉ざされたままのような感じを与えるドアを開けた。ダッフルバッグを肩に担《かつ》ぐと、中に入った。内部は防塵《ぼうじん》になっているし暗かった。ただ一筋の明かりすら、漏れていなかった。ドアを閉め照明のスイッチを入れると、格納庫は瞬時に眩《まばゆ》い光と鮮やかな彩色に埋め尽くされた。

格納庫の白いエポキシ塗装の煌《きらめ》く床は、整然と並ぶ明るいとりどりの色の名車やクラシックカー五〇台に覆《おお》われていた。そのほかにも、第二次大戦時のドイツの有名なジェット機、ブリキの鵞鳥《がちょう》と呼ばれている一九三〇年代初期に生産された、フォードの三発機も含まれていた。二〇世紀への変わり目の鉄道車両が一台、格納庫の側壁沿いに置かれた道床の線路に載っている。まるで話の種に付け加えられでもしたように、船外モーター付きの鋳物《いもの》のバスタブ、それに一時しのぎのキャビンとマストを備えた、収縮式の奇妙な筏《いかだ》もある。全コレクションは、ハイダインディアンの聳《そび》え立つトーテムポールに護《まも》られている。

ピットは立ち止まって雑多な収集品をざっと見渡し、高いアーチ型の天井から吊《つ》り下がっているバーマシェーヴをふくむ有名な広告の宣伝文句に目を通した。総《すべ》て元通りだったので満足すると、鋳鉄製の螺旋《らせん》階段を昇って、収納庫の上にある居住区へ向かった。

その内部はある種の海洋博物館の趣を備えていた。ガラスケースには、さまざまな船の模型に加えて、木製の舵輪《だりん》、羅針儀の架台、船鐘、銅や真鍮《しんちゅう》製の潜水ヘルメットが一緒に並んでいた。居間、書斎、バス付きの寝室一つ、それに台所兼用の食堂で、せいぜい一〇〇平方メートルの広さしかなかった。

感覚がないほど疲れていたがダッフルバッグの荷物を解き、汚れた衣服類は自動式洗濯機を置いてある狭いクローゼットの床に投げ出した。つぎに、バスルームへ入っていくと、湯気の立つ熱いお湯を片側の壁面にぶつけ、自分は床に仰向けに寝そべり両方の足を片隅にまっすぐ上げたまま、シャワーをのんびり浴びた。船鐘が玄関に客が現れたことを告げた時、彼はファン・フリオ・シルバーテキーラを舐《な》めながら寛《くつろ》いでいた。

ピットは二棹《さお》の本棚の間に搭載してある四台のモニターTVの一つを覗《のぞ》きこんで、NUMAの次長であるルディ・ガンが戸口に立っているのを確認した。リモコンのスイッチの一つを押すと、声を掛けた。「入ってきてくれ、ルディ。わたしは上にいる」

ガンは階段を上がり、居住区に入ってきた。小柄で、髪が薄くなり、ローマ人風に鼻柱の高いガンは、分厚い眼鏡越しに目を見張っている。元海軍中佐で、海軍兵学校で首席だった彼はすこぶる頭がよく、NUMAの職員から強い信望を寄せられていた。青い目は眼鏡のレンズのせいで大きく見開かれていたし、彼の顔には途惑いの表情が宿っていた。

「自動ライフルを持った野戦服の二人の男にすっかり脅かされたよ、NUMAにおける君の同僚だって証明してやっと解放されたが」

「サンデッカー提督の考えさ」

「護衛機関に依頼したことは知っていたが、彼らが魔力を持っていていずこからともなく現れる能力を備えていようとは、夢にも思っていなかったよ。欠けているのは、一筋の煙だけだ」

「連中は大変なやり手なんだ」とピットは応じた。

「テリュライドで君が遭遇した状況については、簡潔に説明を受けた」とガンは椅子《いす》に身体《からだ》を沈めながら言った。「出回っている噂《うわさ》だと、君の命の値段はえらく安いそうだ」

ピットは台所から一杯のアイスティーを、ガンに持ってきた。ガンはときたまビールを飲む以外、めったにアルコールの入ったものを口にしない。「そうでもないぞ、第四帝国の奴《やつ》らには。このおれを墓穴に葬《ほうむ》るためなら、彼らは銭にいっさい糸目をつけないだろうな」

「わたしは独自に、多少探りを入れてみた」ガンは黙りこむと、アイスティーを半分飲んだ。「ＣＩＡにいる友達の何人かに会ってみたところ――」

「ＣＩＡが国内犯罪に、いったいどんな関心を寄せているというのだね？」

「君がパンドラ鉱山で対決した殺し屋たちが、ある世界的な犯罪シンディケートの一部ではないかと疑っているわけよ」

「テロリストか？」とピットは訊いた。

ガンは首を振った。「彼らは宗教というかカルトにとりつかれた狂信者たちではない。しかし彼らの行動計画は依然として不明だ。ＣＩＡの捜査員、国際刑事警察機構のエージェントも――いまだに誰一人としてあの組織に食いこめずにいる。こうした外事関係の情報機関が摑《つか》んでいるのは、あの組織が存在しているということに過ぎない。活動拠点や支配者の正体については、なんの手掛かりも得ていない。彼らの手先の殺し屋たちは、テリュライドで起こったように、現れては人を殺《あや》め、そして、失《う》せる」

「連中はどんな犯罪に係わっているのだろう、殺しのほかに？」

「そいつもまた謎《なぞ》のようだ」

ピットは目をすぼめた。「動機のない犯罪組織など、あった例がないはずだが？」

ガンは肩をすくめた。「妙に思われるのは分っているが、奴らはこれまでのところ、細い糸一筋すら残していない」

「テリュライドでは悪党を二人捕らえたので、尋問に付すことになっている」

ガンは両眉《りょうまゆ》を吊り上げた。「まだ聞いていないのか？」

「聞くってなにを？」

「コロラド州テリュライドのイーガンという保安官から、ほんの一時間前にサンデッカー提督に電話があったんだ。拘留者たちは死体で発見された」

「くそ！」ピットはいらだたしげに吐き捨てた。「シェリフにはくどいほど言ったんだ、青酸のカプセルを隠していないか探せって」

「毒薬なんて、そんなありふれた手口じゃないんだ。イーガンの話によると、一発の爆弾が、拘置所の彼らの独房に密《ひそ》かに持ち込まれた。彼らはばらばらに吹っ飛ばされた、そばで監視していた保安官助手一名もろとも」

「人命など安いんだ、あいつらには」ピットはいまいましげに言った。

「どうもそうらしい」

「この先どうする？」

「太平洋中央部における深海地質学計画に、提督は君を送りこむ計画を立てている。あそこならこのうえ暗殺に狙《ねら》われる恐れはそうとう緩和される」

ピットは油断のならぬ笑いを浮かべた。「おれは行かんよ」

「提督は先刻承知さ、君がそう言うことなど」ガンは笑顔で応じた。「そればかりか、君は今回の捜査にきわめて重要なので、僻遠《へきえん》の地に送り出せはしない。実際の話、君はほかの誰よりもこのグループと多く接触しているし、命拾いしたのでグループについて話すことが出来る。高位の捜査官たちが、君と話したがっている。明日の朝八時に……」彼は言葉を切り一枚の紙片をピットに渡した。「ここにアドレスがある。そこへ行ってくれ。自分の車で出入り自由の駐車場に乗りこみ指示を待つ」

「ジェームズ・ボンドとジャック・ライアンもくるのか？」

ガンは渋い顔をした。「笑わせるじゃないか」彼はアイスティーを飲み干すとバルコニーへ出て行って、下に広がる伝説的なコレクションを眺めた。「こいつは面白い」

「なにが？」

「暗殺者たちは第四帝国によって送りこまれた、と君は言った」

「彼らが口にしたんで、わたしが言ったのではない」

「ナチスはそのおぞましい空想世界をサード・ライヒと呼んだ」

「古いナチスはほぼみんな死に絶えた、ありがたい事に」とピットは言った。「サード・ライヒは彼らと共に消滅した」

「ドイツ語を習ったことはあるか?」とガンは訊いた。

ピットは首を振った。「おれが知っている言葉は、ヤー、ナイン、それにアウフ・ヴィーダーゼーエンだけだ」

「それなら、〝サード・ライヒ〟の英語訳が〝第三帝国〟だって知らないだろう」

ピットは緊張した。「まさかあの悪党どもが、ネオナチだと言うのではあるまいな?」

ガンが答えようとした瞬間に、アフターバーナーをふかしているジェット戦闘機のような大きなビューッという音がし、その直後に耳をろうする金属の軋《きし》みが響き、一条のオレンジ色の炎が格納庫内を閃光《せんこう》となって走りぬけ、奥の壁面を突きぬけた。一拍後には、爆裂に格納庫はガタガタと音を立て、鋳鉄の階段は揺さぶられた。埃が金属製の天井から煌く車に降りそそぎ、明るい塗料の艶《つや》を奪った。爆裂の薄れ行く響きを、不気味な沈黙が引き継いだ。

やがてひとしきり銃声が轟《とどろ》き、すぐまた銃声がしたが、こんどは音がいくぶんくぐもっていた。二人はバルコニーの手すりを握りしめて、凍りついたように立っていた。

ピットが先に口を切った。「あの悪党どもめ！」彼は怒りをこめて搾《しぼ》り出すように言った。

「いったいあれは、なんだ？」ガンはショックを受けて訊いた。

「くたばりやがれ。あいつらはおれの格納庫に、ミサイルを撃ちこみやがった。おれたちが爆風にずたずたに引き裂かれなかったのは、炸裂《さくれつ》しなかったからに過ぎない。弾頭が薄い波型鉄板の壁を貫通し、もういっぽうの壁を突きぬけた。弾頭内部の起爆装置が頑丈な梁《はり》に激突しなかったからさ」

ドアを一挙に開け、格納庫に駆けこんできた警備員二名は、螺旋階段の下で止まった。

「怪我《けが》はありませんか？」片方が訊いた。

「きっと声は震えているだろうな」とピットが応じた。「どこから飛んできたんだ？」

「手持ちのランチャーで、ヘリコプターから発射されました」同じ警備員が答えた。

「申し訳ありません、こんな至近距離まで接近を許して。標識に騙《だま》されてしまいました——地元のテレビ局のヘリらしく思えたのです。ですが、われわれは発砲をし、撃ち落しました。川に墜落しています」

「よくやった」ピットは本気だった。

「あなたの友人たちは、物惜しみなどしない連中のようですね？」

「あいつらなら、疑いもなく有り余るほど金を持っている」

警備員は同僚のほうを向いた。「監視範囲を広げよう」格納庫を眺めまわした。「なにか損傷は？」

「二つの壁面に、凧《たこ》が飛びぬけられるほどの大きさの穴を二つ開けられただけだ」

「直ちに修復の手配をします。ほかになにか？」

「あるんだ」高価な車に降り積もった埃を見つめているうちにますます腹がたち、ピットは言った。「頼む、清掃班を呼んでくれ」

「太平洋上の例のプロジェクトについては、考えなおすほうがよさそうだ」とガンが話しかけた。

ピットは聞いていなかったようだった。「フォース・ライヒ、フォース・エンパイア、奴らが何者であれ、奴らは重大な過《あやま》ちを犯した」

「えっ？」他人のもののように震える、自分の両手を怪訝《けげん》に見つめながらガンは言った。

「それはどんな過ちだね？」

ピットは格納庫の側壁にぽっかり口を開けた、鋸歯《きょし》状の二つの穴をじっと見あげていた。オパールがかった彼の緑の目は冷たい怨念《おんねん》を放射していた。そんな敵意をガンはこれまでに、少なくとも四度目撃していたが、思わず身震いをしてしまった。

「これまでのところ、悪党どもはやりたい放題やってきた」ピットは口許を歪《ゆが》めてあざ笑いを浮かべながら言った。「こんどはおれがやる番だ」

13

ピットはベッドにつく前に警備カメラのテープに目を通し、警備員たちが態勢を整えたことを確認した。何枚かある空港の地下排水系図を利用して、彼らは空港の滑走路や誘導路、それにターミナルがもたらす雨水や雪解け水を排除する、直径が二・五メートル近くある大きなコンクリート製のパイプを発見した。その排水パイプはピットの格納庫から三〇メートル以内を延びていた。背の高い雑草に覆《おお》い隠されているパイプ整備用の出入口に、警備員たちは巧みにカムフラージュした監視地点を作り終えていた。

ピットは歩いて行って、コーヒーとサンドイッチを勧めようかと思ったが、それはほんの一瞬にすぎなかった。彼らの警備上の偽装を危険にさらすことは、もっとも避けねばならなかった。

ちょうどピットが服を着て手早く朝食をすませたおりに、格納庫の二つの穴を修復する材料を積んだ一台のトラックが、外の路上に止まった。標識のまったくないバンが一台、トラックの後ろに停止すると、繫《つな》ぎ姿の女が数人現れた。警備員たちは姿を見せなかったが、彼らが状況をばっちり観察していることがピットには分っていた。作業員の一人が、ピットに近づいた。

「ピットさんですね？」

「そうだが」

「われわれは中へ入って修復をし、残骸《ざんがい》の後片づけをすませたら、できるだけ早く失礼します」

ピットは作業員たちが降ろしはじめた格納庫の側壁にほぼマッチする、古びて錆《さ》びついた波型鉄板を見て感心した。「どこで見つけ出したのだろう？」彼は指差して訊《き》いた。

「驚かれるかも知れませんが、政府は古い建物の材料の状況をきっちり押さえています」現場主任が答えた。「ごらんの代物《しろもの》は、キャピタルハイツのある古い倉庫の屋根を剝《は》がしたものです」

「われわれの政府は、思いのほか手際《てぎわ》がいいんだ」

ピットが仕事を彼らに任せて、NUMAの青緑色に塗り上げられたジープ、チェロキーのハンドルの向かいに滑りこもうとしていると、黒いスプリットウィンドーのスティンググレー・コーベットが路上に止まった。ジョルディーノが助手席から身を乗り出して声をかけた。「乗って行かんか？」

ピットは車のほうに軽く走って行って乗りこむと、脚をたたんでレザーシートに腰を落ち着けた。「立ち寄るって、君は言わなかったぞ」

「君と同じ場所に、八時に出席しろと命じられた。それで、一緒に乗っていくのも良かろうと思ったんだ」

「君はいいやつだよ、アル」ピットは陽気に言った。「世間が君のことをどう言おうと、おれは気にしないぜ」

ジョルディーノはコーベットをウィスコンシン通りから、海軍観測所（訳注 米国の公認標準時を決定する施設）に近いグローバー公園内の住宅街の狭い通りへ乗り入れた。その通りはワンブロックの長さしかなく、一世紀もへた楡《にれ》が木陰を作っていた。高い生垣の奥に建物が一軒あるだけで、そのブロックは人気がない。車は一台も止まっていないし、歩道を散策している人もいない。

「曲がり角を間違えちゃいないだろうな？」ジョルディーノは訊いた。

ピットはフロントガラス越しに前方を見て指差した。「この通りでいいんだ。それに見当たる家はあれしかないから、きっとここだ」

ジョルディーノは二番目の入口から円形の車寄せに乗ったが、正面玄関の屋根の下では止まらずに、まっすぐ走りつづけて建物の裏へ回った。ピットが三階建ての煉瓦《れんが》の建物を観察している間に、ジョルディーノは別棟になっている裏手の車庫へ車を向けた。

邸《やしき》は南北戦争の何年か後に、大物で資産家でもある人物のために建てられたような趣を備えていた。敷地と邸の維持管理は万全のように見うけられたが、住人たちが長旅に出ているかのように、カーテンはぜんぶ閉められてあった。

コーベットは両開きドアが開いたので、車庫に入っていった。中は空っぽで、庭仕事の用具類と一台の芝刈り機が散らばっているだけで、作業台はこの何十年か使われた気配がなかった。ジョルディーノはイグニッションを切り、シフトレバーをパーキングに入れると、ピットのほうを向いた。

「さて、この先どうなるんだね？」

その時、左右のドアが自動的に閉まったので答えは出た。数秒後には、車は格納庫の床をゆっくりすり抜けて、エレベーターで降下しはじめた。辛うじて耳に伝わるうなりを除くと、音はまったくしていない。ピットが降下率と距離を割り出そうとしているうちに、あたりはしだいに暗くなった。三〇メートル近く潜ったと見当をつけた時点で、エレベーターは静かに止まった。整然と明かりが射《さ》しこみ、数台の車を収容しているかなり大きなコンクリートの駐車場に彼らはいた。ジョルディーノはコーベットを、左右のフロントドアにNUMAと書きこまれた青緑色のジープ、チェロキーと一台のクライスラー・リムジンとのあいだの空いている区画に入れた。そのジープがサンデッカー提督の乗用車であることを、二人は知っていた。NUMAの移動用車両は、最悪の気象条件の中でも走れるように、すべて郊外向きの四輪駆動にすべきだと彼は主張して押し切ってしまったのだった。

海兵隊員の衛兵が一名、金属製の戸口に立っていた。「ここなら車は安全のようだが」ジョルディーノは冗談めかした口調で言った。「やはりロックすべきかな？」

「なんとなくそんな感じがする」とピットは答えた。「もっとも無駄なような気もするが」

二人は車を下りて、制服姿の衛兵のほうへ歩いて行った。彼の袖章《そでしょう》には曹長の三本縞が入っていた。彼はうなずき、言葉を掛けた。「ダーク・ピットとアル・ジョルディーノですね。あなたたちが最後ですよ」

「われわれの身分証を見なくてもいいのか？」ジョルディーノが訊いた。

衛兵は微笑《ほほえ》んだ。「みなさんの写真は、じっくり拝見しました。どちらがどちらか分っています、ジョー・ペシとクリント・イーストウッドを見比べるようなものですから。あなたたちの場合、見分けるのは難しくない」

衛兵が脇《わき》のボタンを押すとドアが左右に開き、金属製の別のドアに通じる短い廊下が現れた。「内側のドアの前まで行ったら、少しの間じっと立っていてください、向こう側にいる衛兵が警備カメラであなたたちの身分を確認しますので」

「彼は君の判断を信用していないんだ？」ジョルディーノは訊いた。

衛兵は笑顔をまったく見せなかった。「念のため」彼は手短に答えた。

「やり過ぎじゃないか、この警備態勢は？」ジョルディーノはつぶやいた。「状況説明会をするなら、タコベル（訳注 タコスのチェーン店）のブースを二つ予約するほうがよほど簡単だろうに」

「お役人は秘密主義に凝り固まっているから」ピットが応じた。

「少なくとも、エンチラーダにありつけたろうに」

彼らはドアを通って、絨毯《じゅうたん》をしきつめた広い部屋へ入っていった。周囲の壁面はドレープで覆われ、音を和らげていた。長さ六メートル見当のインゲンマメ型の会議用テーブルが、部屋の中央を占めている。大きなスクリーンが、奥の壁面全体を覆っている。照明は感じが良く、目に優しい。数人の男性と一人の女性が、すでにテーブルを囲んで座っていた。ピットとジョルディーノが近づいて行っても、誰一人立ちあがらなかった。

「君たち、遅いぞ」そう切り出したのは、ＮＵＭＡの長官ジェームズ・サンデッカー提督だった。彼は小柄なスポーツマンで、燃えるような赤毛にヴァン・ダイク髭《ひげ》を蓄えており、その威圧的な青い目はなにものも見逃さない。サンデッカーは木の上で片目を開けて眠っている豹《ひょう》なみに抜け目がない——遅かれ早かれ、餌食《えじき》が現れるのを知りぬいている。彼は短気で癇癪《かんしゃく》持ちだったが、まるで思いやりのある独裁者のようにＮＵＭＡを運営していた。今度は身振りで、左隣に座っている男を示した。

「君たち二人は、ケン・ヘルムを知らないだろう、FBIの特別捜査官だ」

灰色の髪をした、誂《あつら》えの背広を着こみ、読書眼鏡越しに物静かなハシバミ色の目で探るように見つめる男が、椅子《いす》から半ば腰を浮かして手をさしのべた。「ミスター・ピット、ミスター・ジョルディーノ、お二人のお噂《うわさ》はかねてよりよく伺っております」

要するに、われわれのファイルに目を通しているというわけだ、とピットは胸のうちで思った。

サンデッカーは右手の男のほうを向いた。「ロン・リトル。ロンはCIAで格好いい肩書きをもらっているが、君らに知る術《すべ》はない」

副長官という肩書きが、リトルを紹介されたとたんにピットの頭に浮かんだ。

相手はしわ深い顔に収まったコリーブラウンの目でこっちを見つめた——敬虔《けいけん》な中年男で、その顔には体験が刻みこまれていた。彼はあっさりうなずいた。「よろしく」

「ほかの方たちは知っているな」サンデッカーはテーブルの下手に向かってうなずきながら言った。

ルディ・ガンはメモを取るのに忙殺されていて、顔を上げさえしなかった。ピットは近づくと、ドロシー・オコンネルの肩に手を載せ、柔らかく言った。「思いのほか早く」

「尊敬しちゃうわ、約束を守る男性を」彼女はテーブルを囲んで凝視している男どもを無視して、ピットの手を軽く何度も叩《たた》いた。「わたしの隣に座って。政府筋のお偉い役人ばかりなので、気後れがしているの」

「ご安心ください、オコンネル博士」サンデッカーが言った。「美しい髪に一筋の乱れもなく、この部屋を立ち去れますから」

ピットは椅子を引きだし、ドロシーの隣に滑りこませ、ジョルディーノはガンの隣の席についた。「アルとわたしが、なにか聞き漏らしたことがありますか？」とピットが確認した。

「オコンネル博士が例の頭骨と地下室について、一通り説明をしてくれた」とサンデッカーが知らせた。「続いてケン・ヘルムが、テリュライドから飛行機で搬入された死体に関する法医学的な検査の当面の結果について、これから報告をしようとしていたところだ」

「さほどお知らせする事はありません」ヘルムはゆっくり話した。「彼らの歯から、決定的な身元の確認は難しくなりました。予備的な検査によれば、彼らの歯の治療を行なったのは南米の歯科医です」

ピットは疑わしげな顔をした。「そちらの関係者は、国ごとの歯科治療技術の違いを見分けられるのですか？」

「歯科のカルテによる身元確認が専門の優秀な司法病理学者なら、おうおうにして窩洞《かどう》が充填《じゅうてん》された都市を言い当てられます」

「すると、あの連中は異国人《よそもの》だったのだ」ジョルディーノが感じを口にした。

「やつらの英語がいささか妙だと思ったよ」ピットが言った。

ヘルムが読書眼鏡越しに見つめた。「気づきましたか？」

「あまりに完璧《かんぺき》なんです、アメリカ訛《なまり》がなくて。もっとも彼らのうち二人は、ニューイングランド流の鼻声で話していました」

リトルは黄色い規格サイズのノートパッドに、走り書きをしていた。「ミスター・ピット、コマンダー・ガンから知らされたのですが、あなたがテリュライドで捕らえた殺し屋たちは、第四帝国の一員だと名乗ったそうですね」

「連中は、組織を新摂理と呼んでいました」

「あなたやコマンダー・ガンがすでに推測しているように、第四帝国はサード・ライヒの後継である可能性がある」

「何事もありうる」

ジョルディーノは大きな葉巻を胸のポケットから取り出すと火をつけずに口にくわえて転がした。テーブルの周りの煙草《たばこ》をやらない人たちに気を使っているのだ。サンデッカーはその葉巻に自分専用のラベルを認めると、殺意をはらんだ眼差《まなざ》しを彼に投げつけた。「わたしは頭が悪くて」ジョルディーノはへりくだった口調で言った。その謙虚なやり口は見せ掛けだった。ジョルディーノは空軍士官学校の同期生のうちでは三番の成績だった。「なんとしてもわたしには理解出来ないんです、世界中に殺し屋のエリート軍団を配備している組織が、世界で最も優れているいくつかの情報機関に、その正体や目的をなぜ見破られずに活動をやってのけられるのか」

「わたしが真っ先に認めますが、動きようがないのです」FBIのヘルムは正直に認めた。「ご承知の通り、動機なき犯罪はもっとも解決が難しい」

リトルはうなずいて同意を表した。「あなたたちがテリュライドでこの連中と対決するまで、彼らと接触した者はすべて命を落としてしまい、事件について語ることが出来なかった」

「ダークとオコンネル博士のおかげで」とガンが発言した。「われわれは今や、追いつめる手掛かりを得た」

「二、三本の焦《こ》げた歯では、手掛かりとしてはさほど頼りにはならん」サンデッカーが意見を述べた

「おっしゃる通りです」ヘルムは同意した。「しかし、パンドラ鉱山内部のあの部屋にまつわる謎《なぞ》が現存する。連中があした過激な手段に訴えてまで、科学者たちが碑文を研究するのを阻止し、なんの罪科もない人たちを殺害し、逮捕されると自殺をするからには――ええ、彼らにはやむにやまれぬ動機があるはずです」

「例の碑文だ」ピットが発言した。「あれに秘められた意味を隠蔽《いんぺい》するために、ああま

で手をつくすのはなぜか？」

「連中はとうてい結果に大喜びしてはいられない」とガンが発言した。「彼らは殺し屋六人を失い、碑文の写真確保に失敗した」

「考古学上のありふれた発見が、こんなに大勢の人命を犠牲にしたとは不可解だ」サンデッカーが無表情に言った。

「断然ありふれた発見などではありません」ドロシーはすかさず反論した。「もしも昔の硬岩鉱夫の作り上げた偽物《にせもの》でないとすると、あれは考古学上の世紀の発見となる可能性がすこぶる高い」

「記号を多少は解読できたの？」とピットは訊いた。

「わたしのノートをざっと検討したところでは、あの記号がアルファベットであることははっきりしました。要するに、単音を表わしている記述です。例えば、わたしたちのアルファベットは、二六の記号を用いています。あの部屋の記号は、三二音からなるアルファベットを示唆《しさ》しており、一〇音は数字を表わしており、それをわたしは大変高度な数学の体系に置きかえることがなんとかできました。どういう人たちかはともかく彼らはゼロを発見し、現代人と同じようにさまざまな記号を使って計算をしていた。あの記号をコンピューターにプログラムし、そのうえでの全体の研究をまだしていないので、いまのところほかに申しあげられることはありません」

「あなたはごくわずかな資料で、こんな短時間に、すこぶる成果をあげられたようにわたしには思える」ヘルムは彼女を誉《ほ》めた。

「わたしたちは問題の碑文を解読できる、と確信しています。エジプト語、中国語、あるいはクレタ語のような、複雑な文節記述法とは異なり、この言語はまだ解読されていませんが、その特徴は簡明さにあるようです」

「例の部屋で発見された黒曜石の頭骨が、碑文解読の一つのリンクになるとあなたはお考えですか？」とガンは訊《き》いた。

ドロシーは首を振った。「まだ予測しかねます。メキシコやチベットで見つかった水晶の頭骨のように、宗教的な目的を持っていた可能性もあります。一部の人たちは――一言言いそえるなら、定評のある考古学者ではありませんが――ああした水晶の頭骨は一三個で一組になっていて、振動を記録してホログラフィック像を結ぶことができたと考えています」

「あなたはそれを信じているのですか？」リトルが真顔で訊いた。

ドロシーは声を立てて笑った。「いいえ、わたしはかなりの現実主義者でして。大胆な説を唱えるより、まずゆるぎない証拠を求めるほうなんです」

リトルは考えこむように彼女を見つめた。「あなたのお考えでは、黒曜石の頭骨は――」

「複数です」ピットは修正した。

ドロシーはいぶかしげに彼を見た。「いつから二つ以上になったの？」

「昨日の午後から。親友のサン・ジュリアン・パールマターのおかげで、わたしはもう一つ手に入れた」

サンデッカーがまじまじと彼を見つめた。「それは今どこにあるんだ？」

「テリュライド頭骨と一緒に、分析してもらうためにNUMAの化学研究室に持ちこまれています。黒曜石が従来の方式で時代測定できないのは明らかですが、計器を使った研究によって、あれを創《つく》りだした者たちに関してなにか分るかもしれません」

「出所をご存知なの？」ドロシーが好奇心に駆られて訊いた。

ピットは退屈な細部を省いて、頭骨が南極の遺棄船マドラス号の内部からパロヴェルデ号の乗組員によって発見された事情を簡潔に話した。つぎに、クリスチーン・メンダー――ハステッドとの面談について語り、自分の祖先が残した航海日誌に対してパールマターから提示されていた譲渡価格を受け入れたうえで、彼女が快く頭骨を彼に寄贈してくれた経緯を伝えた。

「その夫人は、マドラス号の乗組員や乗客が頭骨を発見した場所に触れましたか？」

ピットは答える前に間を取って、テーブルの周りの彼女やほかの者たちをじらした。

やがて彼は答えた。「航海日誌によれば、マドラス号はボンベイを発《た》ってリバプールへ向かったが、激しいハリケーンに襲われ――」

「サイクロン」サンデッカーは講釈した。「船乗りがハリケーンと呼ぶ代物《しろもの》は、大西洋と東太平洋で起こるものに限られている。台風は西太平洋、サイクロンはインド洋に限定されている」

「ごもっとも」ピットは溜息《ためいき》まじりに応じた。海にまつわる無尽蔵のこまごまとした知識を、サンデッカー提督はひけらかすのが好きだった。「話が途中になりましたが、マドラス号は二週間近くも続いた猛烈な嵐《あらし》と大時化《しけ》に遭遇した。船は叩きのめされて、針路よりはるか南へ押しやられた。風や波がやっと静まったときには、水樽《みずだる》は破損しており、飲み水の大半は失われていた。そこで船長は海図に当たって調べ、インド洋南の亜南極にある不毛の無人の列島に停泊する決断をした。今日、クローゼー諸島として知られるその島々は、フランスの小さな海外領土となっている。船長はサンポールと呼ばれる、火山が中央に聳《そび》え立っているすこぶる険しい島に錨《いかり》を下ろした。乗組員が水樽の修理をし、小川の水を汲《く》んで溜めはじめるいっぽう、乗客の一人で、一〇年にわたるインド勤務を終えて、妻と二人の娘を伴って帰国の途にあったイギリス陸軍のある大佐は、ちょっと狩猟に出かけることにした。

この島で実際にありつける獲物は、ゾウアザラシとペンギンに限られていたのだが、大佐は知識を欠いていたために、四足の獲物がうようよしているように思いこんでいた。

火山を三〇メートル近く登った彼とその友人たちは、歳《とし》ふりて平らに磨《す》り減った石の歩道に出くわした。道を追っていくと、一行は岩盤に刻みこまれたアーチ型開口部の前へ出た。中へ入っていくと、道は山中の深部へ下っていた」

「その入口は、以後に発見され踏査されたのだろうか」ガンが訊いた。

「あり得る」ピットは認めた。「ハイアラム・イエーガーが調べてくれたのだが、一九七八年から一九九七年にかけて、オーストラリアが無人の測候所を設置し、衛星によってモニターしていたのを除くと、あの島は完全に無人だった。かりに気象局員が山中になにか見つけたとしても、まったく言及されていない。記録は純然たる気象情報のみだが」

リトルは話に引きこまれて、テーブルに身を乗り出した。「それでどうなった？」

「大佐はパーティーの一員を船に引き返させ、カンテラを持ってこさせた。そこではじめて、彼らは内部へ入りこんで行った。通路は岩盤を滑らかに切りぬいて作ってあり、およそ三〇メートル下へ斜行して、異様な古めかしい感じの何十もの彫像の収まった狭い部屋で行き止まりになっていた。さらに彼らは、その部屋の周囲の壁面や天井に刻まれた解読不能の碑文について述べている」

「彼らは碑文を記録したのかしら？」とドロシーが訊いた。

「船長の航海日誌に、記号はいっさい記入されていない」ピットは答えた。「唯一《ゆいいつ》、部屋の入口へ至る稚拙な線画があるだけです」

「で、人工遺物は？」サンデッカーは探りを入れた。

「依然としてマドラス号に収納されています」ピットは説明した。「ロクサーナ・メンダー、捕鯨船の船長の奥さんは、自分の日記の中で遺物について簡単に触れています。一つは銅製の壺《つぼ》だと断定している。ほかの品は彼女がいまだかつて見たことのない動物たちの、ブロンズと陶製の彫像だった。海難法に基づいて、彼女の夫と乗組員はマドラス号の価値のある物を全部運び出そうとしたが、浮氷原が裂けはじめたので、捕鯨船へ急ぎ帰ることを余儀なくされた。黒曜石の頭骨だけ持ちさった」

「もう一つ部屋があったのねえ、人工遺物を収めた部屋が」ドロシーは会議室の彼方《かなた》になにかが写ってでもいるように目を見据えて言った。「世界中には、ほかにいくつぐらい潜んでいるのか気になるわ」

サンデッカーは自分の巨大な葉巻を齧《かじ》っている小柄なイタリア人に、刺すような眼差しを向けた。「われわれの為《な》すべき任務は、明白なようだ」彼はジョルディーノから目を逸《そ》らし、ガンに視線を注いだ。「ルディ、出来るだけすみやかに遠征隊を二つ編成してくれ。一つは南極において、パロヴェルデ号の探索に当たる。第二隊はサンポール島で、マドラス号の乗客たちが発見した部屋を確認する。問題の海域に最寄りの調査船なら、どれを起用してもいい」提督は長いテーブルのずっと下手にいる男たちのほうを向いた。「ダーク、君は遺棄船捜索の指揮を取れ。アル、君はサンポール島を担当しろ」ジョルディーノはだらりと椅子《いす》に座っていた。「われわれの残忍な下らん友人連中が、どっちの場所にも先回りしていない事を望むばかりだ」

「着いてみれば、すぐ分るさ」ガンがまともな顔をして言った。

「その間に」ヘルムが発言した。「わたしは二名の捜査官に国内を徹底的に洗わせて、殺し屋たちを雇った組織に繋《つな》がる手掛かりを追う」

「ぜひ申しあげておきます、提督」リトルは真剣な口調で言った。「本件はCIAにとっては、優先任務ではありません。しかし、わたしなりに情報収集に当たるつもりです。部下たちには、考古学調査隊を募ったり資金提供をしている、合衆国以外にある国際的シンディケートに的を絞らせます。われわれは同時に、殺人が伴っているあらゆる発見についても調査するつもりです。みなさんが提示した、ネオナチ体制を示唆する新しい証言は、掛け替えのない働きをするように思われる」

「最後になりましたが、どなたに劣らず重要な、同席してくださっている美しいご婦人を紹介いたします」とサンデッカーは伝えた。彼は引きたててやっているわけではなかった。これがたいていの女性に対する、彼の口の利き方だった。

ドロシーは男性全員が自分に目を向けているのに気づき、自信ありげに微笑《ほほえ》んだ。

「わたしの任務は、当然ながら、碑文の解読に努めることです」

「殺し屋たちが撮った写真は、もう現像されているはずです」ガンが知らせた。

「仕事場が必要なんですが」彼女は考えこみながら言った。「現在のわたしは潜伏中の身なので、ペンシルヴェニア大学の自分の研究室へ入っていって、分析プログラムに取り組むわけにいかないものですから」

サンデッカーは微笑んだ。「ロン、ケン、それにわたし自身は、世界でもたぶん最も精巧なデータ処理施設と専門家たちを擁する三つの設備を支配下においている。お好きなところを選んでください」

「提案します、提督」ピットは公正さなど意に介せずに言った。「NUMAが問題の部屋やその収容物にずっと関与しているので、オコンネル博士はハイアラム・イェーガーとわれわれのコンピューター施設で研究をするほうが、効率が上がるように思われます」

サンデッカーは油断のならぬピットがどんな思惑を巡らしているのか、なにか手掛かりはないか探った。なにも見当たらないので、彼は肩をすくめた。「あなた次第です、博士」

「ピットさんの仰《おっしゃ》る通りだと思います。NUMAと緊密に組んで研究をすれば、両方の遠征隊と緊密に連絡が取れますし」

「あなたのよろしいように。イェーガーとマックスを、ご自由にお使いいただけるように命じておきます」

「マックス？」

「イェーガーの最新式玩具《おもちゃ》」ピットが答えた。「人工頭脳を持つコンピューターシステムで、可視ホログラフィック像を送り出す」

ドロシーは一つ大きく息を吸いこんだ。「この先、そうした珍しい技術的なあらゆる助力が、わたしにはきっと必要になるはずです」

「案ずるには及びませんよ」ジョルディーノがユーモラスな突き放した口調で応じた。「仮に碑文が古代のものだと証明されたところで、往々にして大昔のレシピの本に過ぎない場合がありうるから」

「なんのレシピ？」ヘルムが訊《たず》ねた。

「ヤギです」ジョルディーノはむっつり答えた。「ヤギの無数の料理法」

14

「ちょっとお尋ねしますが、ハイアラム・イェーガーさんですか?」熱意にかられて、ドロシーはNUMA本部の一〇階全部を占めている広いコンピューター・ネットワークの間を縫って歩いて行った。ペンシルヴェニア大学のコンピューターの達人たちが畏敬《いけい》をこめて、国立海中海洋機関の大洋に関するデータセンターのことを話しているのを彼女は耳にしていた。同センターが処理し記憶させた海洋学にまつわる膨大なデジタルデータが、他に類を見ない最大の集積量であることは、揺るぎない事実だった。

馬蹄形《ばていけい》のコンソールに向かって座っている薄汚れた感じの男は、メタルフレームの眼鏡を下ろすと自分の聖域の戸口に立っている女性を見つめた。「イェーガーです。あなたはオコンネル博士ですね。今朝お見えになるぞ、と提督が言っておりました」

眼前の如実《にょじつ》に示されている信じがたいほどの情報収集力を産みだした知恵者は、彼女が思い描いていた姿とは大きくかけ離れていた。なんとなくドロシーはイェーガーを、ビル・ゲイツとアルバート・アインシュタインを足して二で割ったような感じだろうと想像していた。彼はどちらにも似ていなかった。リーバイスのパンツをはき、純白のTシャツにジャケットを重ねている。脚はカウボーイブーツに収まっているが、ロデオ大会の投げ縄競技でなんどとなく痛めつけられたような代物《しろもの》だった。髪はダークグレイで、ポニーテイルに結わえてある。顔は童顔で、髭《ひげ》はきれいに剃《そ》ってあり、鼻は細く、目はグレイ。

イェーガーがメリーランドの高級住宅街に住み、売れっ子の動物画家と結婚していて、高級な私立学校に通う一〇代の娘二人の父親であることを知ったら、またまた驚いたに違いない。彼の唯一《ゆいいつ》の趣味は、時代遅れになった古いコンピューターの収集と修復だった。

「ご迷惑でなければよいのですが？」とドロシーは言った。

「エレベーターの乗り場で係の者に出迎えられて、わたしの領域まで案内されたのではないのですか？」

「いいえ、うろつき回っているうちに、おめでたいディルバートとは毛色の違う方が目に止まったので」

イェーガーは、スコット・アダムズの漫画のファンだったので、声を出して笑った。

「お褒めの言葉と受け取るべきなんでしょうね。迎えもやらず案内もさせず、大変失礼しました」

「お気遣いは無用です。自分勝手に拝見して回ったのですから。あなたのデータ帝国は、なんとも規模が壮大ですね。確かに、わたしが大学で使っていた設備など、遠く及ばないわ」

「コーヒーはいかがです？」

「いえ、せっかくですが、結構です」とドロシーは応じた。「仕事に掛かりましょうか？」

「あなたのよろしいように」イェーガーは丁寧に答えた。

「問題の部屋を収めた写真をお持ちですか？」

「写真処理室が昨夜、写真を上のここまで届けてくれた。わたしは遅くまで残業をしてそれらをスキャンし、記録をマックスに送りこみました」

「ダークからマックスのことは聞いています。稼動《かどう》している彼を早く見たいわ」

イェーガーは椅子《いす》を一つ自分の椅子の隣に引き寄せたが、ドロシーにすぐには勧めなかった。「コンソールを回って、わたしたちの真正面にある開けた壇の真中に立ってくれたら、マックス独特の能力をお目にかけます」

ドロシーは壇へ歩いていって中央に立つと、イェーガーを見つめ返した。見つめていると、コンピューターの天才はぼやけ始めたようで、やがてまったく姿を消してしまい、彼女はある種の漠然とした囲いに取り巻かれてしまった、と思いこんだ。そのうちに、周囲の側壁や天井は明確さを増し、ふと気づくと彼女は問題の部屋の完全なレプリカの中に立ち尽くしていた。これはホログラフィック映像だと自分に言い聞かせねばならないほど、実に真に迫っていた。碑文が側壁にきわめて明確に映し出されるにしたがって、ひとしおその感が強くなった。

「見事だわ」彼女はつぶやいた。

「マックスは写真に写っている総《すべ》ての記号を記憶装置にプログラムし終わりましたし、小型の映画スクリーン・サイズのモニターも持っていますが、碑文の配列を本来の状況下で読むほうが、あなたのお役に立つのではないかと思ったものですから」

「ええ、そうですとも」ドロシーは興奮を募らせながら答えた。「ひと連なりの文章を一気に検討できるので、とても助かります。ありがとう、それにマックスにも」

「戻ってきて、マックスに会ってやってください」イェーガーの声が、幻影の部屋の背後から聞こえた。「それから、仕事に掛かりましょう」

ドロシーは危うく言いかけた。〝無理だわ〟と。それほど部屋は真に迫っていた。しかし彼女は、いわば亡霊さながらに側壁を通りぬけて幻影を打ち破り、コンソールと向かい合っているイェーガーの許《もと》に戻った。

「マックス」とイェーガーは声をかけた。「ドロシー・オコンネル博士にご挨拶《あいさつ》を」

「はじめまして」柔らかい女性の声がした。

ドロシーは訝《いぶか》しげにイェーガーを見つめた。「マックスは女性なのね」

「最初のプログラムでは、自分の声を記憶させました。しかしその後、何度も変更を加えましたし、男の声より女性の声を聞くほうがましだと決めたんです」

「彼女は音声作動式なのね？」

イェーガーは微笑《ほほえ》んだ。「マックスは人工頭脳システムです。押すボタンは一つもありません。ふつうの人に話すように、気楽に彼女と話してください」

ドロシーはあたりを見まわした。「マイクはあるのかしら？」

「六つ、しかし小さいので目には見えません。六メートル以内なら、どこに立っても結構です」

心許なげに、ドロシーは声をかけた。「マックス？」

壇のすぐ奥の大きなモニターに、女性の顔が浮かびあがった。彼女の色彩は鮮やかで、その目はまじまじとドロシーを見つめた。色はトパーズブラウンで、髪は艶《つや》のあるとび色。唇をほころばせて微笑んでおり、粒の揃《そろ》った白い歯が覗《のぞ》いている。肩は胸のいちばん上のラインまで出してあり、胸のトップはモニターの下辺ぎりぎりに映し出されていた。「もしもし、オコンネル博士。お目に掛かれて嬉《うれ》しいわ」

「ドロシーと呼んで」

「これからはそうさせてもらいます」

「美人ね」ドロシーは感心して言った。

「ありがとう」イェーガーは微笑んだ。「本名はエルシーで、彼女はわたしの妻です」

「仕事仲間とは、うまく行っていますか？」ドロシーは冗談めかして訊《き》いた。

「たいていは。しかし、気配りを怠ると、彼女は本物に劣らず怒りっぽく不機嫌《ふきげん》になる」

「さあ、始めるわよ」ドロシーは息を潜めてつぶやいた。「マックス、あなたのシステムに送りこまれた記号の分析はすんだの？」

「すみました」マックスは人間のものとしか思われない口調で答えた。

「記号のどれかを解読し、英語のアルファベットに置きかえられますか？」

「表面を引っ搔《か》いたに過ぎませんが、成果はありました。問題の部屋の天井に記された碑文は、星座表のようです」

「説明したまえ」イェーガーは命じた。

「わたしが見るところでは、あれは天空の物体の位置を割り出すために天文学で使われた、高度な座標系です。世界の特定の地域で、過去長年にわたって大空に目撃された星々の偏差の変化を示唆《しさ》しているのではないかと思われます」

「地球の自転に伴う偏向のために、時間が経過するうちに星が位置を変えたように見える、と仰《おっしゃ》っているのね」

「そうです、科学用語では歳差《さいさ》運動と章動（訳注　地球自転軸の周期的微動）と言います」マックスは講義した。「地球は自転のせいで赤道一帯が膨張しているうえ、太陽と月の重力は赤道一帯で最大なので、地球の自転軸にわずかながら揺れが生ずる。重力がもたらすのと同じ現象を、回転している独楽《こま》でご覧になったことがあるはずです。これを歳差運動といい、地球は二万五八〇〇年毎《ごと》に宇宙に円錐形《えんすいけい》を描く。章動、すなわち揺れは、小さいが不規則な動きで、天の極を一八・六年毎に滑らかな歳差運動円から一〇秒分遠ざける」

「それが遠い未来に、いつか起こることを知っています」とドロシーは応じた。ポラリスはいずれ北極星ではなくなる」

「おっしゃる通り」マックスは同意した。「ポラリスが遠ざかる間に、別の星がおよそ三四五年後には北極星の位置に収まる。キリスト生誕の一〇〇〇年前に、春分点――失礼ですが、春分点はご存知でしょうか？」

「ジュニアカレッジの天文学の授業を憶《おぼ》えているとすると」ドロシーは答えた。「春分点とは、太陽が春分に南から北へ天の赤道を横切る位置で、赤道から計測した角距離（角度差）の基準方向となっている」

「お見事」マックスは誉《ほ》めた。「クラス中を寝かしつけてしまう、大学教授なみの話しっぷりだったわ。それはともかく、キリスト以前に、春分点は牡羊《おひつじ》座を通り抜けた。歳差運動のために、いまや春分点は魚座にあり、水瓶《みずがめ》座に向かって進行中です」

「あなたはこう仰っているのでしょう」ドロシーは胸中の昂《たか》ぶりが募るのを感じながら言った。「あの部屋の天井にある星に似た記号は、過去の星座表の座標を表わしていると」

「そのように、わたしは解釈しました」マックスは平然と答えた。

「古代人たちはそのような正確な予測を行なうだけの、科学的知識を持ち合わせていたのかしら？」

「あの部屋の天井に天体図を刻んだ人たちは、わずか二、三〇〇年前の天文学者たちより勝っていたことを、わたしは確認中です。銀河は固定しているが、太陽、月、惑星は自転することを正しくはじき出している。天体図は冥王星《めいおうせい》を含む惑星の軌道を示していますが、あの星は前世紀に発見されたばかりなのです。彼らはベテルギウス、シリウス、それにプロキオン星は永遠に同じ場所に留まるが、他の星座は数千年のうちに感知できない程度ではあるが移動することを発見している。本当に、この古代の人たちはこと天文学には通じていた」

ドロシーはイェーガーを見つめた。「仮にマックスが、問題の部屋が作られたさいに刻みこまれた星座を解読できるなら、建造日時を確定できる可能性があるわ」

「やってみる価値はある」

「わたしはほんの一部だけど、記数法を解読しました」とドロシーは話した。「役に立つかしら、マックス？」

「ご心配など無用だったのに。記数法ならすでに解読済みです。単純明快で、大変独創的です。言葉を綴《つづ》っている碑文を、わたしのシステムで処理する折りが待ちどおしいわ」

「マックス？」

「はい、ハイアラム」

「星にまつわる記号の解読に専念して、アルファベット式碑文のほうは当分脇《わき》においておくといい」

「天体図の分析をして欲しいのね？」

「最善をつくしてくれ」

「五時まで待ってもらえますか？　それまでに、きっと手掛かりを摑《つか》めるはずです」

「好きなだけ使うさ」イェーガーは答えた。

「マックスは何ヶ月、いや何年も掛かって当然のプロジェクトに、ほんの数時間しか要求しないの？」ドロシーは信じかねて訊いた。

「マックスを軽視なさらないように」イェーガーは椅子をぐるっと回転させ、冷めたカップのコーヒーをすすりながら言った。「わたしはマックスを作り上げるために、働き盛りのこの数年の大半を投入してきました。この世界に、彼女のようなコンピューター・システムは二つとありません。五年後にも、時代遅れになる気遣いがないからではありません。そうではなく、差し当たり彼女にできないことはごくわずかだからです。彼女は唯一無二の存在であり、その全身全霊はわたしとNUMAに捧《ささ》げられている」

「パテントはどうなっているの？　ぜひあなたの権利を政府に登録すべきだわ」

「サンデッカー提督は並の官僚ではない。われわれは口頭契約を結んでいる。わたしは彼を信じているし、彼はわたしを信じてくれている。私企業なり政府関連のさまざまな機関に対するパテントの使用料や、われわれが蓄積した資料の貸出し料から上がる収益の五〇パーセントは、NUMAへ還元される。残る五〇パーセントはわたしに来る」

「確かに、あなたの上司は公正な方だわ。ほかの雇用者なら、ボーナスを出し、金時計を与え、肩を一つ叩《たた》いて、あなたが産んだ儲《もう》けを銀行に収めるのが落ちだけど」

「幸いなことにわたしは、公正な男たちに囲まれている」とイェーガーは真剣な口調で言った。「提督、ルディ・ガン、アル・ジョルディーノ、ダーク・ピット。彼らみんなを友人だと言えるのを、わたしは誇りに思っています」

「彼らとは長い知り合いなのね」

「ほぼ一五年になります。われわれは時には共に辛《つら》い思いもしましたし、海洋にまつわる数多くの謎《なぞ》を解いてもきました」

「マックスが戻ってくるのを待つ間に、側壁の記号の分析を始めませんか。記号が持っている意味の手掛かりを、見つけられるような気がするんですけど」

イェーガーはうなずいた。「ええ、やりましょう」

「部屋のホログラフィック像を再現できますか？」

「念じれば、願いはかなう」とイェーガーは言いながらキーボードに指示を打ちこむと、部屋の内壁の映像がまた現れた。

「未知のアルファベット体系を解読する最初の鍵《かぎ》は、子音を母音から分けることです。記号が観念なり物体を現わしている節は認められないので、記号はアルファベット体系（音素文字系）であり言語の音を記録していると仮定します」

「どうなっているんですかね、アルファベットの起源は？」イェーガーは訊いた。

「決定的な証拠は乏しいのですが、大半の碑銘研究者は紀元前一七〇〇年から一五〇〇年の間に、カナンとフェニキアで発明されたと信じていますし、北セム語族と呼んでいます。代表的な学者たちの意見は、むろん分かれています。ですが彼らも、さまざまな初期地中海文明は有史以前の幾何学的記号から遊離して、ある種のアルファベットの萌《きざ》しをもたらしたとする点では、合意しがちです。ずっと時代が下ってから、ギリシア人がそのアルファベットを採り入れ磨きをかけたので、わたしたちが今日書く文字と繋《つな》がりがある。その後に発展をもたらしたのはエトルリア人で、それを引き継いだローマ人は書き文字を作り上げるためにラテン語を大量に借用したし、後代の古典的ローマ文字は、最終的にはわたしやあなたが今日使っている二六文字のアルファベットになった」

「どこから始めます？」

「はじめからスタートしましょう」ドロシーはノートを参照しながら答えた。「あの部屋の碑文の記号に符合する古代の別の表記法に、わたしは思い当たりません。たがいに影響し合った形跡はないようで、これはきわめて異例です。ケルトオガム・アルファベットにほんの少しばかり似ているようですが、いっさいの類似はそれでおしまい」

「あぶなく忘れるところだった」イェーガーは、いちばん上にミニチュアのカメラが付いた、司令杖《しれいじょう》のような細い棒をドロシーにわたした。「マックスはすでに記号のコード化をすませました。計算の面でわたしの助力が必要な時はそのカメラを、あなたが検討したい碑文の記号とその連続に向けてください、わたしは解読プログラムの開発を行ないます」

「素晴らしいわ」ドロシーは自分のいつもの仕事に戻れるので心が弾んだ。「まず、異なる記号別にリストを作り、各記号が何度使われているか頻度をつきとめましょう。そうなれば、われわれはそれを単語に置きかえる作業に着手できる」

「ザやアンドのような」

「大半の古代筆記文字には、今日では当たり前とされている文字は含まれていません。それに、子音に取り組むまえに、母音を突きとめられるかどうか試してみたいわ」

彼らは午前中、休みなく働いた。正午に、イェーガーは使いをNUMAのカフェテリアへ行かせて、サンドイッチとソフトドリンクを取り寄せた。ドロシーのいらだちは募る一方だった。記号は頭に来るほど簡単に解読できそうなのに、五時になっても音素の配列をほとんどと言うよりまったく解きほぐせずにいた。

「記数法がいとも簡単に解けるのに、アルファベットがこんなに手を焼かせるのはなぜかしら？」彼女はいまいましげにつぶやいた。

「明日まで打ちきったらどうでしょう？」イェーガーは提案した。

「疲れてはいませんけど」

「わたしもそうです」彼は同意した。「ですが、新しい視点に立てる。あなたはどうか知りませんが、わたしが最高の解決策に出合うのはいつも真夜中です。それに、マックスは眠らずにすむ。夜間は、碑文に取り組ませます。朝までに、彼女はきっとなにか解読法を摑むはずです」

「とくに異論はありませんわ」

「切り上げるまえにマックスを呼び出して、星に関してなにか成果があったかどうか訊いてみます」

イェーガーの指は、キーボードの上を舞わずにすんだ。送信のボタンを押し、話しかけただけだった。「マックス、そこにいるのか？」

彼女の不機嫌な顔がモニターに映し出された。「あなたとオコンネル博士は、わたしを呼び出すのにひどく手間取ったけど、どうかしたの？　二時間近くも待っていたのよ」

「すまん、マックス」イェーガーはさほど気にとめる風もなく応じた。「忙しかったので」

「あなたはその問題に、数時間しか費やしていないのよ」ドロシーは素直に訊いた。「手掛かりを得たの？」

「手掛かりなんて、論外だわ」マックスは噛《か》みついた。「あなたたちの知りたいことを、きっちり説明してあげられるのに」

「その結論に至った経緯から、まず始めてもらおう」イェーガーは命じた。

「わたしが自分で星の運行を計算する気はない、とあなたは思ったでしょう？」

「あれは君のプロジェクトだよ」

「わたしの集積回路に緊張を強《し》いるには及ばないでしょう、計算をやってくれる別のコンピューターがあるのだから？」

「さあ、マックス、どんな発見をしたのか話してくれ」

「では、まず始めに、天球座標を突きとめるのには、複雑な幾何学的手順が必要でした。高度、方位角、赤経赤緯の決定にまつわる細部は、退屈を誘うだけなので省略します。

です。わたしの課題は、問題の部屋の岩盤に刻まれた座標が計測された場所を割り出すことです。わたしはどうにか、観測者たちが計測した本来の地点を、誤差数キロ以内で算出することが出来ました。それに、すこぶる長い、遥《はる》かな歳月にわたって、偏差の計測に用いた天体の位置も。オリオン座、すなわちハンターの雲状帯にある三つの星は、どれも移動する。オリオン座の踵《かかと》近くに位置するシリウス、狼星《おおかみぼし》は動かない。こうした資料を携えて、わたしは国立科学センター（ＮＳＣ）の測定天文学コンピューターに不法侵入した」

「恥を知れ、マックス」とイェーガーはたしなめた。「ほかのコンピューター・ネットワークに侵入したりしたら、このわたしが大きな面倒に引きずりこまれかねないんだぞ」

「ＮＳＣのコンピューターは、どうもわたしに好感を持っているようよ。わたしの問い合わせは消去する、と彼は約束してくれたもの」

「彼が約束を守ってくれるとよいが」イェーガーはぼやいた。それは芝居だった。イェーガーは許可されていない資料を求めて、外部のコンピューター・ネットワークに何度となく侵入していた。

「測定天文学は」マックスは平然と話を続けた。「ご存知ない場合にそなえて申しあげますが、天文学の最も古い分野の一つでして、天体の移動の確定を扱っています」マックスは話を中断した。「お分かりですね？」

「先へどうぞ」ドロシーは促した。

「NSCコンピューターに内蔵されている彼は、むろんわたしの水準には達してはいませんよ。しかし、彼にとってこれは基礎的なプログラムなので、わたしは上手に話を持ちかけて、問題の部屋が当時の天球座標をもとに建てられた時点での、シリウスとオリオン間の偏差をはじき出してもらった」

「部屋の時代を割り出したの？」ドロシーは息をひそめてつぶやいた。

「ええ」

「あの部屋は紛《まが》いものなのか？」イェーガーは答えを恐れるような口調で訊いた。

「あなたがもしやと気にしている、昔の硬岩鉱夫たちが一流の天文学者でない限り、あり得ませんね」

「お願い、マックス」ドロシーは泣きついた。「あの部屋が作られ、側壁に碑文が彫りつけられたのはいつなの？」

「お忘れなく、わたしの時代予測には一〇〇年の誤差がありますので」

「一〇〇年以上前のものなのね？」

「あなたは信じられますか」マックスは気を持たせてゆっくり知らせた。「九〇〇〇年と言う数字を？」

「なにを言っているの？」

「あの部屋はコロラドの岩盤から、紀元前七一〇〇年に刻み起こされた、とわたしは言っているんです」

15

ジョルディーノは専用機のティルトローター、ベル-ボーイング609を、朝の四時すぎに、南アフリカはケープタウン郊外のペルシャンブルーの空へまっすぐ上昇させた。二基のプロップローターを直角に立て、大きなプロペラで熱帯の空気を叩《たた》きながら、航空機はヘリコプターさながらに離陸して垂直に昇りつづけ、やがてティルトローター機は地上一五〇メートルの高度に達した。そこでジョルディーノは連動装置の制御を操作して、左右のプロップローターの位置を横向きに切り替え、航空機を水平飛行へ移行させた。

609型機は最大九名の乗客を収容できたが、今回の旅では一塊のサバイバルギアが床に縛りつけられているだけで、客席は空だった。いちばん近くにいるNUMAの調査船でもクローゼー諸島から一六〇〇キロ以上離れていたので、ジョルディーノはケープタウンで609をチャーターしたのだった。

ヘリコプターで三八〇〇キロを往復飛行するには、少なくとも四度も給油が必要だし、距離的に問題のない通常の多発機だと、火山島についても降着場所がない。609型ティルトローターなら、ヘリコプターが可能などんな場所にも降着できるので、今回の任務にはうってつけのように思われた。気まぐれな風次第だが、往復とも飛行には四時間平均掛かるはずだ。燃料は監視する必要がある。ジョルディーノの計算では、改造されたウイングタンクのオイルを合わせても、ケープタウンへ引き返す飛行時には、一時間半分の余裕しかなかった。その程度では心安らかに飛べる量ではないが、ジョルディーノは断じて安全至上主義者ではなかった。

三〇分後に、高度三六〇〇メートルに達したので、インド洋上で機体を南東へバンクさせ、燃費効率のもっともよい巡航速度にスロットルを設定し、対気速度計を見つめると指針は時速四八〇キロをわずかに下回っていた。こんどは、副操縦士の席に座っている小柄な男のほうを向いた。

「こんな向こう見ずの冒険に加わったことを多少なりと後悔していようと、断っておくが、いまさら考えなおしても遅すぎるぞ」

ルディ・ガンは微笑《ほほえ》んだ。「君と一緒に抜け出して、ワシントンで机に座っていないことを提督に見つけられたら、それだけでもうえらい目に遭わされるのは必至だ」

「六日も姿を消すんだぞ、どんな口実をもうけたんだね？」

「NUMAがデンマークの考古学者たちと行なっている、沈船調査プロジェクトをチェックするためにバルチック海へ飛んだ、と返事をしろとオフィスには指示してある」

「そんなプロジェクトがあるのかね？」

「むろんさ」とガンは答えた。「ある漁師が乗り上げた、ヴァイキングの一船団」

ジョルディーノは海図を二枚、ガンに渡した。「ほら、これで誘導できる」

「どれぐらいの大きさなんだ、サンポール島は？」

「およそ六・五平方キロ」

ガンは分厚い眼鏡越しにジョルディーノを見つめた。「祈るや切だ」落着きはらって言った。「アメリア・イヤハートやフレッド・ヌーナンの二の舞はご免だぜ」


飛び立ってから三時間、彼らは時速八キロの追い風を受けて燃費効率よく飛行を続けていた。インド洋はじょじょに消えさり、東から張出してきた雲海へ入っていくと、スコールと乱気流に見舞われた。ジョルディーノが機体を上昇させると、気流の穏やかな青空がまた広がっていて、眼下では刷毛《はけ》で掃いたような雲が荒海さながらにうねっていた。

ジョルディーノは変わった能力の持ち主で、眠りこんで一〇分も経《た》つとパッチリ目を覚まして計器を点検し、ガンの指示するどんな針路の変更もやってのけ、また眠りこむ。このプロセスをガンが数える気にもなれないほど彼は繰りかえすのだが、絶対に一分前後の狂いしかない。

実は、方向を誤ったり島を見失う恐れはなかった。ティルトローター機は最新式のGPS（全地球位置把握システム）を搭載していた。GPSの受信装置が一連の衛星までの距離を計測し、正確な緯度、経度、高度をはじき出し、そのデータを航空機のコンピューターにプログラムするので、ガンは針路、速度、時間、それに目的地までの距離を決定することが出来る。

ジョルディーノとは異なり、彼は不眠症だった。彼は同時に、ジョルディーノがしばしば評していたように――苦労性だった。ガンはタヒチの浜辺で、一本の椰子《やし》の木の下に横たわっていても、どうにも寛《くつろ》げないタイプだった。彼は島の航空写真を検討する合間に、絶えず腕時計の時間に当たり、現在地を確認した。

ジョルディーノが目をさまして計器板に目を走らせていると、ガンが彼の腕を軽く叩いた。「もう寝こむなよ。降下を開始してくれ。島は直進方向六四キロにある」

ジョルディーノは水筒の水で顔を撫《な》でこすると、操縦桿《そうじゅうかん》を二、三センチほど静かに前へ倒した。ゆっくり、専用ティルトローター機は降下をはじめ、雲海を通過中に乱気流にもまれた。なにも見えないので、時計の反対回りに振れる高度計の針を見つめるしかなかったのだが、彼は逆巻きながら風防の脇《わき》を通りすぎて行く白い霧に目を注いでいた。やがて、不意に、高度一五〇〇メートルで垂れこめた雲の下に出たとたんに、三時間ぶりにふたたび海が視野に入ってきた。

「見事なものだ、ルディ」ジョルディーノはほめた。「サンポール島はほぼ八キロ前方の、せいぜい右へ二度寄りにあるようだ。あんたの誘導はどんぴしゃりだ」

「右へ二度ね」ガンはぼやいた。「今度はぜひとも、もっと上手《うま》くやらなくちゃ」

乱気流を抜けてしまったので、翼端の震えは止まった。ジョルディーノがスロットルレバーを柔らかく手前へ引くと、エンジンの轟《とどろ》きがくぐもったうなりに弱まった。激しい雨はすでに小降りになってはいたが、まだ雨水が風防に筋を描いていた。ここではじめて彼はワイパーを作動させると、押し寄せる波の容赦ない攻勢から島を守っている、高くそびえ立つ断崖《だんがい》の上空へ機首を向けた。

「降着する場所を選び終わったか？」ジョルディーノは小さな島と、巨大な円錐《えんすい》さながらに海面から立ちあがっている感じの単一の山を見据えながら訊《き》いた。これといった海岸や、開けているような場所はまったくなかった。周囲三六〇度ぐるっと見渡すかぎり、急峻《きゅうしゅん》な岸壁ばかりだった。

ガンは望遠鏡を持ち上げて、両目に当てた。「この代物《しろもの》のあらゆる隅々まで調べ上げた結果、これまでお目に掛かった不動産では最悪の土地だと結論がすでに出ている。岩畳以外のなにものでもなく、砂利会社以外には不向きだ」

「はるばるやって来たのに、引き返すしかないなんて言わないでくれよ」ジョルディーノは恨めしげに応じた。

「着地できないなんて言っちゃいないぞ。この島全体で唯一《ゆいいつ》平らな場所が、山の西側斜面の付け根近くにある。せいぜい岩棚ぐらいにしか見えない、縦一五メートル、横三〇メートル見当だ」

ジョルディーノは怖気《おぞけ》を震って下を見た。「映画の中でだって、ヘリコプターを山の斜面に降着させたりしないぞ」

ガンは風防越しに指さした。「あそこだよ、君の左側。おれが思っていたほどひどい場所ではなさそうだ」

ジョルディーノの角度からだと、山の側面に見あたる平らな場所はたった一箇所しかなく、せいぜいピックアップトラックの荷台程度の広さしかないように思えた。左右の脚でラダーペダル（方向舵《ほうこうだ》）を巧みに操作するいっぽう、両手で操縦桿のハンドルを操作しながら、エレベーター（昇降舵）とエルロン（補助翼）で降下の角度と率を修正した。たとえ時速七キロあまりに過ぎないにしろ、逆風が吹いてくれているのがありがたかった。狭い降着地点に石ころが点在しているのが見えたが、いずれも航空機の下部構造を破損するほどの大きさはなさそうだった。片手を操縦桿から離し、プロップローターに連動しているレバーの操作をはじめ、ローターの位置を水平から垂直に切り替えると、航空機はヘリコプターなみのホバリングに移行した。大きな輪を描く二基のプロペラが、車輪の下に広がるじとつく雲の中へ、小石や塵《ちり》を逆巻きながら吹き飛ばしはじめた。ジョルディーノはいまや勘で飛んでいた。顔を下げ、片方の目は接近してくる地面に向け、もういっぽうの目は翼端の七メートル足らずに迫った山の垂直の側壁を見つめていた。やがて、低いどすんという音がしてタイヤが岩石に接触し、ティルトローター機は卵を抱く肥《ふと》ったガチョウさながらに座りこんだ。ジョルディーノは大きな溜息《ためいき》を一つ漏らすと、スロットルを手前に引きエンジンを切った。

「着いたぞ」彼は嬉《うれ》しげに言った。

ガンはフクロウのような顔をしわくちゃにして笑いを浮かべた。「ひょっとしたらなんて、迷いを覚えたのか？」

「こっちは山側だ。そっちは？」

降着の間ずっと、ガンは山の側壁に注意を集中しており、いまはじめて右側の窓から外を眺めた。彼の側のドアから一メートル二〇センチと離れていない先で、岩棚は急激に二四〇メートル近く落ちこんでいた。翼端は虚空《こくう》のはるか先まで突き出ていた。ジョルディーノのほうを振りかえった時には、彼の笑顔は消え顔面は蒼白《そうはく》だった。

「思ったほど広くないな」彼は消え入るような口調で言った。

ジョルディーノは安全用ハーネスを放り出した。「問題の部屋へたどりつくルートは、はじき出したのか？」

ガンは一枚の航空写真を持ち上げ、海岸を上った先にある小さな谷間を指差した。

「これ以外に、狩猟隊一行が島に入りこんで山頂まで行ける道はない。ピットが言っていたが、例の船の航海日誌によると、大佐とその一行は山の半ばまで登った。われわれは現にほぼその高さにある」

「どの方向だろう、渓谷は？」

「南だ。それに君のつぎの質問に答えておくと、われわれは山の西斜面にいる。いくらか運《つき》に恵まれれば、せいぜい一・二キロ程度歩くだけですむはずだ。ただし、大佐が言及している古代の歩道に出くわすことが条件だ」

「感謝するぜ、島が狭い分には」ジョルディーノはつぶやいた。「写真で、昔の道を見分けられるか？」

「いや、それらしい手掛かりはまったく見つからん」

彼らはサバイバルギアを包《くる》んでいる帯環を解きに掛かり、バックパックを背負った。また土砂降りになったので、彼らは衣服とブーツの上に悪天候用のカッパを着用した。用意が整ったところで、乗客用ドアをさっと開けて岩石の地面に下り立った。岩棚の先は急激に落ちこんでいて、その向こうにはインド洋と青灰色の波があるだけだった。安全を期して、彼らは航空機を大きないくつかの丸石に縛りつけた。

嵐《あらし》ぶくみの空模様のせいで、島は一段とくすんで侘《わび》しく見えた。ガンは目をすぼめて雨の奥を見やると、先に立てと身振りでジョルディーノに伝え、向かいたい方角を指し示した。彼らは山の斜面をジグザグに進み、大きめな岩石の間の、傾斜がゆるやかで地面がしっかりしている場所で停止した。

彼らは登山用具を使わずに出来るだけ身体《からだ》を起こしたまま歩いて、どうにか小さな岩棚や狭い裂け目を通りぬけた。どちらも、登攀《とうはん》技術に長《た》けていなかったのだ。ジョルディーノは疲れを知らぬようだった。彼の分厚く逞《たくま》しい身体は、岩場の登山を平然とこなした。ガンのほうにも、なんら問題はなかった。細身だが筋肉質で、見掛けよりずっとタフだった。彼は不屈のジョルディーノから遅れはじめたが、それは疲れのせいではなく、二〇メートルほどごとに足を止めて眼鏡の曇りを拭《ふ》く必要に迫られるためだった。

山の西斜面をおよそ半分ほど登ったところで、ジョルディーノが立ち止まった。「あんたの計算が正しければ、石畳の歩道はおれたちのすぐ上か下にあるはずだ」

ガンは滑らかな溶岩を背にして座りこみ、携帯した写真を見つめた。写真は湿気《しけ》のために、四隅が折れ湿気っていた。「大佐が渓谷からいちばん楽な行程を選んだとするなら、彼はわれわれの約三〇メートル下の地点を過《よ》ぎったはずだ」

ジョルディーノはかがみこみ、軽く折った膝《ひざ》に手を当てて、斜面をじっと見下ろした。しばし茫然《ぼうぜん》の態《てい》だったが、やがて振り向くとガンをまじまじと見つめた。「ほんとだぜ、あんたがどう割り出したものか、おれには分らん」

「なんのことだね？」

「われわれが腰を下ろしている場所から三〇メートルとない地点に、滑らかな石を敷き詰めた狭い道がある」

ガンは斜面越しに覗《のぞ》いた。ほんの間近に、一筋の道が見えた。紛れもない道筋の幅は一・二メートル見当で、長年の風雪に歳《とし》ふりた石が敷かれてあった。道は左右に延びていたが、地すべりのためにその大部分は斜面を崩れ落ちていた。敷石の隙間《すきま》から、変わった形の植物が生えていた。頭部はレタスに似ていて、地表間近に育っていた。

「あれはきっと、例のイギリス人大佐が述べている道路だ」とガンは言った。

「道で育っている妙な代物はなんだろう？」ジョルディーノは訊いた。

「ケルゲレンキャベツ。刺激の強い油が採れるし、料理すれば野菜として食べられる」

「これで、写真では道を見分けられなかったわけがはっきりした。キャベツに隠されていたんだ」

「ああ、これで分ったよ」とガンは応じた。

「どうやって、こんな神も見捨てた島に定着したのだろう？」

「多分、風に乗って海を渡った花粉のせいだろう」

「道のどっちを採る？」

ガンは平らに敷き詰められた石の道を、左右に目の届くかぎり眺めやった。「例の大佐はわれわれの右手下で、道に出くわしたに違いない。それ以下の地点だと、道は侵食や地滑りのために、損壊しているはずだ。頂上からはじめて下へ掘り下げていくのは気が利かないので、問題の部屋は斜面のずっと上のほうにきっと隠されている。したがって、われわれは左へ行って登る」

転がっている溶岩を慎重に踏みしめていくうちに、彼らはたちまちきっちり敷き詰められた石畳に出たので、その道を登りだした。道は喜ばしいことに平らでほっとしたが、地滑りが新たな難題だった。二箇所横切らなければならなかったが、いずれも三〇メートルほど幅があった。時間が掛かった。溶岩は鋸歯状《きょし》で、ナイフのように鋭利だ。一歩足を滑らせたら、彼らの身体は斜面を加速しながら転がり落ち、いくつもの断崖《だんがい》でもんどりうってはるか下の海中に叩《たた》きこまれるのは避けがたかった。

最後のハードルをようやく乗り越えると、彼らは腰を下ろして一息入れた。ジョルディーノは漫然とキャベツを一つ抜き取りひょいと斜面に投げだし、しきりに転がり落ち引き裂かれる様を見つめた。キャベツは視界外に失《う》せたので、それが飛沫《ひまつ》をあげて弾丸さながらに海中に飛びこんだところは目撃できなかった。回復に向かうどころか、空気は冷えこみ荒れ模様になってきた。突風は強まり、雨が彼らの顔に叩きつけられた。雨合羽《がっぱ》を着こんではいたが、雨水が襟《えり》ぐりから染《し》みこんできて衣服をぐしょぬれにした。

ガンは魔法瓶のコーヒーを相棒に渡した。湯気がたつほど熱かったのだが、生ぬるくなってしまっていた。彼らの昼飯はグラノーラ四枚だった。彼らはまだ心底悲惨な領域に落ちこんではいなかったが、間もなく入りこむことになる。

「きっと近いぞ」ガンは双眼鏡を覗きながら言った。「真正面のあの大きな岩の向こうには、山腹を延びる長い傷らしいものは見当たらん」

ジョルディーノは斜面から突き出たがっしりとした玉石を見つめた。「問題の部屋は向こう側にあってほしいものだ」彼はぼやいた。「こんな場所で夕闇《ゆうやみ》に襲われるのは、ご免こうむりたい」

「心配するには及ばん。この半球では、日没までほぼ一二時間ある」

「ふと思いついたのだが」

「なんだね？」

「人間はおれたち二人だけだぜ、三二〇〇キロ以内にいるのは」

「そいつは楽しいね」

「おれたちが事故を起こして負傷してしまい、ここから飛びたてなくなったらどうする？　たとえ望もうとも、この風では離陸する気にはなれない」

「われわれが状況を知らせしだい、サンデッカーが救出隊を派遣してくれるさ」ガンはポケットに手をつっこんでグローバルスター衛星電話を引っ張りだした。「彼は市内電話なみに、間近にいる」

「その間、われわれはこの間抜けなキャベツで食いつながなくてはならんのだぞ。いや、ご辞退申しあげる」

ガンは呆《あき》れて首をふった。ジョルディーノは慢性的な不平家だが、悪条件下ではまたとない相棒だった。どちらも、怖いもの知らずだった。ひょっとして失敗はせぬか、ということだけが気掛かりだった。

「いったん部屋の中に入ったら」ガンが風に負けぬ大きな声で言った。「嵐におさらばして、衣服を乾かすことが出来る」

ジョルディーノは宥《なだ》めすかしてもらうまでもなかった。「では、前進するとしようや」彼は立ちあがりながら言った。「バケツの汚れた水に漬けられたモップみたいな気分に、だんだんなってきたぜ」

ガンを待たずに、彼は古代道路のおよそ五〇メートル前方にある岩めざして歩き出した。勾配《こうばい》はきつくなり、断崖は二人の頭上にそびえたった。道はところによって崩落しているので、岩を通りぬけるさいは慎重に足場を選ばねばならなかった。迂回《うかい》し終わると、問題の部屋の入口に出くわした。それは人工のアーチウェイの下にあった。開口部は思っていたより狭く——およそ高さは一・八メートル、幅は一・二メートルで、道幅と同じ広さだった。黒々と口を開けていて、中は不気味だ。

「ほらあったぞ、大佐の記述通りだ」ガンが言った。

「ここは一番、どっちかがユーレカ（見つけた）って叫ばなくちゃ」ジョルディーノはやっと風と雨から逃れられたことにほっとして声をはりあげた。

「君はどうか知らんが、わたしは雨合羽とバックパックを剝《は》いでいる、楽になるぞ」

「こっちも同じさ」

数分のうちに、下ろされたバックパックと雨合羽は、航空機へ引き返す折に備えて、トンネル内に並べられた。二人はバックパックから懐中電灯を取り出すと、コーヒーの残りを飲み干し、地下の穴倉の奥へ入っていった。周囲の壁面にこぶや窪《くぼ》みはなく、滑らかに掘り起こされていた。地下道に漂っている異様な雰囲気は、不気味な暗闇と外部に面した入口から洞穴に吹きこまれる風のうなりによって、一段と強められた。

彼らは好奇心半分、不安半分で懐中電灯の光を追いつつ、なにが待っているのだろうと考えを巡らせながら前へ進んだ。トンネルは突然、四角い部屋へ出た。ジョルディーノは身構え、眼光は鋭くなった。懐中電灯の光が骸骨《がいこつ》を照らし出したのだ。まず脛骨《けいこつ》、大腿骨《だいたいこつ》、骨盤、それから肋骨《ろっこつ》、脊柱《せきちゅう》が現れ、脊柱はまだ赤毛がかすかに残る頭骨に繋《つな》がっていた。ぼろぼろになった衣服のかび臭い名残が、そうした骨にからみついていた。

「どんな訳があって、この気の毒な人はここへ来たのだろう？」ガンは呆然《ぼうぜん》と言った。

ジョルディーノが懐中電灯で部屋をぐるりと照らすと、小さな暖炉やさまざまな道具類や家具が映し出された。それらは総《すべ》て木材や溶岩から作られていた。同時に反対側の隅には、アザラシの毛皮と骨の残骸もあった。

「残存する服の裁ち方から判断するに、彼は島流しにされた水夫で死ぬまで何年生き長らえたか分らないが、この島に漂着したのだ」

「妙だな、大佐は彼に言及していないぞ」ガンは言った。

「マドラス号は嵐に流されて通常の航路からはるかにはずれ、飲み水を求めて予定外の停泊を一七七九年にした。この死者は、その後に到着したに違いない。ほかの船はこの島をおそらく五〇年、ひょっとすると一〇〇年は訪ねていない」

「溶岩の重なりから成る、雨に降り込められた寒冷の不気味な島に一人、救出される望みもないまま、孤独な死に絶えず脅かされながら暮らす悲惨さは想像を絶する」

「彼は暖炉を作った」とジョルディーノは話しかけた。「なにを焚《た》き木がわりにしたと思う？　この島には低木の藪《やぶ》などないに等しいが」

「彼はきっと掻《か》き集められた低雑木を燃やしたのだろう……」ガンは片膝ついたまま口を閉ざし、片手で灰をかき混ぜているうちになにかを見つけたのだ。ひどく焼け焦《こ》げた二頭の馬が曳《ひ》く、玩具《おもちゃ》の戦車の残骸らしきものを手に持ち上げた。「人工遺物」と彼は知らせた。「木部のある人工遺物を、暖を取るために燃やしたに違いない」そう言ってガンが懐中電灯を向けると、ジョルディーノの顔に笑みが広がりつつあった。「なにがそんなに、おかしいいんだね？」

「ちょっと考えたんだ」とジョルディーノは感慨深げに応じた。「この哀れな男は、例のまずそうなキャベツを何個ぐらい食ったと思う？」

「食べてみないことには、どんな味がするのか分らんぜ」

ジョルディーノが周囲の側壁を懐中電灯で照らすと、テリュライドの部屋の中でちらっと目撃したのと同じタイプの碑文が浮かびあがった。床の中央には真っ黒い黒曜石の台座が伸びあがっていて、そこにイギリスの大佐が持ち去るまで黒い頭骨が鎮座していたのだ。二人の懐中電灯は、岩盤の崩落によって塞《ふさ》がれてしまった部屋の奥も捉《とら》えた。

「この岩畳の向こうに、なにがあるのか知りたいものだ」

「またもや壁かも？」

「そうかな、そうじゃないかも」ガンの口調はなんとなく確信ありげだった。

ジョルディーノは何年も前から、小柄のルディ・ガンの知性と直感的な才能を経験的に信用するようになっていた。彼は相手を見つめた。「向こう側には、別のトンネルがあると思っているんだな？」

「ああ」

「畜生！」ジョルディーノは息をひそめて声を絞り出した。「テリュライドのおれたちの友人どもが、先にここに着いたに違いない」

「どうしてそう思うんだね？」

ジョルディーノは陥没個所全体を照らした。「彼らの手口。連中はトンネルを爆破するフェティッシュに取りつかれている」

「わたしはそうは思わん。この崩落は古い、すこぶる古いな、岩の間を埋めている塵《ちり》から判断して。クリスマスのボーナスを賭《か》けてもいいが、この落盤は例の大佐やあのかつての漂流者がここに入りこむ何世紀も前に起こったことであり、どちらも向こう側がどうなっているのだろうと好奇心を起こしはしなかったし、わざわざ掘り起こす気にもなれなかった」そう言い終わると、ガンはあたりに敷き詰められている石片を這《は》いずり登り、岩畳を懐中電灯で照らした。「これは自然に発生したもののように思える。あまり大掛かりな崩落ではない。通りぬけられそうな気がする」

「あまり自信がないな、こいつに立ち向かうだけのテストステロンの準備がおれ様にあるかどうか」

「黙って掘る」

ガンの勘の正しさが、結果的に証明された。落盤は大規模ではなかった。ぶつくさ言いながらも、ジョルディーノはロバのように働いた。二人のうちで体力的にはるかにぬきんでている彼は重い岩に取り組み、ガンは小さな石を脇《わき》によけた。ジョルディーノは思いつめたように数十キロもある石を拾い上げては、まるでコルクで出来てでもいるように投げだした。一時間たらずで、彼らは潜《くぐ》り抜けられる程度の穴を掘り抜いた。

二人の中では小柄なので、ガンが先に近づいた。立ち止まると、懐中電灯で内部を照らした。

「なにが見える？」ジョルディーノは訊《き》いた。

「短い通路があって、六メートルたらず先の別の部屋に通じている」そう言うと、身体《からだ》をよじって通りぬけた。立ち上がると埃《ほこり》を払い、内側から石をさらに数個取り除いて、肩幅の広いジョルディーノが通り抜けやすいようにした。共に懐中電灯の光を前方の部屋に注ぎ、異様な影に目を注いだまま、二人は一瞬たじろいだ。

「あんたの意見を受け入れてよかったよ」とジョルディーノは、ゆっくり前方へ歩きながら言った。

「勘が冴《さ》えているんだ。一〇ドル賭けるぞ、誰もわれわれの先《せん》を越していないほうに」

「おれは疑い深い質《たち》だが、あんたの勝ちだ」

いまやいささかの心許《こころもと》なさと戦慄《せんりつ》の高まりを覚えながら、彼らは二番目の部屋へ入って行き、側壁と床を懐中電灯で照らした。この部屋には碑文はまったくなかったが、懐中電灯の黄色みを帯びた白い光を受けて浮かびでた光景に、彼らは息を呑《の》み凍りついた。岩盤から掘起こされた石の椅子《いす》に真直《まっす》ぐ座っているミイラ化した二〇体の人物を、彼らはまるで崇《あが》めでもするように見つめた。入口に向かいあっている二体は、一段高い台座に坐《すわ》っていた。ほかの者たちは、角張った馬蹄《ばてい》形の両側に固まっている。

「ここはどういう場所だろう？」物陰に幽霊が潜んでいるのを半ば予期して、ジョルディーノはささやいた。

「おれたちは墓場の中にいるのさ」ガンは覚束《おぼつか》なげに言った。「それもきわめて古い、着衣の様子からして」

ミイラとその頭骨の黒い髪の保存状態はすこぶるよい。目鼻だちは完全に保存されているし、衣服は原形を留め、繊維の赤、青、それに緑の染色はいまだに見分けられる。いちばん奥の二体のミイラは、さまざまな海の生き物が丹念に彫られた石の椅子に坐っている。彼らの美しい衣服は、ほかのそれらより織り方が精巧で色彩的にも華やかな感じを与えた。繊細なデザインを彫りこんだ銅製のヘッドバンドには、トルコ石やブラックオパールといった宝石が象眼されていることにガンは気づいた。二人がまとっている長い凝ったチュニックには、優美な貝殻に加えて磨き上げた黒曜石や銅の円板が描くエキゾチックな模様が、襟元から裾《すそ》まで縫いこめられている。どの脚も空押しをした、脹《ふくら》脛《はぎ》の半ばまで達する革製のゆったりしたブーツに収まっている。

この二人がほかの者より高位で、重要人物であることは明らかだった。左側の遺骸のほうが、右手のより大きかった。どのミイラも生存中に髪を長くしていたが、男女の見分けは簡単についた。男性の下顎骨《かがくこつ》と目の上を走る隆起のほうが顕著だった。面白いことに、彼らのヘッドバンドというか王冠章は、全員が同一の権利を持っているかのように、まったく同じ大きさだ。中央の人物の右手に坐っている男性はみんな、一定の角度で並んでいる。誰もが似たような服装をしているが、着衣の織り布は優雅さにおいて劣っている。トルコ石やブラックオパールも、あまり使われていない。まったく同じ配置を女性も繰り返しており、一段と豪奢《ごうしゃ》に飾り立てられたミイラの左手に居並んでいる。

黒曜石の矢じりを持つ、美しく磨き上げられた槍《やり》が一列、一方の壁面に立てかけてある。それぞれの遺骸の足許には銅製のボウルが置いてあって、水を飲むカップと対のスプーンが添えられている。ボウルとスプーンのいずれにも、首や肩から下げられるようにするためか、穴に革紐《かわひも》が通っていて、彼らが私物や個人用の食器をいつも持ち歩いていたことを示唆《しさ》している。よく磨き上げられた、表面に手描きの感じのよい繊細な幾何学模様を散らした均整の取れた陶磁器が、死者が葬《ほうむ》られた時点では芳香を放っていたに違いない、しぼんだ花や枝葉で埋まった大きな銅の壺《つぼ》と一緒に石の椅子の脇に並んでいた。いずれの品も、すこぶる腕のよい職人の手作りを思わせた。

ガンはミイラを丹念に調べた。彼はミイラ処理の水準に啞然《あぜん》となった。技術的にはエジプトのそれを凌《しの》いでいるようだった。「非業《ひごう》の死の印はない。みな眠っている間に、命を落としたような感じを与える。彼ら全員がこの場所へ、打ちそろって、見とられることもなく、忘れ去られるために、死にに来たなんて信じられない」

「何者かが生きていなくては、彼らを椅子に寄りかからせられないはずだ」とジョルデイーノが意見を述べた。

「まさにその通り」ガンは片方の腕をぐるっと振りまわして、部屋全体を示した。「見ろよ、まったく同じ姿勢の者はまったくいない。膝《ひざ》に両手を載せている者もあれば、椅子の肘掛《ひじかけ》に両手を載せている者もいる。王と女王は、現世における二人の身分はともかく、自分たちの定めについて考えこんででもいるように頰杖《ほおづえ》をついている」

「芝居じみてきやがった」ジョルディーノはつぶやいた。

「ハワード・カーターのような気分がしないか、ツタンカーメン王の墓の内部をはじめて目《ま》の当たりにした瞬間の？」

「彼はついていた。われわれには無縁の代物《しろもの》を彼は見つけた」

「それはなんだね？」

「自分の周りを見てみろよ。金はまるでなし。銀もなし。この連中がツタンカーメンの縁戚《えんせき》だったとしても、きっと貧しかったに違いない。彼らには銅が貴重な金属だったようだ」

「いつここを永久の隠れ家にしたのだろう？」ガンは静かに思いを巡らせた。

「なぜ、と問うほうが筋だ」とジョルディーノは言った。「バックパックからカメラを取ってくる、この場所を記録して引き揚げようぜ。地下墓所をうろついたおかげで、おれのデリケートな胃の調子がおかしくなってしまった」

それから五時間、ジョルディーノは部屋の隅々までカメラで記録し、ガンは目撃内容を詳細かつ明確に小さなテープレコーダーに吹きこんだ。同時に彼は、あらゆる人工遺物をノートに分類整理した。なににも触れなかったし、すべてが本来の場所に手付かずの状態にあった。彼らの配慮は、考古学者たちのチームが行なうほどには科学的ではないだろうが、困難な状況のもとで作業をしたずぶの素人《しろうと》としてはなかなかよくやった。さまざまな謎《なぞ》を解き墓所の主たちの身元を確認する作業は、ほかの人たち、歴史の専門家たちに委《ゆだ》ねられる事になる。

仕事が終わった時には、午後も遅くなっていた。陥没個所の開口部を這いずって引き返し、漂着者の遺骨のある部屋へ入りこんだガンは、ジョルディーノが一緒でないことに気づいた。トンネルの天井が崩落した個所へもどると、ジョルディーノは猛然と岩石を持ち上げて元に戻し、穴を上手に塞いでいた。

「なんのために、そんなことをしているんだ?」と彼は訊いた。

ジョルディーノは手を休めて相手を見つめた。埃まみれの汗が、顔を伝って流れ落ちていた。「今度くる奴《やつ》に、自由通行手形をやるつもりはない。つぎに墓所に入りたい奴には、われわれと同じ作業をしていただくことになる」

彼ら二人は意外なほど早く、航空機まで引き返した。風雨はかなり静まっていたし、帰途の大半は下りで、最後の五〇メートルたらずだけが上りだった。彼らが細い岩棚を切りぬけて、ティルトローター機まであとわずかな地点まで来たおりに、不意にオレンジ色の火柱が沸き立ち、じめつく大気の中に飛び散った。おどろおどろしい雷鳴も耳をつんざく炸裂音《さくれつおん》もしなかった。爆音はむしろブリキ缶の中で花火がはじけた音に似ていた。つぎの瞬間、爆発と同様急速に、螺旋《らせん》を描いて薄暗い雲へ立ち昇る一筋の煙の柱を残して、火の玉はふっつりと消え失《う》せた。

ジョルディーノとガンは、はるか高所から歩道に落ちたメロンさながらに、ティルトローター機が飛び散る様を、なす術《すべ》もなく呆然と見つめた。破片は空中に放り出され、叩《たた》き潰《つぶ》され燻《くすぶ》る航空機の残骸は岩棚から転がり出て、金属片の尾をちりばめつつしわくちゃになりながら斜面を落下し、ついには断崖《だんがい》を飛び越えて、島に激突して砕け散る波の中へ飛沫《ひまつ》もろとも突っ込んだ。

岩に引き裂かれる金属が放つ甲高い軋《きし》みも途切れ、彼ら二人は根が生えたように立ち尽くしたまま、どちらも一分近く話しかけなかった。ガンは打ちのめされ、信じかねて目を見張っている。ジョルディーノの反応は正反対だった。彼は怒っていた。怒り心頭で、両手を握り締めている。憤怒《ふんぬ》のせいで、顔面は蒼白《そうはく》だった。

「あり得ない」ガンがやがてぼそぼそと言った。「視界内に船は一隻《せき》もいないし、別の航空機が降着する場所はない。何者かがティルトローター機に爆弾を仕掛けて、われわれに気取られずに抜け出るなんて不可能だ」

「爆弾はわれわれがケープタウンを離陸する以前に、機内に取りつけたんだ」ジョルディーノの口調は氷のように冷たかった。「爆弾をセットすると、おれたちの帰途の飛行中に起爆するように時間を設定した」

ガンは相手を漠然と見つめた。「地下墓所の調査に費やした何時間かが……」

「われわれの命を救ってくれた。殺し屋の正体はともかく、おれたちがいっそう強く関心を引かれるものを発見するとも、それらを眺めまわすのに一、二時間以上費やすとも予想していなかったので、起爆装置を四時間前にセットした」

「例の漂着者以後に、あの部屋を目撃したものがいるとは信じられない」

「テリュライドのわれわれの友人でないことは確かだ。さもなければ連中のことだ、第一室を破壊したはずだ。誰かがサンポール島へのわれわれの飛行を漏らしたし、われわれは彼らの道案内をした。いまや連中が第一室の碑文を検討するために到着するのは、単に時間の問題に過ぎない」

ガンは一連の新しい状況に対処するために頭を絞った。「われわれの窮状を提督に知らせるべきだ」

「暗号で送ろう」ジョルディーノは提案した。「あの連中は抜け目がない。まず間違いなく、衛星通信を傍受する設備を持っているはずだ。おれたちはインド洋の海底で魚に食い散らされている、と彼らに思わせるのが一番利口だ」

ガンはグローバルスター電話を取り上げてダイヤルしかけたとたんに、ある状況に思い当たった。「提督の救助隊の前に、殺し屋たちがここに現れたらどうする？」

「その時には石を投げつけてやるさ、それ以外にこっちには防ぐ手段はないのだから」

まるで悄然《しょうぜん》と、ガンは岩だらけの光景を眺めわたした。「まあな」彼は生気なく言った。「少なくとも、弾薬がつきる心配は無用だ」

16

科学者と乗組員を乗せてポーラーストーム号が南極半島を回ってウエッデル海を航行している最中に、探検を一時棚上げせよとギレスピー船長に命じるサンデッカーの伝言が舞いこんだ。船長は大浮氷群をいまにも抜けきるところで、プリンス・オーラフ海岸を目指して全速で飛ばした。その地で停泊して、爾後《じご》の命令を日本の昭和基地の沖合いで待つことになった。ギレスピーは大型砕氷調査船に最高の速度を出させろと、一等機関士と機関室のクルーに電話を入れた。彼らはほとんど不可能な三六キロの速度を達成した。二二年前に設計者たちがこの船の最高速度として仕様書に明記した速度が三二・四キロであることを思い出して、ギレスピーは深い感慨を覚えた。

彼は古船が集合地に予想より八時間早くついたので喜んだ。深すぎて投錨《とうびょう》できないので、浮氷群の端まで入りこんで行ってから、彼はエンジン停止を命じた。そのうえで、サンデッカーに船は基地に到着した、以後の指示を待っている、と知らせた。

返事はきわめて簡潔だった。「待機して、乗客を一人受け入れよ」

その中休みを、みんな仕事の遅れを取り戻すのに当てた。科学者たちは発見物の分析とコンピューターに記録させる作業に専念し、乗組員はお定まりの船腹の修理を行なった。

彼らは長くは待たされなかった。

ウエッデル海を出てから五日目の朝に、双眼鏡で海氷を観察していたギレスピーは、早朝の氷霧の中からゆっくり姿を現わした一機のヘリコプターを目撃した。それは真直《まっす》ぐ、ポーラーストーム号を目指していた。ギレスピーは船尾の降着パッドでヘリを受け入れろ、と二等航海士に命じた。

ヘリコプターはしばらくホバリングしてから、パッドに向かって降下した。ブリーフケースと小さなダッフルバッグを持った一人の男が開け放った貨物ドアから飛び降り、ポーラーストーム号の二等航海士に話しかけた。その男は向きを変えると、船まで運んできてくれたパイロットに手を振った。回転翼はビートを強め、ヘリは冷たい空中へ上昇して基地へ向かい、ピットはポーラーストーム号のブリッジへ入っていった。

「やあ、ダン」彼は船長に温かく声をかけた。「会えて嬉《うれ》しいぜ」

「ダーク！　どこから舞い降りてきたんだね？」

「マゼラン海峡沿いのプンタ・アレーナス市から、空軍のジェット機で日本の昭和基地の近くにある滑走路へ運ばれた。基地の連中は親切で、彼らのヘリでこの船まで乗せてくれた」

「なにごとだね、あんたを南極までひっぱりだしたのは？」

「ささやかな研究プロジェクトさ、この沿岸のさらに南で行なうんだ」

「提督が袖口《そでぐち》になにか隠しているのは分っているんだ。このプロジェクトに関してはひどく秘密めいている。あんたがくる事だって、臭《にお》わせさえしないんだぜ」

「彼にはそれなりに理由があるのさ」ピットはブリーフケースを海図テーブルに載せると蓋《ふた》を開いて、座標を記したひと組の用紙をギレスピーに手渡した。「ここがわれわれの最終目的地だ」

船長は座標を見つめ、該当する海図を検討した。「ステファンソン湾」彼は静かに言った。「近くだ、ホッブス諸島からさほど離れていないケンプコーストに面している。あそこにはなにもないぞ、興味を引くものなど。わたしがこれまでにお目に掛かったなかでは、最高に不毛の地だ。われわれが求めているのは何かね？」

「一隻《せき》の沈船」

「氷の下の難破船？」

「ノー」ピットは薄笑いを浮かべて言った。「氷の中の難破船」

ステファンソン湾は、ギレスピーに聞かされていたより、さらに一段と荒涼とした僻《へき》遠《えん》の地という感じを与えた。空は木炭なみに黒ずんだ雲に埋め尽くされ、恐ろしげな氷を敷き詰めた海は陰鬱《いんうつ》で、ひとしおその感が強かった。風はウナギの針のような歯さながらに嚙《か》みつく。浮氷原を渡りきって南極大陸にたどりつくために必要とされる肉体的な辛苦を、ピットは思い描き始めずにはいられなかった。そのうちに、一八五八年以来、誰一人デッキを歩いたことのない一隻の船を探し出すのだと思うにつけ、アドレナリンが分泌《ぶんぴつ》しはじめた。

あの船は、ロクサーナ・メンダーとその夫がおよそ一世紀半近く前に発見したその場所に、いまもあるだろうかとピットは訝《いぶか》りだした。それとも、ついに氷に押しつぶされてしまうか、海へ押し出されて凍《い》てつく海の深みに沈んでしまっているのだろうか？

ピットはギレスピーが船橋に立って、双眼鏡越しに砕氷船の広がり行く航跡のはるか後方の、姿を見せぬ何かを覗《のぞ》いているのに気づいた。「鯨を探しているのか？」

「U‐ボート群（ウルフ・パックス）」ギレスピーはこともなげに言った。

船長はてっきり冗談を言っているのだ、とピットは思った。「この海域に、狼《おおかみ》はあまり集まらないがね」

「一隻だけだが」ギレスピーは依然として双眼鏡を目に押し当てていた。「U‐２０１５なんだ。あいつめ、一〇日前に危うく衝突しそうになってからずっと、こっちの航跡をつけまわしているんだ」

ピットはいまだに自分が正しく聞き取ったのか自信が持てなかった。「本気なのか？」

ギレスピーはやっと双眼鏡を下ろした。「そうとも」そう応じてから、彼はU‐ボートとの遭遇についてピットに話して聞かせた。「あの艦の識別は、海洋に関する蔵書に載っている写真から行なった。疑念の余地はまったくない。U‐2015だ、間違いなく。これまでの長い歳月をどうやって生き延びてきたのかとか、なぜこの船を尾行《つけ》ているのかなどと質問はしないでくれ。わたしには答えられない。あそこにいることだけは分っているが」

ピットは長年の間に、この船長と少なくとも四回プロジェクトで一緒に仕事をした経験があった。彼がNUMA調査船団の船長のうちでも、最も信頼できる一人であることをピットは知っていた。ダン・ギレスピーは変わり者でも、ほら話をする男でもなかった。彼は沈着にして果断で、その経歴に黒星はまったく印されていない。彼が指揮する船で、事故や重傷者が生じたことは皆無だった。

「誰が信じるね、こんな長い間……」ピットの声は途切れた。なんと言ったものか、彼は迷ったのだ。

「あんたの気持ちなど読むまでもなく、拘束服を着る資格ありと思っているぐらいお見通しだが」ギレスピーは真剣だった。「しかし、れっきとした証拠がある。ミズ・エヴィ・タン、彼女はこの船に乗りこんで、ある全国誌のために今回の探検に関する記事を書いているのだが、危うく衝突しそうになったときに潜水艦を写真に収めたんだ」

「現に潜水艦の手掛かりがなにか見えているのか？」ピットは訊《き》いた。「潜望鏡なりスノーケルが？」

「傍目《はため》を避けて、深く潜航している」とギレスピーは答えた。

「じゃどうして、あそこにいるって分るんだね？」

「同行の科学者の一人が、水中音波マイクを何本か舷側《げんそく》から沈めた――彼は鯨の話し声を収録しているんだ。われわれは聴音装置を、船尾のおよそ四〇〇メートル後方へ流した。そこでわたしはエンジンを切り、船を漂わせた。問題の艦は深海を音もなく潜航できる、現代的な攻撃型原子力潜水艦ではない。われわれはあの艦のエンジン音を、犬の吠《ほ》え声ほどはっきり捉《とら》えた」

「方法としてまずくはないが、おれなら磁力計をぶら下げた気象観測気球を曳航《えいこう》するな」

ギレスピーは声を立てて笑った。「方法としてまずくはないな、それも。サイドスキャン・センサーも考えたが、しっかり聴取するにはセンサーを舷側に設置しなければならないし、その作業は危険過ぎるように思えた。いまやあんたが船上に来たことでもあり、われわれは妙案をひねり出せるのではないかと期待している」

ピットの脳髄の後方で、一筋の警報灯がふっつりと消えた。トワイライトゾーンに入りこんでしまったのだろうか、と彼はいぶかしみはじめた。第四帝国の暗殺者たちと旧式なUボートとの間に繋《つな》がりがありはしないか、と思うことすらすでに狂気の沙汰《さた》だ。とは言うものの信じかねることばかりで、なにひとつ辻褄《つじつま》が合わない。

「提督に状況説明をしろ」ピットは命じた。「何がしかの助けが必要になりそうだ、と知らせるんだ」

「彼に嫌がらせをすべきじゃないだろうか?」ギレスピーは潜水艦のことを指して言った。「折り返して、なぶりものにしてやる?」

ピットは小さく首を振って否定した。「幽霊船には待ってもらうとしようや。マドラス号の発見が最優先事項だ」

「それが船名なんだ?」

ピットはうなずいた。「東インド会社の貿易船で、一七七九年に消息を絶った」

「それであんたは、その船がこの沿岸のどこかで氷に閉じ込められていると思っているわけだ」ギレスピーは疑わしげに言った。

「いまもいてくれるものと、期待している」

「船に積まれている、NUMAにとってそんなに重要な物ってなんだね?」

「古代のある謎《なぞ》に対する答え」

ギレスピーは詳しい説明は要求しなかった。かりにピットがこれ以上話す気になれないのならば、それはそれで相手の気持ちを尊重した。彼は船と同時に船上の者に対して責任を負っていた。NUMAの上司たちの命令には、ポーラーストーム号の安全に抵触しないかぎり、疑問をさしはさまずに従うつもりだった。

「浮氷海のどれくらい奥まで船を乗り入れよう？」

ピットは一枚の紙を船長に渡した。「この地点の上に、ポーラーストーム号を停めてもらえるとありがたいのだが」

ギレスピーはしばらく数字を検討していた。「緯度と経度を頼りに航海するのは久しぶりだが、できるだけ近くに届ける」

「コンパス方位、やがてロラン航法、つぎが全地球位置把握。こんどは、位置計測器が発明されて、いちばん手近なトイレットペーパーが何十センチ先にあると教えてくれるようになるだろうぜ」

「訊いてもいいか、この一連の数字をどこから入手したんだ？」

「パロヴェルデ号の航海日誌さ。捕鯨船で、ずっと以前に例の東インド会社の貿易船を見つけた。残念ながら、数字の正確さについてはなんの保証もない」

「知っての通り」とギレスピーはわびしげに言った。「賭《か》けてもいいが、その昔の船長は一〇セント硬貨の上にぴたりと捕鯨船を誘導できたろうが、わたしのほうは二五セント硬貨の上にだって停めるのは容易じゃない」

ポーラーストーム号は浮氷海に入り、相手チームの群を走りぬけるラインマンさながらに、漂う氷の蓋《おお》いに突っ込んでいった。最初の二キロ足らずは、氷の厚さはせいぜい三〇センチほどで、頑丈な補強された船首は苦もなく凍てつく皮膜を左右に押しのけたが、沿岸に近づくにつれて浮氷群はじょじょにうねりはじめたし、分厚さも九〇センチから一メートル二〇センチに達した。やがて船は速度を落として停止し、後退してから、改めて浮氷群に突入し、裂け目を作って一五メートルほどの通路を切り開くが、しばらくすると浮氷群が寄り戻して船の前進を再度阻《はば》む。この行動は繰り返し行なわれ、船首は逆らう氷に何度も突っ込んで行く。

ギレスピーは氷に立ち向かう衝角の成果を見守ってはいなかった。彼は高い回転椅子《いす》に坐《すわ》って、音響測深機のスクリーンを注視していた。その装置は音のシグナルを海底へ送りこむ。そうしたシグナルは撥《は》ね返されて、船の竜骨と海底との距離を提示する。この海域の調査は行なわれていないので、海図に海底に関する記載はない。

ピットは一メートルほど離れて立ち、ギレスピーのコーティングレンズの双眼鏡を覗いていた。これだと氷のまぶしさが和らげられる。沿岸のすぐ背後の氷壁は六〇メートルもそびえ立ち、幅広い高原と化していた。氷壁の裾《すそ》に沿って双眼鏡を振り、氷に閉ざされたマドラス号の手掛かりをなにか探そうとした。これぞという手掛かりは、まったく見当たらなかった。氷中の凍りついた船尾や、氷壁の上から突き出ているマストの姿はなかった。

「ピットさん？」

振り向くと、ずんぐりとした身体《からだ》つきの四二、三歳の男が微笑《ほほえ》んでいた。その顔はピンク色をしていて智天使のようで、緑の目はきらきらと輝き、大きな口許《くちもと》にはいたずらっぽい笑いが浮かんでいる。小さな、華奢《きゃしゃ》ともいえそうな手を突き出した。

「ええ」ピットはそうとしか答えなかった。手を握った相手の握力の強さに驚いたのだ。

「わたしはエド・ノースロップ、首席科学者を務める氷河学者です。お目に掛かるのははじめてかと思います」

「ノースロップ博士。サンデッカー提督からあなたのことはよく伺っております」ピットは感じよく応じた。

「お誉《ほ》めいただいているのなら、よいのだが」ノースロップは声を出して笑った。

「実のところ、ベーリング海の北部を探検したさいに、ブーツをすっかり氷詰めにされたことを、彼は許していませんよ」

「ジムが恨んでいるのは確かだ。あれは一五年前になる」

「あなたは北極や南極で何年も過ごしていますね」

「氷の研究を一八年やっている。ところでわたしは、あんたに同行するのを買って出たのだがね」

「気遣いの分らん奴《やつ》とは思われたくないが、なるべく一人で行きたいんです」

ノースロップはうなずくと、張りだした腹を両手で抱えた。「氷を読める有能な男を連れていって、損はないはずだ。それにわたしは、見掛けより持久力がある」

「いい点を突いている」

「海底がせり上がりつつある」ギレスピーが知らせた。こんどは下の機関室に呼びかけた。「両舷停止、チーフ。進入はここまで」船長はちらっとピットのほうを向いた。「われわれはあんたから渡された緯度と経度の交差点上にいる」

「ありがとう、ダン。見事なものだ。ほぼこの地点で、パロヴェルデ号は一八五八年の南極の冬の間に、氷に閉じ込められたはずなんだ」

ノースロップは船橋の窓越しに、船から沿岸まで広がっている浮氷原を見つめた。

「あそこまで三キロあまりだ。爽《さわ》やかな大気の中、短い徒歩旅行をしたら気分がすっきりするぞ」

「スノーモービルは積んでいないのか？」

「あしからず、われわれの研究は船から一〇〇メートル以内で行なわれるので。今回のプロジェクトの予算に、贅沢《ぜいたく》な追加をするには及ばないと判断したんだ」

「あんたの言う爽やかな大気って、何度ぐらいなのだろう？」

「氷点下二〇度から二三度だね。わりに暖かいほうだ、この辺りでは」

「待ちどおしい」ピットは言葉少なに応じた。

「運がいいと思うんだね、ここが秋なので。春はずっと寒い」

「熱帯のほうが好きだな、暖かい貿易風が吹き、サロン姿の美しい娘たちが夕日のもとで、ドラムの調べに合わせて身体をくねらせている」

ピットの視線は自分のほうへ真直《まっす》ぐやってくる、アジア系の魅力的な女性に向けられた。彼女は微笑み、話しかけた。「芝居掛かりすぎじゃないかしら?」

「性分なもので」

「あなたがダーク・ピットさんだとうかがっております」

彼は感じよく微笑んだ。「そのつもりですが。で、あなたはエヴィ・タンでしょう。ダン・ギレスピーから聞いています、あなたは今回の浮氷探検に関するフォトストーリーを担当しているって」

「あなたのさまざまな功績については、たくさん読んでいます。インタビューさせてもらえませんか、なにを求めておられるのか存じませんが、探索から戻られた折に?」

ピットが本能的にギレスピーに訝《いぶか》しげな視線を向けると、彼は首を振った。「あんたの目的については、誰にも話していないぞ」

ピットは彼女の手を握った。「インタビューは喜んで受けますが、われわれの計画の性質についてはオフレコにしてもらいます」

「軍事に関連しているのかしら?」彼女は邪念のない顔をして訊いた。「機密軍事活動や、スペインの宝物運搬ガリオン船団、あるいは恐ろしげな雪男ともまったく関係ありません。実は、なんとも退屈な話なので、自負心のあるジャーナリストなら誰も興味などもたないでしょうね」

ピットは取り入るような探りをとっさに感じとった。そう言い終わると、彼はギレスピーに話しかけた。「例の潜水艦だが、浮氷群の端で振りきったようだ」

「そうなのか」と船長は応じた。「さもなくば、氷原の下からわれわれを尾行している」

「出発準備が出来ました」一等航海士のブシーがピットに告げた。

「いま行く」

乗組員たちは舷梯《げんてい》を下ろし、橇《そり》三台を氷上まで運んだ。うち一台には防水シートで蓋われた、浮氷切断用具の入った箱が収まっていた。ほかの二台は、人工遺物が発見されたさいに固定するために、ロープを載せているだけだった。ピットは羽毛さながらの三〇センチほどある雪の中に立って、ギレスピーを見つめた。彼は大きさといい形といい、アラスカヒグマばりの男に身振りで合図した。「三等航海士とドク・ノースロップを、あんたに同行させる。こっちはアイラ・コックス」

「皆さんよろしく」コックスは胸まで垂れ下がっている顎鬚《あごひげ》の奥から挨拶《あいさつ》した。その声たるや、メイソン‐ディクソン線（訳注　南部と北部の境界）下の深みから立ち昇ってきたような感じを与えた。彼は手をさし伸べなかった。彼の巨大な手は、これまたすこぶる大きな手袋に収まっていた。

「またまた志願者かね？」

「わたしのアイデア」ギレスピーは進んで答えた。「サンデッカー提督配下の大事な幹部の一人を、予測しがたい氷原に一人放してほっつき歩かせるわけにはいかない。そんな責任は負いかねる。こうすれば、問題に遭遇しても、あんたが生き延びるチャンスは強化される。万一、白熊《しろくま》に出会っても、コックスが組み伏せて片づけてくれるはずだ」

「南極に白熊なんかいやしないよ」

ギレスピーはピットを見つめ肩をすくめた。「危険を冒すには及ぶまい？」

ピットはまともな抗議も腹立ち紛れの文句も言わなかった。心の奥底では、最悪の事態が重なった場合、この二人の片方なり両方がまさにおれの命を救ってくれるかもしれないのだ、と彼は弁《わきま》えていた。

秋が深まるにつれ、荒れ模様の海が南極大陸を取り囲むが、冬の訪れと共に気温が下がると、海水は瀞《とろ》みを帯び油幕のように滑らかになる。やがて薄葉氷と呼ばれる漂う円形の氷塊が生長し結び合って、最終的には雪に覆《おお》われ浮氷原をつくりあげる。今年は氷の訪れが早かったので、ピット、ノースロップ、それにコックスは、起伏はあるもののかなり平坦《へいたん》な雪面を何事もなく渡りきった。彼らは氷丘を数度、それに流氷に取りこまれて氷結する前に沖合いに漂い出た氷山を二度迂回《うかい》した。氷原は白いキルトをかぶせられた、投げやりな皺《しわ》だらけのベッドのように、ピットの目には映った。深さは三〇センチほどあるが羽根のようなので、雪を踏み分けて進む彼らの動きは阻害されなかった。彼らのペースはまったく衰えなかった。先頭にはノースロップが立ち、歩きながら氷を観察し、些細《ささい》な偏《かたよ》りやひび割れにも注意した。彼は橇を引いて歩く苦役から解放されていた。氷の見分けをつけるのには、より多くの身動きの自由が要求されると言い張ったのだ。橇に縛りつけられたピットがノースロップの後を、クロスカントリー用のスキーで楽に追っていた。コロラド州ブレッケンリッジの父親の山荘から、送り出しておいたのだ。殿《しんがり》はコックスが務めた。かんじきをはいた彼は、二台の橇をまるで玩具《おもちゃ》のように苦もなく曳《ひ》いている。

その日は雲一つない大空に太陽が眩《まぶ》しく輝く上天気の内に始まったのだが、水平線上に雲が張りだすとともに荒れ模様になった。徐々に青空が灰色に変わり、太陽はくすんだオレンジ色の押し黙った球体と化した。小雪が降りだし、視界が落ちはじめた。ピットは天候の悪化を無視したし、足許のごくわずか下に横たわっている緑色の凍《い》てつく海水のことは気遣うまいと自分を戒めた。スキーの先端が近づくにつれてますます高く聳《そび》え立つ氷壁を、彼は絶えず見上げつづけた。はるか内陸に氷雪を頂かぬハンセン山脈を望むことは出来たが、氷に閉ざされたおぼろげな船影らしき手掛かりは依然としてなにひとつ得られなかった。人間の集落に毒されたことのないこの広大な隔絶された大地に対し、自分が侵略者であるかのようにピットは感じはじめた。

彼らは一時間ちょっとで氷原を渡り終え、氷壁の裾にたどりついた。ギレスピーは一行のあらゆる動きを、彼らが氷原の向こう端で停止するまで漏れなく追った。彼らの着用しているNUMAの青緑色の装備が、煌《きらめ》く白い背景に照り映えるので視認しやすかった。雪は小降りで風はなかったが、ほんの数分のうちに様子が一変することを彼は心得ていた。風は予測しがたい。なんの前触れもなしに、風は眩《まばゆ》いばかりの白い光景を、吠《ほ》えたてるホワイトアウトに一変させかねない。

ギレスピーは船上の衛星電話を取り上げ、ある番号をダイヤルした。電話は直ちにサンデッカーに繋《つな》がった。「彼らは沿岸に上陸して、捜索をはじめました」彼は上司に報告した。

「ありがとう、ダン」とサンデッカーは応じた。「彼らが戻ってきたら知らせてくれ」

「電話を切る前に、提督、ほかにもお知らせしたい事があります。われわれはかなり面倒な状況に直面しているように思われます」そう切り出した上で船長は、U‐ボートに関する件を手短にサンデッカーに話した。彼が説明し終わると、予期せぬ間が生じた。

提督はいま聞かされたばかりの経緯の消化に務めているのだ。

やがて彼は簡潔に答えた。「わたしが処置を講ずる」

ギレスピーは船橋の幅の広い風防の前へ戻って行き、双眼鏡を改めて拾い上げた。

「この騒ぎはすべて、一隻《せき》の難船のためだ」彼は息を殺して言った。「それだけの価値がちゃんとあってくれるといいが」

沿岸に上がったピットは、沈む気持ちを払い除《の》けようと闘っていた。はるか昔に失われた代物《しろもの》の探索の心許なさを、彼はよく心得ていた。五〇年間にどれほどの量の氷が形成されて、船全体を閉じ込めたものか割り出す術《すべ》がまったくなかった。一〇〇メートル近い氷に埋もれている事もありうる、と見当をつけるのが精一杯だった。ポーラーストーム号を基点として、切り立つ氷に閉ざされた断崖《だんがい》の手前に、幅三・二キロの格子《こうし》を設定した。ピットとコックスは煙草《たばこ》の箱ほどのサイズの手持ち小型GPSを使って、あらゆる瞬間におけるそれぞれの正確な位置を計測した。彼らは出発地点に橇を残して、二手に分かれた。ピットは左手へ向かい、氷壁と出合っている氷原沿いにスキーで思いのほか早く移動できた。コックスとノースロップは右手を探索した。ほぼ一・六キロほどはずれた地点に達したので、二人は同意の上で出発地点へ引き返すことにした。

ほかの二人より手間取らなかったので、ピットが最初に橇の場所へ戻ってきた。氷壁の下の部分を三〇センチ毎《ごと》に行きつ戻りつして調べたが、マドラス号のほんのわずかな手掛かりすら見つけられず落胆した。三〇分後に、氷河学者が帰り着き、小さな氷丘に寄り掛かって手足を伸ばし、息を整えながら痛む膝《ひざ》や踝《くるぶし》を休めた。彼は濃いブロンズ色のゴーグル越しにピットを見つめ、駄目だったと身振りで伝えた。

「残念ながら、ダーク、氷の中に古い船らしきものはまったく見当たらなかった」

「こっちも、成果なし」ピットは認めた。

「テストしないと断言は出来ないが、いつの時点でか氷が裂け落ちて、船を海へ引きずりこんだ可能性が大いにある」

ギレスピー船長のくぐもった声が、ピットが着ている極地用フリースジャケットのポケットから流れ出た。彼は船と陸を繋ぐポータブル無線機を取り出すと、応答した。

「どうぞ、ダン、聞こえている」

「ひどい嵐《あらし》が接近しているようだ」とギレスピーは警告した。「出来るだけ迅速に、船に戻るべし」

「そういうことなら、議論の余地はなしだ。間もなくお目に掛かる」

ピットは無線機をポケットに滑りこませると、氷原を北に向かって見渡したが、茫漠《ぼうばく》とした光景が広がっているだけだった。「コックスをどこに置いてきたんです？」

不意に気になって、ノースロップは上半身を起こすと、氷原に目を走らせた。「彼は氷壁の裂け目を見つけて入っていった。調べ終わったら出てきて、後を追って戻ってくると思っていたんだが」

「わたしが所在を確かめるほうがよさそうだ」

ピットはストックを突いてスキーで滑りだし、雪原の足跡をたどっていくと、行きは二つあるが帰りは一つだけだった。風は急速に勢いを増し、細かい氷の粒は密集してまさに絹のベールだ。眩しさは拭《ぬぐ》い取られ、太陽は完全に姿を消した。ロクサーナ・メンダーの勇気には感心するしかなかった。彼女が恐ろしい寒気を生きぬいたのは奇蹟《きせき》だ、と彼は思った。気がつくと、頭上にせり出している凍てついた大きな岩の下をスキーで走行していた。ふと彼は、巨大な岩塊がいまにも自分の上に転がり落ちてくるような気がした。

募る風の音越しに、さほど遠くない場所でするくぐもった叫び声を彼は聞きつけた。立ち止まると、耳をそばだてて聞き入り、氷霧の帳《とばり》を見ぬこうと目を凝らした。

「ミスター・ピット！　こっちです！」

はじめのうち、氷壁の白い凍てつく表面しかピットには見えなかった。やがて彼は、断崖を引き裂いている黒ずんだ洞穴の中から手を振っている、おぼろげな青緑色の染《し》みをちらっと捉《とら》えた。ピットはストックを氷壁に突きたてて、コックスのほうへ力ずくで入りこんだ。彼は映画〝失はれた地平線〟の中でヒマラヤのブリザードに逆らって、理想郷シャングリラへ導いてくれるトンネルの中へ入りこんで行く、ロナルド・コールマンになったような気分を味わった。逆巻く細かい氷の礫《つぶて》の真中にいたのに、つぎの瞬間に彼はドライで静寂な、風の吹かぬ大気中にいた。

ストックを突いて身を乗り出して氷の洞穴を見まわし、幅はおよそ三・二メートルと見当をつけた。頭上六メートルで先細って鋭い先端を形成していた。入口から順に、灰白色のうす暗がりがアイボリーブラックに変化している。わずかにコックスの防寒服の色だけが、ちらっと識別できた。

「猛烈な嵐が発生しつつある」とピットは洞穴の入口に手を突っ込んで親指を振りながら知らせた。「船へ駆け戻ったほうがいい」

コックスはゴーグルを持ち上げ、怪訝《けげん》な面持ちでピットを見つめた。「あなたは戻りたいんですか？」

「ここの居心地はよいが、われわれに時間を無駄にする余裕はない」

「あなたは古い船を捜しているのだと思っていたのだが」

「こっちだってそう思っているがね」ピットは手短に応じた。

コックスは手袋をはめた手をあげると、人差し指を真直ぐ立てた。「どうです？」

ピットは上を見た。そこに、クレバスの頂点近くに、古い木造帆船の船尾がほんの一部ながら氷から突き出ていた。

17

ピットはスキーでノースロップの許《もと》へ引き返すと、二人で力を合わせて三台の橇《そり》を曳《ひ》いて行き、氷の洞穴の中へ運びこんだ。ピットはあわせて自分たちの発見をギレスピーに知らせ、洞穴の外の悪天候からは護《まも》られており快適だと安心させた。

コックスはさっそく道具類を取りだしてハンマーと鏨《たがね》で氷に取りかかり、封鎖された船の露出部へ登るために手掛かりと足場を切りこんだ。ロクサーナと夫で船長でもあるブラッドフォード・メンダーがマドラス号上を歩いた時には、上部甲板は氷に覆《おお》われていなかったが、過ぎし一四〇年間に氷が難船を完全に包みこんでしまい、いまやマストの先端まで埋もれてその姿は見えなかった。

「なんとも保存状態がよいのは驚きだ」とノースロップが感想を口にした。「いまごろまでに押しつぶされて、ばらばらに裂けてしまっているだろうと踏んだのだが」

「まさに明らかになったわけだ」ピットはあっさり言ってのけた。「氷河学者も間違いをしでかすことが」

「真面目《まじめ》な話、これは詳しく研究する価値がある。この沿岸部の氷壁群は形成されたまま崩落していない。なんとも珍しい。上へ生長するだけで外へ押し出さないのには、しかるべき理由があるはずだ」

ピットはコックスを見上げた。彼は露出している厚板に達する足場を刻み終わったところだった。「どんな調子だ、アイラ？」

「厚板製の外板はがちがちに凍りついていて、うちの祖母《ばあ》さんの義眼なみに砕け散る。通りぬけられる穴を、あと一時間もすれば掘れるはずだ」

「肋材《ろくざい》から逸《そ》れないように気をつけろ、さもないと来週も氷を叩《たた》き割っていることになるぞ」

「船の構造ならよく知っているんだがね、ミスター・ピット」コックスはむかついたふりをして応じた。

「これは失礼」ピットは朗らかに応じた。「われわれを四〇分後に中へ入れてくれたら、君がギレスピー船長から氷の彫刻の分野で一等賞をもらえるように、取り計らってやるんだが」

コックスは親しみやすい男ではなかった。ポーラーストーム号上にも、友人はほとんどいなかった。彼はピットからNUMA本部の態度のでかい役人という第一印象を受けたが、いまでは特殊任務の責任者は、気取りはないし実務的でありながら味わいのある奴《やつ》だと気づいていた。現に、彼が好きになりかけていた。氷片が火花さながらに飛びはじめた。
三、四分後に、コックスは下りてきて勝ち誇るように告げた。「入口が出来たぞ、みなさん」
ピットは頭を下げた「ありがとう、アイラ。リー将軍も、君なら誇りに思ったろう」

コックスは返礼した。「わたしがいつも言っているように、南部の金を溜《た》めておくんだね。いつ何時、南部がまた蜂起《ほうき》しないとも限らないから」

「そういう事もありえる」

ピットはコックスが氷に切りこんだ足場を登って、足から先に穴をすり抜けた。開口部から一・二メートルほど下に広がるデッキを、彼のブーツが踏みしめた。うす暗がりの奥に目を凝らし、自分が船の後部調理室に入り込んだことに気づいた。

「なにが見える？」ノースロップが興奮気味に答えを迫った。

「凍りついた調理用のレンジ」とピットは答えた。屈《かが》みこんで船腹を通り抜けた。「上がって来いよ、灯りをもって」

コックスとノースロップはたちどころに彼に加わり、アルミのケースに収まったハロゲン灯を順送りに手渡したので、辺りは快晴の日中のように明るくなった。大きな鋳鉄製のレンジとオーブンのいちばん上の排気筒にこびりついた煤《すす》を除くと、まるで使われた例《ためし》がないような印象を与えた。ピットはオーブンの焚《た》き口を引いて開けたが、灰はまったく見あたらなかった。

「棚は空っぽだ」マックスが気づいて言った。「彼らは新聞、缶詰、それにグラス類を全部食べたに違いない」

「まあ、新聞はありうるが」ノースロップは本能的に不安に捕らわれだしてつぶやいた。

「一緒に行動しよう」ピットは言った。「ほかの二人が見落としたことに、残りの一人が気づくかもしれない」

「とくに探しているのは？」とコックスが訊《き》いた。

「船長室の下にある船尾船艙《せんそう》内の保管室」

「そこなら、われわれの二、三層下のデッキにあるはずだ」

「ここはきっと高級船員や乗客のための調理室だ。船長室が近くにあるはずだ。下へ出る通路を探そう」

ピットは戸口を通りぬけ、懐中電灯で食堂を照らした。テーブルや椅子《いす》、それに周囲の調度品は、三センチ近い氷に覆《おお》われていた。彼ら一行のハロゲン灯を浴びて、部屋全体が水晶のシャンデリアさながらに煌《きらめ》いた。一揃《そろ》いのティーセットが、使ってもらえるのを待ってでもいるように、ダイニングテーブルの真中に置かれてあった。

「ここに死体はなし」ノースロップはほっとしてつぶやいた。

「みんなそれぞれの部屋で息を引き取ったのだ」ピットが言った。「おそらく低体温、飢餓、それに壊血病が重なって」

「これからどこへ行く？」コックスは訊いた。

ピットは灯りをずらして、ダイニングテーブルの奥にある戸口を照らした。「ともかく外へ。下のデッキへ出る通路が見つかるはずだ」

「二〇〇年も昔の船の道筋がどうして分るんだね？」

「東インド会社の貿易船の図形や古い図面を研究ずみなのさ。もっとも本物に実際にお目に掛かるのはこれがはじめてだが、あらゆる隅々まで暗記してあるんだ」

横木を覆っている氷に足を滑らせながらも踏みとどまって、彼らは梯子《はしご》を下り切った。

ピットは先に立って船内後部へ向かい、鋳造所を離れたその日そのままのように新しく見える古い大砲の脇《わき》を通りすぎた。貯蔵室のドアは依然として、ロクサーナやパロヴェルデ号の乗組員たちが開け放ったままになっていた。

ピットはどっと押し寄せる予感にさいなまれながら中に踏みこむと、懐中電灯の光を部屋中に向けた。

梱包《こんぽう》用の木箱はいまも隔壁沿いに床から天井まで、八五八年に目撃されたのとまったく同じ状態で積み重ねられていた。床に置かれた木箱二個の蓋《ふた》は、こじ開けられていた。銅製の壺《つぼ》が一つ、ドアの後ろに横倒しになっていた。浮氷群が解けはじめ亀裂《きれつ》が走り出したので、メンダーや乗組員たちが急いで船を放棄したさいに、そこへ転がりこんだのだ。

ピットは屈みこんで、口の開いている木箱から品物を丁寧に取りだし、凍りついたデッキに並べた。いくらも経《た》たないうちに、ありふれた動物たち――犬、猫、牛、ライオン――を表現した粘土製のさまざまな彫像ばかりでなく、これまで見たことのない動物たちの彫像も出揃った。銅の彫像もあったが、多くはブロンズ像だった。人間の像も見つかった。大半は長いローブ姿の女性で、脚はゆったりとしたプリーツスカートに覆われて、風変わりなブーツを履いた足許しか見えない。丹念に編み上げられた髪は長く腰まで届き、胸はふくよかさを強調することなくあっさり模《かたど》られている。

木箱の底には、カジノのクラップステーブルに張られたチップのように、厚味が二センチ足らずで直径が一三センチほどの銅製の丸い板が敷かれてあった。円板の両面には六〇個の表象が彫りこまれていたし、パンドラ鉱山の部屋の表象群と類似していることにピットは気づいた。円板の片側の中央には一人の男性にまつわる絵文字が、反対の面には一人の女性に関するそれが印されている。その男は片側に折れ曲がっている、先の尖《とが》った長い帽子を被《かぶ》っており、ケープに似た流れ下るローブを金属性の胸板とスコットランドのキルトに似た短いスカートの上に重ねていた。頭から角が一本突き出た馬に乗り、幅の広い剣を頭上に振りかざして、口中の隙間《すきま》だらけの歯を剝《む》き出しにした巨大なトカゲの首を切り落とそうとしている。

円板の反対側の女は男と同じ服装をしているが、もっと装飾品を身にまとっており、貝殻らしい物やある種のビーズの首飾りを掛けている。彼女も頭の中央に一本角のある馬にまたがっていた。彼女は剣ではなく槍《やり》を、ピットには数千年前に絶滅した剣歯虎《けんしこ》と思われる動物に、突きたてている。

ピットの心は、おぼろげで混沌《こんとん》とした穏やかな霧の中に辛うじて輪郭を見せている別の時代、別の場所へさまよい出た。円板を手に持ったまま、それらを作った人たちとの接触を感じ取ろうと努めた。だが遠隔視は、ピットの得意な技の一つではなかった。彼は現世と現時点に適応した男だった。彼は過去と現在を分っている目に見えぬ壁を、なんとしても通りぬけられなかった。

彼の白昼夢は、アイラ・コックスの南部訛《なんぶなまり》の言葉に破られた。「橇に木箱を積みはじめようか？」

ピットは瞬《まばた》いて上を見ると、うなずいた。「この二つの蓋を元に戻したらすぐ、上のデッキに通じる足場まで運び出そう。つぎにロープで箱を吊《つ》るして、君が船腹に開けた穴から氷の洞穴の床まで下ろす」

「わたしが数えたところでは二四個あるぞ」とノースロップが言った。木箱の山に近づくと、その一つを持ち上げた。彼の顔色は赤く四段階に変わり、目は飛び出さんばかりだ。

コックスは素早く状況を読み取り、まるで赤ん坊でも委《ゆだ》ねられたように、軽々とノースロップから木箱を受け取った。「重労働はまかせてもらいましょう、ドク」

「君は分るまいが、本当に感謝しているんだぞ、アイラ」とノースロップは言った。きっと四五キロ近くある木箱から解放されて、えらく嬉《うれ》しかったのだ。

コックスはいちばん厳しい労働を受け持った。彼が片方の肩に木箱を一つ載せて梯子の下のピットまで運んで行き、今度はピットがそれを吊り紐《ひも》に結わえて待ち構えている橇に下ろすと、ノースロップがきちんと積み上げる。作業を終えてみると、それぞれの橇に木箱が八個ずつ積まれてあった。

ピットは洞穴の入口へ歩いて行って、船を呼び出した。「そっちで見るところでは、嵐《あらし》の様子はどうだ？」彼はギレスピーに訊いた。

「船上の気象学者の話によると、二、三時間もすれば通過する」

「橇に人工遺物を積み終わった」

「助けが必要か？」

「橇一台当たりの重量は、三八〇キロ近いはずだ。橇を引いてポーラーストーム号へ戻るのを手伝ってもらえるのなら、どんな援助でも喜んで受ける」

「天候が回復するまで待機してくれ」とギレスピーは告げた。「わたしがじかに救援隊の指揮を取る」

「本当にやってくる気なのか？」

「では、一八世紀の船のデッキを歩く機会を失うのか？　フランス中のコニャックと引き換えでも、そんなのは断る」

「船長に紹介するぜ」

「船長を目撃したのか？」ギレスピーは興味ありげに訊いた。

「まだだが、ロクサーナ・メンダーが誇張しているのでなければ、彼はポプシクル（アイスキャンディー）なみに、生きがいいはずだ」

レイ・ハント船長は、一七七九年に落命したその時そのままに、いまも机に向かって坐《すわ》っていた。机のかつて航海日誌が置かれてあった場所の氷が少し窪《くぼ》んでいるだけで、後はなにひとつ変わっていなかった。ピットたちは厳粛な心持ちで、ベビーベッドの子供とハント夫人を観察した。二世紀にわたる氷が、彼女の悲しみにくれた優雅な顔立ちを覆っていた。犬は凍りついた単なる白い塚になってしまっていた。

彼らは船室を巡り歩いて、死んで久しい乗客たちをハロゲン灯で照らした。氷の屍衣《しい》が眩《まぶ》しく煌くので、下にある死体はほとんど見えない。ピットは死者たちの最後の瞬間を思い描こうとしたが、あまりにも凄惨《せいさん》な悲劇ゆえに、とても考えを巡らすことが出来なかった。おぼろげなうす暗がりのなかで、氷に包まれて硬直している青ざめた人の姿を見ても、彼らが世界の隔絶された酷薄の土地で命を落とすまで、呼吸もしていたし日々生活を営んでいたのだとなかなか思えなかった。一部の顔の表情は、氷のために歪《ゆが》められており、言いようもないほど恐ろしげだった。救出の望みのない孤独な状況で、彼らは最後の瞬間にどんなことを考えたのだろう？

「これは悪夢だ」ノースロップがつぶやいた。「光輝ある悪夢だ」

ピットは訝《いぶか》しげに彼を見た。「光輝ある？」

「なにもかも驚異だ。人体が時を越えて凍結され、完全な状態で保存されている。この事が低温科学に持つ意味を考えてみるがいい。彼ら全員を生きかえらせる可能性について考えてみたまえ」

その発想に、ピットは頭に一撃食らった思いがした。いつの日にか科学は、マドラス号の凍えた死せる乗客や乗組員たちを再生させる事ができるだろうか？「二〇〇年後に甦《よみがえ》った人たちと話を交すことにより、書きかえられるだろう歴史の膨大な量を考えてみるがいい」

ノースロップは両手を宙に投げ上げた。「夢とは限るまい？　われわれの生きている間には無理だろうが」

「おそらくは」ピットは可能性を検討しながら言った。「しかし、出来るものならその場に居合わせて、哀れな死者たちが一七七九年以降の世界の変貌《へんぼう》ぶりを目《ま》の当たりにした際の反応を目撃したいものだ」

四時間後に嵐雲《あらしぐも》は通りすぎ、風は収まった。コックスは洞穴の外に立ち、氷に用いた道具類を覆っている黄色い防水シートを旗のように振った。一塊の人影が合図に目を留め、凹凸《おうとつ》の激しい氷原を蛇行しながら洞穴へ向かって移動を開始した。ピットが数えたところでは、青緑色の蟻《あり》にも似た一〇名からなる一行が、真っ白な氷原を渡って近づいてきた。彼らがさらに近づくにつれ、ギレスピーが先頭に立っているのが分った。同時に、その背後の小柄な人物は、ジャーナリストのエヴィ・タンだと気づいた。

三〇分後に、ギレスピーはピットに歩みより微笑《ほほえ》んだ。「公園の散歩にはうってつけの日よりだ」と彼は陽気に言った。

「南極海洋遺物博物館へようこそ」ピットは船長を中へ案内し、頭上の船腹を指差した。

「梯子を上るさいには慎重に、アイラが実に巧みに氷に刻んでくれたんだ」

ピットとギレスピーはエヴィを伴って船内を一巡した。その間に彼女はフィルムを一〇本使って、古い船の内部のあらゆる隅々と死者を記録に残した。一方、コックスとノースロップは、大昔の船荷を積んだ橇《そり》を砕氷船へ曳《ひ》いて行くポーラーストーム号の乗組員の手伝いをした。

ピットはエヴィが嵩張《かさば》るパーカのジッパーを下げ、分厚いウールのセーターをまくりあげ、フィルムのロールを長い下着にテープで張りつけるのを目の当たりにして驚いた。彼女はピットに目を留め笑いかけた。「フィルムを極度の寒さから護《まも》るためなの」

ポーラーストーム号の一等航海士ジェイク・ブシーが、ギレスピーの携帯無線機に呼びかけた。船長はしばらく聞き入ってから、無線機をポケットに押しこんだ。その表情から彼が上機嫌《じょうきげん》ではないことが、ピットには分った。「われわれは船に戻らねばならん」

「また嵐がくるんですか？」エヴィが訊いた。

彼は短く首を振った。「例のＵ－ボート」彼は厳しい口調で知らせた。「あの艦は、ポーラーストーム号から一・六キロ足らずの氷中から浮上した」

18

彼らが砕氷船に近づきながら浮氷群の先方を見やると、白い氷原を背にした潜水艦の鯨に似た黒い輪郭がはっきりと視認できた。さらに近づくと、司令塔に立っている連中が識別できたし、ほかの者たちが艦内から上って、デッキの機関砲に群がるのも見えた。Uｰボートはポーラーストーム号からわずか四〇〇メートルの氷原を突き進んでいた。

ギレスピーは携帯無線機で一等航海士を呼び出した。「ブシー！」

「待機中です、船長」

「防水ドアを閉鎖し、全乗組員と科学者たちに救命胴衣の着用を命じろ」

「了解、船長」ブシーは応じた「防水ドアを作動中」

「あの幽霊船はまるで疫病神《やくびょうがみ》だ」ギレスピーはつぶやいた。「あいつの悲運は伝染する」

「ありがたいことに多少のツキはある」とピットは言った。「潜水艦は氷を貫いて魚雷を発射できない」

「その通りだが、向こうには機関砲がある」

船上の人間に隔壁ドアの閉鎖を知らせる警報が冷たい大気中に鳴り響き、氷原を渡っていった。ピットやほかの者たちは、急いで砕氷船を目指した。雪は重い荷を積んだ橇《そり》によって押し固められていたので、その道をたどって行くのは楽だった。数人の乗組員は舷梯《げんてい》周辺の雪原に立って監視しながら、一行をせき立てた。

船長はまた無線で呼び出した。「ブシー。Uボートは接触を試みて来たか？」

「なにひとつ、船長。連絡を取りましょうか？」

ギレスピーはちょっと考えこんだ。「いや、まだよそう、だが疑わしい動きをしないか油断なく見張ってくれ」

「あの艦の艦長とは、半島出港後の航行中に交信したのか？」とピットは訊《き》いた。

「二度試みたが、識別要請は無視された」

ギレスピーは潜水艦から目を離さなかった。「君から知らせを受けたとき、提督はなんと言った？」

「こう言っただけさ、〝わたしが面倒を見る〟」

「提督が約束してくれたのなら、絶対信用できる」ピットは考えを巡らすようにいったん黙りこんだ。「潜水艦に伝言を送るようジェイクに命じるがいい。艦長に対して、こっちの調査船は潜水艦が浮上したまさにその地点の氷の下に、人工地震用水中装置を投下したと警告してやるんだ」

「そんな嘘《うそ》を言ってどんな利益にありつけるのかね？」

「時間稼ぎが必要だ。サンデッカーがどんな計画を練っているにしろ、仕上げるために時間が要る」

「向こうの連中は、われわれが無線で話していることをたぶん総《すべ》て盗聴している」

「それは計算ずみさ」ピットは笑いながら言った。

「連中が第二次世界大戦中に、孤立した輸送船団に対して用いたと同じ手段を採用しているならば、当然彼らはわが方の衛星通信を妨害している」

「それも計算に入れていいだろうな」

彼らが船にたどりつくには、まだ八〇〇メートルは残っていた。ギレスピーは無線機の送信スイッチを押した。「ブシー、注意して聞くんだぞ」そう切り出してから、潜水艦が交信を傍受しているのを承知の上で、敵方に伝えるべき言葉と為《な》すべきことを一等航海士に指示した。

ブシーは上司の命令に疑問をさしはさまなかったし、毛筋ほどのためらいも見せなかった。「了解、船長。直ちに潜水艦と接触し、警告を発します」

「いい部下を持っている」ピットは感心して言った。

「最高の」ギレスピーは同意した。

「一〇分たったら、また与太話をぶつけて、潜水艦の艦長が騙《だま》されやすい野郎であるこピットはエヴィ・タンのほうを向いた。彼女は大きくあえいでいた。「せめてカメラ機材ぐらい、僕に運ばせてくれないかな?」

彼女は首を激しく振った。「写真家は自分の機材を運ぶものです。わたしならご心配なく。先に行って。船端で追いつきますから」

「身勝手なことはしたくないが」とギレスピーは釈明をした。「わたしは一瞬でも早く船上に戻らねばならない」

「早く行け」ピットは彼に言った。「おれたちは君と船で落ち合う」

船長は猛然と走り出した。ピットは氷の洞穴内で、スキーを使ってくれと強く勧めたのだが、エヴィは憤然と拒否した。今度は、ほとんど説得されるまでもなく、彼女はバインディングに足を留めてもらった。つぎに彼はストックを渡した。「先に行きたまえ。わたしは潜水艦をもっと近くで見たい」

エヴィを出発させると、ピットは斜めにそれて船尾から五〇メートル足らずの地点まで移動した。氷原越しに、潜水艦を見つめた。デッキ上の機関砲手や、司令塔の縁材《コーミング》に寄り掛かっている将校たちがはっきり見えた。ナチのウンターゼーボート乗組員にお馴《な》染《じ》みの制服を、彼らは着ていないようだった。全員、黒い、身体《からだ》にフィットした寒冷地用オーバーオールに身を包んでいた。

ピットは彼ら乗員にはっきり目視される場所に立っていた。携帯無線機の送信ボタンを押した。「U‐2015の艦長に話がある。わたしの名前はピット。あなたには、ポーラーストーム号船尾のはずれに立っているわたしが見える」一瞬間を置いてそのことを先方にはっきり意識させると、話を続けた。「当方はそちらの正体を、完全に掌握している。お分かりですか？」

静電の軋《きし》りが無線機から流れ出、やがて親しげな声が取って代わった。「ああ、ミスター・ピット。こちらはU‐2015の艦長です。なにかご用ですか？」

「あなたはわたしの名前を知っている、艦長。そちらのお名前は？」

「知る必要はない」

「なるほど」ピットは冷静に応じた。「それで辻褄《つじつま》が合う。あなたたち新摂理のお仲間は、むしろ第四帝国といい直すべきかも知れないが、たいそう秘密主義だ。しかしご心配なく、そちらのさもしい殺し屋集団については一言も囁《ささや》かないことを約束する。ただしそれには、あなたが古びたがらくたの寄せ集めを、郷愁をそそる土地から連れだして、帰途につくことが条件だ」

当てずっぽう、せいぜいよく言って純然たる推測だったが、ピットが的を射たことを長い沈黙が物語っていた。まるまる一分たってから、U‐ボートの艦長の声が小型無線機から流れ出た。

「すると君が、どこにでも首を突っ込むダーク・ピットか」

「その通り」ピットはある種の勝利の快感を味わいながら、右側のボタンを押した。

「わたしの名声が、こんなに速く広がっているとは知らなかった」

「なるほど君は、コロラドから一刻も無駄にせずに南極に到着したわけだ」

「もっと早く来られたのだが、あなたの仲間数人の死体処理に手間取ったので」

「君はわたしの堪忍袋《かんにんぶくろ》の限度をテストしているのか、ミスター・ピット？」

話は空疎《くうそ》なやり取りになったが、ピットは時間を稼ぐためにU－ボートの艦長を煽《あお》った。「いや、そちらの不審な行動を説明してもらいたいだけさ。抵抗する術《すべ》のない無防備の海洋調査船に攻撃など加えずに、北大西洋で無力な商船に魚雷を撃ちこんでいればいいんだ」

「われわれは一九四五年の四月に、交戦状態に終止符を打ったのだがね」

司令塔の前方に据えつけられた機関砲の姿といい、こちらへ向けられていることといい、ピットには気に入らなかった。時間切れになりつつあることは分っていたし、U－ボートがポーラーストーム号と乗組員全員を葬《ほうむ》り去る気でいることは確かだった。「では、第四帝国をいつ発足させるのだろう？」

「こんなやり取りをこのうえ続けるいわれがわたしには思い当たらない、ミスター・ピット」彼の口調は、ワイオミング州シャイアン市の気象情報を流しているニュースキャスターなみに、一本調子だった。「あばよ」

ピットは先のとがった棒切れを目に突きたてられるまでもなく、この先何が起こるか分っていた。彼が氷丘の背後に飛びこむと同時に、司令塔上の機銃が火を噴いた。弾丸がうなりを上げて宙を飛び、氷原を打ちすえて奇妙なシュッという音を放っている。氷丘の背後の小さな窪《くぼ》みに横たわっていた彼は、移動できなかった。いまさらながら、NUMAの青緑色の寒地用装備を着用しているのを悔いた。明るい色は白い氷原を背景に際立《きわだ》っているので、彼は照準を絞りやすいまたとない標的だった。

伏せている場所から視線を上げると、ポーラーストーム号の上部構造が見えた。ごく近くでありながら、すこぶる遠い。ピットは身体をよじって防寒服を脱ぎはじめ、やがて剝《は》ぎ取り、ウールのセーターと毛織のパンツ姿になった。ブーツを履いたままでは走りづらいに決まっているので脱ぎ捨て、保温ソックスだけになった。飛来する弾幕は止《や》んだ。ピットに命中したはずだがと、たぶん銃手は思い巡らしているのだ。

ピットは頭に雪を擦《こす》りつけて、白い氷原を背に黒い髪が目立たないようにした。そこで、氷丘のふち越しに覗《のぞ》いてみた。銃手は機銃に取りかかっていたが、Uｰボートの艦長は双眼鏡でピットの方向を見つめていた。しばらくすると、艦長は向きを変えて船のほうへ焦点を合わせた。銃手は艦長が身振りで示したほうへ機銃を振った。

ピットは一つ深く息を吸いこむと飛びだし、氷原を猛然と走った。足を蹴《け》りだし、ジグザグを切って、はるか昔に空軍士官学校でクォーターバックをしていた当時とほぼ同じくらい軽快に突き進んだ。ただし今回は、彼のためにブロックをしてくれるアル・ジョルディーノは追走していなかった。氷がソックスを切り裂き足に食いこんだが、痛みなど払いのけた。

ピットが三〇メートル近く疾走した時点でU‐ボートの乗員は気づき、改めて発砲した。しかし狙《ねら》いは高すぎたり、手前すぎた。彼らが射角修正をして撃ちはじめた時には、すでに手遅れだった。ピットがポーラーストーム号の舷梯を迂回《うかい》した一瞬後に、銃弾が鋼鉄に叩《たた》き込まれ、怒り猛《たけ》った蜂《はち》なみにペンキを削《そ》ぎ落とした。

潜水艦の陰になっている砕氷船の安全な側にたどりついたので、ピットは速度を落として息を整えた。舷梯はすでに引き揚げて収納ずみだったし、ギレスピーは全速前進一八〇度の回頭を命じた後だったが、縄梯子《なわばしご》が舷側から投げ下ろされた。速度を上げる船沿いに、ほっとして走りながら梯子を握りしめると、身体を持ち上げた。まさにその瞬間に、船首によって脇《わき》へ放り出された角張ったいくつもの氷の塊が、彼のソックス履きの足の下を通りすぎた。

ピットが手すりにたどりつくと、コックスがすぐさま舷側越しに引き揚げてデッキに立たせた。「ようこそお帰り」彼は顔を大きくほころばせて言葉をかけた。

「ありがとう、アイラ」ピットはあえぎながら答えた。

「船長がブリッジへ来て欲しいそうです」

ピットは黙ってうなずくと、甲板を過ぎってブリッジに通じる梯子に向かった。

「ミスター・ピット」

振り向きながら応じた。「なにか？」

甲板に印された血染めのピットの足跡を、コックスは顎《あご》で示した。「船医に足を見てもらうほうが良さそうだ」

「真っ先に予約をするさ」

ブリッジウィングに出て、ギレスピーはUボートを観察していた。その黒い船腹は、浮上した氷の合間に、微動だにせずに浮いている。振り向くと、ピットがよろめきながら梯子を上ってきた。「えらい目に遭ったな」

「きっと、おれが口走った台詞《せりふ》のせいだ」

「ああ、あんたたちのちょいとしたやり取りは聞いたよ」

「艦長から君に接触はあったか？」

ギレスピーはそっけなく首を振った。「ただの一言もなし」

「外界と連絡は取れるのか？」

「いいや。われわれの予測通り、衛星通信は全面的に手際よく妨害されてしまっている」

ピットは潜水艦を見据えた。「なにを待ち構えているのか気掛かりだ」

「わたしが彼なら、ポーラーストーム号が回頭して公海へ向かうまで待つ。そうなれば、われわれは簡単な舷側砲撃にさらされる態勢におちいる」

「その通りなら」ピットは厳しい口調で言った。「間もなく攻撃がはじまるぞ」

まるでU‐ボートの艦長の胸中を読み当てたかのように、甲板の機関砲の砲身から煙が吐き出されるのがピットの目に映った。瞬時に爆発音がし、砕氷船の大型船尾のすぐ背後で氷が飛び散った。「こいつは近いや」制御コンソール前に立っているブシーはぼやいた。

船橋の戸口に立っていたエヴィは、呆然《ぼうぜん》とした表情を浮かべていた。「どうしてわたしたちに攻撃を加えるのかしら？」

「下へ行け！」ギレスピーは彼女に怒鳴りつけた。「任務外の乗組員、科学者、それに乗客は総て、潜水艦から遠い左舷の船内に留まるように」

まるで逆らうように、彼女はU‐ボートを何枚かカメラに収めると、より安全な船内へ向かった。また爆発音がしたが、音の調子が違った。砲弾は船尾のヘリパッドに命中して炸裂《さくれつ》、パッドは捻《ね》じ曲げられ燻《くすぶ》っている夥《おびただ》しい残骸《ざんがい》に一変した。たちどころに、新たな砲弾が凍《い》てつく大気を軋めきながらつん裂き、耳をろうする衝撃音もろとも煙突に突入して、アルミの缶に斧《おの》を振るったように引き裂いた。ポーラーストーム号は身を震わせ、一瞬ためらっているかに思えたが、つぎの瞬間には体勢を立て直し、また氷原を切り裂きながら前進した。

「間隔が広がりつつある」コックスが声を張りあげた。

「射程外へ出るまでには、かなりの距離がある」とピットが言った。「たとえその場合でも、向こうは潜水して浮氷群の先までわれわれを追尾できる」

潜水艦の機銃はふたたび銃撃を開始し、銃弾は砕氷船の船首に弾痕《だんこん》を残して前部上部構造へ駆けあがり、やがて船橋のガラス窓を捕らえ、無数の破片を吹き飛ばした。銃弾は甲板より一メートル以上高いものに片端から食いこみ、船橋を引き裂きながら過《よ》ぎった。ピット、ギレスピー、それにコックスは本能的に身を投げ出してデッキに伏せたが、ブシーは二秒遅れを取った。一弾が彼の肩を貫通し、もう一弾が顎を叩き割った。

U-ボートの機関砲がまた火を噴いた。砲弾はブリッジ直後の食堂の隔壁に撃ちこまれ、その強烈な衝撃でポーラーストーム号は船首から船尾に至るまで揺さぶられた。衝撃はあたり一帯を圧倒し、鳴り響いた。ブリッジに居合せた全員は、ぬいぐるみの人形さながらに甲板に放り出された。ギレスピーとコックスは海図テーブルに叩きつけられた。ブシーは制御コンソールのひしゃげた残骸の下に転げこんで、すでに甲板に横たわっていた。ピットは船橋ウィングの入口に、身体を半分外に覗かせて倒れこんでいた。

彼は打身やガラスの破片による創傷を数えたりせずに、自らを引きずりあげるように真直《まっす》ぐ立ちあがった。刺激の強い煙に鼻孔は塞《ふさ》がれ、耳鳴りのためにいっさいの物音は遮断された。よろめきながらギレスピーに近づくと、その脇にひざまずいた。ギレスピーは爆風で海図テーブルに叩きつけられ、肋骨《ろっこつ》を三本、たぶん四本折っていた。左右の鼓膜から血が流れている。血は片側のパンツの下肢部からも染《し》み出ていた。「わたしの船を」彼は低くうめいた。「あのくたばり損ないどもが、わたしの船を痛めつけている」

「動くんじゃない」ピットは命じた。「体内に損傷を受けている恐れがある」

「上ではいったい、なんの騒ぎだね？」一等機関士の声が、まだ使い物になる唯一《ゆいいつ》の拡声器から流れ出た。彼の声は機関室の鼓動と唸《うな》りに、ほぼかき消されていた。

ピットは船内電話をひったくった。「われわれは潜水艦の攻撃にさらされている。あらん限りの出力を振り絞ってくれ。被弾してスクラップと化す前に、射程外に出ねばならん」

「下でも損傷や負傷者が出ている」

「もっとひどくなるぞ」ピットは撥《は》ねつけた。「全速で走りつづけないと」

「ジェイク」ギレスピーはうめいた。「どこだ、ジェイク？」

一等航海士は意識を失い血を流して横たわっており、コックスが呆然と彼の上に身を乗り出している。「彼は倒れた」ピットは簡潔に答えた。「指揮系統上、次にくる男は？」

「二等航海士はジョー・バスコムだが、奥さんが出産するのでモンテビデオへ戻ってしまった。コックスを呼んでくれ」

ピットは大柄な三等航海士に身振りで合図した。「アイラ、船長が呼んでいる」

「完全に向きは変わったか？」ギレスピーは確かめた。

コックスはうなずいた。「はい、船長。浮氷原を針路五〇度で脱出中です」

ピットは催眠に掛かって吸い寄せられたようにＵ－ボートを見つめ、デッキの機関砲から砲弾がまた飛び出すのを瞬《まばた》きもせずに待ちうけた。あまり待たされずにすんだ。発砲の瞬間に、彼は死の女神が猛然と氷原を横断するのを目撃した。右舷《うげん》の救命ボートといっても、六〇名収容できる大型のランチを貫通した衝撃波を受けて、船体は発作的に左舷へよろめいた。強大な爆風のために救命ボートは、砲弾がボートデッキと大型救命艇を隔てる側壁に命中して炸裂する以前に、ばらばらに分解してしまった。残骸やひしゃげた手すりや懸吊《けんちょう》装置の真中に、煙混じりの炎が一筋立ち昇っていた。間もなく、右舷全体の甲板が炎上し、ずたずたに切り裂かれた甲板や隔壁の傷口から炎が噴き出していた。

まだブリッジの誰一人立ち直れずにいるうちに、潜水艦上の機関砲からまた砲弾が撃ち出され、ヒステリーを起こした女の妖精《ようせい》さながらに、痛めつけられた砕氷船を軋りながら目差した。次の瞬間、砲弾は増幅する炸裂音もろとも、船首の半分近くを吹き飛ばし、錨鎖《びょうさ》を回転花火さながらに宙に投げ上げた。依然として、ポーラーストーム号はひたすら走りつづけた。

砕氷船は潜水艦との距離を急速に開いていった。司令塔の機銃は効力を失い、静まりかえった。しかし間隔は、十分急速には広がらなかった。砕氷船が射程外へ脱出する可能性がわずかながらあると悟るなり、Uｰボート乗員たちは装填《そうてん》と発砲を倍増した。発砲は一五秒毎《ごと》に行なわれたが、全弾が命中したわけではない。ペースを早めたために撃ち損じも生じ、一発など高すぎて砕氷船のレーダーと無線塔を分断した。

攻撃と破壊にいきなり見舞われたので、ギレスピーには船を引き渡して船上の全員を救う方策を検討する余裕がなかった。そう上手《うま》く行かないことを、ピットだけは心得ていた。第四帝国が、誰一人として脱出させるわけがなかった。皆殺しが彼らの意図であり、死体は水深数百メートルの冷たく無関心な海底へ沈下する砕氷船内に葬られることになるのだ。

ポーラーストーム号が公海に近づくにつれて氷は薄くなり、エンジンは脈打ち、プロペラは凍てつく水を叩き、打ちのめされながらも同船は船首下部で氷を叩き割りながら浮氷原を突き進んだ。ピットは潜水艦に突進して行って体当たりを食わせる可能性を検討したが、間隔が開きすぎていた。調査船が至近距離から放たれる弾幕攻撃に晒《さら》されるのは必至だし、U-ボートはポーラーストーム号が捕捉《ほそく》する前に、いとも易々《やすやす》と海面下に潜航することだってできる。

右舷の救命ボートは燻っている断片の塚でしかなく、舳先《へさき》と艫《とも》の押しひしがれた残骸は捻じ曲げられた縣吊装置からぶら下がっていた。いくつも口を開けている鋸歯《きょし》状の弾痕から煙が不気味に噴きでていたが、機関室が致命的な一撃を受けないかぎり、ポーラーストーム号はひたむきな前進を止めはしない。船橋は叩き割られた断片や裂けたガラスに埋めつくされていて、そこかしこで赤い血が煌《きらめ》き彩《いろど》りを添えていた。

「あと四〇〇メートルで、射程外に出るはずだ！」ピットは騒音に負けずに叫んだ。

「このまま直進」ギレスピーは痛む身体《からだ》を起こして甲板に坐《すわ》りこむと、海図テーブルに背中を預けて命じた。

「電子制御装置は吹っ飛ばされた」とコックスが知らせた。「舵《かじ》は嚙《か》んでしまい利《き》かないので、制御のしようがない。ひょっとするとわれわれは円を描いており、あのいまいましい潜水艦のほうへ戻って行く恐れがある」

「負傷者は？」ギレスピーは訊《き》いた。

「おれの知るかぎりでは、科学者や大半の乗組員は負傷していない」とピットは答えた。「彼らが戦闘をしのいだ船のあの部分は、依然として無傷だ」

「たいした戦闘だ」コックスは出血している唇から押し出すようにつぶやいた。「こっちは雪の玉すら投げつけてやれなかった」

大空がまた切り裂かれた。徹甲弾が船腹に食いこみ機関室を貫通しながら、電気ケーブルや燃料パイプを切断し、反対の舷側から炸裂しないまま抜け出ていった。機関室の係員は誰一人負傷しなかったが、損傷は受けた。大型ディーゼルエンジンは回転力を失い、静かに回って止まってしまった。

「さっきの最後の一撃で、燃料パイプが破裂した」一等機関士の怒鳴り声が拡声器から飛びこんだ。

「修復できるか?」コックスが必死の思いで訊いた。

「出来るとも」

「どれくらい掛かる?」

「二時間、三時間かな」

コックスはピットを見つめた。こんどは向きを変えて、U-ボートを凝視した。「われわれの死に場所は決まった」

「そんな感じだ」ピットの声は深刻だった。「連中はあそこに腰を据えて、浮氷原に穴が一つできるまで機関砲を撃ちまくればことはすむ。離船を命じるほうがいいぞ、ダン。一部の乗組員や科学者は浮氷原を渡りきって沿岸にたどりつき、救助隊が来るまで氷の洞穴で持ちこたえられるかもしれない」

ギレスピーは頰を流れ下る血を拭《ぬぐ》い取るとうなずいた。「アイラ、頼む、船内電話をわたしに渡してくれ」

ピットは敗残兵よろしく、船橋ウィングへ入っていった。そこはまるで、スクラップ場の自動クラッシャーに押しつぶされたような姿を呈していた。彼が船尾方向を見つめると、星条旗が挑みかかるように翻《ひるがえ》っていた。今度はNUMAの青緑色の旗を見上げると、海風に合わせて荒々しくはためいていた。やがて彼は、改めて注意をU-ボートに向けた。デッキの機関砲の砲口に閃光《せんこう》が走り、砲弾はレーダーマストと損壊した煙突の間で軋《きし》みをあげ、一〇〇メートルほど後方の氷原で炸裂した。死刑のしばしの執行停止でしかないことが、ピットには分っていた。

つぎの瞬間、一方の目の片隅で光が煌いたので、さっと潜水艦の先を見やった。不意に彼は、どっと押し寄せる激しい安堵《あんど》感にかられて息を吐き出した。青空を背景に浮かぶ、炎と白い煙まじりの細い一筋の航跡を目撃したのだ。

一五〇〇メートルあまり前方で、一発の地対地ミサイルが氷原を突き破り、水平線上でアーチを描き頂点に達すると、眼下のU-ボート目掛けて過《あやま》たず突入した。一瞬、潜水艦は氷海に浮いていた。つぎの瞬間、炸裂する巨大なオレンジ、赤、それに黄色の炎に潜水艦は包みこまれ、垂れこめた灰色の雲の中にキノコ雲が立ち昇った。U-ボートの船腹は二つに折れ、艦尾と艦首はそれぞれ勝手に空に向かって立ちあがっていた。中央部は業火と煙が逆巻く大混乱に陥っていた。炎の最後の一撃が氷原を引き裂くと、水蒸気が雲のごとく湧《わ》き立った。つぎの瞬間、潜水艦は海中に滑りこみ、海底へ向かって沈んで行った。

総《すべ》てがあまりに早く起こったので、ピットは自分の目をほとんど信じかねた。「消えてしまった」彼は驚きつぶやいた。

U－ボートの消滅がもたらした呆然自失の沈黙は、拡声器から流れでた声によって破られた。「ポーラーストーム号、聞こえますか？」

ピットは無線電話をさっと取り上げた。「聞こえるぞ、よきサマリア人よ」

「こちらはエバン・カニンガム大佐、アメリカ合衆国攻撃型原子力潜水艦ツーソンの艦長です。悪《あ》しからず、もっと早く到着できず」

「今回は、〝遅れてもこないよりまし〟、が当てはまる典型的な例だ」とピットは応じた。「そっちの被害応急隊員を貸してもらえないだろうか？　状況が悪いんだ」

「浸水しているのか？」

「いや、しかし乾舷の状態はかなりひどいし、機関室は一発食らった」

「乗船クルーの受け入れ準備をしてくれ。二〇分後には、そっちの舷側に着く」

「シャンパンとキャビアが待っている」

「どこからの到来物だね？」コックスは魂消《たまげ》て訊いた。

「サンデッカー提督」ピットは答えた。「きっと海軍作戦部長に脅しを掛けたのさ」

「もうU-ボートは送信を妨害していない……われわれの衛星通信を」ギレスピーはつっかえながら言った。「君から提督に連絡するといい。こっちの被害や負傷者に関する報告を待っているだろう」

コックスはブシーの介抱をしていた。彼の意識は戻りつつあるようだった。「事後処理はわたしが引き受けた」ピットは船長に請合った。「楽にして休んでいるさ、医者の手がすきしだい、医務室へつれて行って手当てをさせるから」

「どうだブシーは？」

「死にはせん。ひどい傷を負ったが、二週間もすれば立って歩けるだろう。あんただよ、船上でいちばん酷《ひど》い目に遭ったのは」

「それならありがたい」ギレスピーはあえぎながら男らしく言った。

ピットはワシントンのNUMA本部へダイヤルしながら、二四〇〇キロ足らずしか離れていないサンポール島のジョルディーノに思いをはせていた。ついている奴《やつ》だ、とピットは羨《うらや》んだ。またとない相棒がケープタウンの洒落《しゃれ》た高級レストランで、魅惑的なドレス姿の妖艶《ようえん》なご婦人と坐りこみ、南アフリカのヴィンテージワインのボトルを注文しているところを想像した。

「くじ運」ピットは船橋のわずかに残った骨組みの中で一人つぶやいた。「奴《やっこ》さんはぬくぬくとしているのに、こっちは凍えて半分死にかけていら」

19

「どうしてダークだけ、結構なプロジェクトにありつけるんだね？」ジョルディーノはぼやいた。「われわれがこうして話をしているいまこの瞬間にも、彼はポーラーストーム号の暖かい心地よいキャビンで、すこぶるつきの美人生物学者に左右の腕をからませて眠っているぜ、賭《か》けてもいいが」

彼は霙《みぞれ》を叩《たた》きつけられてぐしょ濡《ぬ》れになって震えながら、山の周辺のところどころに生育しているのを発見した、低木の藪《やぶ》から切り取った小枝を腕一杯に抱えて、ガンと一緒にけ躓《つまず》きながら岩だらけの斜面を洞穴へ向かって上って行った。

「おれたちだって暖かくなるぞ、この薪《まき》の水気が減って火が点《つ》いたら」とガンは応じた。ほとんど葉のない不ぞろいの枝を両腕で抱えてジョルディーノの少し先を歩いていたガンは、ほっとしながらアーチウェイを通りぬけてトンネルに入っていった。荷物を岩の床に投げ出し、片側の壁面に背中をもたせかけると、ずり落ちるようにして坐《すわ》りこんだ。

「こんな代物《しろもの》では、煙をたっぷり煽《あお》りたてるだけじゃないかな」とジョルディーノは水を滴《したた》らせている荒天用着衣を脱ぎ、首筋を伝い落ちた霙を小さなハンドタオルで拭《ぬぐ》いながらつぶやいた。

ガンはカップに注いだすっかり冷めてしまった魔法瓶のコーヒーと、最後のグラノーラクッキーをジョルディーノに渡した。「最後の晩餐《ばんさん》」彼は厳かに告げた。

「いつごろわれわれをこの岩棚から解放してやると、サンデッカーはなにか言ったのか？」

「移送手段が向かっているとだけ」

ジョルディーノは腕時計の文字盤を見つめた。「もう四時間たった。ケープタウンには、パブが閉まる前に到着したいものだ」

「彼はきっとティルトローター機とパイロットをチャーターできなかったのだ。でなければ、もうここに現れているはずだ」

ジョルディーノは首をかしげて、耳を済ましていた。トンネルを通りぬけて、アーチウェイの下に立ち止まった。霙は弱まり、軽くぱらつく小雨に変わっていた。低く垂れこめた雲は途切れて、青空がせわしく流れさる雲の間から顔を覗《のぞ》かせていた。この数時間ではじめて、海までずっと見通すことができた。

それはちょうど、凍《い》てつく窓に残る小さな染《し》みのように映った。見つめているうちに、その染みは大きくなり、黒いヘリコプターに姿を変えた。さらに二キロ足らず近づいてきた時点で、ツインテイルで後部回転翼のないマクダネルダグラス・エクスプローラーだと識別できた。

「お客さんがお見えだぞ」彼は知らせた。「ヘリコプターが一機、北西方向から飛来。高速で、水面低く進入中。空対地ミサイルを搭載しているもよう」

ガンは奥から出てきて、ジョルディーノの隣に立った。「ヘリコプターには、ケープタウンからここまでくる航続距離は備わっていない。きっと船上から飛び立ったんだ」

「標識がまったくない。これは妙だ」

「絶対に南アフリカの軍用機ではあり得ない」ガンは断言した。

「連中が贈り物を運んでいるとは思えない」ジョルディーノは皮肉な口調で言った。

「さもなければ、贈り物を持って行くぞと連絡してくるはずだ」

間もなくヘリコプターのタービンと主回転翼の轟音《ごうおん》に、凍てつく大気が切り裂かれた。パイロットは命知らずではなく、きわめて慎重だった。安全な高度を保って断崖《だんがい》の上空へ飛来すると、少なくとも三分はホバリングをしながら、かつてティルトローターが駐機していた岩棚を仔細《しさい》に観察した。やがて彼は、気流を感じ取りながら、徐々に高度を下げた。降着用スキッドが岩盤の表面に接触し、主回転翼はゆっくり弧を描きながら止まった。

そして静寂。風がないので、山の斜面は静まり返った。少し間があってから、一二〇センチあまりもあるキャビンの大きな引き戸が開いて、黒い繋《つな》ぎの男が六名、地上に下り立った。彼らは小さな国なら侵略できそうなほど、大量の武器と火力を装備していた。

「変わった姿をした救出隊だ」ジョルディーノは言った。

ガンはすでにグローバルスター電話で、ワシントンの提督にダイヤルしていた。サンデッカーが応答すると、ガンは簡潔に伝えた。「われわれは黒い無標識のヘリに乗った、武装訪問客を迎えました」

「今日は小競《こぜ》り合いの鎮圧に、引きずりまわされる定めのようだ」サンデッカーは辛辣な口調で言った。「まずピットで、今度はお前さんだ」調子が一変して、かくれもない気遣いが声にこもっていた。「どれくらい潜伏していられる？」

「二〇分、たぶん三〇分は持つでしょう」とガンは答えた。

「合衆国ミサイルフリゲート艦が一隻《せき》、全速でサンポール島を目指して現に航走中だ。艦載ヘリコプターの航続距離内に入ったら、飛ばすよう船長に要請するつもりだ」

「おおよその見当はおつきですか、提督、それまでどれくらい掛かるか？」

重苦しい沈黙があってから、「一時間かな、うまく行ったらそれを下回るかも」

「さぞお疲れでしょう」ガンは真摯《しんし》な共感をこめて物静かに言った。「われわれにはただ感謝あるのみです」提督の頑固一徹ぶりも、まさに腰砕けにならんとしていた。「ご心配は、無用にお願いします。アルとわたしは、月曜日までには、オフィスに戻っております」

「そうだとよいが」サンデッカーは生真面目《きまじめ》に応じた。

「失礼します、長官」

「じゃ、ルディ。神の恵みを。それにアルに言ってくれ、葉巻を一本進呈すると」

「必ず」

「どれくらい掛かるって？」ジョルディーノはガンの落ちこむ表情を見てとって、最悪の答えを予期しながら訊《き》いた。

「二時間」

「そりゃなんとも嬉《うれ》しいね」ジョルディーノはうめいた。「誰かに説明してもらいたいものだ、あのろくでもない殺し屋たちがどうしておれたちがここに居るのを知ったのか」

「いい質問だ。われわれは選ばれたグループの一員だ。われわれ五人だけなんだぞ、マドラス号の乗客たちが例の黒い頭骨を発見した場所を知っているのは」

「連中は国際的なたれこみ屋の大群を率いているように思えてきた」

探索隊は散開した。武装した男三人は約五〇メートルの間隔を取って、山の周囲を斜行しながら登りだした。ほかの三人は反対側からスタートした。明らかに連中は、螺旋《らせん》を描きながら山を登ってトンネルを見つけるつもりのようだ。

「一時間」ガンはつぶやいた。「彼らは一時間たらずで、古い道に出くわすさ」

「むしろ五分だろうな」ジョルディーノは宙に上昇したヘリコプターのほうを身振りで示しながら言った。「パイロットはわれわれの戸口へ、仲間をきっちり誘導するもの」

「話し合いの余地ありかな？」

ジョルディーノは首を振った。「あいつらが、ダークとおれがテリュライドで対決した連中と繋《つな》がっているのなら、握手も抱きしめもしないし、手加減もしやしない」

「丸腰の男二人対喧嘩《けんか》腰《ごし》の男六人。条件を五分五分に持ちこむ必要がある」

「策があるのか？」ジョルディーノは訊いた。

「あるとも」

ジョルディーノは小柄で学究肌のオタクを感じさせる相手を面白そうに見つめた。

「悪辣《あくらつ》で、薄汚く、そのうえ油断もすきもない代物か？」

ガンは茶目っ気のある笑いを浮かべてうなずいた。「全部そろっているうえに、お釣りが来る」


ヘリコプターで山を四回近く旋回しているうちに、パイロットはトンネルに通じる古代の道を視認した。二手に分かれた探索隊に情報を流すとともに、第二班は山のはるか反対側に回っていたので、道の上でホバリングをしてガイドの役を務めた。三名からなる第一班は道を目指して集結し、たっぷり二〇メートル間隔を取って一列縦隊になって迫ってきた。それは典型的な進入態勢だった——先導者は前方の地勢に神経を集中する、二番目は山の上部斜面を観察し、三番目は低い側面を注視する。やがてヘリコプターは探索第二班のほうへ移動し、道へ出るいちばん楽なルート沿いに彼らを誘導した。

路上に出た第一班は崖崩《がけくず》れを乗り切って、ガンとジョルディーノが先ほど通りぬけたトンネルの入口のすぐ近くにある大きな岩に近づいてきた。先頭の男は岩を迂回《うかい》したとたんに、アーチウェイの外側に出た。彼は振りかえり、背後の者たちに叫んだ。「トンネルにたどりついたぞ」彼は英語で言った。「中に入る」

「闇討《やみう》ちに気をつけろよ、ナンバーワン」列の二番目の男がどなり返した。「向こうが武器を携帯していれば、いまごろまでに使っているはずだ」

先行者は岩を回って姿を消した。やがて二分ほど後に、二番目の男が続いた。彼らの視野外にある三番目の男が岩に近づいて行くと、人影が一つ、身を潜めていた岩石の間から静かに立ちあがった。三番目の男の神経はトンネルにたどりつくことに集中されていたので、背後でする転がっている岩石がぶつかり合う柔らかい物音や密《ひそ》やかな足音に気づかなかった。彼はなにで殴られたのか、分らずじまいになった。ガンが力をこめて大きな岩石を思いっきり振り下ろしたので、男は頭骨を叩き割られ声一つ立てずに倒れた。

一分と経《た》たぬうちに、死体は積み重ねた岩石で完全に覆《おお》い隠された。ヘリコプターがまだ視界に入らない山の反対側にいることをさっと眺めて確かめると、ガンは這《は》いずって大きな岩を迂回した。だがいまや彼は突撃銃、口径九ミリの自動拳銃《けんじゆう》、それにコンバットナイフで武装していたし、防弾チョッキで身は護《まも》られていた。ガンが考え出した狡《こう》猾《かつ》な生き残り作戦は、上々の出足を切った。

探索班の引率者は、長い懐中電灯を脇《わき》に挟んで行く手を照らしながら、慎重にトンネルに入っていった。彼はゆっくりとした足取りでトンネルから、腰だめで発射できる体勢を取って、最初の部屋へ入っていくと、身体《からだ》を右から左へひねって懐中電灯を振りまわした。目に映ったのは老水夫の骸骨《がいこつ》と、腐食した調度品、それに片側の壁に掛かっている何枚かのアザラシの皮だけだった。

彼はほっとして銃口を下げ、頭に留めてある無線機に話しかけた。「こちらナンバーワン。トンネルにも洞穴にも誰もいない。昔の船乗りの遺骸が一つあるだけで、この島に漂着したものと思われる。聞こえるか？」

「聞こえるぞ、ナンバーワン」頭上背後で轟《とどろ》くエンジン音に彩《いろど》られた、ヘリコプターのパイロットの声が返ってきた。「確かに、NUMAのエージェントたちの姿はないのか？」

「おれを信じるんだな。ここにはないぞ」

「間もなくナンバーフォー、ナンバーファイブ、それにナンバーシックスがそっちに着いたら、こっちは海べりの断崖を調べてみるとしよう」

ナンバーワンは無線機を切った。それが、彼が生存中の最後の行為となった。ジョルディーノはアザラシの毛皮の背後から飛び出し、かき削った古い黒曜石の槍先《やりさき》を相手の喉《のど》に突きたてた。恐ろしげな咳《せ》きこみと喉声に続いて、やがて静寂。探索者は部屋の床に崩れ落ちて死んだ。

ジョルディーノは相手が地べたに倒れこむ一瞬前に、突撃銃をひったくった。すばやく死体をトンネルの片側へ引っ張って行くと、ヘッドセット式の無線機を外して自分の頭に着けた。今度は荒天用着衣をまるめ、ライフルの銃口に押し当てた。

「ナンバーワン」トンネルの入口のアーチウェイで大きな声がした。「なにか見つかったか？」

ジョルディーノは片手を口に当てると、部屋の奥に向かって叫んだ。「古い骸骨だけだ」

「ほかに、なにもないんだな？」探索班の二番手は洞穴に入るのを渋っているようだった。

「なにひとつ」ジョルディーノは危険を冒す覚悟を決めた。「中に入ってきて自分で見るがいい、ナンバーツー」

まるで空気を嗅《か》ぐ雄鹿《おじか》のように、ナンバーツーは用心しながら部屋に入ってきた。ジョルディーノは闖入者《ちんにゆうしや》の目に懐中電灯の狙《ねら》いを絞ってスイッチを入れ、眉間《みけん》に銃弾を一発撃ちこんだ。銃声は荒天用着衣のために和らげられた。何事かとガンが、突撃銃を構えて部屋に駆け込んできた。

「これで二対三だ」ジョルディーノは勝ち誇るように声をかけた。

「図に乗るなよ」ガンはたしなめた。「ヘリコプターが戻ってきた日にゃ、おれたちはここに閉じ込められてしまう」

「連中がナンバーツーのように、ナンバーワンに化けたおれを信じてくれるなら、おれはP・T・バーナム（訳注 アメリカの興行師。有名なバーナム・アンド・ベイリー・サーカスを創設）を再度演じて、彼らを中へおびき寄せられると思うんだ」

探索隊の次の一行は、第一隊ほど無用心ではなかった。彼らは手紙爆弾の可能性を調べる郵便物検閲係なみに、洞穴に通じる道に慎重に近づいてきた。頭上でホバリングしているヘリコプターに背を向けて一人ずつ、仲間の二人の援護を受けて前進すると地べたに伏せて、今度は仲間の援護に当たり交互に前進する方法で、トンネルの入口のアーチウェイへじりじりと接近して行った。

彼らが警戒したのはもっともで、ジョルディーノは聞きなれぬ声だと気づかれるのを恐れて無線のスイッチはできるだけ切っておいたし、連中の呼びかけには応答せずにいた。NUMAの二人は、ジョルディーノの肩幅や胴回りに似通った死体の服を剝《は》ぎ取った。袖《そで》が五センチほど、パンツが一〇センチほど長すぎる黒い繋ぎにすっぽり収まると、突撃銃を肩に掛けて大胆にも外へ出て行った。彼はヘッドセットのマイクに口の片隅から話しかけて、自分が殺した男の声の調子に合わせようとした。

「なにをもたついているんだ、ナンバーフォー？」彼はヘリコプターを見上げぬまま、落ち着き払って訊いた。「君の行動は婆《ばあ》さんそっくりだ。言ったろう、トンネルと洞穴の中にはなにもない、この島に流れ着いた船乗りの朽ちはてた遺骸があるだけだと」

「いつもの口調とは違うぜ、ナンバーワン」

ジョルディーノはこのうえ連中を騙《だま》すのは無理だと悟った。「風邪にかかってしまったらしい。こんな厳しい気候では驚くこともないが」

「寒さのせいで、背丈が一〇センチも縮んだようだ」

「勝手に笑い種《ぐさ》にするさ」ジョルディーノはぼそぼそとつぶやいた。「おれは雨におさらばするぜ。お前もそのほうがいいぞ」

ジョルディーノは向きを変えて洞穴に引きかえした。探索者たちが仲間内で殺し合いなどないと思っているかぎり、背中に弾丸を浴びせられる恐れはないと確信があった。

「やつらは感づいた」とガンは告げた。「君の無線でのやり取りを聞いていたんだ」

「第一案は？」ジョルディーノは簡潔に訊いた。

「落盤を這いずりぬけて次のトンネルへ戻り、奴《やつ》らを待ち伏せする」

「せいぜい一人か二人倒せれば、いいほうだ」

「少なくとも、数の上でわれわれの方が有利になる」ガンはまるで浮かれたように言った。

　ほんの数分しかないので、岩壁《いわかべ》を這いずり抜けて玄室《げんしつ》に入りこむ空間を彼らは必死の思いで掘り起こした。じとつく寒気にもかかわらず、狭い開口部から死骸を二体押しこめ、自分たちも身をよじりながらバックパックを引きずって潜りこむころには、彼らはひどく汗をかいていた。彼らのタイミングはほぼ完璧《かんぺき》だった。岩石をもとの場所に積み上げ、小さな穴から外側の部屋を覗《のぞ》いた途端に、ナンバーフォーが部屋に飛びこんできて床に伏せ、そのすぐ後ろからナンバーファイブが駆けこみ、二人とも懐中電灯と銃口をすばやく振って左右の壁面を照らした。

「おれの言った通りだ」ジョルディーノは口の正面のマイクに音を拾われないように、ガンの耳元に柔らかく囁《ささや》いた。「連中はナンバーシックスを予備として外に残した」

「ここには誰もいないぞ」ナンバーフォーが知らせた。「洞窟《どうくつ》は空だ」

「それはない」ヘリコプターのパイロットの声が流れ出た。「三人とも一五分たらず前に、トンネルに近づきつつあったのだぞ」

「彼の言う通り」ナンバーファイブが支持した。「ナンバーワン、ツー、それにスリーは消えうせてしまった」

彼らは声を押し殺して話し合った。しかしガンは、ヘッドセットの無線で一語残さず聞き取った。依然として油断怠りなく警戒しながらも、彼らは部屋の中に人の隠れる場所がまったくないのを見届けると、わずかながら安心した。

「立っている奴を片づけろ」ジョルディーノは低く囁いた。「連中は防弾チョッキを着ているから、頭を狙え。おれは坐《すわ》りこんでいる奴を引き受ける」

銃口を幅がせいぜい二・五センチで直径が一・三センチ足らずの穴に、照星ごしに標的が見える程度に差しこみ、自分たちを殺しにやって来た男たちに狙いを定め同時に一発ずつ発射すると、銃声は岩盤の室内で雷鳴さながらに轟いた。地べたの男は身体を引きつらせただけだったが、立っていた男は両手を放り上げあえぐと、弱々しく足もとの死体の上に倒れこんだ。

ジョルディーノは面前の岩石を押し分けると、穴ごしに懐中電灯で照らして、自分たちの手際《てぎわ》を点検した。ガンのほうを振り向くと、喉を掻《か》ききる仕草をした。ガンは了解し、ヘッドセットの無線のスイッチを切った。

「ここに留まるしかないな」ジョルディーノはつぶやいた。

彼がその理由を説明しはじめる前に、無線から声が飛び出した。「そっちで、なにがあったんだ？」

　このうえ誤魔化しつづける気はないので、ジョルディーノは答えた。「たいしたことじゃない。ウサギを一羽しとめたんだ」

「ウサギだって？」ヘリコプターのパイロットは詰問《きつもん》した。「そりゃいったい、どういう冗談だね？」

「われわれの仲間たちは死んだらしい」ナンバーシックスが深刻な口調で言った。「NUMAのろくでなしどもが、きっと彼らを殺したんだ」

「彼らのことさ、おれが言ったウサギってのは」とジョルディーノは知らせて、痛めつけたうえに侮辱を浴びせた。

「きっと殺してやる」ヘリコプターのパイロットは息巻いた。

「昔のギャングが警官たちに吐いた台詞《せりふ》じゃないが、おれたちをやっつけに来てみやがれ」

「それには及ばん」とパイロットは応じた。

「伏せろ！」ジョルディーノは押し殺した声で命じた。「襲ってくるぞ」

　パイロットはヘリの機首をトンネルの入口に向けると、ミサイルを一発発射した。次の瞬間、風を切る大きな音とともに、ロケットはヘリコプターの胴体に取りつけられたポッドから飛び出した。ロケットは片側の壁面に激突して炸裂《さくれつ》、トンネルを貫通しなかった。爆風は岩盤に閉鎖された場所だけに、耳を聾《ろう》するばかりだった。その衝撃は、まるでグランドピアノが一〇階から、わが身の上に落ちてきたほどに感じられた。岩盤は死をもたらす砕石と化して飛散し、室内のあらゆる物をずたずたに切り裂いた。煙と塵《ちり》が狭い空間でともに圧縮されて、ハリケーンなみに激しく湧《わ》き立ち渦を描き、もっとも抵抗の少ない通り道を選んでトンネルを吹きぬけ、外部の大気中に拡散した。部屋の中のあらゆる可燃物は、瞬時に炎上した。

信じがたいことに、トンネルの天井も部屋も崩落しなかった。爆裂の主力は、煙や塵とともにトンネルを吹き戻されたのだ。ジョルディーノとガンは、巨大な拳《こぶし》で肺の中の空気を叩《たた》き出されたような感じを受けた。機敏に反応して、繋《つな》ぎの上半分を引っ張りあげて顔を覆い塵と煙を防いでから、奥の玄室へ一時避難した。

「神様、頼むぜ……ロケットをもう一発ここへ打ちこむなんて、よしてくれよ」ガンは咳きこみながらぼやいた。「そんなことになったら、われわれは間違いなくお陀仏《だぶつ》だ」

ジョルディーノは耳鳴りがひどくて、相手の言葉をろくに聞き取れなかった。「なんとなく、連中は一発で十分だと思いそうな予感がする」空咳をしいしい、ざらつく声で言った。麻痺《まひ》した感覚が徐々にもどってきたので、岩石を引きぬいて開口部を広げはじめた。「石を取り除くのにはうんざりだ、ほんとに」

いったん穴を通りぬけると煙と塵の中を手探りで進みながら、襲撃者たちの死体をまさぐって余分な兵器を探し、最終的には突撃銃五丁と同じ数の自動拳銃を二人は手に入れた。消えうせてしまった空気をあえぎ求めながら手探りで、ジョルディーノは突撃銃三丁をバックパックから取り出した紐《ひも》で一緒に縛りつけた。三丁の銃は、いまや平行に一体になっていた。つぎに三丁の引き金に紐を掛け、その紐を用心鉄《ようじんがね》の下で結んだ。

「連中は思ってもいないはずだ、おれたちが銃撃しながらトンネルから飛び出してくるなんて」彼はガンにいった。「あんたはナンバーシックスを殺《や》れ。おれはヘリコプターに挑む」

ガンは汚れた眼鏡を袖口で綺麗《きれい》にぬぐうと、うなずいた。「おれを先に行かせるほうがいい。ナンバーシックスが排除されていなければ、君がヘリコプターを狙い撃つチャンスにはありつけまい」

ＮＵＭＡの次長をほぼ自殺的な任務につかせることに、ジョルディーノはためらいを感じた。異議を唱えようとした時には、ガンは銃を構えて炎と煙の中へ姿を消していた。

ガンは蹴躓《けつまず》いてトンネルの中でうつ伏せに倒れ、よろめきながら立ちあがると、依然としてトンネルの入口から降り注いでいる断片の中から姿を現わした途端に銃弾になぎ倒されるのを恐れながら、あらためて前進した。ところがナンバーシックスはいまだに生存者が中にいるなどとは信じられなかったので、警戒をゆるめてヘリコプターのパイロットと交信中だった。

視界はほとんど利《き》かなかったし、ナンバーシックスが立っている場所とアーチウェイとの位置関係がまったく分らないのが、ガンの弱みだった。眼鏡には煤《すす》の膜が掛かっているわ、涙が出るわで、アーチウェイの右手一〇メートル足らず前方に立っている黒装束のおぼろげな人影を辛うじて見分けるのがやっとだった。彼は引き金を絞り発射した。弾丸はナンバーシックスの周囲をしきりに跳飛し、命中しなかった。探索員はくるっと振り向きざまに、ガン目掛けて五発見舞った。二発は外れたが、一発が左足の脹脛《ふくらはぎ》に食い込み、残りは防弾チョッキに叩きこまれ、ガンは後ろへよろめいた。その瞬間、思いがけずジョルディーノが三丁の銃を同時に撃ちまくりながら煙の帳《とばり》を突き破って登場し、ナンバーシックスの頭をほぼ裁ち切ってしまった。彼はなんの躊躇《ためら》いもなく三丁の銃身を空に向けるとヘリコプターの胴体に銃撃を開始し、薄い金属板に一分につき三〇〇〇発近い銃弾を叩きこんだ。

眼下で探索隊の同じ制服姿の二人が撃ち合っている光景に唖然《あぜん》としたために、ヘリのパイロットは行動を起こすのに手間取った。彼がM-Cエクスプローラーの機首の下に搭載された機関銃を発射する態勢を取ったときには、ジョルディーノはすでに非装甲のヘリコプターに大量の銃弾を浴びせはじめていた。ミシンで縁をかがるように、絶え間ない銃弾の流れは胴体の側面を移動して行き、風防ガラスを四散させて操縦室に飛びこんだ。つぎの瞬間、あたりが静まりかえった。ライフルの弾倉が底をついたのだ。

エクスプローラー機は宙吊《ちゅうづ》りになっているように思えたが、やがてにわかによろめき操縦性能を失い、アーチウェイから三〇〇メートルほど下の山の側面に墜落して爆発炎上した。ジョルディーノがライフルを放り出してガンの脇に駆け寄ると、彼は負傷した脚を抱えこんでいた。

「そこにじっとしているんだぞ！」ジョルディーノは命じた。「動くなよ」

「ほんのかすり傷だ」ガンは食いしばった歯の間から搾《しぼ》り出すように言った。

「かすり傷だと？　被弾して脛骨《けいこつ》を折られているじゃないか。複雑骨折だぞ」

ガンは苦痛をこらえてジョルディーノを見上げ、固い笑顔を浮かべて見せた。「君の看病ぶりはどうだろうって、あまり考えたことはないようだ」

ジョルディーノはガンの強がりをまったく無視した。自分の片方の靴紐を引きぬくと、止血帯代りに膝《ひざ》の上を縛りつけた。

「このまま、すこし我慢できるか？」

「我慢したほうがよさそうだ、失血死したくないなら」ガンはうめいた。

ジョルディーノは走ってトンネルへ引き返し、燻《くすぶ》る部屋を通り抜け、落盤個所の奥からバックパックを取り戻した。中には救急箱が入っているのだ。数分後に戻ってくると、迅速かつ手際よく傷口を消毒し、最善をつくして止血に当たった。

「これで収まるとはとても思えない」とジョルディーノは言った。「ケープタウンで医者に診てもらうほうがいい」小柄な男を動かしたくなかったので出来るだけ楽な姿勢にしてやり、バックパックから取り出したビニールシートで覆《おお》って霧雨から護《まも》ってやった。つぎに彼は提督に電話をして、ガンの負傷を報告し、早く救出隊を派遣してくれと訴えた。

サンデッカーとのやり取りを終えると彼は電話をポケットにしまい、下の斜面で燃え上がっているヘリコプターを見つめた。

「狂気だ」彼は自分に向かって一人つぶやいた。「まったくの、まじりっ気なしの狂気。こんなに大勢の人間を殺し合いに駆りたてる動機はいったいなんだろう?」できうることなら、いっそ早く答えを得たいと彼は思った。

20

「海底まで四八メートル」撃沈されたUボートの墓標と化した不気味な氷の穴をじっと覗《のぞ》きながら、アイラ・コックスが知らせた。「どうしてもやる気なんですか？」

「海軍の被害収拾班がポーラーストーム号の機関室と船橋を修理し終わるには、まだ二時間は掛かるだろう」とピットは説明した。「それに、この船には極地用の潜水装備が搭載されているので、潜水艦内部を調べるこの機会を見逃すわけにはいかん」

「なにを探し出すつもりなの？」とエヴィ・タンが訊《き》いた。彼女はピットや船から送り出された小人数の分遣隊に同行してきたのだ。

「航海日誌、書類、報告書、なにか記されていて艦長や出港した秘密基地の手掛かりになる物ならなんでも」

「一九四五年ですよ、ナチスドイツは」コックスは小さく微笑《ほほえ》みながら言っただけで、知ったふうな態度は見せなかった。

ピットは氷の上に坐《すわ》りこみ、足ひれを取りつけた。「そうなんだ、しかしこの五六年、この潜水艦はどこに隠れていたのか？」

コックスは肩をすくめると、ピットの水中通信装置のテストを行なった。「ちゃんと聞こえますか？」

「鼓膜にえらく響く。音量を下げてくれ」

「これでは、どうです？」

「これならいい」ピットの声が、氷の開口部脇《わき》の指令テント内に設けられたスピーカーから流れ出た。

「一人で行くのは止《よ》すべきだ」コックスは言った。

「連れのダイバーがいては邪魔になるだけだ。それに、これまでに極地の氷の下に二〇回以上潜ったことがあるので、なにも初めての経験ではないんだ」

テント内の発動機ヒーターの暖かさに包まれて、ピットはダイベックスアルマジロ・ホットウォータースーツを着こんだ。それは内外の管を介して、手足や頭部をふくむ身体《からだ》全体に温水が循環する仕組みになっていた。温められた水は、ヒーターとポンプの組み合わせによって命綱へ注入され、潜水服の吸入用の多岐管へ送りこまれるので、ピットは多岐管によって流量を調整できる。ワイヤレス送受信装置に繋《つな》がっている、AGA・MK－IIフルフェイスマスクをかぶった。彼は動きやすいよう、水上支援装置に依存するのはよして、エアタンクを背負って行くことにした。サブストロボ・アークライト水中潜水灯の点検が手早く済んだところで、出発の準備は整った。

「うまく行くように祈っているわ」フードとフェイスマスク越しでもピットに聞こえるように、エヴィは声を張りあげた。そして、氷穴の縁に坐りこんでいる、凍《い》てつく水中に沈みこむ直前のピットの写真を撮りまくった。「どんなに頼んでも、防水カメラを持って行ってもらうのは無理なの？」

ピットが覆《おお》いに包まれた顔を小さく振ると同時に、スピーカーから声が流れ出た。

「写真家を務める時間はありっこない」

一つ手を振ると、ひれをつけた足で氷の縁から身体を押し出し、反転して水中に潜った。潜水を続け、深度三メートルで水平移行に転じながらドライスーツのエアを注入して、ヒーティング装置が激しい水温の低下を補正してくれているか確認した。ダイビングをはじめてからずっと慎重を期してきたので、ピットは水中で問題に遭遇したことはまれだった。たえず自分に話しかけたし、自分の周囲に疑問を投げかけ探求の目を向けて頭の働きを鋭利に保ち、計器の目盛と体調を監視した。

厚さが九〇センチあまりの流氷原の下は、まったく異なる別世界だった。頭上に広がる氷の下側を見上げているうちにピットは、銀河系の奥深くにある未知の惑星の表面を目《ま》の当たりにしているような心持になった。氷を透けて通る光に染められて、白い平らな層は無数のオキアミの餌《えさ》である藻《そう》類がうねる黄色い雲に覆われた、青緑色の凍てつく逆さまの小山と渓谷に姿を変えている。一息入れて、お湯の流量を調整して下を見ると、広大な緑の虚空《こくう》が黒々とした深みに呑《の》みこまれていた。
深淵《しんえん》は手招いていた。ピットは潜行してその闇《やみ》に包みこまれた。

海底へ向かって下りていくにしたがって、不気味な光景がまるでおぼろげなカーテンが開くように、徐々にその正体を現わした。ここには褐藻類も珊瑚《さんご》も、明るい体色の魚も、まったく住んでいない。自分の位置を確認するために頭をひょいと上げると、氷の穴からゆらゆらと差しこむ怪しげな光が目を捉《とら》えた。一つ間を置いて潜水灯のスイッチを入れると、耳内の圧力を外部に合わせながら、灯りで残骸《ざんがい》を深く照らした。

Uボートの残骸は破断し散乱していた。司令塔下の船腹中央部は、ミサイルが炸裂《さくれつ》したためにひどく引き裂かれ、叩《たた》き潰《つぶ》されていた。司令塔そのものは船腹から吹き飛ばされて、一面の破片の真中に横倒しになっていた。艦尾はプロペラシャフトによって、わずかに竜骨と繋がっているようだった。艦首部は歪《ゆが》んでいたが、沈泥の中に真直《まっす》ぐ鎮座していた。柔らかい海底は残骸を包みこんでいた。すでに二〇パーセント近く埋まっているので、ピットは驚いた。

「残骸に到着した」彼はコックスに知らせた。「えらく痛めつけられている。これから残骸の内部に入る」

「ごく慎重に」コックスに似ても似つかぬ声が、ピットのイヤピースから戻ってきた。「鋭い金属片で潜水服に穴が開いたら、海面に出る前に凍えてしまうんですよ」

「こりゃ、なんとも楽しげなことを言ってくれる」

ピットは艦内にすぐさま入ろうとはしなかった。貴重な海底時間のうち一〇分近く費やして、残骸の上を泳いで断片の広がりを吟味した。ミサイルの弾頭はずっと大型の標的の破壊を意図したものだったので、潜水艦は艦艇としての形態をほとんど残していなかった。パイプやバルブ、それに船腹の粉砕された鋼鉄板は、まるで巨大な手で撒《ま》き散らされたような様相を呈している。彼は胴体の上部を泳ぎ、テロリストによるバス爆破事件の凄惨《せいさん》な現場上空を漂っている魂さながらに、分断された人体の上や身の毛もよだつ遺骸の脇を何度も通りすぎた。

潮目に逆らって足を蹴《け》ると、かつての司令塔台座下の大きな破孔を通って破砕された艦内へ入っていった。潜水灯の光を受けて、水平舵《すいへいだ》の下に挟まれた死体が二つ浮かびあがった。喉《のど》にこみ上げてきた吐き気を押さえながら、身元の手掛かりを求めて死体を調べたが、クレジットカード入りの財布とかマイラーに封印された写真入の身分証といった価値のあるものはまったく見つからなかった。Uボートの乗員が個人的な品をなにひとつ身につけていないので、異様な感じがした。

「八分」コックスが知らせた。「上昇するまで残り八分」

「了解」いつもなら警告を発するのはジョルディーノの役なのだが、熊《くま》なみの大柄な船乗りの思いやりにピットは深く感謝した。お陰で、たえず立ち止まってはドクサ潜水時計のオレンジ色の文字盤に光を当てずにすむので、貴重な数秒が節約できた。

懐中電灯で絡《から》みついた鋼鉄板やパイプの塊の奥を照らして、さらに船腹の闇深く入りこんで行き、狭い通路を通りぬけ左右に分れている部屋を調べ始めた。どの部屋も空だった。引きだしやクローゼットを掻《か》きまわしたが、書類はいっさい見つからなかった。

上昇と減圧のために必要な停止に備えて、タンクに残っているエアの量を確認した。それがすむと、変わり果てた上級士官室へ入っていった。気密船殻の片側にひどく押しつぶされていた。デッキに固定されていた食器棚、それに椅子《いす》やテーブルが叩き壊されていた。

「四分」

「四分」ピットは復唱した。

移動しているうちに、彼は艦長室を見つけた。時間がなくなってきたので、手紙や報告書、それに日記まで必死に探した。なにもなし。潜水艦の航海日誌すら存在しなかった。沈没した潜水艦と、その死せる乗員たちは、幻影もほぼ同然だった。ひょっとすると、残骸が薄れて消え去ってしまうのではないかと思えてきた。

「二分」口調は鋭かった。

「浮上中」

なんの前触れもなく、出し抜けに、ピットは片手で肩に触れられるのを感じた。彼は凍りついた。ゆっくり打っていた鼓動がにわかに早まり、ジャックハンマーなみに弾んだ。きつく握られたのではなかった。むしろ腕と首の間に、手がゆだねられている感じに近かった。ショックの先には不安が、人を金縛りにする抑えようのない恐怖が控えていて、それが狂気を招きかねない。そうした状態は、現状把握と洞察力の完全な欠如を特色としている。大半の男は、まるで麻酔薬でも射たれたように、全面的に機能が麻痺《まひ》してしまい、合理的な判断を下せなくなる。

大半の男は。ピットは例外だ。

とっさに驚きはしたが、彼の頭は異常なほど澄んでいた。幽霊や悪鬼の存在を信じるにはあまりにも現実主義で懐疑派だったし、別のダイバーがどこからともなく現れる可能性はあり得そうになかった。不安や恐怖は、舞い降りる一枚のキルトのように、拭《ぬぐ》い去られた。未知なるものの実態を把握すると、知的な認識が生まれる。彼は氷の彫像のように立っていた。やがてゆっくり、しかも慎重に彼は潜水用の懐中電灯とブリーフケースを左手に持ち替え、右手で潜水ナイフを鞘《さや》から抜き取った。保温手袋で柄を握ると、くるりと向き直って不気味な相手と向き合った。

眼前の亡霊の姿は、生涯忘れ得ぬものとなった。

21

女性、それも美しい女、むしろかつて美しかった女が、切れ長な視力を宿さぬ青みがかった灰色の目で、こちらをまじまじと見つめた。彼の肩を叩《たた》いた手は、まるで招くように、依然として伸ばされたままだった。彼女は第四帝国の制服である黒いジャンプスーツを着ていたが、大きなネコに爪《つめ》を立てられでもしたように、ずたずたに引き裂かれていた。そうした間から迷い出た筋状の肉が、ゆるやかな潮に乗って漂っている。美しい曲線を描いている片方の乳房が、布地が裂けたために露出していたし、一方の腕は肘《ひじ》から下が無くなっていた。肩章には階級を示す記章がついていたが、ピットはその重要性を理解できなかった。

女の表情は異常なほど穏やかで、顔色は冷たい海水のために血色を失い蒼白《そうはく》だった。頬骨は高く張っており、鼻は心持ち短かめ。唇は語りかけようとでもするように、ゆるやかに開いている。青灰色の目は、三〇センチ足らず前にいるピットのオパール掛かったグリーンの目を、まともに見据えているような感じを与えた。黄泉《よみ》の国から現れた悪《あく》霊《りょう》でもあるかのように彼女を押しのけようとしかけたときに、彼はふと自分のなすべき事に気づいた。

ピットは彼女のポケットをつぎつぎに探った。身元の手掛かりはまったく得られなかったが、いまさら驚かなかった。こんどは、ウェイトベルトに引っ掛けてあるリールの細い鋼索を引きだし、その一方の端を死体のブーツを履いた脚に縛りつけた。そこで、Ｕ‐ボート船腹の破孔をすり抜けて上昇し、頭上四八メートルの薄ぼんやりとした円《まどか》な光を目指した。

減圧のために停止を繰り返した後に、ピットは鋸歯《きょし》状の氷穴の真中に浮上すると、コックスや乗組員が数名集まっている縁へ泳いでいった。エヴィ・タンは近くに立って、数本の逞《たくま》しい腕によって水中から氷上へ引き揚げられる、かさばる潜水服に収まったピットを写真に撮りつづけていた。

「探しているものが見つかりましたか？」コックスが訊《き》いた。

「確かな証拠はなに一つ」マスクを取り除かれたところで、ピットは答えた。水中に繋《つな》がっている鋼索をコックスに渡した。

「あえて伺いますが、向こうの端はなんです？」

「Ｕ‐ボートの友人を一人連れてきた」

エヴィは深みから上がってくる、形の判然としないものに目を凝らした。それは浮上すると、髪を逆だてて、太陽をまともに見つめているような感じを与えた。「まあ、ひどい！」彼女はあえいだ。顔色は浮氷なみに白っぽくなった。「女だわ！」あまりのショックで、見知らぬ女性を写真に収めるのを忘れているうちに、死体はビニールシートに包まれて橇《そり》に積まれてしまった。

ピットはエアタンクを下ろしてもらうと、乗組員たちに曳《ひ》かれてポーラースター号へ向かう死体を載せた橇を見やった。「わたしの判断に間違いがなければ、彼女は士官だ」

「なんとも痛ましい」コックスがわびしげに言った。「さぞかし美人だったろうに」

「死んでもそうよ」エヴィは悲しげに言った。「品のよさが身に備わっている。私の見るところでは、教養豊かな女性だわ」

「だろうね」とピットは応じた。「しかし、五〇年前に破壊されたはずの潜水艦で、彼女はなにをしていたのだろう？　死体から身元が割り出されて、彼女が謎《なぞ》を解く鍵《かぎ》の一つになってくれるといいのだが」

「この一件を最後まで追ってみるわ」エヴィが思いつめた口調で言った。

ピットは潜水用の足ひれを脱ぎ、毛皮を内張りしたブーツを履いた。「海軍とサンデッカー提督に、確認をとったほうがいい。この件がまだ世間に漏れるのを、両者とも望んでいない可能性がある」

エヴィが反論しようと思ったときには、すでにピットは船へ引き揚げる橇の轍《わだち》を歩いていた。

ピットはシャワーを浴び、髭《ひげ》をそり、間仕切りの中で湯気にたっぷり蒸されると、アガベロ・リキュール・デ・テキーラの小さなグラス相手に寛《くつろ》いだ。そのボトルは、メキシコのラパスへ潜水旅行をしたさいに買い求めたものだった。やがて、いろんな考えの整理がついたところではじめて、ワシントンのサンデッカーに電話を入れた。

「死体が一つ、だな」サンデッカーはピットが行なった、砕氷船への襲撃の後に展開された一連の事態に関する報告を聞き終わると言った。「U-ボートの女性士官」

「ええ、そうです。機会がありしだい、死体を検査と身元確認のためにワシントンへ空輸するつもりです」

「簡単には行かないぞ、彼女が外国籍なら」

「彼女の経歴なら突きとめる自信があります」

「マドラス号から回収した人工遺物だが、一部は襲撃で損なわれたのか？」サンデッカーは訊いた。

「ぜんぶ無事です」

「君や乗組員全員が、命を落さずに脱出できたとはついていた」

「危機一髪でした、提督。あの時にカニンガム艦長が〝ツーソン〟で現れなかったなら、ポーラーストーム号はあのU‐ボートの代わりに凍《い》てつく海中に横たわっているはずです」

「イェーガーがデータファイルに当たって、U‐2015について調べた。あの潜水艦は謎だ。いくつかの記録によると、一九四五年の四月上旬にデンマーク沖で消息を絶った。しかし、一部の戦史家たちは、あの艦は無傷で第二次大戦を生きのび、ドイツの小型戦艦グラーフ・シュペー号が撃沈された場所に近いアルゼンチンとウルグアイの半ばにあるリオデプラタで、乗員が自沈させたと信じているが、なにひとつ証明されていない」

「すると、あの艦が最後にたどった運命は、いまだに確認されていないのですね？」

「その通り」サンデッカーは答えた。「確かなのは、一九四四年の一一月に完成して就役したが、戦闘任務についた例はない、と言うことだけだ」

「ドイツ海軍はどんな役割を期待していたのだろう？」

「あれはドイツのエレクトロデザインの新しい世代の一隻《せき》で、性能面で当時就役していたどの国の潜水艦より遥《はる》かに優れているとみなされていた。全長は他より長く、その艦内には強力な電池がびっしり搭載されているので、走行力において大半の水上船に勝っており、文字通り何ヶ月も潜っていられたし、長距離潜航が可能だった。イェーガーは旧ドイツ軍部の文書を掘り起こすことができたが、それにはあの艦が〝新摂理計画〟と呼ばれるプロジェクトに参加したとある」

「その名称、前に聞いたことがあるような気がするが？」ピットはつぶやいた。

「これはナチのトップたちが、アルゼンチンのペロン政府の協力を得て書き上げた青写真だ。狙《ねら》いは大戦中にナチスが集めた膨大な富の移送にあった。ほかの潜水艦は依然として、連合軍側船舶を撃沈する戦闘哨戒《しょうかい》任務についていたが、U－2015はドイツとアルゼンチンの間を往復して、数億ドルの価値がある金塊や銀塊、プラチナ、ダイヤモンド、さらにはヨーロッパの立派なコレクションから盗み出した美術工芸品を運んだ。ナチの高官やその家族たちも宝物と同時に移送されて、完全な秘密裏にパタゴニア沿岸のある人里離れた港で全員下ろされた」

「それは戦争が終わってからの話ですか？」

「終結直前さ」サンデッカーは答えた。「裏づけはないが、新摂理計画はマルチン・ボルマンの発案だ、といくつかの報告書で述べられている。アドルフ・ヒトラーを狂信的に敬愛していたにしろ、目端の利《き》く彼には第三帝国が瓦解《がかい》し炎上する様が見えていた。ナチのヒエラルキーと膨大な財産を、連合軍がライン川をまだ渡る前に、ドイツに友好的な国へ密《ひそ》かに送りこむのが彼の目的だった。彼が編み出したもっとも大胆な計画は、ヒトラーをアンデス山中の秘密の要塞《ようさい》にかくまう事だったが、ヒトラーがベルリンの総統官邸地下壕《ちかごう》での死を選んだために日の目を見なかった」

「U‐2015だけなんですか、財宝や乗客を南米へ運んだU‐ボートは？」ピットは訊いた。

「いや、ほかに少なくとも一二隻いた。戦後、いずれの消息も明らかになった。数隻は連合国の爆撃機や戦艦によって沈められた。残りは中立国へ引き渡されるか、乗員の手によって自沈した」

「金や乗客がどうなったか、手掛かりはないのだろうか？」

「皆無」サンデッカーは答えた。「戦後ずっと経《た》ってから尋問を受けたU‐ボート艦隊のある艦の一水兵は——その後間もなく消息を絶ったが——人気のない桟橋で待機していたトラックに頑丈な木箱が積みこまれたと話している。乗客たちは、私服姿だったが、容貌《ようぼう》といい振る舞いといいナチ党の大物らしい感じで、出迎えの車に乗ってそそくさと立ち去った。彼らや宝物がどうなったかは分っていない」

「アルゼンチンは旧ナチの隠れ家だ。旧ナチの廃墟《はいきょ》の上に新しい世界秩序を招来し組織するのには、またとない場所だ」

「たぶんいまでも、一握りの者は生きているだろう。党なり軍部で高い地位にあったナチは、九〇ないしもっと歳上《とし》のはずだ」

「ますます臭《にお》ってきた」とピットは応じた。「旧ナチの連中はなぜU‐2015を蘇《よみがえ》らせて、調査船の破壊に起用したのか？」

「連中がお前さんをテリュライドで、インド洋のサンポール島でアルとルディを殺そうとしたと同じいくつかの理由からさ」

「二人のことをさっさと訊かなかったのは、うかつだった」ピットは悔いるように言った。「彼らは上手《うま》くやってのけたのだろうか？　人工遺物のある部屋を見つけたのですか？」

「見つけたとも」サンデッカーは答えた。「しかし、彼らはケープタウンへ戻ろうとしたが離陸前に航空機を撃破されてしまい、辛うじて死を免れた。われわれが見当をつけ得た限りでは、島への闖入者《ちんにゅうしゃ》をみな消すために、一隻の貨物船が武装した殺し屋六人を乗せたヘリコプターを発進させ、マドラス号の乗客が一七七九年に残していったあらゆる人工遺物を手に入れようとした。アルとルディは連中を全員殺し、そのうえヘリコプターを撃ち落とした。ルディは一発被弾し、大腿骨《だいたいこつ》は複雑骨折。元気だし完治する見込みだが、長い間ギプスの世話になるだろう」

「彼らはまだ島にいるのですか？」

「アルだけ。ルディは一時間ほど前に、オーストラリアを出港してサウサンプトンへ帰投する、通りすがりのイギリスのミサイルフリゲート艦から発進したヘリコプターに救出された。間もなく彼はケープタウンへ向かい、南アフリカのある病院で手術を受ける」

「殺し屋六名とヘリコプター一機ね」ピットは感に堪えぬように言った。「彼らから早く話を聞きたいものだ」

「なんとも破天荒だ。とくに戦いの当初には、彼らは武装していなかったのだぞ」

「第四帝国の情報網も、実に驚くべき代物《しろもの》だ」とピットは知らせた。「例のU-ボートがポーラーストーム号に攻撃を加える直前に、わたしは艦長と短い話のやり取りをしたんですが。わたしが名乗ると、コロラド事件の直後にどうやって南極へ来たんだと訊かれました、注意してくださいよ、提督、こんなことを言うのは心苦しいが、NUMAのあなたのオフィスかその近くに通報者がいるように思える」

「調べてみる」とサンデッカーは応じた。考えるだけでむかついてきた。「とりあえず、オコンネル博士をサンポール島へ派遣して、アルとルディが見つけた部屋と人工遺物をじかに調べてもらうつもりだ。目下わたしは、君には彼女と落ち合ったうえで、問題の人工遺物の回収と合衆国への転送の監督に当たってもらうために、輸送手段を手配中だ」

「フランスのほうはどうなんだろう？　あの島を領有しているのでしょう？」

「知らなければ、気分を害することもないさ」

「いつになったら、わたしめは文明社会へ戻れるのだろう？」

「今週末には、自分のベッドでひっくり返っていられるだろうな。ほかになにか、気掛かりな事でもあれば?」

「ドロシーとハイアラムは、碑文の解読でなにか成果があったのだろうか?」

「あの二人は、記数法の面で糸口を見つけた。例の部屋の天井にある星の位置をコンピューターで分析したところ、碑文は九〇〇〇年前の物だった」

ピットは正しく聞き取ったのか、自信が持てなかった。「九〇〇〇年といったのですか?」

「ハイアラムはあの部屋が作られたのは、紀元前七一〇〇年かその前後だと時代を特定した」

ピットは唖然《あぜん》となった。「シュメール人やエジプト人の四〇〇〇年も以前に、高度の文明が確立されていたというのですか?」

「海軍兵学校卒業後、古代史の講義を受けたことはないが」とサンデッカーは応じた。「思い起こせば、わたしもまったく同じことを教わった」

「考古学者たちは、先史文明に関する本の改訂をあまり喜ばんでしょうね」

「イェーガーとオコンネル博士は、アルファベット式碑文の解読でも前進した。あれは一種の記録で、初期における世界的規模の大災害について語り始めている」

「未知のある古代文明が、大規模な災厄によって払拭《ふっしょく》されてしまった。詳しくは知りませんが、提督、あなたが話しているのはアトランティスだ」

サンデッカーはすぐには答えなかった。一万三〇〇〇キロ彼方《かなた》の提督の頭の中で回転している歯車の音が、ピットにはまるで聞こえるような心持ちがした。やがて、サンデッカーはゆっくりつぶやいた。「アトランティス」彼はまるで神聖なもののように、名前を繰り返し口にした。「妙な感じを与えるかも知らんが、お前さんは自分が思っている以上にいい線を衝《つ》いているようだ」

第三部　二十一世紀の方舟《はこぶね》

スカイカーの飛行経路
アルゼンチン
チリ
大西洋
ピットの飛行経路
ヴォルフの造船所
サンタクルス
太平洋

地図製作　㈱パンアート

22

アルゼンチン　ブエノスアイレス　二〇〇一年四月四日

世界でも指折りのオペラハウスを、歌手や演奏家たちは音響効果や、ステージからボックス席へ、さらには遥《はる》かな高みにある天井桟敷の人々に届く音質によって評価を下す。チケットを買い求めるオペラ愛好家たちは、むしろ優雅さや華やかさに重点を置いてランクづけをする。バロック様式で、あるいは豪華さで知られる歌劇場もあれば、飾りや花綱で名を売っているハウスもある。しかしそのいずれも、ブエノスアイレスの七月九日通りの、類を見ない豪壮華麗なコロン劇場とは比べ物にならない。

一八九〇年に建造がはじまった。金は惜しみなく投入された。プッチーニの全盛期だった一九〇八年に完成を見たコロン劇場は、同市の歩道から歩道に達するワンブロックを完全に埋めつくしていた。フランスのアールデコ、イタリア・ルネサンス様式、それにギリシアの古典主義が見事に溶け合ったその舞台を、アンナ・パヴロワやニジンスキーが踏んだ。トスカニーニはその指揮台で指揮をしたし、カルーソーからカラスにいたるあらゆる偉大な歌手が登場した。

馬蹄形《ばていけい》の内部の豪奢《ごうしゃ》な装飾は、見る者を圧倒する。上部寄りの手すりに施された真鍮《しんちゅう》のモールディングは信じられないほど細密で、ヴェルヴェットの椅子《いす》と金襴《きんらん》のカーテンの並ぶ座席は滑らかな弧を描いており、天井には絵画の傑作がびっしり掲げられている。眩《まばゆ》いばかりの初日の夜には、アルゼンチン社交界の花形たちがイタリアの大理石造りのロビーを滑るように通りぬけ、美しいステンドグラスが覆《おお》う壮麗な通路の煌《きらめ》きの中を経て、贅《ぜい》をつくしたそれぞれの席へ向かう。

オペラハウス内の座席は総《すべ》て、クラウディオ・モンテヴェルディの歌劇〝ポッペアの戴冠《たいかん》〟の序曲がはじまる六〇秒前に埋まる。ただし、舞台右手の貴賓席は除く。そこはまだ空席だ。ポッペアはローマが栄光に輝いていた当時の皇帝ネロの愛人だが、歌手たちは一七世紀の衣装をつけているし、そのうえ、男声のパートはすべて女性が歌う。オペラ愛好者にとっては紛れもない傑作だが、そうでない者にとっては四時間におよぶ退屈な苦行となる。

客席用の明かりが薄れる数秒前に、男性一人と女性四名から成る一行が空いたままになっていたボックス席にひっそりと滑りこみ、栗色《くりいろ》のヴェルヴェットの椅子に深く腰を下ろした。目の届かぬカーテンの外には、タキシードを恰好《かっこう》よく着こなした護衛二人が油断なく立っていた。オペラハウス内のあらゆる瞳《ひとみ》、あらゆる双眼鏡、あらゆるオペラグラスが、そのボックス席に入る人たちに自動的に向けられ、焦点が合わされた。

女性たちは息を呑《の》むほど美しいといっても、たんに綺麗《きれい》だとかエキゾチックなのではなく、古典的な煌く美人ぞろいだった。彼女たちに共通の亜麻色の金髪は小さな輪に編んで剝《む》き出しの肩の下まで長く垂れさがっていて、しっかり編み上げられた頭髪は頭の真中でふたつに分けてあった。みなゆったりと坐《すわ》り、しなやかな指は品よく膝《ひざ》に載せて、一様に烏《からす》の羽に差す月光なみの強い輝きを宿した青灰色の目で、オーケストラボックスをじっと見下ろしていた。目鼻だちのよさは高い頰骨と、日焼けした肌色に一段と引き立てられている。アンデス山脈でスキーを楽しんだか、バイアブランカ沖のヨット上で日光浴をしたのだろう。彼女たちは誰でも楽に二五歳で通るだろうが、みんな三五歳だった。想像力を働かせるまでもなく、彼女たちは姉妹だった。実は、六つ子の内の四人だった。彼女たちの体型は衣服越しに、激しい運動のせいでよく引き締まり理想的なことがうかがえた。

長い、ちらちらと光る、染めつけた狐《きつね》の毛皮で縁取りをしたシルクのガウンは、色違いなだけでぜんぶ同じ造りだった。半円形のボックス席に坐っている彼女たちは、黄色、青、緑、それに赤いサファイアさながらに光り輝いた。よく似た煌びやかな共通したダイヤモンドのチョーカー、イヤリング、それにブレスレットに、彼女たちは飾りたてられていた。すこぶる色気があって官能的なのに、この世離れした犯しがたい高貴さを身辺に漂わせていた。考えにくいのだが、彼女たちはみな既婚で、それぞれ子供を五人産んでいた。この女性たちがオペラシーズンの初日の夜に顔を出すのは一族の行事の一つだからで、自分たちの真中に坐っている男性に優雅にうなずき微笑《ほほえ》みかけた。背筋を真《ま》直《す》ぐ伸ばした中心に陣取る男性も、姉妹たちと同じ髪や目の色をしていたが、似ているのはそこまでだった。彼も姉妹同様に目鼻だちはきわめて整っていたが、いかつい感じが強く、胴や尻回《しりまわ》りが細いのに引き換え肩は樵《きこり》なみで、腕や足の筋肉はウェイトリフティングの選手張りだった。顔は角張っており、顎《あご》にはえくぼに似た窪《くぼ》みができていて、鼻は矢のように真直ぐで、頭髪は女たちが撫《な》でさすりたいと夢見る濃いブロンドだった。背は高く——一九五センチあるので、一七五センチの姉妹たちの上に覆い被《かぶ》さる感じになる。

向き直って姉妹たちに話しかけようとする時には、親しみのこもった口許《くちもと》に明るい白い歯を煌かせながら微笑むので、相手は渋い顔をしてそれを無視しかねる。だが、彼の目に温かみはまったくない。まるで餌《えさ》を求めて草原を見渡す豹《ひょう》のような眼差《まなざ》しで見据える。

カール・ヴォルフは強大な富と権力の持ち主だった。彼は中国からインドを経由して大西洋を渡ってヨーロッパ一円に広がり、カナダと合衆国を経てメキシコおよび南米に至る、膨大な一族支配の一大金融帝国の最高経営責任者であり、桁外《けたはず》れの金持ちだった。彼個人の財産は、数兆ドルと推定されている。彼の指揮下にある、多種多様な科学およびハイテク関連のプログラムに携わる巨大な複合企業は、デスティニーエンタープライズ株式会社の名で実業界に知れ渡っている。姉妹とは異なり、彼は結婚していない。

ヴォルフであれ一族の誰であれ、その気があればアルゼンチンの新世代の上流社交界に、あっさり溶けこめたはずだ。彼は洗練されているし、自信もあれば、万事順調でもあったが、彼も一族のほかの者たちも、膨大な財産家たちにしては質素な暮らしをしていた。しかし、信じ難いことに二〇〇名以上の一族からなるヴォルフ王朝の者は、高級なレストランや上流社会の集いにめったに姿を見せなかった。ヴォルフ一族の女性軍がブエノスアイレス周辺の瀟洒《しょうしゃ》な専門店やブティックに現れたことはまずない。カールは例外で人前に平然と出て行くが、一族の者はひっそりと引きこもっており、アルゼンチン人の間で大きな謎《なぞ》になっていた。外部の者と交際《つきあい》がなかった。著名人や政府の高官にしろ、ヴォルフ一族の殻をいまだかつて破った者は誰一人いない。一族の女性と結婚した男たちは、どこからともなく来た過去のない連中という感じを与える。奇妙なことに彼らは全員、一族の名前を受けついでいる。いちばん最近結婚した夫婦の間に誕生した最新の新生児をはじめ全員が、男女の別なく、全員がヴォルフと名乗っている。彼らは兄弟姉妹で作っている、ある種のサークルの一員なのだ。

カールとその四人の姉妹が、オペラシーズン開幕の初日に現れるたびに、たいそう話題になる。序曲が終わり幕が開くと、聴衆たちは特別席に収まっている目を見張らせる煌びやかな兄弟姉妹からしぶしぶ視線をそらして、舞台の歌手たちに注意を向けた。

カールの左隣に坐っていたマリア・ヴォルフは、身をよせて囁《ささや》いた。「なぜこんな難行苦行に、わたしたちを従わせなければならないの？」

ヴォルフはマリアのほうを向いて微笑んだ。「なぜって、おまえ、われわれ一族がいろいろな折に姿を見せなければ、この国の政府や国民はわれわれが隠れ蓑《みの》に紛れて大掛かりな陰謀を企んでいると疑いを掛けはじめかねない。ときおり気軽に人前に出ることは、われわれがこの国の支配を密《ひそ》かに狙《ねら》っている異星人ではないことを知ってもらう最高の機会だ」

「ハイジが南極から戻ってくるまで、待つべきだったわ」

「同感」ヴォルフの右手の妹ゲリが囁くように言った。「彼女ばかりは、この恐ろしく退屈な代物《しろもの》をきっと楽しんだでしょうから」

ヴォルフはゲリの手を軽く叩《たた》いた。「この償いは、来週開幕するラ・トラヴィアータ（椿姫《つばきひめ》）でするさ」

彼らは聴衆を無視したが、聴衆のほうはめったにお目に掛かれないヴォルフ一族の観察と舞台上の唄《うた》と芝居に興味を二分されていた。第三幕のカーテンが上がった折に、いっぽうの護衛が裏手の通路から入ってきて、ヴォルフの耳元で囁いた。彼は椅子の上で身体《からだ》を固くした。微笑みは失《う》せ、表情が深刻味を帯びた。前かがみになると、低い声で話しかけた。「みんな、緊急事態が発生した。君たちは残ってくれ。プラザグリルの個室を予約してあるので、観劇後の軽い晩餐《ばんさん》をとりたまえ。君たちは先に行ってくれ、わたしは後で駆けつける」

女性四人はみなオペラから目をそらし、胸騒ぎを押さえて彼を見つめた。「どういうことか、話してもらえるの？」ゲリが訊《き》いた。

「わたしたち、知りたいわ」マリアが言った。

「分ったら、みんなに知らせる」と彼は約束した。「いまは、楽しく過ごすがいい」ヴォルフは立ちあがると、護衛の一人に伴われてボックス席を去った。もう一人の護衛はボックス席の外に留まった。ヴォルフは足早に脇《わき》のドアから外に出ると、待っていたリムジンに滑りこむように乗りこんだ。一九六九年型のメルセデス－ベンツ６００で、この車種は四〇年以上経《た》っていたが、依然として世界でもっとも豪華なリムジンとの定評を得ていた。道は混んでいたが、アルゼンチンでは交通量が少ない例などあり得ない。どの通りも、夜遅くから朝早くまで車だらけだ。運転手は大型のメルセデスをレコレタ地区へ向けた。そこは緑濃い公園、プラザ・フランシアとプラザ・インテンデンテ・アルベアル（アルゼンチン革命の指導者）を中心に広がっている。さしずめ、シカゴのミシガンアベニューやビバリーヒルズのロデオドライブのブエノスアイレス版とみなされていて、並木に縁取られた大通りにはシックな店や、高級なホテル、それに豪壮な住宅が並んでいる。

車は有名なレコレタ墓地の脇を通りすぎた。いく筋もの狭い石畳の道が、七〇〇〇以上もある飾りたてた彫像を配し、コンクリート造りの天使の群れが主《あるじ》を頭上から見守っている御霊屋《みたまや》の間に割りこんでいる。エヴァ・ペロンは、実家ドゥアルテの御霊屋の一つで眠っている。外国からの旅行者たちは、御霊屋の入口の碑文に、たいてい驚かされる。「わたしのために泣くな、アルゼンチン。わたしはお前のすぐ近くに留まっている」と紛れもなく記されているのだ。

運転手は通りを曲がって警備員を配した門を通りぬけ、見事な鋳鉄製の柵《さく》の脇をすぎ、円形の車寄せを上り、一九世紀の巨大な邸宅の柱廊玄関で車を止めた。それは第二次世界大戦前までドイツ大使館だった建物で、柱廊は高く壁面は蔦《つた》が覆っている。終戦四年後に、ドイツ政府は外交官たちをパレルモチコと呼ばれる繁華なエンクレーブ（包領）へ移転させた。それ以降、この邸宅はデスティニーエンタープライズ株式会社の本社に当てられてきた。

ヴォルフは車を下り邸宅に入っていった。内部は豪壮そのものだった。床と柱は大理石で、壁面は贅をつくした羽目板張りだし、タイルを嵌《は》めこんだ天井はよき時代を物語っていたが、調度品は質素で凝った飾りはまったく見当たらなかった。白い大理石の階段が、いくつもある二階のオフィスに通じていたが、ヴォルフは片側の壁面に隠されている小さなエレベーターに乗りこんだ。エレベーターは静かに上り、広い会議室の前で扉は開いた。そこにはヴォルフ一族の一〇名、女性四人と男性六人が、全長九メートルある会議用テーブルを囲んで坐って待っていた。

全員立ちあがり、ヴォルフに挨拶《あいさつ》をした。膨大な一族の中でもっとも聡《さと》く読みが深いので、わずか三八歳だが彼は一族の最高顧問兼会長として受け入れられ尊敬されていた。

「手間取りましたことをお許しください、兄弟姉妹の皆さん。悲劇の一報を受けるや、すぐさま駆けつけたのですが」そう言い終わると、彼は四〇代後半の灰色の髪をした男性に近づき、抱きしめた。「本当なんですか、師父、U‐2015は撃沈され、ハイジが運命を共にしたというのは？」

マックス・ヴォルフは悲しげにうなずいた。「本当だとも。君の妹はクルトの息子エリックや他の乗員全員と共に、いまや南極の沖合いの海底に横たわっている」

「エリック？」カール・ヴォルフは口走った。「オペラ劇場では、彼も死んだとは聞かされなかった。彼が乗艦しているなんて知らずにいた。みんな確かなんだろうね？」

「われわれは国立海中海洋機関がワシントンへ送った衛星通信を傍受した」テーブルの

真向かいに坐っている、カールと双子と言っても通りそうな背の高い男が発言した。ブルーノ・ヴォルフの顔は、怒りに塗りこめられていた。「交信内容から事情は明らかだ。アミーニースの人工遺物の目撃者全員を排除する計画を実施するために、われわれのU‐ボートがNUMAの調査船に攻撃を加えていると、アメリカ合衆国の原子力潜水艦が一隻《せき》現れてミサイルを一発発射し、U‐ボートの乗員全員を葬《ほうむ》った。生存者に関する言及はまったくない」

「手痛い損失だ」カールは重々しく言った。「一族の二人と、貴重な由緒あるU‐2015。あの艦がわれわれの祖父母やわれらが帝国の中核を、大戦後にドイツから移送したことを忘れたくはないものだ」

「長年にわたる過去の功績も忘れられない」一族に八名いる医師の一人オットー・ヴォルフがつけくわえた。「あの艦の喪失は、この先ひどく響くだろう」

テーブルを囲んだ男女は、黙りこくって坐っていた。このグループは紛れもなく、いまだかつて失敗をした例がなかった。その設立以来四五年、デスティニーエンタープライズ株式会社の経営は成功を重ねてきた。あらゆるプロジェクト、あらゆる運用が、精細な統制のもとに立案された。いかなる不測の事態も、見落としはなかった。支障は予測し、対処ずみだった。過失や能力不足はまったく存在しない。ヴォルフ一族はこれまで順風満帆だった。自分たちの手におえない支障を認める気になど、彼らはとうていなれなかった。

ヴォルフはテーブルの上座で、椅子に深く身体を沈めた。「わが一族と雇い人の損失は、この二週間で何名になる?」

カールの妹と結婚しているブルーノ・ヴォルフがファイルを開いて、数の欄を確認した。「コロラドでエージェント七名。サンポール島では、従兄弟《いとこ》のフリッツを含めて七名で、彼はヘリコプターから作戦を指揮していた。U-2015の乗員四七名のほかに、ハイジとエリック」

「一〇日足らずのうちに、われらのもっとも優秀な仲間六七名に一族の三人よ」エルジーが口を挟んだ。「現実だなんて信じられないわ」

「そうとも、やってのけた連中が、背骨のないクラゲも同然の、研究熱心な一握りの海洋学者たちときてはなおさらだ」オットーは腹立ち紛れにうなるように言った。

カールは煩《わずら》わしげに左右の目を擦《こす》った。「念のために言うなら、オットー、その骨なしのクラゲたちが、われらが最高のエージェント一二名を殺したんだ。口封じのために、われわれが余儀なく消した二名は別だが」

「海洋科学者や海洋技術者は、プロの殺し屋ではないわ」エルジーが話した。「ワシントンの国立海中海洋機関に潜伏して情報を収集しているこっちのエージェントは、コロラドとサンポール島でわがほうに死をもたらした男たちの、個人別ファイルをわたしに送ってよこした。並の男たちではない。NUMAにおける彼らの実績は、まるで連続ものの冒険小説を読む思いをさせる」エルジーは間を取り、何枚かの写真をテーブルに広げた。「最初にご覧のこの顔の主は、ジェームズ・サンデッカー提督で、NUMAの長官です。サンデッカーは合衆国政府のパワーエリートたちに、とても高い評価を受けている。ベトナム戦争で赫々《かっかく》たる戦果を挙げた後に、NUMAを創設し運用にあたるよう名指しで任命された。アメリカの国会議員の間で、彼は大きな影響力を持っている」

「マルセイユでの海洋科学会議のおりに、彼に一度会ったことがある」カールが言った。「敵として侮《あなど》れない相手だ」

「つぎの写真はルドルフ・ガン、NUMAの次長です」

「風采《ふうさい》のあがらない、ちっぽけな男」一族の企業弁護士、フェリックス・ヴォルフが感じを口にした。「どう見ても、人を殺す体力を持ち合わせているとは思えない」

「両手で殺すことを学ぶ必要など彼にはない」とエルジーが応じた。「ほぼ間違いなく、サンポール島におけるわれらが探索隊の消失の背後には、天才の彼が潜んでいた。アメリカの海軍兵学校の卒業生で、海軍で輝かしい経歴をおさめた後にNUMAに加わり、サンデッカー提督の右腕になった」

ブルーノが三枚目の写真を手に取った。「ところでこの男は、人の胃袋からコインを搾《しぼ》りだし、釣銭を渡しかねないような面構《つらがま》えをしている」

「アルバート・ジョルディーノ、NUMAの特殊任務の次長」エルジーが説明した。「アメリカの空軍士官学校卒業生。ベトナム戦争に参戦、殊勲を立てた。ブルーノの言う通り、ジョルディーノはひどくタフな男として知られている。NUMAでの彼の実績は素晴らしい。彼が監督をして成功に導いたプロジェクトのファイルは、大変な分厚さに達している。彼は殺しにかけても知られており、われわれが集められた微々たる情報から判断するに、サンポール島で探索隊を全滅させたのは彼なんです、ガンと組んで」

「で、最後の写真」オットーは穏やかにエルジーを促した。

「名前はダーク・ピット。海洋学関連の世界では、伝説の人物とみなされている。NUMAの特殊任務の責任者である彼は、ある種のルネサンス的教養人として知られている。未婚で、クラシックカーを集めている。やはり空軍士官学校の卒業生で、ベトナム戦争では英雄的な行為に対して数度勲章を授与されている。彼の実績は分厚い本になるほどです。コロラドにおけるわれわれの計画を挫折《ざせつ》させたのは、ほかならぬ彼です。それに彼は、アメリカの原子力潜水艦によるU－2015撃沈のさいに、南極に居合わせた」

「なんとも残念だ」オットーが静かな怒りをこめて言った。彼はテーブルを囲んでいる者の顔を順に眺めた。「現代の水上艦の代りに、あの艦を起用したのは間違いだった」

「全面的にわがほうの誤算だった」とカールは言った。「敵の混乱を狙ったばかりに」

ブルーノは拳《こぶし》を机に叩きつけた。「この男たちに、報復をせずにはすまない。彼らは死すべきだ」

「あなたはわれわれの承認を得ずに、ピットの暗殺指令を出した」カールの口調は鋭かった。「あの工作は失敗に終わった、言いそえておくが。報復だなどと、贅沢《ぜいたく》を言っている余裕はわれわれにはない。われわれには消化せねばならない予定があるし、われわれの眼目がまかり間違って、つまらぬ報復に向けられるのは避けたいものだ」

「報復がくだらぬとは、わたしは思わん」ブルーノが反論した。「この四人は、われらが兄弟姉妹の死にじかに関与している。罰せずにはすまされない」

カールはブルーノを冷ややかに見つめた。「考えたことがありますか、兄弟、新摂理計画がその頂点に達した時点で、彼ら全員が無残な死をとげることを？」

「カールの言う通りだわ」エルジーが発言した。「本来の目的から努力を逸脱させるわけにいかないわ、たとえあの人たちの定めが一族にとってどれほど悲劇であろうとも」

「結論は出た」カールは断固とした口調で告げた。「われわれは当面の任務に専念し、悲しみは代償の一部として受けとめる」

「コロラドとサンポール島の例の部屋が、外部の者たちによって発見された以上」オットーが発言した。「われわれの古《いにしえ》の先祖が存在していた事実をかくすために、このうえ時間や金、さらには人命を費やしたところでなんら得るところはないとわたしは思う」

「同感」ブルーノが支持した。「いまや碑文がアメリカ政府の役人の掌中にあるのだから、彼らが伝言の内容を解読し、アミーニースが行なった災厄の警告を国際的なニュースメディアを介して流すまで、われわれは物陰に退いているべきだし、そうすることによって、われわれは余分な手間を省ける」

カールは沈痛な面持ちでテーブルの表面を眺めた。「われわれがもっとも案じているのは、新摂理計画が発足するはるか以前にあの物語が公表され、偽情報がわれわれに向けられる事態だ」

「そのときは情報を攪乱《かくらん》し、われわれの計略が科学的な捜索によって突きとめられるのを防ぐ」

「国立海中海洋機関のあのおせっかいな連中のせいで、世界は二週間後にはわれわれを嗅《か》ぎ出さずにはおるまい」ブルーノがテーブル越しにカールを見つめた。「多少なりとあるのかね、兄弟、ヴァルハラ（訳注　オーディンの殿堂。合祀所）にいる仲間たちが予定を繰り上げられる可能性だが？」

「仮にわたしが緊急事態の説明をし、われわれの周囲で起こりつつある危険に気づかせることができるなら、そりゃ、彼らを奮起させて着手日をいまより一〇日は早められるはずだ」

「一〇日ね」クリスタが熱に浮かされたように繰り返した。「たった一〇日で古い世界は破壊され、第四帝国が灰燼《かいじん》の中から立ち上がる」

カールは重々しくうなずいた。「一九四五年以降に、わが一族が慎重に立てた計画通りに万事運ぶなら、われわれは今後一万年にわたって人類を完全に変革することになる」

23

南極観測基地へ空輸され、そこからインド洋の西のはずれを飛び越えケープタウンへ運ばれてきたピットは、すでにワシントンから飛来していたドロシー・オコンネルと合流した。彼女はブラッドフォード・ハットフィールド博士を伴っていた。彼は古代ミイラの研究が専門の、病理学者兼考古学者だった。彼らは一緒に、ティルトローター機でサンポール島へ飛んだ。黒々とした雲から放たれ、雄風に翻弄《ほんろう》される濃い霧雨が、空気銃から撃ち出された弾丸なみに、彼らの剝《む》き出しの顔を刺した。三人は、合衆国海軍に所属するエリート強襲部隊、ＳＥＡＬの分遣隊に出迎えられた。彼らは大柄で物静かな男たちで、任務遂行の意欲も固く、島の灰色の火山岩にマッチする野戦服を着ていた。

「地獄の失われた土地へ、ようこそ」ひょろっとした大男が、親しげな笑いを浮かべて話しかけた。すこぶる大きな武器を逆さまにして肩から下げていた。それは自動ライフル銃、ミサイルランチャー、狙撃《そげき》用ライフル、それに一二番径の散弾銃を寄せ集めたような感じを与えた。「マイルズ・ジェイコブス大尉《たいい》です。みなさんの探訪の案内役を、務めさせていただきます」

「サンデッカー提督は、テロリストたちが戻ってきた場合に抜かりなく備えたわけだ」ピットはジェイコブスと握手をしながら言った。

「提督は海軍を退役なさったようですが」とジェイコブスは応じた。「依然として上層部に大きな影響力を持っておられる。わたしに与えられたNUMAのあなたたちを保護しろという命令は、海軍長官から直に出されたものです」

挨拶《あいさつ》はそれまでにして、ジェイコブスと四人の部下は前後を二名ずつに分れて固めると、山の斜面を登って問題のトンネルに通じる古代の道へ、ピットとその仲間を案内した。ドロシーは雨具の下はずぶぬれの状態に近かったので、一時も早くじとつく雨から逃れたかった。一行がアーチウェイにたどりつくと、ジョルディーノが出迎えに現れた。くたびれている感じだが、まるで勝利を収めたフットボールチームの主将のように、いかにも誇らしげだった。

こんな厳《いか》つい頑丈な男たちが、熱気をこめて抱きあい、背中を叩《たた》きあう光景を目《ま》の当たりにして、ドロシーは軽い驚きを覚えた。二人の目には万感の思いがこもっており、彼らは涙を流さんばかりなのだ、と彼女は断定した。

「生きている君に会えてうれしいぜ、おい」ピットが嬉《うれ》しげに言った。

「君も命拾いをしてなによりだ」ジョルディーノは満面の笑みを浮かべて応じた。「君は雪の玉でU-ボートに立ち向かったって聞いたぜ」

ピットは声を立てて笑った。「話はえらく誇張されている。われわれは拳骨《げんこつ》を振りまわして罵《ののし》るしか能がなく、そのうちに折よく海軍が到着してくれたんだ」

「オコンネル博士」ジョルディーノは気取って頭を下げ、彼女の手袋をした手にキスをした。「あなたのような方がいないことには、こんなむさくるしい場所はぱっと華やがない」

ドロシーは微笑《ほほえ》み、お辞儀をした。「光栄ですわ、あなた」

ピットは向きを変え、考古学者を紹介した。「アル・ジョルディーノです、こちらはブラッド・ハットフィールド博士。ブラッドは君とルディが見つけたミイラを研究するために、こちらへ来られた」

「あなたとコマンダー・ガンは考古学上の大発見をしたと伺っております」とハットフィールドは応じた。背が高く骨ばっており、目は明るいコルクブラウン色、顔はつるりとした細面で、声は柔らかい。話すときには背中を丸めて、一九二〇年代に作られたような感じを与える、小さな丸縁の眼鏡越しに相手を見つめる。

「雨の中から出てきて、ご自分の目で見るがいい」

アル・ジョルディーノは先に立ってトンネルを抜け、外側の部屋に入っていった。一五メートル手前から、煙と焼け焦《こ》げた人肉のたまらぬ悪臭がみんなの鼻孔に襲いかかった。SEALは発動機を持ちこんでおり、排気パイプに繋《つな》いだホースをアーチウェイの外へ延ばして、多少なりと煙霧を排除していた。一列に配置された投光機も、それから電力を得ていた。

破壊の惨状は、みんなの予想を上回っていた。内部全体が砲火のために黒ずみ、煤《すす》に覆《おお》われていた。炸裂《さくれつ》以前に室内に置かれていたわずかばかりの品物は、ことごとく蒸発してしまっていた。

「なにが命中したんだね、ここに？」ピットは驚いて訊《き》いた。

「攻撃ヘリのパイロット野郎は、気が利《き》いていると思ったのだろう、ロケット弾にトンネルを走りぬけさせようとしやがった」アル・ジョルディーノは林檎《りんご》の食べ方を講釈でもするように、状況を説明した。

「君とルディは、ここにいたわけではあるまい」

アル・ジョルディーノは笑いを浮かべた。「むろん、いやしないさ。この後ろの、もう一つの部屋に繋がるトンネルがある。昔起こった落盤のさいに生じた岩石の堆積《たいせき》に、われわれは護《まも》られた。ルディとおれは、これから何週間か低い話し声は聞き取れないだろうし、肺は鬱血《うっけつ》しているが、ともかく命拾いはした」

「君たちが、ここにおいでのお友達同様に、火あぶりにならなかったのは奇蹟《きせき》だ」ピットは襲撃者たちの焼け焦げた遺骸《いがい》をじっと見下ろした。

「SEALが破壊の後始末をし、死体は身元確認のために合衆国へ転送されることになっている」

「なんとも無残だわ」とつぶやくドロシーの顔は青ざめた。しかし、たちどころにプロ意識を取り戻し、壁面に残された碑文を指で撫《な》ではじめた。ひび割れ叩き潰《つぶ》された岩盤を見つめているうちに、不意に悲しくなった。「彼らが破壊してしまった」ドロシーはかすかに囁《ささや》いた。「読み取りようがないわ。解読できるほど残っていないもの」

「さほどの損失ではない」ジョルディーノは平然と言ってのけた。「立派な代物《しろもの》が、引っ掻《か》き傷一つなく、内側の部屋に残っている。ミイラは少しばかり塵《ちり》に覆われているが、その点を除けば、どれも坐《すわ》らせられたその日と変わりない」

「坐らせられた?」ハットフィールドが繰り返した。「ミイラは棺の中に、平らに寝ていないのですか?」

「いや、石造りの椅子《いす》に、上半身を起こして坐っている」

「布に包まれているんですか?」

「これもノー」とジョルディーノは答えた。「まるで重役会でも開いているように坐っている。ローブ姿で帽子をかぶり、ブーツをはいて」

ハットフィールドは怪訝《けげん》に思い、首を振った。「ガーゼでぐるぐる巻きにされて棺に収められたり、粘土の壺《つぼ》の中で胎児の姿勢をとったり、うつ伏せや仰向けに寝ていたり、あるいは立たされている死体など、わたしは古代の埋葬様式をいろいろ見てきた。露出状態で坐っているミイラは、いまだかつて聞いた例《ためし》がない」

「あなたたちがミイラやその他の人工遺物を調査できるように、内部に照明をセットしておきました」

ジョルディーノはピットとドロシーの到着を待つ数時間の間に、SEALの協力を得て崩落した岩塊を取り除き、外へ運び出し、山の下へ落してもらった。いまや内側の地下室に通じるトンネルは開けたので、彼らは崩落した岩石を乗り越えずに真直《まっす》ぐ歩いて行けた。投光照明は陽光よりひときわ明るく、ミイラたちとその色彩豊かな着衣を細部まで浮かび上がらせていた。

ハットフィールドは足早に近づき、鼻先をくっつけ合うようにして最初のミイラを調べはじめた。彼はさしずめ楽園で道に迷った男だった。皮膚、耳、鼻、さらには唇を吟味しながら、順につぎの遺体へ移動して行った。革製の折畳式ケースを開くと、外科医が使う照明と拡大鏡が目の前に取りつけられている、金属製のヘッドバンドを取り出した。それを頭にはめると照明を点《つ》け、拡大鏡の焦点を合わせ、画家用の毛の柔らかな絵筆でミイラの目蓋《まぶた》の塵を払った。ほかの者たちが黙りこくって見守っていると、やがて彼は振りむき、ヘッドバンドを上げ、話しかけた。

彼の語り口は、教会での説教口調に似かよっていた。「わたしは長年にわたって、古《いにしえ》の死体の研究に専念してきました」声は低かった。「これほど保存状態のよい死体に、いまだかつてお目に掛かった事はありません。眼球すらまったく損なわれていない感じで、虹彩《こうさい》の色を十分に識別できます」

「たぶん、一〇〇年経《た》つか経たずなんでしょう」ジョルディーノが言った。

「そうは思えません。ローブの繊維、ブーツの様式、頭衣や着衣の裁ち方とスタイルは、わたしがこれまでに目撃したいずれとも異なりますし、有史時代に記録されているそれらとは紛れもなく別物です。どんな防腐処理法を用いていたにせよ、この人たちの技術はわたしがエジプトで研究したミイラのものより遥《はる》かに優れている。エジプト人たちは内臓を取り出すために死体を切り刻み、鼻から脳を抜き取り、両肺と腹腔《ふくこう》器官を取り除いた。ここにある死体は内部的にも外部的にも損なわれていない。事実上、防腐処理人の手に触れられていないような印象を受ける」

「わたしたちがコロラドの山中で見つけた碑文は、紀元前七〇〇〇年のものと測定されました」とドロシーは知らせた。「この人たちやその人工遺物が、同じ時代のものである可能性はあるのかしら？」

「時代測定の装置がないので、なんとも言いかねます」とハットフィールドは答えた。「時代的な結論を出すことは、わたしの専門外です。しかし、この人たちが歴史不詳の古代文化に属していることに、喜んでわたしの名誉を賭《か》けます」

「彼らは一流の船乗りだったに違いない。この島を発見し、指導者たちの埋葬場所に充《あ》てたのだから」ピットが感想を述べた。

「なぜ、ここなんだ?」ジョルディーノが訊いた。「なぜ死者をもっと便利な、大陸の海岸沿いの場所に埋葬しなかったのだろう?」

「最大の理由は、死者が発見されるのを嫌ったからでしょうね」ドロシーが答えた。

ピットは考えこむようにミイラたちを見つめた。「わたしはそれほど自信を持てないな。彼らは最終的に発見されるのを望んでいたように思える。この人たちは何千キロも離れた別の地下室に、叙述的な伝言を残している。わたしが聞き及んでいるところでは、例のコロラドの碑文が死者の国を治めている神々に対するメッセージではないことを、あなたとイェーガーは立証したそうですね」

「それはおっしゃる通りなんですけど。しかし、表象全部とその意味を解読するのは、まだずっと先のことです。これまでに明らかになったのは僅《わず》かで、あの碑文は葬儀に関連するものではなく、未来の災厄に対する警告だということにすぎません」

「何者の未来だろう?」ジョルディーノが訊いた。「過去九〇〇〇年間に、すでにその災厄は起こっている可能性がある」

「まだ時代的な結論は出ていません」ドロシーは答えた。「ハイアラムとマックスが依然として、その問題に取り組んでいます」彼女は片側の壁面に近づき、岩盤に彫りこまれた人形《ひとがた》らしきいくつかの姿を覆っている塵を拭《ぬぐ》い取った。彼女の目は興奮にかられて大きく見開かれた。「ここの表象は、コロラドでわたしたちが発見したスタイルとは別物です。これらは人の姿や動物を描いている絵文字です」

間もなく彼らは全員、磨き上げられた岩盤にこびりついた塵や汚れを取る作業に専念していた。壁面の四隅からはじめて中央へ手を広げて行くうちに、やがて明るい投光照明を受けて碑文がくっきりと浮かびあがった。

「なんだと思う?」ジョルディーノが誰にともなく訊いた。

「明らかに港ないしは港町だ」ピットが静かに言った。「帆とオールを備えた古代の船団がはっきり見て取れるじゃないか。周りは防波堤に囲まれていて、その両端は高い塔を支えているが、おそらくある種の水路標識というか灯台だ」

「そうとも」ハットフィールドが同意した。「数艘《そう》の船が舫《もや》っている埠頭《ふとう》周辺の建物が、簡単に見分けられる」

「この人たちは、船荷の積み下ろしをしているらしい」ドロシーは常備の拡大鏡越しに見つめながら言った。「人物はみんな細部にわたって丁寧に彫られているし、ミイラたちとまったく同じ種類の衣服を着けている。一艘の船は、動物の群れを下ろしているようよ」

ジョルディーノはドロシーに近づき、絵文字を注視した。「ユニコーンだ」彼は知らせた。「一角獣だよ。見ろよ、どれも頭のてっぺんに角が一本しかない」

「想像の産物」ハットフィールドが疑わしげにつぶやいた。「存在もしないギリシアの神々の彫像に劣らず幻想的だ」

「なぜ分ります？」ピットは博士に異論を唱えた。「たぶん一角獣は、九〇〇〇年前には実在したのだろうが、やがてマンモスや剣歯虎《けんしこ》たちと一緒に絶滅してしまった」

「そうとも、蛇が髪の毛代りのメドゥーサや、額に目が一つしかないキュークロープスともども」

「お忘れなく、さまざまな怪獣《ガーゴイル》や竜たちも」ジョルディーノがつけ加えた。

「それらが存在したことを裏づける骨なり化石が発見されるまで」ハットフィールドは固執した。「過去にまつわる謎《なぞ》に留まるのはやむを得ない」

ピットはそれ以上ハットフィールドと議論をしなかった。向きを変えると、依然としてミイラたちを支えている一連の椅子の裏側へ歩いていき、奥の壁面を覆っている動物の皮を縫い合わせた大きなカーテンを見つめた。しごく慎重に、カーテンの片隅を持ち上げ、その下から覗《のぞ》いた。彼の顔は謎めいた表情を浮かべた。

「注意してくれ」ハットフィールドが警告した。「ひどく脆《もろ》いから」

ピットは彼の言葉を無視して、両手でカーテンを上げ、頭上で巻き取った。

「それに触れちゃならん」ハットフィールドは苛立《いらだ》たしげに注意した。「きわめて貴重な遺物だし、ばらばらに砕ける恐れがある。保存できるように、丁寧に扱わねばならぬ」

「カーテンの奥にあるもののほうが、一段と貴重だ」ピットは平然とした口調で応じた。彼はジョルディーノに向かってうなずいた。「そこにある槍《やり》を二本引っつかんで、カーテンの突っかえ棒にしてくれ」

ハットフィールドは顔を真赤に染めて、ジョルディーノを阻止しようとしたが、さしずめ農耕用トラクターを止めようとしたも同然だった。ジョルディーノはわき目も振らずに博士を押しのけ、古代の黒曜石の槍を引っつかむと、その先端を部屋の床に突きたて、槍の柄《つか》の末端でカーテンを支えた。そこでピットが二基の投光照明を調整すると、光束が壁面に絞りこまれた。

ドロシーは息を殺して、磨き上げられた壁面に刻まれた大きな四つの円を見つめた。その周辺には風変わりな図式が彫ってあった。「ある種の絵文字だわ」彼女は厳粛な口調で言った。

「地図に似ている」ジョルディーノが発言した。

「なんの地図かしら？」

ピットの唇がほつれて、感慨深げな笑いが浮かんだ。「地球の四つの異なる投影図」

ハットフィールドはドロシーの肩の上から眼鏡越しに覗いた。「奇妙だ。この一連の絵文字は、これまでにわたしがお目に掛かったどの古代の地図とも似ていない。あまりに詳細だし、わたしの承知している地理との類似点が明らかに欠落している」

「それはあなたの了見が狭いために、九〇〇〇年前の大陸や海岸線を思い描くことができないからさ」

「わたしはハットフィールド博士に賛成せざるを得ないわ」とドロシーは言った。「どう見たって大小の島の連なりと、広い海を示唆《しさ》する波形模様に囲まれたぎざぎざの海岸線があるにすぎない」

「おれなら、ロールシャッハのインク染《じ》みテストの、対空砲火に痛めつけられた蝶《ちょう》と見るがね」ジョルディーノは皮肉な調子でつぶやいた。

「いままさに、君の知能指数は五〇ポイント下落だ」ピットがやり返した。「みんなの中で、この謎を解けるのは君だけだと頼りにしていたのに」

「あなたには何が映って見えるの？」ドロシーがピットに訊いた。

「僕には九〇〇〇年前の南極大陸から眺めた、世界の四つの異なる展望図と映る」

「冗談はさておき」ジョルディーノが口を挟んだ。「君の言う通りだ」

ドロシーは後ろに下がって、全体図を見つめた。「ええ、ようやく別の大陸たちの見分けがつきはじめたわ。だけど、どれも位置が違っている。まるで世界が傾いたように」

「南極がこの絵図のどこに収まるのか、分りかねるのだが」ハットフィールドは固執した。

「あなたの目の前の右手です」

ドロシーが訊いた。「なぜそんなに確信を持てるの？」

「どうしてその結論に達したのか、伺いたいものだ」ハットフィールドはまぜっかえした。

ピットはドロシーを見つめた。「あなたの手提げに、岩盤の碑文を際立《きわだ》たせるために使うチョークは入っていませんか？」

彼女は微笑《ほほえ》んだ。「チョークは落ち目なの。このごろは、タルカムパウダーのほうが好まれている」

「なるほど、そいつを貸してください、それにクリネックスを何枚か。女性はみんなクリネックスを持ち歩いている」

彼女はポケットに手を突っ込み、ティッシューの小さな包みをピットに渡した。つぎに、手提げの手帳、カメラ、それに岩石に刻まれた古代の象形文字の吟味に用いる道具類などをかき混ぜているうちに、タルカムパウダーの容器を見つけた。

ピットは少し待つ間に、水筒の水でティッシューを湿らせ、周囲の壁面に刻まれた絵文字に水気を含ませて、タルカムパウダーが岩の刻み目に吸いつくようにした。それが終わると、ドロシーがタルカムパウダーを渡してくれたので、古代の芸術作品周辺の滑らかな表面に粉を叩《たた》きつけはじめた。三分ほど経つと後ずさって、自分のお手並みを拝見した。

「紳士淑女の皆様、これぞ南極です」

三人とも、ピットが磨き上げられた岩盤に叩きつけて綺麗《きれい》にふき取った後に、刻み目に残った白いタルカムパウダーが描きだしている肌理《きめ》の粗い輪郭を見つめた。いまやそれは、南極大陸にきわめて似た姿を浮かべていた。

「これはいったい、どういうことかしら？」ドロシーが困惑して訊《き》いた。

「要するに」ピットはそれぞれの玉座に黙然と坐っているミイラたちのほうを身振りで示しながら説明した。「こうした古代の人たちは、現代人より何千年も前に南極の上を歩いていた。彼らは氷と雪に覆《おお》われる以前に、南極を周航して地図に収めた」

「ナンセンス！」ハットフィールドは息巻いた。「科学的に証明された事実なんだよ、南極大陸が僅か三パーセントを除いて、何百万年も氷床に覆われてきたことは」

ピットはしばらく何も言わなかった。古《いにしえ》の人物たちをまるで生きてでもいるように見つめ、語り合おうとするかのように、顔から顔へと視線を移して行った。やがて彼は身振りで、古代の、無言の死者たちを示した。「答えは」彼はゆるぎない確信を持って答えた。「彼らがきっと与えてくれる」

24

ハイアラム・イェーガーは大きなボール紙の箱を持って、昼飯から自分のコンピューター・コンプレックスへ戻ってきた。その中には、市の野犬収容所から救ってきた、ほんの数時間後には薬殺される予定だったバセットハウンドの子犬が入っていた。家で飼っていたゴールデンレトリーバーが老齢で死んでしまったので、飼い犬の埋葬はこれを最後に、二度と替わりは求めないと心に決めた。しかし、一〇代の娘二人に、別の犬をせがまれて泣きつかれ、そのうえ、レトリーバーの替わりを得られないなら学業をないがしろにすると脅されてすらいた。子供たちに動物を買ってくることを強制される父親は、なにもおれが最初ではないとイェーガーはわずかに自分を慰めた。

彼は別のゴールデンレトリーバーを探すつもりでいたのだが、バセットハウンドの悲しげな感情のこもった丸い目を覗《のぞ》きこんでしまい、脚部が短く足が大きい不恰好《ぶかっこう》な体つき、それに床を引きずっている耳を見たとたんに、彼は虜《とりこ》になってしまった。机の周りに新聞紙を敷いて気ままに歩けるようにしてやったが、蓋《ふた》を開けたボール箱のタオルの上に横になったままイェーガーを見つめるほうが子犬のお気に召し、そのために彼はその悲しげな眼差《まなざ》しを無視して神経を集中するのが、ほとんど不可能になってしまった。

ついに彼は、しいて注意力を仕事に向け、マックスを呼び出した。彼女はモニターに登場するなり、ハイアラムをにらみつけた。「年中わたしを待たせるつもりなの?」

ハイアラムは手を伸ばして子犬を持ち上げ、マックスに見せた。「来しなに立ち寄って、娘たちのために犬をもらい受けてきたんだ」

マックスの顔がとたんに和らいだ。「彼って可愛いわ。お嬢さんたち、きっと喜ぶわよ」

「碑文の解読で、成果はあったのか?」ハイアラムは訊《き》いた。

「象形文字の意味はかなり解きほぐしたけど、それらを繋《つな》ぎ合わせて英語として解釈できる言葉に置きかえるには、もう少し検討が必要ね」

「これまでに分かった事を聞かせてくれ」

「大変な量なのよ、本当の話」マックスは誇らしげに言った。

「伺いましょう」

「紀元前七〇〇〇年ごろに、世界は大規模な災厄に見舞われた」

「どんな災厄か見当はついているのか?」

「ええ、それはコロラドの例の部屋の天井にある天球図に記されています」とマックスは説明した。「物語全体を解読したわけではありませんが、一つではなく二つの彗星《すいせい》が太陽系の遥《はる》か彼方《かなた》から飛びこんできて、世界的規模の惨事を起こしたようです」

「確かに隕石《いんせき》ではないんだな？　わたしは天文学者ではないが、彗星が平行して軌道を回っているなんて聞いた例《ためし》がない」

「あの天体図は、長い尾を持つ二個の物体が横に並んで飛来して、地球に衝突したことを示している」

イェーガーは片手を下げ、犬を軽く叩《たた》きながら話した。「二つの彗星が、同時に衝突した。それらの規模によるが、巨大な震動を呼び起こしたに違いない」

「失礼、ハイアラム」マックスは釈明した。「誤解を招くつもりはなかったのだけど。彗星の一つしか、地球にぶつからなかった。もう一つの彗星は太陽を迂回《うかい》して、宇宙空間の深淵《しんえん》へ姿を消した」

「問題の天球図は、彗星の落下地点を示唆《しさ》しているのだろうか？」

マックスは首を振った。「衝突現場の描写はカナダを示唆しています、たぶんハドソン湾一帯のどこかでしょう」

「君を誇りに思うよ、マックス」イェーガーがバセット犬を膝《ひざ》に載せると、子犬はたちまち眠りこんだ。「君なら立派な探偵《たんてい》になれるだろう」

「わたしにとっては、一般人の犯罪解明など、たんなる児戯に等しい」マックスは自慢げに言った。

「なるほど、紀元前七〇〇〇年ごろに、一つの彗星がカナダ領域に衝突し、世界的な規模の破壊をもたらした」

「それは第一幕にすぎない。物語の山場は、大洪水とその余波に見舞われる以前に存在した人々と、その人たちの文明に関する記述と共に後半に登場する。彼らはほぼ全滅した。生き残った哀れなごく一部の者たちは、あまりにも弱体化して帝国の再建など覚束《おぼつか》ないので、世界をへめぐって、僻遠《へきえん》の土地で石器時代の暮らしに耐えていた同時代に帰属する原始人たちを教育し、次回の洪水を警告する記念碑を建てることを自分たちの聖なる任務とみなした」

「なぜ彼らは、また宇宙の脅威にさらされると考えたのだろう？」

「わたしの類推では、例の二番目の彗星が戻ってきて、破壊の仕上げをすると予測したようです」

イェーガーは言葉を失わんばかりだった。「君は言いたいわけだ、マックス、アトランティスと呼ばれた文明が実在したと？」

「そんなことは言っていませんよ」マックスはいらだち気味に応じた。「この古《いにしえ》の人たちが、自分たちをなんと呼んでいたか、わたしはまだ決定していません。ギリシアの有名な哲学者プラトンが伝えている話に登場する人たちと、彼らが似ていることは明らかです。彼の話は二〇〇〇年前に、祖先筋のギリシアの偉大な政治家ソロンとエジプトのある神官の間で行なわれた対話の記録で、アトランティスという地名の最初の記述とされている」

「誰でもその伝説は知っている」と答えるイェーガーの思いは宇宙へ馳《は》せていた。「その神官は、ヘラクレスの柱、今日ではジブラルタル海峡と呼び習わされているが、その西の大西洋の真中にオーストラリアより大きな島大陸があると話している。数千年前にその島は、大変動によって破壊され海底に沈んだ。今日に至るまで、この謎《なぞ》のために信奉者は頭を悩ませ、歴史家たちは一笑に付してきた。わたし個人としては、アトランティスは古代のサイエンスフィクションが産んだ冒険談に過ぎないとする歴史家たちの説を支持したい」

「どうも、まったくの作り話ではないようですよ」

イェーガーは顔をしかめてマックスを見つめた。「失われた大陸が、九〇〇〇年前に大西洋の中央に消えたとする地質学的な根拠はまったくない。存在した例がないのだ。まぎれもなく、北アフリカとカリブ海の間にはあり得ない。今日では問題の伝説はテラ島、現在のサントリン島の火山爆発によって生じ、クレタ島の偉大なミノア文明を払拭《ふっしょく》した、破局的な地震と洪水に結びつけられている」

「するとあなたは、プラトンがその著書〝クリティアス〟と〝ティマイオス〟の中で行なっているアトランティスの描写は創作だと考えているわけね」

「描写ではない、マックス」イェーガーはコンピューターに講義を始めた。「彼はあの物語を対話形式で展開した。古代ギリシアでは人気のあるジャンルの一つだった。物語は著者によって三人称で語られているのではなく、二人ないし三人の語り手が、片方が相手に質問をする形で読者に提示されている。それに、そうさ、プラトンはアトランティスを創案したし、後々の人たちがでっち上げをまんまと信じこみ、大量の本を書き、果てしなく議論を展開することを読みきって、ご満悦だったとわたしは信じている」

「あなたって頑固ね、イェーガー」とマックスは言った。「あなたは有名な霊能者、エドガー・ケイシーの予言を信じていないでしょう」

イェーガーは首をゆっくり振った。「アトランティスがカリブ海で隆起し沈下する様が目に映る、と彼は主張している。仮になんらかの高度の文明があの地域に存在したなら、何百もある島が手掛かりをもたらしてもよさそうなものだ。しかし今日まで、古代文明の陶器のかけら一片すら発見された例がない」

「ところで、ビミニ島（フロリダ）沖合いの海中道路を形成している大掛かりな石のブロックは？」

「海洋のほかのいくつかの区域でも見られる、地質学的形成物の一種だよ」

「それでは、ジャマイカ沖の海底で発見された石柱は？」

「あれはコンクリートの樽《たる》が水中で固まったものだと証明されている。樽を運んでいた船が沈み、樽材は腐食して消え失《う》せた。事実を直視するんだ、マックス。アトランティスは寓話《ぐうわ》だよ」

「あんたはとんだ分からず屋だわ、ハイアラム。気づいているんでしょうね？」

「よく言ってくれるじゃないか」イェーガーは無愛想に応じた。「一部の夢想家が信じているロケット推進船や生ごみ処理機があった、古代の高度文明社会などわたしは信じる気になれない」

「まあ」マックスの口調は鋭かった。「それが問題なのよ。アトランティスはレオナルド・ダ・ヴィンチやトーマス・エディソンが住む広大な都市でもなければ、運河に取り巻かれた島大陸でもないのよ、プラトンが述べているような。わたしが解明しつつあるところでは、古代人たちは小規模な海洋民族の連合体で、エジプト人たちがピラミッドを建てる四〇〇〇年前に航海をして全世界を地図に収めた。彼らは海洋を征服した。海流の利用の仕方を知っていたし、天文学と数学の膨大な知識を身につけ、優れた航海者となった。海岸沿いに一連の港湾都市を開発し、採鉱と鉱石を金属に加工する事業によって一大交易帝国を築き上げた。彼らとは異なり、同じ時代に高地で遊牧生活をしていた他の民族たちは、大災厄を生き延びた。海洋民族は巨大な津波に破壊される不幸に見舞われ、跡形もなく消え去った。港湾都市の残骸《ざんがい》は、いまも水中深く、二、三〇メートルに達する沈泥《ちんでい》の下に埋もれている」

「君は昨日から解読に取り組んで、それだけのデータを集めたのかね？」イェーガーは驚きもあらわに訊いた。

「草が」とマックスはもったいぶって言った。「足許《あしもと》で生えるほど、わたしはもたもたしてはいないし、それに付け加えさせてもらうけど、手をこまねいて坐《すわ》りこんで端末の内部を錆《さ》びつかせることもしないの」

「マックス、君は達人だ」

「とんでもございませんわ。なんと言おうと、わたしを造ったのはあなたなのよ」

「あんまり多く検討材料を与えられたので、全部は消化しきれない」

「お宅へ帰るのね、ハイアラム。奥さんと娘さんたちを映画へ連れていってあげたら。ぐっすり眠るといいわ、その間にわたしは集積回路に活を入れます。ですから、明日の朝、あなたが腰を下ろした時には、あなたのポニーテイルがびっくりして撥《は》ねあがるほどの情報を、わたしは摑《つか》んでいるはずです」

25

ドロシーが玄室内の碑文と異様な世界地図を写真に撮り終わると、彼女とジョルディーノはケープタウンへ空輸され、術後間もないルディ・ガンとその地の病院で会った。彼は一騒動寸前の揉《も》め事を起こしたうえに、病院の職員たちの命令を無視して、密《ひそ》かに飛行機で南アフリカを脱出する手立てをジョルディーノに頼んだ。ジョルディーノは進んで求めに応じ、気転の利《き》くドロシーの協力を得て、小柄だが強気のNUMAの幹部を医者や看護婦の間をすり抜けさせると、病院の地下設備室を通りすぎてリムジンに乗せ市内の空港へ急行した。そこには彼ら全員をワシントンへ連れ戻すために、NUMAの専用ジェット機が一機待ち構えていた。

ピットはハットフィールド博士や、海軍のSEALと共に後に残った。彼らは協力して、慎重に人工遺物を詰め、それらをサンポール島へ迂回《うかい》させてすでに到着していた、NUMAの深海調査船にヘリコプターで運ぶ監督をした。ハットフィールドはミイラの間を駆けずりまわり、船から届けられた毛布で丁寧に包み、木箱にこまやかな心遣いをしながら収めて、スタンフォード大学の自分の研究所で詳しく研究するために送り出してもらう準備をした。

最後のミイラがNUMAのヘリコプターに積みこまれると、ハットフィールドはミイラや人工遺物に付き添って、調査船までの短いフライトに乗りこんだ。ピットは向き直ると、ジェイコブス大尉《たいい》と握手をした。「協力に感謝します、大尉。それに部下の方たちにも、よろしくお伝えください。みなさん抜きでは、こんな成果は得られなかった」

「われわれが、古いミイラの介添え役を与えられることなど滅多にない」ジェイコブスは微笑《ほほえ》みながら言った。「テロリストたちがわれわれからミイラを奪い取る行動に出なかったので、残念なような気もします」

「彼らがテロリストとは思っていません、言葉の厳密な意味においては」

「殺し屋は殺し屋です、どう呼び方は変わろうとも」

「あなたたちは本国へ戻るのですか？」

ジェイコブスはうなずいた。「われわれは襲撃者たちの死体を、あなたの友人たちが見事に片づけた連中を、身元確認の検査のために首都ワシントンのウォルターリード病院へ送り届ける命令を受けております」

「お元気で」ピットは告げた。

ジェイコブスはさっと敬礼した。「またどこかで、お目にかかるおりもあるでしょう」

「こんど出会うのなら、タヒチの砂浜と願いたいな」

ピットがいっこうに止《や》まぬ霧雨の中に立ちつくして、地上に浮かんでいる海兵隊のオスプリー・ティルトローター機を見つめていると、やがて海兵隊員は機内に乗りこんだ。低く垂れこめた雲の中へ航空機が姿を消しても、彼は依然として立ちつくしていた。これで島に残っているのは、彼だけとなった。

いまや空になった棺室へ歩いて戻り、最後にもう一度奥の壁面の世界地図に目を向けた。投光照明機はすでに取り外されていたので、懐中電灯で古代の海図を照らした。

何千年も前に、信じられないほど正確な地図を描いた古代の地図製作者たちは、どんな人物だったのだろう？　巨大な氷の覆《おお》いの下に埋もれていない南極大陸を、どうやって地図に収めることができたのだろう？　数千年前には、南極大陸の気候はずっと暖かったのだろうか？　人間が住めたのだろうか？

氷のない南極の姿はどうにもしっくり来なかった。ピットは同行者たちに打ち明けなかったが、ほかの大陸やオーストラリアの位置が気になった。いずれも、在るべき場所にない。南北アメリカ、ヨーロッパ、それにアジアが、本来の位置よりほぼ三二〇〇キロ北へ示されているように思えた。古代人たちは、沿岸線をきわめて正確にはじき出しているのに、諸大陸を地球の円周との関連から確定されている場所から、遥《はる》かにずらしているのはなぜだろう？　彼は途方にくれた。

古代の航海者たちは、後続の開化された人類や文明を遥かに凌駕《りょうが》する科学的な能力を、まぎれもなく備えていた。彼らの時代は、記述や通信術においても、数千年後に登場した他の時代より大幅に進歩していたように思われた。彼らは変動絶えざる時間の大海越しに何を伝えたくて、磨耗しないように岩盤に刻みこんだのだろう？　希望のメッセージ、それとも来るべき天災の警告？

ピットの頭の中を駆け巡っていたさまざまな思いは、トンネルを抜けて響き渡る回転翼とエンジンの排気音に妨げられた。それは調査船へ連れ戻ってくれるヘリコプターが引きかえして来た事を告げていた。なんとなく後ろ髪をひかれる思いで、懐中電灯のスイッチを切ると同時に検討を打ち切って、彼は暗い部屋を後にした。

政府の輸送手段を待っていては時間の無駄になるので、ピットはケープタウンからヨハネスバーグへ飛び、その地でワシントン行きの南アフリカ航空の便に乗った。途中ほとんど眠って過ごし、燃料補給のために立ち寄ったカナリヤ諸島では、足腰を伸ばすためにちょっと散歩をした。ダレス国際空港のターミナルに下り立ったのは、真夜中近かった。縁石沿いに、トップを降ろした煌《きら》びやかな一九二六年型のフォード・キャブリオレのホットロッドが、思いがけず待っていてくれたので気をよくした。その車はさしずめ、一九五〇年代のカリフォルニアから抜け出てきたような感じを与えた。ボディとフエンダーはメタリックのプラムマルーンに塗り上げられ、ターミナルの照明を受けて煌いていた。バンパーは一九三六年型のデ・ソトから流用したリブタイプ。前方のリップルムーン・ディスクはホイールを覆い、後部のディスクは涙型のスカートに隠れている。前の座席と後ろの折りたたみ席はビスケット・タンの革製。優雅な小型車の動力源はV－8サイドバルブ型エンジンで、二二五馬力を出せるように全面的に改良されている。最後部には五〇年前の、古いコロンビア・オーバードライブギア装置が搭載されている。

かりに車は人を振りかえらせるほどではないにしても、ハンドルの後ろに坐《すわ》っている女性も引けを取らぬほど美しかった。長い黄褐色の髪は色鮮やかなスカーフで、空港外の柔らかな風から護《まも》られていた。ファッションモデルなみに頰骨は高く、ふくよかな唇、それに短い真直《まっす》ぐな鼻とカリスマ的な菫色《すみれいろ》の目が引き立てている。アルパカの枯れ葉色をした厚手のタートルネックに、茶色がかったグレイのウールのツイードのパンツを組み合わせ、膝《ひざ》まで達する同じ色調の小羊のなめし革のコートを上に重ねていた。

コロラド州選出の女性下院議員ローレン・スミスは、にこやかに微笑みかけた。「何度このようにあなたを出迎えて言ったかしら、〝ようこそお帰り、船乗りさん〟って？」

「少なくとも八回は覚えている」ピットは長年にわたる夢見がちな恋人が、多忙なスケジュールを割いて彼のコレクションから車を一台選んで、空港で出迎えてくれたので嬉《うれ》しげに応じた。

後ろの席にダッフルバッグを投げこみ助手席に滑りこむと、身体《からだ》を寄せ胸に抱きしめて彼女に長々とキスをした。やがて身体を引いて彼女を放すと、ローレンは息を整えながらあえぐように言った。「注意して、クリントンのような羽目には陥りたくないので」

「世間は、女性政治家の情事には拍手するさ」

「それはあなたの考え」彼女はステアリングコラムのイグニッションレバーを押さえ、スターターボタンを押した。最初の回転で点火し、スミティマフラーと一対の排気管からまろやかなかすれ気味のうなりが飛び出した。「どこへ行くの、あなたの格納庫?」

「いや、NUMAの本部にちょっと立ち寄って、われわれが取り組んでいるプログラムについてハイアラム・イェーガーがもたらした最新の情報を、自分のコンピューターで確認したいんだ」

「この国できっとあなただけよ、独り者でアパートにコンピューターを持っていないのは」

「家の周りには置いておきたくないんだ」彼の口調は真剣だった。「ほかにもいろんなプロジェクトをたっぷり抱えこんでいるので、インターネットに漫然と目を通したり、E‐メールに返事を出す時間などないから」

ローレンは縁石からフォードを離し、都心へ通じる幅の広い高速道路に乗せた。ピットは黙りこくって坐ったまま、依然として物思いにふけっているうちに、その基部をライトアップされたジョージ・ワシントン記念塔が視野に入ってきた。ローレンは彼をよく知っていたので、好きにさせておいた。ほんの二、三分もすれば、現実の世界に舞い戻ってくるのだ。

「議会での目下の話題は？」やがて彼は訊《き》いた。

「まるで関心があるみたい」ローレンは気のない返事をした。

「そんなに退屈なんだ？」

「予算の審議など、正直言って女心を掻《か》き立てないわね」こんどは口調が和らいだ。

「ルディ・ガンが、ひどい銃傷を負ったと聞いたけど」

「南アフリカの外科医は、骨の復元が専門なのだが、見事な腕前を発揮した。ルディは数ヶ月、足を引きずって歩くだろうが、机の奥からNUMAの運営の指揮を取るぶんに支障はないはずだ」

「アルが言ってたわ、あなたは南極でひどい目に遭ったって」

「アルカトラス島など植物園に思える岩山で、彼らが舐《な》めた苦労には及ばないが」彼は考えこむような表情を浮かべ、ローレンのほうを向いて言った。「君は国際貿易関連委員会の一員だよね？」

「そうよ」

「アルゼンチンの大企業で、どこかよく知っているところはある？」

「あの国を何度か訪ねて、財務や交易担当の大臣たちと会ったけど」と彼女は答えた。

「なぜ訊くの？」

「ニューデスティニー社、あるいは第四帝国株式会社と名乗っている組織を耳にしたことはあるだろうか？」

ローレンはちょっと考えこんだ。「デスティニーエンタープライズのCEOに、かつて会ったことがあるけど、貿易使節団としてブエノスアイレスに滞在していた折に。わたしの記憶が確かなら、名前はカール・ヴォルフ」

「それは何年ぐらい前になる？」ピットは訊いた。

「四年くらい」

「人の名前をよく覚えているな」

「カール・ヴォルフはハンサムで垢抜《あかぬ》けていて、断然魅力があるの。女って、ああいう男性なら忘れはしないわ」

「それなら、どうしていまだに僕の周りをうろついているんだろう？」

ローレンは視線を投げかけて、挑発するように微笑んだ。「女ってものは、土臭くて粗野で肉感的な男たちにも引かれるものなの」

「粗野で肉感的ね、まさに僕だ」ピットは彼女に腕を巻きつけ、耳たぶをかんだ。

彼女は首をそらした。「運転中は駄目」

ピットは彼女の右膝を握り締める愛の仕草をすると、シートの上でくつろぎ、さわやかな春の夜に頭上を飛び去る、若葉を広げはじめたばかりの木立の枝越しに煌く星々を見つめた。カール・ヴォルフ。頭のなかで何度も彼の名前を繰り返した。まぎれもなくドイツ系の名前だ、とピットは断定した。デスティニーエンタープライズは洗ってみる価値がある、たとえ袋小路にぶち当たろうとも。

ローレンは滑らかに車を走らせ、こんな未明にまだ路上を走っているわずかばかりの車を巧みにすり抜け、向きを変えてNUMA本部の地下駐車場に通じる車寄せに乗せた。警備員が守衛室から一人出てきて、ピットだと気づいたので手を振って通すと、立ち止まって煌く年代もののフォードに見惚《みと》れていた。第一駐車場の階には、ほかに三台しかいなかった。ローレンは車をエレベーターの隣に停め、ライトとエンジンを切った。

「一緒に上へ行くほうがいい？」彼女は訊いた。

「ほんの二、三分で終わるから」ピットは車を下りながら答えた。

彼はエレベーターで玄関のメインホールへ向かった。エレベーターは自動的にその階で停まるようになっていたし、ビルのあらゆる区画を映し出しているモニターテレビの放列に囲まれた守衛デスクに立ち寄って、サインをしなくてはならなかった。

「遅くまでお仕事ですか？」守衛が感じよく訊いた。

「ちょっと立ち寄っただけなんだ」ピットはあくびをかみ殺しながら応じた。

エレベーターが自分の階に向かう前に、ピットはふと気が変って一〇階で下りた。彼の直感通り、ハイアラム・イェーガーはまだ仕事に取り組んでいた。ピットが彼の占有地へ入っていくと、イェーガーは寝不足のために充血した目を上げた。マックスは自分のサイバーランドから、目を凝らして見つめていた。

「ダーク」と彼はつぶやき、椅子《いす》から立ちあがりながら握手を交した。「思いがけないこともあるものだ、夜のこんな時間にあんたが迷いこんでくるなんて」

「君とオコンネル博士が古《いにしえ》の土くれを篩《ふるい》に掛けて見つけた代物《しろもの》を、拝見させてもらう気になったもんだから」彼はにこやかに応じた。

「ありふれた比喩《ひゆ》は嫌いだわ」マックスが言った。

「それだけ言えば、もう十分だろう」イェーガーが苛立《いらだ》ったふりをして見せた。今度はピットに話しかけた。「われわれの最新の発見をプリントした報告書なら、今夜一〇時にサンデッカー提督の机に置いてきました」

「それを拝借して、明日の朝一番で戻すことにする」

「急ぐには及びません。提督は国立海洋大気機関の長官と、昼まで会議です」

「君は奥さんや娘さんたちと一緒に、家にいてやらなくちゃ」とピットは言った。

「オコンネル博士と遅くまで研究をしていたんです」イェーガーは疲れた目を擦《こす》りながら答えた。「あなたとはほんのすれ違いです」

「彼女は旅の後なのに満足に休息も取らずに、ここへ来るなり働きづめなのか？」ピットは驚いて訊いた。

「実に大変な女性だ。女房持ちでなければ、彼女に求婚するのだが」

「君は学究肌の女性に、すぐ惚《ほ》れこむ」

「頭脳は美に勝る、とわたしはいつも言っているでしょう」

「君の報告書に目を通す前に、なにか言っておきたいことでもあれば？」ピットは訊いた。

「驚天動地の物語」イェーガーはまるで恨めし気に言った。

「同感」マックスが支持した。

「これは内密の話なんだ」イェーガーは苛立たしげに言うと、マックスの映像を消してしまった。上半身を起こすと、伸びをした。「われわれは、有史以前に住んでいた、海を旅する種族にまつわる信じがたい物語を得た。しかも彗星《すいせい》が地球に衝突したために大津波が発生し、彼らが地球のほぼあらゆる土地に建てた港湾都市は呑《の》みこまれてしまったし、彼らは激減した。彼らは忘れ去られた時代に、それに、今日われわれが知っているのとはまるで違う世界に生き、そして死んでいった」

「提督と最後に話をしたとき、彼はアトランティス伝説を否定しなかったが」

「例の大西洋中央部の失われた大陸は、この物語とは合致しない」イェーガーの口調は真剣だった。「しかしまぎれもなく、海洋民族のある種の連合は存在したし、彼らはあらゆる海を隅々まで航海し、各大陸を海図に収めた」言集を区切ってピットを見つめた。「ドロシーが棺室で撮った碑文と世界地図の写真は、研究室にある。いずれも、明日の朝一番で、コンピューター走査ができるようになっているはずだ」

「標示されているどの大陸の位置も、現在の地球とはえらく違っている」ピットは考えこみながら言った。

イェーガーは充血した目で思慮深く見つめた。「彗星の衝突以上のなにか大激変が、あったような気がしはじめているんです。部下が過去一〇年に集めてくれた地質学関連のデータを、わたしは走査し終わった。氷河時代は、海洋の激烈な変動が生じた時点で、きわめて不意に終わっている。現在の海抜は、九〇〇〇年前より一〇〇メートル以上高い」

「それだと、アトランティスの建物にしろ遺跡にしろ、沿岸海域のはるか深みに閉ざされてしまう」

「言うまでもなく、沈泥《ちんでい》の中に深く埋もれている」

「彼らはアトランティス人と名乗っているのか？」ピットは訊いた。

「その言葉の意味を、彼らは知らなかったと思うんだ」イェーガーは答えた。「アトランティスはギリシア語だし、アトラスの娘を意味する。プラトンの影響で、時代を経るとともに有史以前、あるいはノアの大洪水以前の世界を意味するようになった。今日では、読み書きのできる人なら誰でも、それに読み書きのできない人でも大半が、アトランティスの知識を持っている。砂漠のリゾートホテルから科学技術や金融会社、小売店、水泳プールの製造会社、さらにはワインやブランド入りの食料品を含む多数の商品がアトランティスという名前を使っている。無数の論文や本が、この失われた大陸について書かれてきているし、テレビや映画のテーマにもなっている。しかし現在に至るまで、アトランティスをプラトンが創作した物語以上の存在とみなしてきたのは、サンタクロース、UFO、それに超自然的思考を支持する人たちだけだった」

ピットは戸口へ歩いていき、振りかえった。「世間の人たちはなんと言うだろう」彼は待ちどおしげにつぶやいた。「そうした文明が実際に存在したことを突きとめた時に」

イエーガーは微笑《ほほえ》んだ。「大勢の人間が、わたしの言った通りだろう、とうそぶくさ」

ピットがイエーガーと別れ、エレベーターを下りてずらっと並んでいるNUMAの幹部用オフィスへ向かっていると、サンデッカー提督の続き部屋へ通じる廊下の明かりが最小限度に絞られて薄暗いことに嫌でも気がついた。いまごろ明かりが点《とも》っているのは奇妙だったが、さまざまな理由から仄《ほの》かに照明をつけているのだろう、と彼は見当をつけた。廊下の外れまで来たので、提督のオフィスと専用会議室の外側にある、控えの間に通じるガラスのドアを押し開けた。中へ入っていき、提督の秘書のジュリー・ウルフの机の脇《わき》を通りすぎるとき、まぎれもなくオレンジの花の香りが匂《にお》った。

ピットは提督のオフィスの前で立ち止まり、懐中電灯のスイッチをまさぐった。その瞬間に、暗闇《くらやみ》から人影が一つ飛び出し、身体を二つ折りにして、ピット目掛けて殺到した。遅すぎた。身を引き締めた時には、闖入者《ちんにゅうしゃ》の頭を腹部にまともに打ちこまれてしまった。足をすくわれこそしなかったが屈《かが》みこみ、よろめきながら後ずさりした。息は体外に叩《たた》き出された。共に倒れこみながら襲撃者を一度摑んだが、不意を衝《つ》かれたせいで、ピットは腕を簡単に撥《は》ねのけられてしまった。

あえぎながら息を整え、片腕で腹部を握りしめると、ピットは照明を見つけてスイッチを入れた。さっと一目、サンデッカーのデスクを見るなり、侵入者の狙《ねら》いが分った。提督は机の整頓《せいとん》にひどくこだわっている。毎晩、ウォーターゲートのアパートへ向かう前に、書類やファイルを丁寧に引き出しにしまう。机の上には、古代の航海者たちに関するイェーガーの報告書は載っていなかった。

胃がまるで大きな一つの結節になってしまったように感じながら、ピットはエレベーター目指して駆け出した。盗人《ぬすっと》の乗ったエレベーターは下りつつあった。もう一台のエレベーターは、一階下で停まっていた。ピットは必死でボタンを押すと、追跡を再開するために深く息を吸いながら待った。扉が開いたので飛び乗ると、駐車場行きのボタンを押した。エレベーターは途中止まらずに急速に降下した。ここはオーティスのエレベーターに感謝すべきだ、とピットは思った。

すっかり開ききる前に扉をすり抜けて、彼がホットロッド目掛けて走り出した時には、赤い一対のテイルライトが出口用ランプの彼方《かなた》へ消えた。運転席のドアをさっと開けると、ローレンを片側に押しやって、エンジンをスタートさせた。

ローレンは彼を訝《いぶか》しげに見つめた。「何をそんなに急いでいるの？」

「ついいましがた走り去った男を見掛けなかった？」と彼は訊きながら、クラッチを押しこみ、ギアを切り替え、アクセルペダルを踏みこんだ。

「男じゃないわ、女よ。革製のパンツスーツに高価な毛皮のコートを着た」

ローレンならそうした点に気づきそうだ、とピットは思った。フォードのエンジンは唸《うな》りを発し、タイヤは恐ろしい軋《きし》みを立てながら車庫の床に、ゴムの二筋の帯を描いた。ランプを猛然と登り切るとブレーキを踏んで、横滑りしながら守衛室の前で車を止めた。警備員は車寄せの脇に立ちつくして、遠くを見つめていた。

「どっちへ行った？」ピットは怒鳴った。

「停める間もなく、走り去ってしまった」警備員は呆然《ぼうぜん》と伝えた。「南に折れ、パークウェイに乗った。警察に電話しましょうか？」

「そうしてくれ！」ピットはとっさに応じ、通りへ乗り入れ、わずかワンブロック先のワシントン・メモリアル・パークウェイへ向かった。「どんな車だった？」彼は言葉少なくローレンに訊いた。

「黒塗りのクライスラー300Mシリーズ、三・五リッターで、二五三馬力。ゼロから八〇キロまで、八秒で加速」

「仕様に詳しいんだ？」彼は漠然と訊いた。

「当然でしょう」ローレンは短く応じた。「わたし、一台持っているのよ、あなた、忘れてしまったの？」

「どさくさに紛れて忘れてしまったよ」

「この改造車の馬力はいくらなの？」彼女はサイドバルブ型エンジンの唸りにかき消されないように声を張りあげた。

「約二二五」ピットはパークウェイに乗ったので、バックシフトしてホットロッドを四輪駆動に切り替えた。

「あなたの負けね」

「そうでもない、こっちには車体がほぼ四五〇キロ軽い強みがある」ピットはフォードのギアを切り替えながら平然と応じた。「盗人は最高スピードでは勝るし、小さくターン出来るだろうが、加速力では負けない」

改造サイドバルブ型エンジンは、回転数が増すにつれて吠《ほ》えたてた。ハンドルの奥にあるダッシュボードの速度計の指針が一五〇キロに近づくと、ピットはスイッチを素早くコロンビア・リアエンドに切り替えて、オーバードライブ走行にした。エンジンの回転数はただちに落ち、車は加速して時速一六〇キロをマークした。

交通量は週末の夜中の一時なので少なかった。間もなくピットは、黒いクライスラー300Mをパークウェイの明るい連なる街灯の下に目撃し、追跡を開始した。相手は制限速度を三〇キロ以上オーバーして走っていたが、優美な車を潜在速度近くまではまだ追いたてていなかった。ドライバーは無人の右手のレーンへ入っていった。警官を避けることにかまけて、NUMAのビルから車が尾行している可能性はさほど気にしていないようだった。

フォードが型式の新しい車の三〇〇メートル以内に接近すると、ピットは速度を落していって走行速度の劣る車の背後に滑りこみ、目撃されないようにした。獲物がこっちに気づいていないと思うにつけ、彼はすこぶる自信が湧いてきた。ところがクライスラーは急激に向きを変え、フランシス・スコット・キイ橋に乗った。ポトマック川の反対側に出ると、左に次に右に小さくターンをし、尻《しり》を振りタイヤを軋ませながら角を回ってジョージタウンの住宅街へ入っていった。

「彼女はあなたに気づいていたわね」フロントガラスの周囲から吹きこむ冷たい風に身を震わせながら、ローレンは言った。

「やるねえ」ピットは駆け引きに負け、苛立たしげにつぶやいた。彼は握りしめた古いバンジョー型のハンドルを限界いっぱいまで切って、フォードに九〇度ターンをさせた。「直線の道をスピードを上げて逃げる代りに、あらゆる角を利用して十分距離を稼いだうえで、われわれにどっちへ曲がったか目撃されずに向きを変えてしまった」

まるでネコとネズミの追っかけっこで、クライスラーは曲がり角ごとに距離を稼ぎ、六五年経《た》つ改造車は持てる加速力で開けられた差を取り戻した。七ブロック過ぎても、依然として二台の車の間隔は同じで、開きも狭まりもしなかった。

「こんなのははじめてだ」ピットは厳しい眼差《まなざ》しでハンドルを握りしめてつぶやいた。

「どういうこと？」

彼は笑いを浮かべて、ローレンをちらっと見た。「はじめてだぜ、僕の記憶では。いま追跡しているのはこのわたくしめなんだ」

「こんな調子だと一晩中続くわよ」事故が起こったら何時《いつ》でも飛び出すつもりなのか、ローレンはドアのハンドルを摑《つか》んだまま言った。

「あるいは、どちらかがガス欠になるまで」ピットは急激に向きを変えながら返事をした。

「すでにこのブロックを、一回りしなかった？」

「したわ」

次の角をぐいと曲がっている最中に、クライスラーのブレーキライトがにわかに点灯し、街路樹沿いのブロックの数軒並んでいる煉瓦《れんが》造りのあるタウンハウスの前で、突然止まるのがピットの目に映った。彼がブレーキを掛け、横滑りしながら路上のクライスラーの隣に止まった瞬間に、相手は正面玄関を通りぬけて姿を消した。

「彼女はちょうどいいときにカーチェイスをあきらめたわ」とローレンは言いながら、ラジエーター周辺のフードの上に立ち上っている蒸気を指さした。

「やめるわけがない、これは計略さ」ピットは闇に包まれたタウンハウスを見つめながら言った。

「さあどうする、シェリフ？　捜索隊は打ちきる？」

ピットは意味ありげにローレンを見つめた。「いいや、君は上って行って、ドアをノックしてくれ」

彼女はピットを振り向いた。近くの街灯に照らし出された彼女の顔は怯《おび》えていた。

「やらずにおくもんですか」

「てっきり断ると思ったが」彼はドアを開け、車から下りた。「ここにグローバルスター電話がある。十分たっても戻ってこなかったら、警察に、次にサンデッカー提督に知らせてくれ。物陰でごく些細《ささい》な音がしたり動きがあったら、逃げるんだ――すぐさま逃げ出す。分ったね？」

「何故《なぜ》いま警察に電話をして、押しこみを報告しないの？」

「それは、ぼくが真っ先に駆けつけたいからさ」

「武器は持っているの？」

彼は唇をほころばせてにっこり笑った。「ホットロッドに武器を持ちこんだ奴《やつ》なんて、聞いたことある？」グラブボックスを開けて、懐中電灯を持ち上げた。「こいつが頼りさ」そういうと、車の中に身体《からだ》を伸ばしてローレンにキスをし、タウンハウスを包んでいる暗がりの中へ溶けこんだ。

ピットは懐中電灯を使わなかった。周囲の街や街灯の明るさで、タウンハウスの裏手に通じる細い石畳の道を見極めることが出来た。その建物は幽霊《ゆうれい》屋敷のように暗く、静まり返っていた。見えるかぎりでは、中庭は手入れがよく行き届いている感じだった。高い煉瓦の塀は蔦《つた》の蔓《つる》に覆《おお》われていて、両側の家との仕切りになっていた。どちらも闇に包まれており、住人たちはベッドで健やかな眠りについているのだろう。

タウンハウスは九九パーセント警備装置を備えているとピットは読んでいたが、血に飢えた犬たちがいないので、密《ひそ》かに行動することは顧みなかった。夜盗とその仲間が、向こうから現れてくれるのを彼は望んでいた。そのときになって、どちらの方向へ飛びのくか考えればすむことだ。裏戸にたどりつくと、意外にも大きく開け放たれていた。遅ればせながら、夜盗は家の正面から駆けこんで、裏口から逃げ出したのだと彼は気づいた。裏通りに隣接している車庫へ、彼は走って行った。

不意に夜のしじまが、オートバイの排気の大きな騒音に叩き破られた。ピットは車庫のドアを一挙に開いて、中に駆けこんだ。蝶番《ちょうつがい》止めの旧式の裏戸が、左右に大きく外側へ開いた。革のパンツとブーツの上に黒い毛皮のコートを着こんだ人物が、せわしなくオートバイのエンジンを掛け、ギアチェンジをしながらスロットルグリップを回している最中だった。ピットは走りながら身を投げ出してライダーの背中に跳びかかり、両方の腕を首に巻きつけると、相手を引きずったまま横に転げ落ちた。

とっさにローレンの観察の正しさが、ピットには分った。身体は男ほどがっしりしていなかったし、固い感じもしなかった。彼らはピットが上になった状態で、車庫のコンクリートの床に叩きつけられた。バイクは横倒しになり、後ろのホイールとタイヤをコンクリートの床に軋ませながら駆けずって一回り輪を描き、キルスイッチが作動すると共にエンジンが停止した。バイクは床にのびている二人の身体に惰性でぶつかり、前輪のタイヤはライダーの頭を打ち、ハンドルはピットの臀部《でんぶ》にぶち当たり、骨こそ折れなかったが何週間も消えそうにない大きな痣《あざ》を残した。

痛みをこらえて膝《ひざ》だちになると、懐中電灯を見つけた。彼が落した戸口で依然として光を放っていた。這《は》いずって行って拾い上げると、バイク脇のぐったりした身体を照らし出した。ライダーはヘルメットを被《かぶ》る余裕がなかったために、長いブロンドの髪の頭が剝《む》き出しになっていた。ピットは相手を仰向けにし、顔に光を当てた。片方の眉《まゆ》の上に瘤《こぶ》が出来はじめていたが、目鼻だちを見間違える気遣いはなかった。バイクの前輪のタイヤに一撃食らって気を失っていたが、命に別状はなかった。ピットは愕然《がくぜん》とするあまり、いまの今まで震えなどしなかった手から懐中電灯が危うく落ちそうになった。

血管に氷水を注入しないかぎり、血流が凍えないことは医学界では証明済みの事実である。だがピットは、氷点下二度の血液を送りこむために、心臓が過重な働きをしているような感覚に囚《とら》われた。ショックのせいで膝がよろめき、車庫内の空気がぬぐいがたい恐怖感に突然重苦しくなった。眼前に意識を失って横たわっているのは、ピットの未知の人物ではなかった。

ピットの胸中にはいささかの疑念もなかった。沈没したU－ボートの艦内で彼の肩を軽く叩いた死せる女の顔とまったく同じ顔を、彼は見つめていた。

C・カッスラー
中山善之訳
タイタニックを引き揚げろ

沈没した豪華客船・タイタニック号の船艙に、ミサイル防衛網完成に不可欠な鉱石が眠っている！　男のロマン溢れる大型海洋冒険小説。

C・カッスラー
中山善之訳
死のサハラを脱出せよ
日本冒険小説協会大賞受賞（上・下）

サハラ砂漠の南、大西洋に大規模な赤潮が発生し、人類滅亡の危機が迫った――海洋のヒーロー、ピットが炎熱地獄の密謀に挑む。

C・カッスラー
中山善之訳
インカの黄金を追え
（上・下）

16世紀、インカの帝王が密かに移送のうえ保管させた財宝の行方は――？　美術品窃盗団とゲリラを相手に、ピットの死闘が始まった。

C・カッスラー
中山善之訳
殺戮衝撃波を断て
（上・下）

富をほしいままにするオーストラリアのダイヤ王。その危険な採鉱技術を察知したピットは、娘のメーブとともに採鉱の阻止を図る。

C・カッスラー
中山善之訳
暴虐の奔流を止めろ
（上・下）

米中の首脳部と結託して野望の実現を企む中国人海運王にダーク・ピットが挑む。全米で爆発的セールスを記録したシリーズ第14弾！

C・カッスラー他
中山善之訳
コロンブスの呪縛を解け
（上・下）

ダーク・ピットの強力なライバル、初見参！　カート・オースチンが歴史を塗り変える謎に迫る、NUMAファイル・シリーズ第1弾。

新潮文庫最新刊

田勢康弘著
島倉千代子という人生
可憐な少女は波瀾の道を歩んだ、折々の歌に励まされながら——。政治ジャーナリストが描く愛と悲しみの「人生いろいろ」。年表付き。

莫邦富著
中国全省を読む地図
経済開放政策が招いた中国各省の明と暗を浮き彫りにする。壮麗な自然と悠久の歴史の魅力も満載。ビジネスマン・旅行者必携の書。

浅井信雄著
アジア情勢を読む地図
隣人たちの意外な素顔、その驚愕すべきエネルギー——。「IT戦争」「ハブ空港」「アフガン」等々、地図から見えてくる緊迫の現状。

三浦朱門
曽野綾子著
河谷龍彦
聖書の土地と人びと
二人の作家と聖地ガイドが、旺盛な好奇心と豊かな知識で、聖書の世界を作った風土と人間について語り合う。21世紀版聖地案内書。

布施広著
アラブの怨念
「和平の時代」が生み出した新たな憎悪——。なぜ同時多発テロは起きたのか、イスラムの抱える闇とは？　最新情報加筆、緊急文庫化。

太田和彦著
ニッポン居酒屋放浪記
望郷篇
理想の居酒屋を求めて、北海道から沖縄まで全国三十余都市を疾風怒濤のごとくに踏破した居酒屋探訪記。3巻シリーズ、堂々の完結。

Title : ATLANTIS FOUND (vol. I)
Author : Clive Cussler

アトランティスを発《はつ》見《けん》せよ (上)

新潮文庫　カ－5－26

Published 2001 in Japan
by Shinchosha Company

平成十三年十一月一日 発行
平成十三年十一月三十日 二刷

訳者 中《なか》山《やま》善《よし》之《ゆき》
発行者 佐藤隆信
発行所 株式会社 新潮社
郵便番号 一六二―八七一一
東京都新宿区矢来町七一
電話 編集部(〇三)三二六六―五四四〇
読者係(〇三)三二六六―五一一一

価格はカバーに表示してあります。

乱丁・落丁本は、ご面倒ですが小社読者係宛ご送付ください。送料小社負担にてお取替えいたします。

印刷・株式会社光邦　製本・加藤製本株式会社

ISBN4-10-217026-X C0197